Von Heinz G. Konsalik
sind als Heyne-Taschenbücher erschienen:

Die Rollbahn · Band 01/497
Das Herz der 6. Armee · Band 01/564
Sie fielen vom Himmel · Band 01/582
Der Himmel über Kasakstan ·
Band 01/600
Natascha · Band 01/615
Strafbataillon 999 · Band 01/633
Dr. med. Erika Werner · Band 01/667
Liebe auf heißem Sand · Band 01/717
Liebesnächte in der Taiga · Band 01/729
Der rostende Ruhm · Band 01/740
Entmündigt · Band 01/776
Zum Nachtisch wilde Früchte ·
Band 01/788
Der letzte Karpatenwolf · Band 01/807
Die Tochter des Teufels · Band 01/827
Das geschenkte Gesicht · Band 01/851
Privatklinik · Band 01/914
Ich beantrage Todesstrafe · Band 01/927
Auf nassen Straßen · Band 01/938
Agenten lieben gefährlich ·
Band 01/962
Zerstörter Traum vom Ruhm ·
Band 01/987
Agenten kennen kein Pardon ·
Band 01/999
Der Mann, der sein Leben vergaß ·
Band 01/5020
Fronttheater · Band 01/5030
Der Wüstendoktor · Band 01/5048
Ein toter Taucher nimmt kein Gold ·
Band 01/5053
Die Drohung · Band 01/5069
Eine Urwaldgöttin darf nicht weinen ·
Band 01/5080
Viele Mütter heißen Anita ·
Band 01/5086
Wen die schwarze Göttin ruft ·
Band 01/5105
Ein Komet fällt vom Himmel ·
Band 01/5119
Straße in die Hölle · Band 01/5145
Ein Mann wie ein Erdbeben ·
Band 01/5154
Diagnose · Band 01/5155
Ein Sommer mit Danica · Band 01/5168
Aus dem Nichts ein neues Leben ·
Band 01/5186
Des Sieges bittere Tränen · Band 01/5210

Die Nacht des schwarzen Zaubers ·
Band 01/5229
Alarm! – Das Weiberschiff ·
Band 01/5231
Bittersüßes 7. Jahr · Band 01/5240
Engel der Vergessenen · Band 01/5251
Die Verdammten der Taiga ·
Band 01/5304
Das Teufelsweib · Band 01/5350
Im Tal der bittersüßen Träume ·
Band 01/5388
Liebe ist stärker als der Tod ·
Band 01/5436
Haie an Bord · Band 01/5490
Niemand lebt von seinen Träumen ·
Band 01/5561
Das Doppelspiel · Band 01/5621
Die dunkle Seite des Ruhms ·
Band 01/5702
Das unanständige Foto · Band 01/5751
Der Gentleman · Band 01/5796
Konsalik – der Autor und sein Werk ·
Band 01/5848
Der pfeifende Mörder / Der gläserne Sarg ·
Band 01/5858
Die Erbin · Band 01/5919
Die Fahrt nach Feuerland ·
Band 01/5992
*Der verhängnisvolle Urlaub / Frauen
verstehen mehr von Liebe* · Band 01/6054
Glück muß man haben · Band 01/6110
Der Dschunkendoktor · Band 01/6213
Das Gift der alten Heimat · Band 01/6294
Das Mädchen und der Zauberer ·
Band 01/6426
Frauenbataillon · Band 01/6503
Heimaturlaub · Band 01/6539
*Die Bank im Park /
Das einsame Herz* · Band 01/6593
Die schöne Rivalin · Band 01/6732
Der Geheimtip · Band 01/6758
Russische Geschichten · Band 01/6798
Nacht der Versuchung · Band 01/6903
Saison für Damen · Band 01/6946
Das gestohlene Glück · Band 01/7676
Geliebter, betrogener Mann ·
Band 01/7775
Sibirisches Roulette · Band 01/7848
Der Arzt von Stalingrad · Band 01/7917

HEINZ G. KONSALIK

SCHIFF
DER HOFFNUNG

Roman

WILHELM HEYNE VERLAG
MÜNCHEN

HEYNE ALLGEMEINE REIHE
Nr. 01/7981

3. Auflage

Copyright © 1989 by Autor und Hestia Verlag GmbH, Bayreuth
Wilhelm Heyne Verlag GmbH & Co. KG, München
Printed in Germany 1992
Umschlagfoto: Bildagentur Mauritius/Nakamura, Mittenwald
Autorenfoto: Wolf Diepenseifen
Umschlaggestaltung: Atelier Ingrid Schütz, München
Satz: IBV Satz- und Datentechnik GmbH, Berlin
Druck und Bindung: Elsnerdruck, Berlin

ISBN 3-453-03683-2

Karl Haußmann hatte schlecht geschlafen. Die kalte Gänsebrust mit Meerrettich zum Abendessen war zu fett gewesen und hatte ihm trotz einiger ›Klarer‹ schwer im Magen gelegen. Außerdem war er dreimal von seiner Frau Erika gestört worden, immer dann, wenn er gerade glaubte, endlich einschlafen zu können, und jedesmal war es das alte Lied, das er nun schon seit Wochen hörte: »Karl, ich habe so einen komischen Schmerz im Leib. Wenn ich drauf drücke, meine ich, da ist etwas Hartes drin...« Und wie immer hatte er auch in dieser Nacht brummend geantwortet: »Dann geh morgen mal zu Dr. Wagenfeldt. Wozu bezahl' ich soviel Beiträge für die Krankenkasse?«

Eine Nacht also, die im nachhinein noch jetzt, am sonnigen Frühsommermorgen, auf das Gemüt drückte und ihn mißmutig, einsilbig und knurrig machte. Karl Haußmann saß auf der Terrasse seines Landhauses vor dem gedeckten Kaffeetisch, rührte in der Kaffeetasse, obgleich er wegen schwankenden Blutzuckers keinen Zucker nahm, sah über den Rasen und die Rosenrabatte seines Gartens und dachte an seinen Betrieb, an die Aufträge, an die Lohnerhöhungen und an Marion Gronau, seine Sekretärin.

Karl Haußmann war ein wohlhabender, kein reicher Mann. Solange er denken konnte, hatte er schwer gearbeitet. Sein Vater fing mit einer Eisenlackiererei an, und schon als Schuljunge hatte Karl den Lack rühren und die Eisenteile in die Trockenöfen fahren müssen. Da blieb wenig Zeit für Schularbeiten und schon gar nicht für eine höhere Schule. »Was sollen Latein und Mathematik?« sagte Vater Haußmann damals. »Wer mit Eisen umgeht, braucht keinen Tacitus, und in der Mathematik genügt es, wenn man Rechnungen ausstellen und kalkulieren kann.« So wuchs Karl Haußmann an der vordersten Front des Arbeitskampfes auf, und es hatte ihm nichts geschadet. Im Gegenteil! Schon vor dem Krieg verlegte sich die Fa. Haußmann & Sohn, wie sie damals hieß, auf Emaillierungen, stellte Kochtöpfe und Kessel her, Herdwandungen und Kochmulden, lieferte Emailleschilder für die Wehrmacht und entwickelte sich nach dem Krieg und in den Zeiten des ›Wirtschaftswunders‹ zu einer der angesehensten Kleinfabriken in Gelsenkirchen. Karl Haußmann war im Vorstand des Fußballclubs, stiftete Fahnen für den Turnverein, stand einem Kegelclub vor und sang 1. Baß im Gesangverein. Er baute sich am Stadtrand von Gelsenkirchen – im Grünen, wie man hier sagt –, ein Landhaus im Bungalowstil, fuhr einen Sechszylinder, konnte zu seiner Frau Erika sagen: »Rika – was fragste, ob du dir ein neues Kleid kaufen kannst; fahr' in die Stadt und laß die Rechnung ins Büro schicken!« und war mit seinem Leben zufrieden.

Ein Wendepunkt allerdings trat ein, als er bemerkte, daß seine Sekretärin Marion Gronau enge Pullover trug und daß sich unter dem Pullover allerhand abzeichnete. Als er sie ein paar Wochen später in der Registratur allein antraf und sie ungestraft küssen durfte, hatte Karl Haußmann eigentlich den Gipfel seines erfolgreichen Fabrikantenlebens erreicht. Es war komplett. Es fehlte nichts mehr.

An alles das dachte Karl Haußmann an diesem sonnigen Morgen, trank seinen lauwarm gewordenen Kaffee aus und schmierte sich ein Wurstbrötchen. Im Haus, hinter der geöffneten Terrassentür, hörte er seine Frau Erika rumoren. Sie packte im Schlafzimmer zum viertenmal den großen Koffer und sortierte ihre Kleider. Aus dem großen Wohnzimmer, das man jetzt Wohnhalle nennt, brummte der Staubsauger. Dort war Friederike, die Hausgehilfin, bereits beim Putzen.

Morgen um diese Zeit sind wir schon auf der Autobahn bei Köln oder – wenn gutes Wetter ist und man auf den Knorpel drücken kann – schon über Koblenz hinaus, dachte Karl Haußmann. Übernachtung in Basel, dann am zweiten Tag durch die Schweiz und entlang am Lago Maggiore bis Como und am dritten Tag über Mailand, Parma und Bologna nach Rimini. Und dann nichts wie faulenzen, in der Sonne liegen, ab und zu schwimmen, Eis essen, am Abend Rotwein trinken und pennen. Schlaf nachholen und abschalten, völlig abschalten. Keine Fabrik mehr, keine Termine, keine Sorgen um das Rohmaterial, nicht immer das traurige, faltige Gesicht von Wilhelm Sczimkinsky, dem Hauptbuchhalter aus Schalke, der nun vierzig Jahre in der Firma war und immer sagte: »Man sollte von den Abgaben leben, dann ging's uns gut!« Vier Wochen nur Sonne und blaue Adria, Sand und Musik, Wein und Schlafen. Ja, und vier Wochen lang den erfreulichen Anblick von Marion Gronau im Bikini.

Karl Haußmann schob seine Tasse weg und kratzte sich das kurz geschnittene, melierte Haar.

»Rika!« rief er nach hinten zur Schlafzimmertür. »Hör mal mit dem Sortieren auf und komm her. Wozu machste dir eigentlich die Mühe? Was fehlt, kaufen wir in Rimini. Ist alles einkalkuliert. Du tust immer noch so, als ob wir jeden Pfennig dreimal rumdrehen und bespucken müssen, ehe wir ihn ausgeben. Komm mal her, Rika.«

In der Schlafzimmertür erschien Erika Haußmann. Sie war eine immer noch schöne, etwas blasse Frau von fünfundvierzig Jahren, der man die beiden erwachsenen Kinder nicht ansah. Die Tochter, die Älteste, war verheiratet in Hamburg. Der Sohn Herbert, zweiundzwanzig Jahre alt, studierte in Heidelberg Medizin und war gegenwärtig mit Freunden zum Urlaub in Schweden. Erikas braune Haare waren etwas zerwühlt vom Packen und Bücken, sie atmete schneller als sonst, aber was auffiel, waren ihre großen, braunen, glänzenden Augen und die etwas bläulichroten Lippen. Augen und Lippen waren es, die das Gesicht beherrschten.

»Der Koffer ist zu klein, Karl«, sagte sie und setzte sich seufzend neben ihren Mann auf den weißlackierten Gartenstuhl. »Und ich habe bestimmt nur das Allernötigste herausgelegt.«

»Wirf alles raus und kauf dir in Rimini Neues. Und das

schicken wir dann per Post nach Gelsenkirchen.« Karl Haußmann suchte nach seinen Zigaretten, steckte eine an und kratzte sich dann die Nase. »Habe ich dir eigentlich gesagt, daß wir nicht allein fahren?« fragte er. Diese Frage hatte er oft für sich allein geübt, damit sie wirklich gleichgültig klang.

»Nicht allein? Wer fährt denn noch mit?« Erika Haußmann sah ihren Mann verblüfft an. Bis zum heutigen Tage hatte er immer gesagt: »Wie ich mich freue, endlich mal allein zu sein mit dir!« Und nun sollte jemand mitfahren?

»Ein Herr Hellberg fährt mit. Frank Hellberg. Ein Journalist. Du kennst ihn nicht?«

»Nein. Woher?«

»Er schreibt in der Zeitung. Artikel. Abkürzung Hb. Ein netter Junge. Er ist übrigens der Verlobte von Fräulein Gronau.«

»Das heißt, daß Fräulein Gronau auch mitfährt?« Erikas Stimme war beherrscht. Dreimal, als sie ihren Mann im Büro besuchte, hatte sie Marion Gronau in der Fabrik gesehen. Und schon beim erstenmal mißfiel ihr die Art, wie sich dieses Mädchen, die Sekretärin, ihrem Chef gegenüber benahm. Wenn sie saß, rutschte der Rock bis über die Schenkel hoch, und ihr Lächeln war impertinent, provozierend und irgendwie siegessicher.

Karl Haußmann nickte mehrmals. »Es geht nicht anders, Rika. Erstens habe ich es Hellberg versprochen, zweitens werde ich auch in Rimini ab und zu diktieren müssen...«

»Diese Briefe hätte ich auch schreiben können.«

»Ausgeschlossen! Du sollst dich erholen! Und drittens ist Fräulein Gronau eine Perle als Sekretärin. Perlen verliert man nicht gern. Und wer weiß, wie die anderen Firmen sind, was sie bieten, wie sie abwerben. Ich bin froh, daß Fräulein Gronau der Firma die Treue hält.«

»Und woher kennst du diesen Herrn Hellberg?«

Auf diese Frage war Karl Haußmann nicht vorbereitet. Er sah erschrocken dem Rauch seiner Zigarette nach und antwortete dann: »Von Fräulein Gronau.«

»Dachte ich mir.« Erika stand auf. »Wäre es nicht besser, ich kümmere mich überhaupt nicht um das Packen, sondern ihr fahrt allein nach Rimini?«

»Was ist denn das nun wieder?« Haußmann zerdrückte seine Zigarette und sprang auf. Wenn Männer im Unrecht sind, werden sie laut. Das ist eine altbekannte Tatsache, aber trotzdem geschieht es immer wieder. Auch Karl Haußmann hob seine Stimme und war beleidigt. »Was ist das für eine dumme Rederei?«

»Diese Marion Gronau gefällt mir nicht!« rief Erika.

»Vielleicht gefällst du ihr auch nicht, dann gleicht sich das aus!« rief Haußmann zurück. »Verdammt noch mal, ich fahre in die Fabrik, da höre ich wenigstens kein Gewäsch.«

Erika schwieg. Sie hatte die Hände vor den Leib gefaltet und sah ihren Mann stumm an. Sie kannte Karl nun schon seit 26 Jahren. Neunzehn war sie alt gewesen, als sie den jungen Fabrikantensohn beim Tanzen in der Stadthalle kennenlernte. Man heiratete schnell, man liebte sich mit dem Feuer der Jugend, die Kinder kamen, und dann wurde die Ehe ruhiger, eine Art Gewohnheit, mit wenigen Zärtlichkeiten, die dann auch untergingen und durch Pelze und Schmuck ersetzt wurden. Eine Alltagsehe zwischen geblümten Tapeten. Und die Freundinnen sagten: »*Du* hast es gut, Erika. Ein Haus, Geld, Schmuck, ein Auto, kannst dir alles kaufen. Mußt du glücklich sein...«

Sechsundzwanzig Jahre, da lernt man einen Mann kennen. Und als Erika nun sah, wie Karl unruhig an seinem Schlips zog und das Thema Marion Gronau ihm sichtlich unbehaglich war, mußte sie lächeln und dachte ein wenig mitleidig: Welch ein Gockel bist du doch, Karl. Fünfzig Jahre bist du. Hast einen Bauch. Dein Kreislauf ist labil. Und wenn du drei Kniebeugen machst, keuchst du wie ein Blasebalg mit Loch. Aber sobald dir ein junges Mädchen entgegenkommt, machst du ein hohles Kreuz, trägst den Kopf steif, gehst du forscher, und deine Äuglein glänzen. Daß du nicht siehst, wie lächerlich das ist. Diese Marion Gronau ist dreiundzwanzig Jahre alt. Jünger als deine Tochter, Karl! Und wenn sie dir schöne Augen macht, dann nur, weil du der Chef bist, weil du Geld hast, weil sie sich etwas von deinem Erfolg erhofft. Und du glaubst wirklich, daß du als Mann auf sie einen Eindruck machst. O armer Karl! Wir zwei sind zusammen alt geworden, mich stört nicht dein Bauch und dein Schnarchen in der Nacht, und ich weiß, welche Pillen du zur Verdauung nehmen mußt und welche Tropfen nach dem Essen für deine Galle. Ob auch Marion Gronau das weiß? Ob sie deinen Bauch schön fände, wenn er nicht mit Gold lackiert wäre? Du bist ein alter Esel, Karl!

»Ich gehe ins Büro!« sagte Karl Haußmann noch einmal scharf. »Der ganze schöne Morgen ist mir versaut durch deine dumme Rederei! Aber wie du willst, ich blase die Reise ab. Wir fahren nicht. Ich kann mich auch hier auf der Terrasse erholen und in meinem Bett ausschlafen. Was das aber für einen Eindruck macht, jetzt, einen Tag vorher...«

»Wir fahren, Karl. Natürlich fahren wir.« Erika versuchte ein versöhnliches Lächeln. »Die jungen Leute werden sich sowieso in Rimini absondern und haben ihre eigenen Probleme.«

»Na klar«, brummte Haußmann. Der Gedanke, daß so etwas wirklich eintreffen könnte, behagte ihm gar nicht.

»Paßt dir überhaupt noch deine Badehose?«

»Warum nicht?«

»Du bist im letzten Jahr dicker geworden.«

Karl Haußmann strich sich über seinen Bauch. Wie sagte Marion Gronau, dachte er. »Ich habe eine Schwäche für stattliche Herren...« Ein wundervolles Mädchen, diese Marion. Sie wirkt wie Sekt.

»Es wird in Rimini schon eine passende Hose geben«, sagte er laut. »Also: Fahren wir oder nicht?«

»Natürlich fahren wir. Nur... ich habe Angst.« Erika lehnte sich an die Hauswand. Ihre bläulichen Lippen zuckten. »Die lange Fahrt... ob ich sie durchhalte? Heute nacht war es wieder ganz schlimm im Leib. Und heute morgen ist mir zweimal schwindlig geworden.«

»Die Wechseljahre.« Karl Haußmann zog seine Jacke an und sah auf seine Armbanduhr. 9.30 Uhr. Jetzt war die Post sortiert, und Marion wartete, um sie ihm vorzulegen. Karl Haußmann hatte es nun eilig, in die Fabrik zu kommen. Bei der Postdurchsicht waren er und Marion zwanzig Minuten allein. Da bekam er seinen Morgenkuß, Marion setzte sich ihm auf den Schoß, und er durfte ihre Beine streicheln. Bis zum Strumpfende. Dann schlug sie ihm auf die Finger und sagte mit einem süßen Lächeln: »Aber Herr Direktor...« In Rimini sollte das anders werden, verdammt noch mal. Und Marion Gronau hatte angedeutet, daß südliche Nächte, Chiantiwein und Mandolinenklang sie ganz schwach werden ließen.

»Geh zum Arzt!« sagte er zu seiner Frau, tätschelte ihr die Wange und ging zur Wohnhallentür.

»Der Arzt sagt immer nur, es sind die Nerven.«

»Ein kluger Man. Natürlich sind's die Nerven. Dir fehlt gar nichts! Wie gesagt, die Wechseljahre. Da wird man knötterig und nervös, die Fliege an der Wand ärgert einen – Hysterie nennt man so etwas, Rika! Aber das geht vorbei. Du sollst sehen: Rimini, das Meer, der weiße Sand... Himmel, schon halb zehn! Ich muß ins Büro!«

Karl Haußmann gab seinem fülligen Körper etwas Schwung, lief durch die Wohnhalle, übersprang den Schlauch des Staubsaugers und zwang sich, nicht gleich wieder kurzatmig zu keuchen. Wenig später brummte der große Wagen aus der Garage und entfernte sich in Richtung Gelsenkirchen.

Erika Haußmann setzte sich auf die Bettkante und blickte über die ausgebreiteten Kleider und die Wäsche, die sie mitnehmen wollte. Auch zwei Badeanzüge waren dabei, mit tiefen Rückenausschnitten. Sie beugte sich vor, zog sie zu sich und hielt sie hoch. Sind sie nicht zu jugendlich für mich, dachte sie. Ich bin fünfundvierzig Jahre und keine zwanzig. Kann ich mit solcher Rückenfreiheit noch gehen? Und auch an der Brust ist der Badeanzug ausgeschnitten.

Sie stand auf, ging zu dem großen, bis auf die Erde reichenden Spiegel, drehte sich und betrachtete ihre Figur.

Dafür, daß ich zwei erwachsene Kinder habe, sehe ich noch gut aus, dachte sie. Kein Fleckchen welke Haut, keine Fettpölsterchen, keine tiefen Falten. Schlanke Beine habe ich, und meine Brüste sind rund und in den Haltern straff. Ich habe kein Fett an den Hüften und kein Doppelkinn.

Aber sie ist dreiundzwanzig Jahre, diese Marion Gronau. Der Hauch der Jugend umweht sie. Wenn sie geht, vibriert ihr Körper. Vielleicht hat sie gar keinen Halter nötig, und über ihrer zarten Haut liegt noch der samtweiche Flaum. Auch ich war einmal dreiundzwanzig, und ich war hübscher als sie.

Erika Haußmann warf die beiden Badeanzüge auf das Bett, ging zum Telefon und rief ein Sportgeschäft in Gelsenkirchen an.

»Ich komme in einer Stunde zu Ihnen«, sagte sie mit entschlossener Stimme. »Bitte legen Sie mir in meiner Größe, Sie kennen sie ja, 38, eine Auswahl Bikinis zurück. Ja, Bikinis, die schönsten, die Sie haben. Ja, von mir aus die ganz modernen, auch wenn sie verrückt sind. Ich probiere sie nachher an. Schönen Dank, bis später...«

Dann saß sie wieder auf der Bettkante inmitten von Kleidern, Schuhen, Unterwäsche und Blusen, starrte auf den Koffer und dann hinaus in den sonnenüberfluteten Garten und hatte beide Hände auf den Leib gelegt.

Er schmerzte wieder. Er fühlte sich an, als sei in seinem Inneren ein runder, harter Kloß. Und wieder stieg die Angst in ihr auf, diese lähmende, das Herz umkrampfende Angst: Ist es Krebs? Bin ich schon vom Tode gezeichnet?

Und weil sie diese Angst hatte, ging sie nicht mehr zum Arzt. Sie wollte die Wahrheit nicht wissen. Sie wollte, solange es ging, bei ihrem Mann bleiben. Sie zwang sich, stark zu sein und nicht an ihre Angst zu denken.

Gerade jetzt nicht, wo es in ihrem Leben eine Marion Gronau gab.

Die Emaillewerke Haußmann & Sohn lagen in der Nähe der Zechen und Eisenwerke in Gelsenkirchen-Schalke und waren nur ein kleiner Komplex im Vergleich zu den großen Konzernen. Aber so, wie das Bankhaus Morgan eines der kleinsten, aber gesündesten Häuser in der New Yorker Wall Street ist, war auch die Emaillefabrik Haußmann & Sohn stabil und krisenfest. Haußmann beschäftigte 150 Arbeiter und Angestellte, hatte nie Krach mit der Gewerkschaft bekommen und ließ keinen Zweifel daran, daß er selbst einmal an der Maschine gestanden hatte, zehn Stunden lang stanzte und von vier Butterbroten und Malzkaffee oder einer Bohnensuppe im Henkelmann lebte. »Mir kann keiner was vormachen!« sagte er immer. »Ich kenne, wie's ist, wenn einem das Kreuz weh tut und man noch vier Stunden abkloppen muß!«

Marion Gronau wartete schon mit der Post, als Haußmann sein Privatbüro betrat, vorher den sauertöpfischen Hauptbuchhalter und Prokuristen Sczimkinsky begrüßt und zu dem technischen Leiter, der ihn sprechen wollte, gesagt hatte: »In einer halben Stunde, mein Lieber.«

»Du kommst spät«, sagte Marion, als sie allein im Chefbüro waren. Sie tat etwas beleidigt, warf die Post auf den großen Mahagonitisch und lehnte sich an die Wand, statt sich auf Haußmanns Knie zu setzen. Sie trug ein aufregendes, zitronengelbes Kleid mit tiefem, rundem Ausschnitt, in dem man die Ansätze ihrer Brüste sah. Haußmann setzte sich, wischte sich den Schweiß von der Stirn und atmete ein paarmal tief ein. Dann sagte er: »Komm, Küßchen...«

»Hast du es ihr gesagt?« fragte Marion und blieb stehen.

»Natürlich!«

»Und wie hat sie es aufgenommen?«

»Wie soll sie es aufnehmen? Ich bin der Herr im Haus. Ich habe es ihr klipp und klar gesagt und bin gegangen. Wozu lange Kommentare?«

»Ahnt sie etwas?«

»Ich weiß es nicht. Und wenn...«

»Was heißt: und wenn? Du weißt, daß ich keinen Skandal will. Ich liebe dich... aber ohne Aufsehen, Karl.«

»Aufsehen!« Haußmann trommelte mit den Fingern auf die Tischplatte. »Wenn Erika etwas merkt, werden wir uns aussprechen und dann die Konsequenzen ziehen. Die Kinder sind groß und aus dem Haus. Erika hat das Haus – ich werde ihr das Haus natürlich überschreiben – und bekommt eine anständige Rente. Was steht also einer Scheidung im Wege? Einer stillen, ganz unsensationellen Scheidung?«

»Und dann?«

»Dann heiraten wir, Marionmäuschen. Was sonst?«

Marion Gronau schwieg. Sie konnte darauf keine Antwort geben. Ihre Pläne lagen anders. Ein so hübsches Mädchen wie ich muß beweglich sein, dachte sie stets. Für das Herz ist Frank Hellberg gerade der Richtige. Für das Portemonnaie sorgt Karl Haußmann. Man müßte ihn so weit bekommen, daß er es als eine Patentlösung aller Probleme ansieht, wenn ich Frank Hellberg heirate und doch noch sein Bürokätzchen bleibe. Aber alles das wird die Zeit bringen; man soll nichts übereilen, vor allem, wenn es um Geld und Liebe geht.

»Komm, Küßchen!« sagte Haußmann wieder und spitzte die Lippen. Er ärgerte sich noch über die schlecht geschlafene Nacht, über Erikas hysterische Beschwerden und über den Gedanken, daß Hellberg in Rimini tatsächlich die Rechte eines Bräutigams wahrnehmen könnte. »Du mußt heute besonders lieb zu mir sein, denn ich habe Ärger.«

»Mein armes Bärchen!« sagte Marion betont zärtlich, gab Haußmann einen Kuß, ließ sich über die Hüften streicheln, umfing ihn dann von hinten und rieb ihr Gesicht an seiner linken Wange. »Mir fehlt ein schickes Sommerkostüm, Bärchen«, sagte sie und biß ihm ins Ohr. Haußmann röchelte vor Wonne und schnappte nach Luft.

»Kauf es dir, mein Liebling.«

»Und ein Sonnenkleid?«

»Auch.« Er hielt ihren Kopf fest, als sie ihn zurückziehen wollte, und drehte sich um. »Wann sind wir länger zusammen, Marion. Wann... wann sind wir einmal allein... ganz allein... nur wir zwei... Ich bin noch kein alter, morscher Holzklotz, Marion. Ich habe dich wirklich lieb...«

»Vielleicht in Rimini...« Sie befreite sich mit einem Ruck aus Haußmanns Händen, wich zurück zur Wand, ordnete ihre Haare und nahm die Briefmappe wieder vom Tisch. »Draußen wartet Obermeister Henkes, du wolltest ihn sprechen«, sagte sie mit veränderter, nüchterner, dienstlicher Stimme.

Haußmann strich sich mit zitternden Händen über Haare und Gesicht. Sein Herz zuckte und lag wie ein Eisenklotz in der Brust. Es war zentnerschwer von der Sehnsucht nach Marions Jugend.

»Er kann gleich kommen. Was sagt dein Verlobter Hellberg zu der Reise?«

»Er freut sich wie ein kleiner Junge. Er will die Fahrt gleich mit der Reportage über das Dolce vita an der Adria verbinden. Er kommt übrigens nachher zu dir, um dir zu danken und die Reise zu besprechen.«

Karl Haußmann nickte. Er blätterte die Post durch, ohne aufzunehmen, was er las. Es waren Worte, die an seinem Auge lediglich vorbeiglitten.

Rimini, dachte er nur. In Rimini wird sie mir gehören. Sie hat es jetzt versprochen. Drei Tage noch... drei lange, lange Tage... Was dann kam, war ihm völlig gleichgültig. Es ist meine letzte Liebe, dachte er. Mein Schwanengesang. Von da ab werde ich ein alter Mann sein und von den Erinnerungen leben. Aber diese eine, diese letzte Liebe werde ich mir noch erobern!

Eine Tür klappte. »Obermeister Henkes, Herr Direktor«, hörte er die Stimme Marions.

Er sah hoch. Henkes stand vor dem Schreibtisch, eine Mappe unter dem Arm. Wie durch einen Nebel sah ihn Haußmann.

»Die neuen Emaillemuster, Chef«, sagte Henkes. »Sie wollten sie doch noch vor Ihrem Urlaub sehen.«

Emaillemuster... Emaille... Wie kann dieser Mensch von Emaille sprechen, wenn seinem Chef das Herz überläuft?

»Zeigen Sie her, Henkes!« sagte Haußmann mit müder Stimme. »Heißer Tag heute, was? Die Luft steht ja. Ist Ihnen auch so dusselig im Kopf?«

»Nein, Chef. Ich nehme, wenn ich's merke, immer'n Korn.«

»Das ist gut, Henkes. Bringen Sie mir nachher auch einen. Und nun zu den Mustern...«

Der Alltag floß weiter. Bei Haußmann & Sohn, in Gelsenkirchen, im Ruhrgebiet, in Deutschland, in der Welt. Ein Alltag mit Millionen kleinen Schicksalen, die niemand kennt.

Wie reich ist unser Leben an Ereignissen.

Man sehe nur sich selbst an...

Der Journalist Frank Hellberg war ein Mann von sechsundzwanzig Jahren, der es nie aufgegeben hatte, von der Karriere eines ganz großen Journalisten zu träumen. Nur Glück brauchte man dazu; das Können besaß er. Ein Interview mit Mao Tse-tung oder de Gaulle, die Aufdeckung eines weltweiten Skandals auf der Linie der Christine Keeler oder der Bericht über eine verborgene Sensation – das waren, um in der Fachsprache zu bleiben, ›Knüller‹, von denen Frank Hellberg träumte. Bis jetzt schrieb er Lokalberichte und wurde ab und zu nach Düsseldorf in den Landtag geschickt, weil er satirisch schreiben konnte und man Politiker am besten satirisch betrachtet. Er verdiente leidlich, nach Tarif, hatte es sich abgewöhnt, über rätselschwangere Entscheidungen des Chefredakteurs oder des Verlegers nachzudenken, und war ein kleines, surrendes Rädchen in der großen Maschinerie des Zeitungskonzerns.

Frank Hellberg hatte Marion Gronau am Baldeney-See bei Essen kennengelernt. An einem Sonntag am Steg der Segelboote. Er hatte in der Sonne gesessen, die Beine ausgestreckt und war aus seinem Dösen herausgerissen worden durch eine helle Mädchenstimme: »Nehmen Sie mal die Beine weg! Oder haben Sie den Bootssteg gepachtet?« Aus einer anfangs zornigen Unterhaltung entwickelte sich ein schöner Sonntagnachmittag, bis man drei Monate später Verlobung feierte. Hellberg nannte sich glücklich, er liebte Marion ehrlich und glaubte, daß er der Mann sei, auf den sie bisher gewartet hatte. Sie waren ja auch äußerlich ein ideales Paar. Beide schlank und sportlich, mit blonden Haaren und lebenslustig.

Karl Haußmann war noch immer in schlechter Stimmung, als Hellberg zu ihm kam, und die miese Laune sank noch tiefer, als Frank seiner Marion in der Tür einen Kuß gab.

»Ich finde es großartig von Ihnen, Herr Haußmann«, sagte Hellberg später bei einer Zigarette und einem Kognak, »daß Sie uns mitnehmen. Von mir aus hätte ich mir solch eine Reise nie leisten können. Das Teuerste ist ja immer die Fahrt. Aber für das tägliche Leben habe ich mir ein paar Scheinchen gespart. Hoffentlich schluckt das Hotelzimmer nicht so viel.«

»Wir wohnen im Hotel ›Palma‹«, sagte Haußmann leichthin. »Mit das beste am Platze.«

»O Himmel, ich sehe schwarz!« rief Hellberg.

»Keine Sorge. Fräulein Gronau hat mich unterrichtet. Ich habe für Sie ein Zimmer in der ›Pensione Luigi‹ reservieren lassen. Zwar etwas entfernt vom ›Palma‹, aber was sind Entfernungen im Urlaub, nicht wahr? Fräulein Gronau wohnt mit uns im ›Palma‹.« Haußmann lächelte Hellberg freundlich an. »Sie fährt ja halbgeschäftlich mit, ich werde diktieren müssen und disponieren, und die Firma gibt einen Urlaubszuschuß. Es macht Ihnen doch nichts aus, Herr Hellberg?«

»Aber nein, nein!« Hellberg hob die Schultern. »Es ist schon ein riesiges Entgegenkommen von Ihnen, mich umsonst mitzunehmen. Und für Liebende – Sie sagten es schon – gibt es keine Entfernungen.«

Er lachte, aber Haußmann lachte nicht mit. Junger, unreifer Affe, dachte er böse. Was Marion nur an ihm findet? Nun ja, jung ist er. Aber dagegen habe ich im Leben etwas erreicht, aus eigener Kraft, und bin eine Persönlichkeit. Und in

Rimini werde ich auch zum glühenden Liebhaber werden. Fünfzig Jahre... das ist doch noch kein Alter!

Hellberg blieb eine halbe Stunde bei Karl Haußmann und verabschiedete sich dann. Man hatte abgesprochen, daß er mit Marion morgens um 7 Uhr bei Haußmanns sein wollte. Die große gemeinsame Reise sollte möglichst frühzeitig beginnen.

Im Flur vor dem Chefbüro fing ihn Marion ab. Sie fiel ihm um den Hals, küßte ihn und hakte sich bei ihm unter. »Ich freue mich ja so auf Rimini!« sagte sie mit schnurrender Stimme. »Es wird herrlich werden, Frank.«

»Leider wohnen wir weit auseinander, wie dein Chef sagt.«

»Was tut's?« Sie lachte und wiegte sich in den Hüften. »Zwischen dem ›Palma‹ und der ›Pensione Luigi‹ sind zwei Kilometer Pinienwälder. Ich habe in Prospekten nachgesehen. Und nirgendwo ist eine Nacht schöner als unter Sternen in einem Pinienwald.«

»Du bist zauberhaft frivol«, sagte Frank Hellberg. »Heiraten wir Weihnachten? Ich soll ab nächstes Jahr mehr Gehalt bekommen.«

»Zuerst kommt der Sommer, Franky.« Marion Gronau hakte sich wieder aus. Man kam in den allgemeinen Bürotrakt. »Du holst mich um halb sieben ab? Hast du schon gepackt?«

»Alles! Zwei Badehosen, eine Zahnbürste, drei Perlonhemden, zwei knitterfreie Hosen, zwei Paar Sandalen, einen Pullover. Eine ganze Aktentasche voll. Es ist alles so herrlich unkompliziert, wenn man nichts hat. Tschüs, Liebling!«

Er winkte Marion zu und lief dann die Treppe hinunter, immer zwei Stufen auf einmal nehmend; ein großer, fröhlicher, unbekümmerter, lieber Junge, der sich freut, daß er verliebt ist.

Sinnend blickte ihm Marion Gronau nach.

Wenn er wüßte, wie alles in Wirklichkeit ist, dachte sie. Vielleicht werde ich ihn heiraten, denn eine Scheidung

Haußmanns will ich nicht. So etwas belastet immer. Anders wäre es, wenn Erika Haußmann sterben würde... zu dem Witwer Haußmann würde ich sofort ja sagen.

Sie wandte sich ab und ging in ihr Büro zurück.

Dumme Gedanken, so etwas, empfand sie. Erika Haußmann ist eine noch hübsche und gesunde Frau. Warum sollte sie in absehbarer Zeit sterben? Sie ist nicht krank, sie hat keinerlei Beschwerden, sonst hätte es Karl längst erzählt. Sie kann noch dreißig Jahre leben.

Als sie in ihr Zimmer zurückkam, leuchtete schon das rote Lämpchen über der Tür. Zum Diktat, hieß das.

Marion Gronau sah in den Spiegel, lockerte ihre blonden Haare etwas und strich mit dem angefeuchteten Zeigefinger über die Augenbrauen.

Zum Diktat beim Chef... das hieß wieder ›Küßchen!‹ und ›Liebst du mich, mein Spatz?‹

Wie närrisch doch manchmal alternde Männer sind.

An diesem Vormittag kaufte Erika Haußmann in dem Sportgeschäft in Gelsenkirchen zwei aufregende, moderne Bikinis. Als sie sich im Spiegel der Ankleidekabine sah, war sie selbst verblüfft darüber, wie jugendlich sie aussah, wie ebenmäßig ihr Körper war und wie verführerisch ihre Brüste in dem knappen Oberteil wirkten. Und ich bin eine Mutter von zwei erwachsenen Kindern, dachte sie. Im nächsten Jahr vielleicht schon Großmutter. Was wird Karl sagen, wenn er mich so sieht? Staunen wird er. Vielleicht ist es ein Fehler, daß er mich in den letzten Jahren nie so gesehen hat. Es ist falsch, zu denken, als Mutter erwachsener Kinder müsse man sich bescheiden und immer nur seriös erscheinen. Männer lieben das Abenteuer, da ist Karl keine Ausnahme. Auch wenn es ›nur‹ das neu entdeckte Abenteuer bei der eigenen Frau ist.

Sie kaufte die Bikinis natürlich, aber dann spürte sie plötzlich eine große Schwäche in sich hochsteigen. Sie mußte sich setzen, es wurde ihr schwarz vor den Augen. Sie kam wieder zu sich, als die Verkäuferin ihr ein Glas kaltes Wasser an die bläulichen Lippen hielt und sie anrief: »Ist es jetzt besser, gnädige Frau? Soll ich eine Taxe rufen? Bitte, trinken Sie. Das wird Ihnen guttun.«

»Danke, danke...« stammelte Erika Haußmann und stand mit letzter Kraft und unsäglicher Mühe auf. Verstohlen blickte sie in einen der herumstehenden Spiegel und sah schnell wieder weg.

Ein bleiches, wie verfallenes Gesicht. Blaue Lippen. Tiefe Ränder unter den Augen. Ein erschreckender Anblick.

»Es geht schon, Fräulein, es geht schon«, sagte sie mit mühsam fester Stimme. »Ein kleiner Schwächeanfall. Mir sitzt noch immer eine verschleppte Grippe in den Knochen... deshalb wollen wir ja auch in den warmen Süden.«

Erst im Wagen ließ ihre Kraft wieder nach, sie saß, in die Polster zurückgelehnt, fast eine halbe Stunde, ehe sie fähig war, wieder selbst zu fahren.

Zu Dr. Wagenfeldt, dachte sie. Ich muß zu Dr. Wagenfeldt.

Aber dann fuhr sie doch nach Hause und legte sich auf die Couch. Wie immer hatte sie Angst vor der Wahrheit. Auch wenn heute die Krebsbehandlung große Fortschritte gemacht hatte und eine Heilung oft möglich war, sofern man die Krankheit rechtzeitig erkannte, wußte sie nicht wie sie es ertragen würde, wenn Dr. Wagenfeldt zu ihr sagte: »Keine Sorge, Frau Haußmann. Es ist nur ein harmloses Gewächs im Leib...«

Und dann würde man operieren und später bestrahlen und sie hinterher zur Kur schicken. Aber keiner würde ihr sagen, ob es nicht schon zu spät war.

Nur eins war sicher: Karl würde monatelang allein mit Marion Gronau sein.

Erika Haußmann schloß die Augen und preßte die Lippen zusammen.

Nein, ich gehe nicht zum Arzt, sagte sie sich. Ich lasse es darauf ankommen. Solange ich lebe, werde ich um Karl kämpfen. Ich will nicht schon zu Lebzeiten begraben werden...

Rimini.

Ein kilometerlanger, weißer Strand mit oftmals zehn Reihen Liegestühlen und Sonnenschirmen hintereinander, abgegrenzt von einem blauen, salzigen Meer und einer Kette weißer oder bunter Hotelpaläste. Dazwischen schreiende Kinder, Hunderte Kofferradios, flirtende Paare, Eisverkäufer, schwarzlockige Jünglinge in knappen Badehosen und mit goldenen Madonnenmedaillons auf der Brust, Pullover- und Seidenstoff-Verkäufer. Bootsvermieter und schreiende Bademeister. Dazu der Geruch von Sonnenöl und Parfum, von Schweiß und trocknenden Stoffen – sogar der Duft von Reibekuchen, die ein tüchtiger italienischer Geschäftsmann auf einem hochrädrigen Wagen bäckt und vor den Liegestühlen herschiebt, denn so viele Deutsche liegen hier und braten in der Sonne. Für sie ist der Duft von Reibekuchen wie für einen Bulgaren der Duft roter Rosen.

Und die Sonne brennt vom wolkenlosen Himmel, das blaue Meer glitzert... es ist wirklich so wie auf den Postkarten und Prospekten oder – wie Ludwig Thoma einmal schrieb – so ›wahnsinnig italienisch‹.

Die dreitägige Fahrt war ohne Zwischenfälle verlaufen. Erika hatte Marion Gronau und Frank Hellberg wie gute alte Bekannte begrüßt, ohne jegliche zweideutige Bemerkungen. Sie wirkte jugendlich, hatte sich etwas geschminkt, die Haare hochgesteckt und mit einem flotten, hellroten Chiffontuch verknotet. Sie trug ein weiß-blau gestreiftes Kleid im sogenannten Segel-Look, hohe, weiße Pumps und zwang Karl Haußmann direkt, auf ihre Beine zu sehen. Überhaupt war Haußmann sehr erstaunt darüber, wie gut Erika aussah. Und als sie neben Marion stand und ihr das Gepäck verstauen half, stellte er fest, daß Erikas Beine sogar noch schlanker und schöner waren als die Marions. Das verwirrte ihn maßlos.

In der ersten Nacht, in Basel, war er ohne Aufforderung, von sich aus, zärtlich zu seiner Frau und lag dann noch lange wach. Der Zwiespalt, in den er gekommen war, machte ihn unsicher. Zwei Zimmer weiter lag Marion Gronau, und sie trug ein teerosenfarbiges Baby-Doll-Nachthemd, das er selbst gekauft hatte.

Es war zum Kotzen! sagte er sich in dieser Nacht und wälzte sich auf die Seite, um Erika nicht immer anzusehen, die ihm plötzlich so jung vorkam wie vor fünfundzwanzig Jahren. Ich fahre doch nach Rimini, um mir Marion zu erobern, aber nicht, um mich in meine eigene Frau zu verlieben. So was Blödes!

Aber auch in der zweiten Nacht, in Como, nahm er Erika in seine Arme, aber dieses Mal aus Ärger und Opposition, denn Marion und Hellberg waren im Comer See schwimmen gewesen und hatten ihn nicht mitgenommen.

Als sie endlich in Rimini waren, stellte Erika fest, daß Marion Gronau auf dem gleichen Flur wohnte. Ihr Zimmer lag günstig, gleich neben dem Aufzug und der Treppe. Um so ungünstiger lag die ›Pensione Luigi‹. Bis zum ›Palma‹ waren es gut zwanzig Minuten Fußweg – weit genug, um telefonische Warnungen in Empfang zu nehmen, wenn Frank Hellberg die Pension verließ.

»Ein Wetterchen«, sagte Karl Haußmann und dehnte sich vor dem offenen Fenster. »Was, Rika? Ein Wetterchen! Das treibt den ganzen Schimmel aus den Knochen. Du sollst sehen, wie wohl du dich in Kürze fühlst.«

Karl Haußmann hatte alles durchorganisiert. Am hoteleigenen Badestrand hatte er zwei Kabinen und vier Liegestühle mit großen Sonnenschirmen reservieren lassen, ferner eine breite Luftmatratze, mit der man auf dem Wasser treiben konnte, und einen aufblasbaren Riesenball. Dazu eine Schwimmweste, denn er wollte Marion Gronau durch ein weites Hinausschwimmen ins Meer zeigen, wie mutig und sportlich auch ein Mann mit fünfzig Jahren noch sein kann.

Am dritten Tag in Rimini kam es zu einem Zusammenstoß.

Erika war vom Hotel aus etwas später zum Strand gegangen. Sie suchte ihren Mann, fand ihn nicht und sah auch Marion Gronau nicht im Liegestuhl. Frank Hellberg war noch nicht da; er kam immer erst gegen 10 Uhr vormittags.

Eine heiße Angst kroch in Erika hoch. Sie wollte sich zwingen, sich in den Liegestuhl zu legen und zu warten, an nichts Unrechtes zu glauben, sich selbst zu belügen... aber sie hatte nicht die Kraft dazu. Sie lief zu den Kabinen.

Dort sah sie ihren Mann, wie er gerade aus einer der Kabinen kam. Aber nicht allein. Marion Gronau folgte ihm, und sie sah sehr erhitzt aus.

»Guten Morgen«, sagte Marion, sah Erika etwas scheu an und lief hinunter zum Strand, ohne sich umzudrehen. Wie Flucht sah es aus. Karl Haußmann hielt den aufgeblasenen Ball vor seine Brust und pfiff verlegen vor sich hin.

»Konnte sich Fräulein Gronau nicht allein anziehen?« fragte Erika spitz. »Oder klemmte ein Reißverschluß?«

Haußmann ließ den Ball fallen und holte Atem. »Bitte, nicht solche Töne, Erika!« rief er empört. »Ich habe nur den Ball aufgeblasen.«

»In der engen Kabine.«

»Da lag der Blasebalg.«

»Man kann ihn auch hinaustragen.«

»Man kann, kann, kann! Sag einmal, was soll das Trara? Willst du uns mit deiner dämlichen, grundlosen Eifersucht den Urlaub verderben? Wenn das so weitergeht, schicke ich Fräulein Gronau nach Hause!«

»Das wäre allerdings eine Lösung.«

»Und Hellberg? Wie stehe ich denn da? Soll ich sagen, meine Frau verdächtigt Ihre Braut? Bin ich ein Waschlappen? Willst du mich unmöglich machen?« Er gab dem Luftball einen Tritt, so daß er weit über den Strand bis zu den Liegestühlen flog. »Ein schöner Urlaub wird das! Eine herrliche Erholung! Man sollte sich jetzt in eine Pinte setzen und sich vollsaufen.«

Erika antwortete nicht mehr. Sie wandte sich ab, ließ den

wütenden Karl Haußmann stehen und ging langsam zurück zu ihrem Sonnenschirm. Niemand sah, daß sie weinte, ganz leise vor sich hin weinte. Sie hatte den Kopf gesenkt, als suche sie im Gehen etwas im Sand. Dann, als sie im Liegestuhl lag, deckte sie ein Handtuch über ihr Gesicht und weinte unter diesem Schutz weiter.

Ich habe geglaubt, nach Basel und Como würde alles besser, dachte sie, würde alles wieder so wie einst. Aber sie ist stärker, dieses blonde Aas. Sie hat etwas, das ich nie bieten kann: ihre Jugend. Ich werde immer, immer verlieren.

Karl Haußmann atmete auf, als Erika wegging zu den Sonnenschirmen. Eine dumme Situation, das sah er ein. Fünf Minuten später, und es wäre alles normal gewesen. Man mußte Erika beruhigen, um den Urlaub mit Marion zu retten. In der Strandstraße von Rimini hatte er ein Juweliergeschäft gesehen. Ein Armband, dachte er. Ja, ein Armband werde ich Erika kaufen. Ein goldziseliertes Armband, das sie sich schon immer gewünscht hat; von jetzt ab muß man verdammt vorsichtig sein.

Er ging nicht zum Strand, sondern zur Freiluftbar, bestellte sich ein Cassata-Eis und wartete, bis Frank Hellberg kam. In seinem Schutz ging er zu den Liegestühlen und benahm sich so, als sei nichts geschehen.

Nach dem Mittagessen kaufte er Erika das goldene Armband.

Sie bedankte sich, schloß es in ihren Reiseschmuckkoffer und beschloß, es nie zu tragen.

Am Abend, Karl hatte sich gerade umgezogen, denn abends speiste man im ›Palma‹ im Gesellschaftsanzug, erlebte Haußmann zum erstenmal eine jener ›Unpäßlichkeiten‹ seiner Frau, die er bisher – wenn sie davon erzählte – immer nur mit den Worten ›Das sind die Wechseljahre‹ abgetan hatte.

Entsetzt, völlig hilflos, außer Fassung sah er, wie Erika sich vor dem Frisierspiegel plötzlich vorbeugte, beide Hände gegen den Leib preßte und laut aufstöhnte. Ehe Karl helfen konnte, hatte sie sich die drei Schritte zum Bett geschleppt, warf sich dort auf den Rücken, zog die Beine an und wimmerte vor Schmerzen. Ihr schönes Gesicht war verzerrt, von gelblicher Blässe überzogen und mit kaltem Schweiß bedeckt.

»Mein Gott...« stammelte Karl Haußmann. »Mein Gott, was ist denn, Rika? Was hast du? So sag doch was! Rika!«

Er lief zu ihr, setzte sich auf das Bett, wischte ihr den Schweiß vom Gesicht und vom Hals, nahm ihre verkrampften Hände und versuchte, sie vom Leib zu heben, auf den sie sie gepreßt hatte.

»Laß mich«, keuchte sie. »Laß mich, geh! Es ist gleich vorbei... es ist... gar nichts... Ich... ich...« Sie wälzte sich auf die Seite, weinte in die Kissen und stammelte unverständliche Worte.

»Das... das habe ich ja nie erlebt, Rika«, sagte Haußmann und tastete nach ihrer zuckenden Schulter. »Hast du das schon öfter so gehabt? Warum hast du mir das nie richtig erzählt? So etwas verschweigt man doch nicht. Du bist doch meine Frau, Rika. Ich schwöre dir, ich habe das wirklich nicht gewußt.« Er stand auf, lief im Zimmer hin und her und kam sich wie geohrfeigt vor. Sie ist krank, dachte er dabei. Rika ist schwer krank, und nie hat sie etwas gesagt. Und wenn sie etwas sagte, habe ich sie ausgeschimpft. Ich war ein Barbar. Verdammt noch mal.

Er zuckte zusammen, als das Telefon läutete.

Marion war am Apparat. Sie rief aus der Hotelhalle an.

»Wo bleibst du, mein Bärchen?« fragte sie. »Ich habe einen bombigen Hunger.«

»Essen Sie allein!« sagte Karl Haußmann grob. »Und stören Sie uns bitte nicht mehr!« Er warf den Hörer zurück, ohne die Antwort abzuwarten.

»Na warte, mein Vögelchen«, sagte unten in der Halle Marion Gronau und legte auf. »So geht das nicht mit mir! Ich bin kein Stück Dreck!« Wütend ging sie in den Speisesaal an den reservierten Tisch und bestellte sich das beste Essen, das auf der Karte stand.

Oben, auf Zimmer 112, rannte Karl Haußmann noch immer herum, tauchte Handtücher in kaltes Wasser, wrang sie aus, trug sie zu Erika und warf sie in die Ecke, als seine Frau den Kopf schüttelte. Er setzte sich neben sie, hilflos wie ein kleiner, geschlagener Junge, und wartete, bis der krampfhafte Schmerz nachließ und Erika sich erschöpft ausstreckte.

»Geh essen«, sagte sie, als sie wieder sprechen konnte. »Sie wartet doch auf dich.«

Es war Karl Haußmann, als bekäme er die zweite Ohrfeige. Er senkte den Kopf, tastete nach Erikas Hand und hielt sie fest. Eine schlaffe, weiße, kraftlose Hand.

»Sie wird warten, bis sie grün ist«, sagte er rauh. »Wir werden erst alles tun, daß du gesund wirst. Ich rufe jetzt einen Arzt.«

»Nein, keinen Arzt. Bitte, keinen Arzt.« Erika versuchte, ihren Mann am Rock festzuhalten, aber er war schon aufgesprungen und ging zum Telefon. »Keinen Arzt!« rief sie verzweifelt. »Ich habe doch nichts! Ich habe mir doch nur gestern den Magen verdorben an den fetten Oliven. Ruf keinen Arzt. Karl. Bitte!«

»Auch ein verdorbener Magen braucht einen Arzt«, sagte Haußmann. Er ließ sich jetzt nicht mehr abhalten. Er rief die Rezeption an, bat um einen guten Arzt auf Zimmer 112 und bestellte eine Tasse Pfefferminztee. »Der ist gut bei verdorbenem Magen«, sagte er, als Erika den Kopf schüttelte. »Meine Mutter kochte ihn auch immer.«

Es dauerte nicht lange, bis es klopfte. Ein junger, schwarzhaariger, eleganter Mann trat ein, eine flache Tasche in der Hand, und stellte sich vor.

»Dr. Borgoporte.« Er sprach ein gutes Deutsch, und später stellte sich heraus, daß er drei Semester in Erlangen studiert hatte.

»Meine Frau«, sagte Karl Haußmann. »Der Magen oder

der Bauch. Sie klagt schon seit längerer Zeit darüber. Eben hatte sie einen Anfall, wie einen Krampf.«

»Mein Mann übertreibt maßlos.« Erika lag tief atmend auf dem Bett und versuchte zu lächeln. »Es ist nur eine Magenverstimmung, Doktor. Die fremde Ernährung, die Umgewöhnung...«

»Wir wollen sehen.« Dr. Enrico Borgoporte setzte sich neben Erika aufs Bett, schob das Hemd hinauf und tastete ihren schmalen Leib ab. Dort, wo auch Erika den vermeintlichen Kloß gespürt haben wollte, blieben seine Hände liegen und drückten vorsichtig den Bauch in kleinen Quadraten ab. Seinem Gesicht war nicht anzumerken, was er in diesen Augenblicken dachte. Er tastete höher, zum Magen, palpierte die Rippen, ließ Erika sich herumdrehen und hörte Lunge und Atmung ab. Aber sie wußte, daß er dies nur zur Ablenkung tat und daß seine Diagnose längst feststand.

»So ist gar nichts zu sehen«, sagte Dr. Borgoporte. »Einige Hautverschiebungen, eine leicht gespannte Bauchdecke. Ich schlage vor, Sie fahren mit mir in die Praxis, und ich mache einige Röntgenaufnahmen. Ich habe eine moderne Einrichtung, es dauert nicht länger als eine halbe Stunde.«

Er lügt, dachte Erika und beobachtete Dr. Borgoporte, wie er sich die Hände wusch. Er weiß genau, was in meinem Leib wächst und wächst und mir eines Tages das Leben abdrückt. Gut, lassen wir ihn die Röntgenaufnahmen machen. Ob er Karl dann die Wahrheit sagt?

Und was geschieht dann?

Mehr getragen als selbst gehend, verließ Erika am Arm der beiden Männer das Hotel und fuhr in die Praxis Dr. Borgoportes. Dort mußte sie sich auf einen Röntgentisch legen, die Fotoplatten wurden ihr untergeschoben, und dann wurde ihr Leib geröntgt, in drei Ebenen – von oben, von der Seite und vom Rücken aus.

»Schon fertig!« sagte Dr. Borgoporte heiter, bevor er mit den Platten in die Dunkelkammer ging. »Wie fühlen Sie sich, Signora?«

»Besser.«

»Ich gebe Ihnen nachher ein Kreislaufmittel mit und Dragées die Sie einnehmen, wenn wieder solche Krämpfe auftreten sollten.«

Spät am Abend schlich sich Karl Haußmann aus seinem Zimmer und eilte über den schwach beleuchteten Flur zum Zimmer Marions. Erika schlief fest. Die Tropfen, die sie gegen Schmerzen eingenommen hatte, wirkten wie ein Schlafmittel. Haußmann rief sie ein paarmal laut an, und als sie nicht reagierte, war es für ihn gefahrlos, zu Marion zu schleichen.

»Was willst du hier?« fragte Marion Gronau schnippisch, als sie auf wiederholtes Klopfen öffnete und Haußmann hereinließ. »Wenn du glaubst, du könntest mich behandeln wie ein käufliches Püppchen... Auf dein Geld pfeife ich! Was war eigentlich los? Hat dir deine Frau wieder den Kopf heiß gemacht? Ich habe große Lust, abzureisen und mit Frank auf eigene Kosten Urlaub zu machen. Aber dann ist alles aus, mein Lieber.«

Karl Haußmann setzte sich schwer und stierte auf den Orientvorleger vor Marions Bett. Sie hatte sich bereits ausgezogen, und durch den dünnen Perlonstoff ihres Nachthemdes sah er ihre aufreizende Gestalt. Sie schämte sich gar nicht, sondern ging vor ihm her zum Nachttisch, holte sich eine Zigarette und zündete sie an.

»Mein Frau ist krank«, sagte Haußmann dumpf.

»Krank? Wieso?« Marion starrte Haußmann ehrlich verblüfft an. »Sie war doch nie krank.«

»Sie hat es keinem gesagt. Jetzt weiß ich es. Ich habe vorhin einen Anfall miterlebt. Der Arzt hat uns mitgenommen und Erika geröntgt.«

Durch Marion lief ein deutliches Zittern. Sie zog ein paarmal an der Zigarette und zerdrückte sie dann mit nervösen Fingern.

»Ist... ist sie sehr krank?« fragte sie leise.

»Ich weiß es nicht. Morgen früh erfahre ich es. Dr. Borgoporte hat mir versprochen, ganz ehrlich zu sein.«

»Kann sie so krank sein, daß sie bald stirbt?«

»Was redest du da!« rief Karl Haußmann und sprang auf. »Wer denkt denn daran?«

»Ich, mein Bärchen! Wir könnten dann nämlich heiraten... wie du es dir immer erträumt hast...«

Karl Haußmann nagte an der Unterlippe. Plötzlich war es ihm, als zöge man ihn durch eiskaltes Wasser. Erika tot, dachte er. Das ist undenkbar. Auf einmal ist das undenkbar. Scheiden lassen, ja, das hätte ich. Aber nun ist sie krank, und sie kann sterben, wie Marion es so widerlich grob und deutlich sagt. Und da ist es plötzlich etwas anderes. Da denkt man an die vergangenen sechsundzwanzig Jahre, an die Kinder, die sie geboren hat, an den Aufbau der Fabrik, an dem sie mitgeholfen hat, an tausend Kleinigkeiten des Lebens, die man völlig vergessen hatte. Zum Beispiel vor sechs Jahren. Da hatte er eine Lungenentzündung. Vier Tage lag er mit hohem Fieber in der Krisis, und vier Tage und vier Nächte lang hatte Erika neben ihm gesessen bis zum Umfallen und Wache gehalten. So etwas vergißt man schnell, aber es kommt wieder, o ja, es kommt zurück in solchen Augenblicken wie jetzt, wo man glaubt, sich für immer trennen zu müssen... Sechsundzwanzig Jahre, ein halbes Menschenleben – und so soll es nun enden? Karl Haußmann wandte sich ab und ging zur Tür.

»Wohin willst du denn?« fragte Marion und ließ sich auf das Bett gleiten. Für sie war die Zukunft nun klar, und für diese Zukunft hieß es, Opfer zu bringen.

»Ich muß zu Erika«, sagte Haußmann heiser.

»Aber die schläft doch.«

»Ja. Aber ich muß zu ihr.«

»Hast du dir für Rimini nicht etwas vorgenommen, Bärchen?«

Haußmann blickte sich um. Etwas wie Abscheu kam in ihm hoch, wie Ekel beim Anblick einer kriechenden Schlange. Er sah die Nacktheit unter dem dünnen Schleierstoff und die fragenden Augen in dem süßlichen Puppengesicht. Und plötzlich wußte er auch, daß man nicht Karl Haußmann meinte, sondern sein Vermögen, sein Haus, seine Fabrik. Erika starb vielleicht, und die Nachfolgerin bot sich an wie eine Hure.

»Gute Nacht!« sagte Haußmann rauh und verließ das Zimmer.

»Du edler Spinner!« rief Marion ihm nach. Aber er hörte es nicht, es ging im Zufallen der Tür unter.

Dann ging er den Flur zurück zu seinem Zimmer 112 und war glücklich, daß Erika noch lebte, daß sie tief atmete, daß sich ihr Gesicht im Schlaf entspannt hatte und sogar rote Flecken auf den bleichen Wangen lagen. Vielleicht ist alles nur halb so schlimm, dachte er. Vielleicht zeigt das Röntgenbild, daß alles gefahrlos ist. O Gott, laß es so sein! Laß Erika weiterleben. Laß mir meine Frau... meine kleine Rika...

In dieser Nacht schlief Haußmann nicht. Er saß am Bett und wachte und achtete auf jeden Atemzug.

Am nächsten Morgen ging er allein zu Dr. Borgoporte. Erika wollte es so, und ihm war es auch lieber.

Die Sprechstundenhilfe ließ ihn sofort in ein Privatzimmer, als Karl Haußmann seinen Namen nannte, und durch die Art, wie sie ihn behandelte, ahnte er, was er zu hören bekommen würde.

»Versuchen Sie keine schönen Umschreibungen, Doktor«, sagte er, als Dr. Borgoporte eintrat und die drei Röntgenaufnahmen auf den Tisch legte. »Ich kann die volle Wahrheit ertragen.«

Und Dr. Borgoporte zeigte ihm die Röntgenaufnahmen, erklärte sie und sagte die Wahrheit.

Erika saß, in einem ihrer neuen, verführerischen Bikinis, am Fenster zum Balkon und sah hinaus aufs Meer, als Karl Haußmann zurückkam. Sie sah wieder jung und heiter aus, wie das blühende Leben, und ihm war es, als würge ihn jemand und schüttele ihn hin und her und schlage ihn mit dem

Kopf gegen die Wand. Wie schön sie ist, dachte er und hätte sich dabei zerreißen können, Nie, nie habe ich sie so schön gesehen seit unserer Hochzeitsreise vor sechsundzwanzig Jahren. Wie blind bin ich gewesen, wie gleichgültig, wie verbrecherisch uninteressiert. Und jetzt sehe ich es, jetzt...

»Was sagte der Arzt?« fragte Erika und lehnte sich zurück. Ihr Haar glänzte kupfern in der Sonne. Ihre rot geschminkten Lippen leuchteten. »Hat er die Wahrheit gesagt?«

»Ja, Erika.« Haußmann stützte sich schwer auf den kleinen Frisiertisch. »Du... siehst wundervoll aus, Rika.«

»Es ist Krebs«, sagte Erika mit fester Stimme. »Ich weiß es seit Monaten.«

Karl Haußmann schloß die Augen. Er konnte Erika jetzt nicht ansehen, während er nickte.

»Ja, es ist Krebs.« Seine Stimme schwankte und entglitt ihm.

»Und was nun?« fragte Erika. Sie beugte sich wieder vor und sah hinaus auf das in der Sonne schillernde, leicht bewegte Meer.

»Nun?« Haußmann ballte die Fäuste und drückte sie gegen seine Brust. »Nun werde ich Himmel und Hölle in Bewegung setzen, um dich zu retten. Himmel und Hölle! Ich glaube daran, daß du wieder gesund wirst, ich glaube fest daran.«

»Willst du das denn... daß ich gesund werde?« fragte sie. Es klang wie eine übliche Frage. Über Karl Haußmann rann es heiß und dann eiskalt.

»Aber ich liebe dich doch«, stammelte er. »Rika, ich liebe dich. Du darfst mich doch nicht verlassen... Was... soll ich denn ohne dich? Ich bin doch ein Garnichts, wenn du nicht mehr bei mir bist.« Und plötzlich hieb er auf den Tisch und trommelte mit den Fäusten auf die Glasplatte. »Himmel und Hölle werde ich in Bewegung setzen! Du wirst wieder gesund werden, Rika... du *wirst* es!«

Gesund werden. Als ob sich das einfach erzwingen ließe. Erika Haußmann blickte wehmütig hinaus auf die sonnenüberglänzte Adria. Dann drehte sie sich um zu ihrem Mann.

Karl war noch ganz außer sich. Er stampfte mit den Füßen, hämmerte mit den Fäusten auf dem kleinen Frisiertisch herum und beschwor Himmel und Hölle. Wie ein kleiner trotziger Junge, der sich eben niemals fügen will ins Unabänderliche.

»Karl!«, rief Erika mit sanfter Stimme. Er tat ihr leid. Sie hatte mit dieser Diagnose gerechnet – für ihn aber war es ein richtiger Schock gewesen. »Was nützt es, mit dem Schicksal zu hadern.«

Er kam zu ihr, packte sie bei den Armen: »Rika, Rika! So darfst du nicht reden. Was heißt denn Schicksal? Wir werden uns dagegen wehren. Du ahnst nicht, was heute alles möglich ist. Bedenk doch, die moderne Medizin...«

Kopfschüttelnd löste sie sich von ihm.

»Machen wir uns doch nichts vor! Die einen operieren und bestrahlen. Die anderen versuchen es mit Milchsäure oder mit Diät. Jedes Jahr taucht irgendein Wundermittel auf und verschwindet wieder in der Versenkung.« Sie hob die Stimme. »Aber jedes Jahr steigt die Zahl der Krebsfälle, und die Ärzte sind sich noch nicht einmal darüber einig, ob Krebs eine lokale oder eine allgemeine Erkrankung des Körpers ist.«

Karl Haußmann schluckte ein paarmal. Er begriff: Sie hatte es vorher gewußt und schon darüber nachgelesen.

»Mein Gott, Rika. Warum hast du mir denn nie einen Ton davon gesagt? Warum hast du bloß so lange geschwiegen?«

»Habe ich das?«

Sie sagte es mit einem kleinen Lächeln. Ohne Bitterkeit. Verzeihend. Karl Haußmann nagte verlegen an seiner Unterlippe. Stimmt, dachte er, sie hat gar nicht geschwiegen. Er war immer zu müde gewesen, wenn er aus dem Büro kam, um sie anzuhören. Zu sehr mit sich selber beschäftigt. Er hatte seine Ruhe haben wollen und keine Lust verspürt, die ›ewigen Klagelieder‹ anzuhören. ›Schwindelig?‹ hatte er einmal geknurrt. ›Das macht die Langeweile.‹ Und dann war er in die Wohnhalle gegangen, hatte seine Stereoanlage eingeschaltet und sich Wagner angehört. ›Winterstürme wichen dem Wonnemond.‹ Und statt an Rika zu denken, hatte er von Marion Gronau geträumt.

»Du hättest Genaueres sagen müssen, Rika«, versuchte er sich zu rechtfertigen. Aber in seinen Augen standen Schuldbewußtsein und Reue.

Erika umarmte ihn. Sie gab ihm einen Kuß, der Karl erschaudern und an Abschied denken ließ. Als ob sie ihm entrissen werden sollte, so hielt er sie fest.

»Rika, Rika!«

Er atmete den Duft ihres Haares, das wie Kupfer schimmerte. Er spürte die Sonnenwärme ihres Körpers, und er konnte einfach nicht glauben, was ihm der Arzt eröffnet hatte.

»Rika«, stammelte er, »die Diagnose ist falsch. Sie muß falsch sein.«

»Und der Schatten auf dem Röntgenbild?«

»Was weiß ich?« Er begann wieder umherzurennen. »Was ein Arzt sagt, genügt mir nicht! Wir werden drei, vier oder auch zehn Ärzte konsultieren. Wir gehen zu den größten Kapazitäten, Rika. Ich reise mit dir um die ganze Welt.«

Erika Haußmann konnte nicht verhindern, daß ihr die Tränen über die Wangen liefen. Das letztemal hat er sich so liebevoll um mich gesorgt, als unser Junge zur Welt kam, dachte sie. Unser Junge, der jetzt noch studiert.

Karl sah nicht, daß sie weinte.

»Am besten ist, wir fahren morgen nach Deutschland«, meinte er. »Nicht erst nach Haus, sondern gleich zur Universität nach Heidelberg.«

Erika schaute durchs Fenster nach draußen. Er sollte ihr Gesicht nicht sehen.

»Operieren lasse ich mich nicht«, sagte sie, obwohl er davon noch gar nicht geredet hatte. Aber er hatte daran gedacht. Seine Bestürzung verriet es.

»Warum denn nicht?«

»Und wenn es zu spät ist?«

»Unsinn! Wer sagt das? Wir müssen jede Chance wahrnehmen, Rika!«

»Operieren lasse ich mich nicht. Ich will so von dir gehen, wie du mich kennst. Nicht mit einem zerschnittenen Leib.«

Da war es wieder mit seiner Geduld zu Ende. Er brüllte los: »Du sollst nicht von mir gehen, verdammt noch mal!« Und dann leiser: »Los, fang ruhig schon an, die Koffer zu packen. Ich rede inzwischen mit den anderen. Die beiden können ja hierbleiben. Ich zahle ihnen die Rückfahrt mit der Bahn, damit sie keinen Schaden haben.«

»Nein.«

Sie kam und zog ihn zum Fenster.

»Siehst du, wie herrlich blau das Meer ist. Und dieser Blütenduft, diese seidige Luft. Laß uns bleiben, Karl. Laß mich diese vier Wochen genießen.«

Sie breitete die Arme aus und atmete tief.

»Laß uns ein Boot mieten, Karl. Bei einem Fischer. Dann rudern wir weit hinaus. Mitten in diesem blauen Wasser möchte ich schwimmen!«

Karl starrte sie an. So kannte er sie überhaupt nicht.

»Rika, ich liebe dich«, sagte er leise.

»Da, das Boot mit dem orangefarbenen Segel. Mit so einem möchte ich fahren.«

Haußmann riß sie vom Fenster weg. Er preßte sie in seine Arme. Mein Gott, wie blind war ich all die letzten Jahre, dachte er.

Später ging Karl Haußmann zum Strand hinunter. Allein. Erika blieb im Zimmer. Sie lag in einem Liegestuhl am Fenster und dachte über die vergangene Stunde nach.

Habe ich nun gesiegt? fragte sie sich.

Habe ich diese Marion Gronau aus seinen Träumen verdrängt? Habe ich wirklich meinen Mann zurückerobert? War das die Liebe wie vor zwanzig Jahren? Oder geschah alles nur in einer Aufwallung seines Mitleids und seines Schuldbewußtseins?

Nur das nicht, dachte sie bang.

Sie erhob sich, trat ans Fenster und blickte hinaus. Sie entdeckte ihren Mann sofort. Er saß neben Herrn Hellberg, dem Verlobten der Gronau. Die blonde Marion war nicht bei ihnen. Wahrscheinlich tummelte sie sich im Wasser – einer der bunten, wimmelnden Punkte im endlosen Blau.

Erika war beruhigt. Sie ließ die Jalousien herunter und versuchte, ein wenig zu schlafen.

Hellberg lag auf dem Bauch im Sand. Er hatte einen Sonnenbrand und blieb deshalb stets im Schatten des bunten Schirms.

»Wie geht es Ihrer Gattin?« fragte er, nachdem er Karl Haußmann begrüßt hatte. »Marion erzählte, sie sei krank.«

»Ja«, antwortete Haußmann, und er bemühte sich, ein möglichst unbeteiligtes Gesicht zu machen.

»Hoffentlich nichts Ernstes«, fuhr Frank Hellberg fort, und als Haußmann schwieg, setzte er in seiner jungenhaft offenen Art hinzu:

»Marion befürchtet, es sei vielleicht etwas Ernstes. Ich wollte Ihnen nur sagen, Herr Haußmann: Wenn ich Ihnen helfen kann...«

»Helfen!«

Karl Haußmann verlor plötzlich wieder die Fassung. »Menschenskind, helfen! Ich würde alles darum geben, wenn überhaupt nur jemand auf der Welt helfen könnte.« Sein Gesicht wirkte plötzlich ganz verfallen und alt. Unter der beginnenden Bräune war seine Haut fahlgelb.

»Steht es so schlimm, Herr Haußmann?«

Karl sah ihn nicht an. Er malte mit einem Finger im Sand und sagte gequält:

»Ich habe heute morgen mit dem Arzt gesprochen. Er hatte Erika geröntgt. Ganz eindeutige Sache, klarer Fall.« Er konnte nicht weiterreden. Er ließ den Kopf noch tiefer sinken und stöhnte: »Es ist furchtbar, ganz furchtbar.«

Frank Hellberg scheute sich, Haußmann anzuschauen.

Er starrte aufs Wasser, hin zu den badenden, ballspielenden, vor Vergnügen kreischenden Menschen.

»Krebs, nicht wahr?«
»Sie wissen?«
»Ist doch leider heute das Naheliegende.«
Sie schwiegen eine Weile. Dann sagte Hellberg:
»Natürlich brechen wir den Urlaub sofort ab.«
»Nett von Ihnen«, erwiderte Karl Haußmann. »Sehr anständig von Ihnen, Frank. Ich darf Sie doch so nennen. Schönen Dank für das entgegenkommende Angebot. Aber genau *das* will Erika nicht. Sie sagt, sie möchte diese vier Wochen richtig genießen.« Er schluckte, ehe er zögernd hinzusetzte: »Ich glaube, sie vermutet, daß bald ihre letzten glücklichen Stunden vorbei sind.«
»Ist der hiesige Arzt in Ordnung? War es eine klare Diagnose?«
»Ja. Ein Karzinom im Unterbauch. Dr. Borgoporte konnte nicht sagen, ob es noch operabel ist. Er rät aber zum chirurgischen Eingriff. Nur wenn man direkt hineinschaut, läßt sich entscheiden, ob man noch schneiden kann oder einfach wieder zunäht und Gott um ein gnädiges Ende bittet.« Er schlug die Hände vors Gesicht.
»Auch wenn wir hierbleiben, sollten Sie sich nicht auf das Urteil dieses einen italienischen Arztes verlassen.«
»Ganz meine Meinung, Frank. Aber Erika...«
»Vielleicht gibt es hier in der Gegend einen Spezialisten. Wissen Sie was, Herr Haußmann? Ich höre mich mal um. Ich kann einen italienischen Kollegen fragen, mit dem ich mich gestern schon unterhalten habe.«
»Bitte lassen Sie doch...«
Aber Frank Hellberg war nicht mehr zu halten. Er hängte sich ein Handtuch, das er vorher sorgfältig vom Sand befreite, über den verbrannten Rücken und rannte los.
Einige Minuten nachdem ihr Verlobter verschwunden war, kam Marion Gronau aus dem Wasser. Sie lief auf die Liegestühle zu. Drei Meter vor Karl Haußmann blieb sie stehen. Sie schüttelte sich, daß die Tropfen flogen und in der Sonne wie tausend Perlen glitzerten. Dann warf sie die Badekappe

in den Sand, hob die Arme zum wolkenlosen Himmel und reckte sich. Ihr blondes Haar leuchtete wie blankes Messing. Ein paar schwarzgelockte Jünglinge blieben staunend stehen.

»Dolce bionda!« riefen sie und: »O mamma mia!«

Marion Gronau beachtete sie nicht. Sie lachte Karl Haußmann an und legte sich in den Liegestuhl, der neben seinem stand.

»Deine Frau kommte heute wohl nicht?« fragte sie beiläufig, und als er nicht antwortete, sagte sie:

»Verzeihung, oder muß ich Sie zu Ihnen sagen? Wie Sie es gestern am Telefon taten, Herr Direktor.«

»Bitte, Marion, unterlaß solche Albernheiten.«

Sie schwieg ein paar Minuten. Plötzlich sagte sie impulsiv: »Entschuldige, Karl, es war nicht fair von mir. Auch gestern abend nicht. Ich verstehe, daß du jetzt, da sie krank ist, in erster Linie für deine Frau dasein mußt.«

»Marion, bitte, laß dir erklären.«

Ihr nackter Arm langte herüber, ihre Hand verschloß seinen Mund.

»Bitte erklär mir nichts. Es war mein Fehler, mir von Rimini zu erhoffen, was mir nicht zusteht. Vergessen wir's.«

Sie entzog ihm den Arm. Dann fragte sie behutsam:

»Darf ich mich danach erkundigen, wie es deiner Frau geht?«

»Im Augenblick nicht schlecht.«

»Was fehlt ihr eigentlich?«

Er wollte es nicht sagen. Ihr nicht. Er zögerte zu lange, weil er keine Ausrede parat hatte. Da kam sie ihm zuvor:

»Sie hat Krebs, nicht wahr?«

»Unsinn!« rief er, aber seine Verwirrung strafte ihn Lügen.

»Sie hat Krebs«, konstatierte Marion Gronau. »Ich habe es gestern abend schon geahnt.«

Und nach einer Weile: »Ich kann dir gar nicht sagen, wie leid es mir tut.«

In diesem Augenblick tauchte Frank Hellberg wieder auf.

Er beugte sich zu Karl Haußmann nieder, wollte ihm etwas ins Ohr flüstern. Aber Haußmann sagte:

»Fräulein Gronau ist bereits im Bilde, Frank. Sie können offen reden.«

Frank Hellberg setzte sich neben Haußmanns Liegestuhl in den Sand.

»Also, einen Krebsspezialisten gibt es hier anscheinend nicht«, begann er. »Aber der italienische Kollege hat mir etwas erzählt, was mich direkt elektrisiert hat. In der Gegend von Rom, da gibt es ein Nest, daß heißt Capistrello.« Er las es von einem Zettel ab, den er in der Hand hielt. »*Capistrello bei Avezzano.* Dort soll ein Arzt wohnen, der Krebskranke auf völlig individuelle Art heilt.«

»Heilt?« rief Haußmann. »Sagten Sie: heilt?«

»Ja. So heißt es. Mein Kollege hat einen Bericht über seine Heilerfolge geschrieben. Man erzählt sich wahre Wunderdinge über diesen Arzt.« Wieder zog er den Zettel zu Rate. »*Dr. Giancarlo Tezza* heißt er. Patienten, die in Rollstühlen und auf Tragen ankamen, sollen nach drei oder vier Wochen auf eigenen Beinen gesund und munter die Klinik verlassen haben.«

»Das ist doch Unsinn, Frank.« Karl Haußmann wischte sich den kalten Schweiß von der Stirn. »Das gibt es doch nicht. Wenn ein Arzt *das* könnte, wüßte es doch die ganze Welt.«

»Ich kann nur weitergeben, was mir der einheimische Kollege versichert hat. Mit Omnibussen strömen die Kranken zu diesem Dr. Tezza. Er soll übrigens nur einer, wenn auch der berühmteste, einer ganzen Anzahl ähnlicher Wunderdoktoren sein.«

»Wenn ich schon ›Wunder‹ höre.«

»Und die Erfolge?«

»Bevor ich nicht mit eigenen Augen...«

Hellberg sprang auf, ganz Feuer und Flamme.

»Genau!« rief er. »Das sollen Sie. Warum nicht probieren, statt hier vier Wochen die Hände in den Schoß zu legen. Und wenn dieser Dr. Tezza weiter nichts versteht, als Ihnen und Ihrer Frau die Hoffnung, den Glauben und den Willen zum Gesundwerden zu stärken.«

»Und was sagen die anderen bekannten Ärzte dazu? Die Professoren?«

»Sie lachen ihn aus. Oder sie beneiden ihn. Aber das ist doch kein Beweis. Semmelweis wurde auch ausgelacht. Und Robert Koch.«

»Sie meinen also...?«

»Ein Versuch kann nicht schaden.«

»Ich werde gleich mit meiner Frau darüber sprechen.« Karl Haußmann zog den Bademantel an und lief rasch hinüber zum Hotel.

Hellberg sah ihm nach.

»Wirklich ein netter Mensch, dein Chef. Kann einem leid tun. Daß ihm so etwas passieren muß.«

»Glaubst du etwa an die Wunder deines Dr. Tezza?« fragte Marion Gronau. »Oder wolltest du ihm nur unbedingt was Nettes sagen?«

»Ich verstehe zuwenig davon. Ich bin dafür, nichts unversucht zu lassen. Gerade in diesem ganz besonderen Fall.«

Marion Gronau erschrak.

»Wieso ist dies ein ganz besonderer Fall?« fragte sie, ohne ihn anzusehen.

»Na, du bist gut, Marion«, antwortete Frank Hellberg. Anscheinend völlig arglos. »Wo die Haußmanns so freundlich waren, uns mitzunehmen.«

Erika lag mit geschlossenen Augen da, als Karl das Zimmer betrat. Er ging zu ihr hin und küßte sie.

»Rika, Liebste«, sagte er. »Ich habe eine gute Neuigkeit.«

Er zog den Sessel an ihren Liegestuhl heran, setzte sich zu ihr und berichtete von Dr. Tezza aus Capistrello. Zum Schluß sagte er:

»Er behandelt nach einer individuellen Methode, Rika.

Ohne chirurgische Eingriffe. Sollten wir es nicht wenigstens versuchen?«

»Daß du dir soviel Sorgen um mich machst, du Guter.«

»Das...« versteht sich doch von selbst, hatte er sagen wollen. Er ließ es und fügte statt dessen hinzu:

»Wir lassen die anderen beiden hier, fahren ganz allein gemütlich zu diesem berühmten Arzt. Auf der Rückfahrt kommen wir dann wieder hier vorbei. Wenn ich daran denke, Rika: In drei Wochen bist du wieder gesund.«

Sie lächelte. Er war wie ein Kind. Sie mochte ihm die Hoffnung nicht zerstören.

»Gut, Karl, fahren wir. Wann soll es denn losgehen?«

»Gleich morgen, Rika.«

Sie widersprach nicht, sondern griff nach seiner Hand und drückte sie.

»Und jetzt, Rika, jetzt laufe ich schnell hinunter und bestelle uns eine Pulle Sekt.«

»Wie? Jetzt? Vor dem Mittagessen?«

»Ja, Rika, wir müssen darauf anstoßen. Auf ein gutes Gelingen, auf unsere Hoffnung, auf deine baldige Genesung.«

An der Tür kehrte er noch einmal um. Er zog sie ungestüm in seine Arme. So, als wollte er seinen Optimismus gewaltsam auf sie übertragen.

Sie fuhren doch nicht allein.

Frank Hellberg hatte inständig darum gebeten, mitreisen zu dürfen. Er hatte berufliches Interesse vorgeschützt, obwohl ihn in erster Linie menschliche Anteilnahme trieb, dabeizusein.

Und Marion Gronau hatte gesagt: »Wenn eine Frau krank ist, kann eine Frau ihr nützlicher sein als zwei Männer.«

Sie fuhren auch keineswegs gemütlich.

Karl Haußmann trat aufs Gas, als säße ihm der Teufel im Nacken. Mit den flinken, kleinen Italienern ließ er seinen großen Wagen um die Wette rasen. Aber es war kein Sport. Es war wie eine Flucht vor dem schlechten Gewissen. Oder wie eine Verfolgungsjagd, als gälte es, Versäumtes nachzuholen.

So eine Fahrweise verlangt ungeteilte Aufmerksamkeit. Gerade sie fehlte Karl Haußmann. Ihn irritierte, daß Marion Gronau hinter ihm saß.

Was soll das? dachte er. Warum wollte sie unbedingt mit in dieses Bergnest, statt in Rimini am Strand zu bleiben? Welchen Zweck verfolgt sie? Spielt sie die Sanftmütige, die Hilfsbereite nur, um in Wirklichkeit ihre Stellung zu behaupten? Oder war sie tatsächlich aus Zuneigung, aus Anhänglichkeit mitgefahren? Ein Gedanke, der Karl Haußmann zwar schmeichelte, aber nicht sympathisch war.

Um zehn Uhr waren sie in Rimini gestartet. In Porto Recananti, dreißig Kilometer hinter Ancona, aßen sie zu Mittag. Gegen sechzehn Uhr, in der Höhe von Giulianova Lido, geschah es:

An einer wegen Bauarbeiten verengten Straßenstelle tauchte plötzlich ein Sportwagen hinter einem entgegenkommenden Laster auf, um zu überholen.

Haußmann, der mit hoher Geschwindigkeit über den Schottergrund rasselte, wollte scharf nach rechts lenken. In diesem Augenblick gab es einen Knall.

Der linke Vorderreifen zerriß.

Haußmann verlor die Gewalt über den Wagen, der sich querstellte und schlitterte.

Die Schottersteine, die emporgeschleudert wurden, prasselten gegen die Bodenwanne. Ein Getöse entstand, das die Aufschreie der Frauen fast verschlang.

Zwanzig Zentimeter vor der Stoßstange des Lasters kam der Wagen zum Stehen. Das Sportkabrio, das Haußmann erschreckt hatte, war rechtzeitig sehr elegant zurückgetaucht und hielt knapp schrittweit hinter dem Laster. Die italienischen Fahrer traten an Haußmanns Wagen heran, besahen sich den Schaden, drückten gestenreich und achselzuckend ihr Bedauern und ihre Schuldlosigkeit aus, stiegen ein und fuhren davon.

Karl Haußmann saß noch immer da und hielt das Lenkrad umklammert. So, als hätten seine Hände sich verkrampft. Er war leichenblaß geworden. In seinem Gesicht zuckte es. Seine Lippen zitterten.

Erika war ebenfalls das Blut aus den Wangen gewichen. Ihre erste Reaktion war der Gedanke, Karl eine Tablette gegen Gallenbeschwerden anzubieten, doch dann fiel ihr ein, daß es ihn in Gegenwart der Gronau beschämen könnte. Und sie ließ es.

Marion Gronau goß Kölnisch Wasser auf ein Taschentuch und rieb ihre Schläfen ein. Dann reichte sie Erika das Flakon.

Keiner sagte ein Wort. Und das bedrückte Haußmann mehr, als wenn sie ihn mit Vorwürfen überschüttet hätten.

Gelassen blieb Frank Hellberg. Er ließ sich die Autoschlüssel geben, holte den Wagenheber und den Ersatzreifen aus dem Kofferraum und begann mit der Montage. Als Karl Haußmann den Schock überwunden hatte, gesellte er sich zu ihm und faßte mit an.

»Danke«, sagte er und schlug Hellberg auf die Schulter. »Fahren Sie eigentlich selber?«

»Und wie gern.«

»Kommen Sie mit meinem Schlitten zurecht?«

»Kein Problem.«

»Unter der Bedingung, daß Sie nicht über achtzig fahren, können Sie mich ein bißchen ablösen. Einverstanden?«

»Ich wüßte nicht, was ich lieber täte.«

Marion Gronau behauptete, die Fahrt auf den Vordersitzen nicht vertragen zu können. Da Karl Haußmann auf jeden Fall vermeiden wollte, neben ihr zu sitzen, bat er Erika, im Fond Platz zu nehmen. Karl, der neben dem chauffierenden Hellberg saß, meinte die Spannung, die zwischen den beiden Frauen knisterte, im Rücken zu spüren. Er war heilfroh, als sie nach rund vierzig Kilometern in Pescara eintrafen und ein Hotel fanden, das direkt neben einer Autoreparaturwerkstatt lag. Bevor sie morgen den Weg ins Binnenland mit seinen Bergstrecken antraten, mußten alle fünf Reifen in Ordnung sein.

Am nächsten Tag setzte sich Frank Hellberg gleich ans Steuer. Wie selbstverständlich. Und Marion Gronau rutschte neben ihn. Es ginge ihr besser, sagte sie. Dabei wirkte sie so still, so bedrückt, daß Karl Haußmann vermutete, Frank Hellberg habe ihr den Kopf zurechtgesetzt.

Ob der helle Junge etwas gemerkt hatte? Nur das nicht, dachte Karl. Denn seine zwiespältigen, von Eifersucht beeinflußten Gefühle ihm gegenüber waren herzlicher Sympathie gewichen.

Hellberg erwies sich als glänzender Fahrer. Er ließ den Wagen zügig dahinrollen, reagierte frühzeitig auf Kurven und Hindernisse, so daß er scharfes Bremsen vermied. Daß er sich sogar auf Bergfahrt verstand, erwies sich, als sie das Pescaratal hinter Popoli verließen und zur Forca Caruso hinaufkurvten, um die Abruzzen zu überqueren.

Gegen Mittag hatten sie es geschafft.

Sie waren am Ziel.

Eines taten sie gleichzeitig, als sie das Ortsschild erkannt hatten und in Capistrello einfuhren.

Sie seufzten.

Abgrundtief.

Alle vier.

»Wir müssen uns entschuldigen für das, was wir Ihnen da zumuten«, sagte Erika.

»Ach wo«, entgegnete Frank Hellberg übertrieben munter. »Ich finde es ausgesprochen romantisch. Man kann doch jeder neuen Umgebung Reize abgewinnen.«

»Wenn man den guten Willen hat«, vollendete Marion Gronau. Es klang ironisch.

Das kleine Bergstädtchen lag unter sengender Sonne. Die Häuser aus rohem Felsgestein klebten an den Berghängen. In den mit Lehm verschmierten Mauerritzen und auf den mit flachen Platten belegten Dächern wucherte Moos. Es roch hier nach Armut, nach Elend.

Nur zwei Gebäude ragten aus der Ansammlung halbverfallener Wohnhöhlen hervor:

Die Kirche mit ihrem schlanken Glockenturm und dem Dach aus glasierten dunkelroten Ziegeln.

Und ein in dieser Umgebung monströs wirkender, dreistöckiger weißer Bau.

Clinica Santa Barbara.

So stand es in Goldlettern auf einem Block aus hochglanzpoliertem Carrara-Marmor über dem Portal. Die Residenz des über Nacht berühmt gewordenen Dr. Tezza.

Vor dem Gebäude war der Boden planiert, Parkplatz für fünzig Personenwagen und sechs Reiseomnibusse. Die Klinik, vor deren Fenstern Blumenkästen mit rosa Kamelien und violetten Bougainvilleen hingen, war offensichtlich aufs große Stoßgeschäft eingerichtet.

Weniger das Städtchen.

Nach dem dritten Anlauf gab Karl Haußmann den Versuch auf, in Capistrello eine Unterkunft zu finden.

Sie fuhren die dreizehn Kilometer nach Avezzano zurück. Dort fanden sie drei Zimmer in einem einfachen Gasthaus. Allerdings erst, nachdem Haußmann den fünffachen Preis geboten hatte.

Das reichte, damit der Wirt die Vormieter kurzerhand vor die Tür setzte.

Erika war sehr erschöpft von der Fahrt. Karl Haußmann stützte sie auf dem Weg ins Gasthaus. Frank Hellberg kümmerte sich um das Gepäck.

»Hier sollen wir also hausen«, sagte Marion Gronau, als sie mit Hellberg allein war. »Das ist ja wie in der Steinzeit.«

»Schau mal dort hinüber«, entgegnete er und zeigte zu den Hängen der Simmbrunini-Berge. »Alles voller Wein. Dort reift ein guter Tropfen.«

Sie ging nicht darauf ein.

»Wie lange sollen wir hier Urmenschen spielen?« fragte sie.

»Beschwer dich nicht«, erwiderte er schroff. »Du hast es nicht anders gewollt. Oder?«

Vorsicht, dachte sie verblüfft und sah ihn an.

Was hieß das? Was wußte er?

Die Haußmanns fuhren am nächsten Morgen allein nach Capistrello zur Clinica Santa Barbara. Schon im luxuriös ausgestatteten Empfangsbüro wurde Karl Haußmann geschickt nach seinen Verhältnissen ausgefragt. Der Test fiel offenbar günstig aus. Nach kurzer Wartezeit standen Erika und Karl dem sagenumwobenen Arzt gegenüber.

In der Tat ein sehenswerter Mann, dieser Dottore Giancarlo Tezza. Groß, schlank und braungebrannt war er. Er trug einen schneeweißen Maßanzug. Aus seinem von einem pechschwarzen gestutzten Bart umrahmten Gesicht leuchteten seltsam faszinierende, goldschimmernde Augen.

Er wirkt wie ein Maharadscha, dachte Erika.

Oder wie ein Fakir.

Seinen Augen verdankte dieser Dr. Tezza den Ruf, es sei ihm möglich, ohne Röntgengerät in die Menschen hineinzuschauen und herauszufinden, wo sich die Krankheit verborgen hielt. Vielen Frauen wurde es schwindlig, wenn er seine Augen in die ihren senkte. Viele vergaßen in so einem Augenblick ihre Schmerzen.

Erika Haußmann ließ sich nicht so leicht beeindrucken. Firlefanz, dachte sie und hielt seinem Blick stand, bis er ›Si, si‹ sagte, auf zwei rote Ledersessel deutete und die beiden Besucher zum Sitzen einlud.

»Wir können deutsch sprechen«, sagte er mit leichtem Akzent. »Ich habe zwei Jahre studiert in Deutschland. Ich habe auch gearbeitet mit Professor Bauer, dem berühmten deutschen Spezialisten.«

Erika nickte.

Karl Haußmann zeigte sich tief beeindruckt. Professor Bauer war ihm ein Begriff. Er ahnte nicht, daß Dr. Tezza für jede Nationalität einen besonderen Experten zu nennen wußte. Dr. Tezza ging so weit, den Patienten aus östlichen

Ländern zu erzählen, er sei mit Demichow befreundet, dem sowjetischen Chirurgen, dem die Transplantation eines Hundekopfes gelungen war.

»Nun, die Diagnose ist klar?«

Eine rhetorische Frage. Er erwartete keine Antwort. »Nun ja, wer zu mir kommt, weiß, was ihm fehlt.«

Er strich seinen gepflegten Bart und blickte Erika melancholisch an.

»Bene. Gut. Der harten Wahrheit ins Auge schauen und trotzdem zu glauben, das ist eine wichtige Grundbedingung für jede Heilung.«

Erika sah nicht gerade überzeugt aus. Der Arzt fragte sie plötzlich:

»Sie glauben doch, daß Sie bei mir in den richtigen Händen sind, Signora. Oder?«

Da Erika zögerte, beeilte sich Karl zu versichern:

»Selbstredend, Dottore. Wären wir sonst gekommen?«

»Ihre Frau muß glauben«, sagte Tezza hartnäckig. »Nicht Sie.«

»Ich hoffe«, antwortete Erika leise. »Ich hoffe, obwohl die Röntgenaufnahmen...«

Dr. Tezza unterbrach sie mit großer Geste.

»Himmel, Maria, ich brauche keine Röntgenbilder. Die wenigsten Ärzte verstehen es, sie richtig zu lesen. Die Seele ist der Spiegel des Körpers. Ich erkenne die Seele in den Augen. Und ich weiß, was dem Menschen fehlt. Seele und Krankheit, das sind siamesische Zwillinge. Machen wir die Seele gesund, hilft sich der Körper selbst.«

Dr. Tezza nahm hinter einem gewaltigen Schreibtisch Platz, zog einen goldenen Füllhalter hervor und schlug ein in Leder gebundenes Buch auf.

»Beginnen wir also mit der Anamnese.«

Nachdem dieses Verhör über die Vorgeschichte der Erkrankung beendet war, wurde Karl Haußmann hinausgeschickt. Zwei außerordentlich hübsche Assistentinnen erschienen. Mit ihrer Unterstützung wurde Erika untersucht.

Gründlicher, als sie es nach den phrasenhaften Vorreden erwartet hatte.

Sie mußte sich völlig entkleiden. Der Arzt horchte, tastete ab und palpierte.

Zwischendurch diktierte er. Kurze, schnelle Sätze auf italienisch. Eine der Assistentinnen trug sie in das ledergebundene Buch ein.

Natürlich ertastete Dr. Tezza sofort die Verhärtung im Unterbauch. Aber sein Gesicht blieb regungslos.

Nach zwei Stunden durfte Erika sich wieder anziehen. Sie wurde in ein Labor geführt, wo man ihr Blut abnahm und Abstriche aus dem Rachen und von ihrer Zunge machte.

Dr. Tezza hatte unterdessen Karl Haußmann zu sich hereinbitten lassen.

»Nun, Dottore!« rief Haußmann schon in der Tür. »Dürfen wir hoffen?«

»Sie müssen hoffen. Wir leben von der Hoffnung«, sagte Tezza tiefsinnig. »Die Hoffnung aufgeben, hieße, sein Leben wegwerfen.«

Nach einer effektvollen Pause fuhr er fort:

»Ich werde die Behandlung Ihrer Frau übernehmen. Zunächst möchte ich Ihnen raten, mit drei bis vier Wochen zu rechnen. In zwei Tagen habe ich ein Bett frei, einverstanden?«

»Natürlich, Dottore, selbstverständlich.« Karl Haußmann rieb nervös die Hände. Wo mochte Erika sein? Was tat man mit ihr? Ob man ihr Schmerzen bereitete?

»Nun zu einem anderen Punkt«, sprach Tezza mit leicht erhobener Stimme, Aufmerksamkeit fordernd.

»Die Kosten der Kur...«

Karl Haußmann winkte ab. »Lieber Dottore, das Geld ist nicht wichtig. Hauptsache, meine Frau wird gesund. Wenn Sie ihr eine Chance geben...«

»Jeder Mensch hat seine Chance. Und Ihre Frau ist doch das blühende Leben. Sie besitzt die notwendige Widerstandskraft. Es gilt nur, sie zu mobilisieren.«

Haußmann nickte. Er glaubte, weil er glauben wollte. Er nahm die Phrasen als Offenbarung, die vagen Versprechungen als Verheißung.

Ihm war, als hätte er ein Geschenk empfangen, als er einen Scheck über 2000 Mark ausschreiben durfte.

Als Anzahlung.

»Wenn Sie meine Frau gesund machen, dann stifte ich fünfzigtausend Mark, Dottore«, sagte er mit bewegter Stimme.

Erika wurde gerade hereingeführt, als Dr. Tezza den Scheck in seine Brieftasche steckte.

»In drei Tagen also«, sagte er. »Ich gebe Ihnen prophylaktisch ein Röllchen Tabletten mit, Signora, falls stärkere Schmerzen auftreten sollten. Es sind Tabletten aus meinem eigenen Labor.«

Er reichte sie Erika.

»Zwei Stück in etwas Wasser. In zehn Minuten sind Sie die Schmerzen los.«

Karl Haußmann dankte Dr. Tezza überschwenglich.

Erika staunte. Sie war sehr skeptisch. Aber sie äußerte sich nicht. Sie wollte Karl die aufkeimende Hoffnung nicht rauben.

Frank Hellberg hatte mit Marion Gronau einen Spaziergang machen wollen. Es wurde nichts daraus. Dreihundert Meter hinterm Ortsausgang von Avezzano blieb Marion stehen. Sie zog die hochhackigen Schuhe aus, lief auf Strümpfen zu einem großen Felsbrocken und setzte sich.

»Das mache ich nicht mit«, sagte sie zornig. »Ich gehe zurück zum Gasthof und lege mich hin. Dieses Kaff hat nichts weiter zu bieten als hartes Pflaster und Einöde.«

Ihr Verlobter versuchte nicht, sie umzustimmen. »Ich habe ein paar Krimis im Koffer. Hol dir einen«, verabschiedete er sie und schritt, während Marion in den Ort zurückhumpelte, auf einem Pfad rasch voran, der parallel zur Straße bergwärts führte.

Richtung Capistrello.

Er wollte dort ein bißchen Umschau halten. Vielleicht gelang es ihm, einen Blick in die Klinik des Krebsdoktors zu werfen, ohne sich vorher durch Prunkportal und Marmorhallen blenden zu lassen.

Der Pfad war eine Abkürzung. Er ging zwar steil hinan, sparte dafür aber die Serpentinen aus. Nach einer knappen Stunde sah Frank das rote Kirchendach von Capistrello unter sich. Und gleich daneben entdeckte er die Klinik.

Hellberg erkannte: Der Parkplatz war schon einigermaßen besetzt. Neunzehn Wagen zählte er. Er konnte sogar erkennen, daß einige Fenster der Gebäude weit geöffnet waren.

Es reizte ihn, sich die Sache aus der Nähe zu betrachten. Er verließ den Pfad, der weiter nach oben führte, und stieg, die Füße quer setzend, vorsichtig die mit Geröll übersäte Halde hinab.

Plötzlich stockte er.

Er war an eine steile Stelle geraten. Sechs bis acht Meter ging es senkrecht in die Tiefe. Eine Stützwand, aus Felsbrocken geschichtet.

Er ging vorsichtig an ihr entlang und merkte zu seiner Beruhigung, daß sie an Höhe verlor. Jetzt trennten ihn nur noch drei Meter von einem unter ihm liegenden Pfad.

Er fragte sich gerade, ob er hinabspringen sollte, da drang ein Geräusch durch die Stille.

War es ein Tier?

Oder ein Mensch?

Es klang wie ein leises Schluchzen.

Jetzt wieder.

Frank Hellberg trat dicht an den Abhang und blickte hinunter. Da sah er das Mädchen.

Es saß auf einer Bank in einer Mauernische, hielt den Kopf in die Hände gestützt und weinte. Unaufhaltsam.

Frank wollte sie nicht erschrecken, nicht einfach hinunterspringen. Deshalb rief er sie an:

»Hallo.«

Mit so einer Wirkung hatte er nicht gerechnet: Das Mädchen sprang auf, ergriff die Flucht, von panischer Angst getrieben. Es rannte davon, geradewegs auf den nächsten Steilhang zu. Im nächsten Augenblick mußte sie abstürzen.

Da sprang Frank Hellberg.

Knapp einen Meter vor ihr und knapp einen Meter vom Abgrund entfernt landete er.

Mit ausgebreiteten Armen.

Im letzten Augenblick fing er sie auf.

Zuerst stieß sie ihn von sich. Sie wehrte sich, strampelte mit den Beinen. Er ließ sie erst los, als sie wieder auf dem steinigen Boden stand.

»Scusi, Signorina«, sagte er, ohne zu wissen, wofür er sich entschuldigte. Er deutete auf die Bank. Sie möge sich doch wieder setzen. Er reichte ihr sein blütenweißes Taschentuch und sagte, weil er nicht viel mehr auf italienisch zu sagen wußte:

»Parla te tedesco?«

Aus ihren großen schwarzen Augen sah sie ihn an.

Wie ein gescholtenes Kind. Sie setzte sich gehorsam hin. Offenbar war Frank Hellberg nicht derjenige, den sie fürchtete. Sie trocknete ihr Gesicht ab, das zart und durchsichtig wie Porzellan wirkte und von einer Flut schwarzer Haare eingerahmt war.

Dann erst sagte sie:

»Ja, ich spreche deutsch. Ich bin von Beruf Dolmetscherin, Hosteß bei einer Omnibusgesellschaft.« Frank setzte sich neben sie.

»Und wo drückt der Schuh?« Den Ausdruck verstand sie nicht. Deshalb fügte er hinzu:

»Ich meine, kann ich Ihnen helfen?«

»Ich kann nicht darüber reden«, sagte sie.

»Sie sollten es tun, bitte.«

»Nein.«

Frank Hellberg verlegte sich aufs Ausfragen.

»Gehören Sie in jenes Haus?« Er zeigte zur Klinik.

Sie nickte.

»Als Krankenschwester?«

Sie schüttelte den Kopf. Sie mußte noch blutjung sein. Höchstens zwanzig.

»Ich erkundige mich, weil ein Bekannter von mir gerade heute versucht, seine Frau dort unterzubringen. Glauben Sie, daß er hoffen darf?«

Sie schnaubte verächtlich.

»Hoffen? Es wird ihr eine Weile sehr gutgehen, wenn sie viel Geld hat. Weiter weiß ich nichts.«

»Wie meinen Sie das?«

Sie antwortete mit einer Gegenfrage:

»Ist Ihre Bekannte wirklich unheilbar?«

»Was soll das heißen?«

»Dann schadet es wenigstens nichts, wenn sie bei Dr. Tezza ihre Zeit verschwendet.«

»Was?!« rief Frank Hellberg aus. »Steht es so?«

»So steht es. Und wenn sie kein Geld mehr hat, dann setzt man sie vor die Tür. Es sei denn, sie ist jung, schön und vielleicht sogar blond. Dann mag sie auch ohne Geld bleiben. Unter einer gewissen Bedingung, verstehen Sie?«

»Mein Gott, wie können Sie solche Behauptungen aufstellen. Sie wollen sagen, daß Dr. Tezza...«

»Sie haben schon richtig verstanden«, rief sie. Plötzlich überkam sie Wut und Verzweiflung:

»Ach was, wenn Ihr Bekannter Geld hat, soll er es lieber gleich für einen goldenen Sarg ausgeben!« schrie sie und schüttelte die Fäuste.

»Oder besser: Er soll nach L'Aquila fahren und dem Polizeichef eine Million Lire bieten, damit er endlich kommt und diesen Dr. Tezza in seinem Rattennest ausräuchert!«

Sie brach in Schluchzen aus, das ihren ganzen Körper erbeben ließ und nicht enden wollte. Frank Hellberg legte den Arm um ihre Schultern, seine Linke streichelte ihr Haar. Immer wieder. Sein Hemd wurde durchtränkt von ihren Tränen, während er – bruchstückweise – ihre Geschichte erfuhr:

Daß sie Lungenkrebs hatte, daß ihr Geld aufgebraucht war, daß sie die Klinik morgen verlassen sollte, weil der Platz für eine zahlungskräftige ausländische Patientin benötigt würde. Falls sie sich nicht entschlösse, Dr. Tezzas Antrag anzunehmen. Und zwar noch heute.

Nein, sie machte nicht den Eindruck, als sei sie verrückt. So unglaublich ihre Erzählung auch klingen mochte. Sie war keine geltungsbedürftige Erfinderin von Sensationen. Sie war nichts als ein armes, sehr hilfsbedürftiges, kleines Mädchen in großer Not.

Frank Hellberg küßte sie ganz sachte auf die Stirn.

»Ich helfe dir, ich bringe das für dich in Ordnung. Wenn es stimmt, was du mir da erzählt hast, dann brauchen wir keine Million Lire, um den Polizeichef herzulocken.«

Sie schüttelte den Kopf.

»Mir kann keiner helfen«, sie stockte. Ihr schien etwas einzufallen. »Oder würden Sie mich vielleicht mit nach Bari nehmen?«

»Wieso nach Bari?«

»Lesen Sie keine Zeitung?«

»Im Urlaub nicht.«

»Von Bari gehen Schiffe nach Dubrovnik. Und von Dubrovnik kann man mit der Eisenbahn oder mit dem Omnibus nach Sarajewo fahren.«

»Ja, und? Was soll das?«

»In Sarajewo hat ein Arzt ein neues Mittel entdeckt, das schon Krebsfälle geheilt hat. Es wird in einer staatlichen Fabrik hergestellt und umsonst abgegeben. Das kann kein Betrug sein. Tausende fahren von Bari aus hinüber. Mit dem Fährschiff ›Sveti Stefan‹. Sie nennen es das ›Schiff der Hoffnung‹.«

»Wenn das wahr ist!« Frank Hellberg sprang auf. Er küßte sie auf beide Wangen.

»Kind, wenn das wahr ist! Ich schwöre dir, ich bringe dich hinüber. Du mußt mir nur helfen, meine Bekannten über diesen Dr. Tezza aufzuklären. Komm«, sagte er und nahm ihre Hand. »Wir müssen schnell hinunter.«

Sie sträubte sich.

»Ich betrete die Klinik nicht mehr, obwohl mein Koffer noch im Zimmer steht.«

»Das erledige ich«, rief er und zog sie mit sich fort.

Arm in Arm schlenderten sie durch die gepflegte Parkanlage auf der Bergseite der Klinik.

»Du wirst dich hier ganz bestimmt wohl fühlen, Rika.«

»Nur wenn du bei mir bleibst, Karl.«

»Ich komme jeden Tag.«

»Das mußt du.«

»O Rika, ich bin so froh, daß wir hergefahren sind. Ich glaube, dieser Dottore ist ein Teufelskerl.«

»Das mag schon sein.«

Er horchte auf, blieb stehen, sah ihr in die Augen.

»Rika, was ist denn? Glaubst du nicht, daß Dr. Tezza dich gesund machen wird?«

Und so, als ob sie dann etwas ganz Unmögliches täte, fragte er noch einmal:

»Glaubst du etwa nicht an ihn?«

Sie wollte ihm ihr Gesicht nicht zeigen und wandte sich ab. Da entdeckte sie Frank und das Mädchen. Die beiden kamen Hand in Hand dahergerannt. Es gab Erika einen Stich durchs Herz. Um Himmels willen, dachte sie. Er muß sich doch um seine Marion kümmern. Um meinetwillen!

»Karl«, sagte sie, »sieh mal, wer da kommt.«

Und beglückt stellte sie fest, daß Karl Haußmann nichts als ihre Gesundheit im Sinne hatte. »Mensch, Herr Hellberg«, rief er. »Für Ihren guten Tip werde ich Ihnen ewig dankbar sein. Dieser Tezza, das ist ein Arzt. Eine ganz große Persönlichkeit, sage ich Ihnen. Dem kann man sogar Wunder zutrauen.«

Haußmanns Enthusiasmus verpuffte ohne die erwartete Resonanz.

Hellberg sah eher betroffen als begeistert aus.

Er atmete heftig. Sie waren rasch bergab gelaufen. Dazu kam die Aufregung. Er hatte haarsträubende Einzelheiten über Dr. Tezzas ›Heilmethode‹ zu hören bekommen.

»Haben Sie sich etwa schon angemeldet?« fragte er jetzt.

Erika vernahm den warnenden Unterton sofort.

»Übermorgen ist Einzug«, entgegnete Karl und wunderte sich, daß Hellbergs Brauen sich zusammenzogen.

»Entschuldigung«, sagte Frank Hellberg und schob das fremde Mädchen in den Vordergrund. »Gestatten Sie zunächst, daß ich vorstelle...«

Sie sagte selber ihren Namen.

»Claudia Torgiano. Aus Livorno.«

»Und nun zur Sache«, fuhr Hellberg fort. »Signorina Torgiano hat Ihnen eine Eröffnung zu machen, die Ihnen zunächst ungeheuerlich vorkommen wird.«

Er sah, wie Erika Haußmann sich auf die Unterlippe biß und ihr Mann zusammenzuckte. Und er ergänzte:

»Bitte, Sie müssen dieses Mädchen anhören. Es ist von lebensentscheidender Bedeutung.«

Niemand hatte sie kommen sehen.

Plötzlich waren sie da.

Zwei Männer in grauen Kitteln.

Der eine packte Claudia Torgiano von hinten. Mit dem rechten Arm umklammerte er ihren Leib und hob sie hoch. Seine Linke erstickte ihre Hilferufe. Der andere ergriff das Mädchen bei den Beinen.

Dann rannten sie mit ihr davon...

Einen Augenblick waren sie alle erstarrt. Dann warf sich Hellberg herum, und während Erika erst jetzt zu einem Aufschrei fähig war, Karl seine Frau stützte, aus Angst, sie könne einen Schock bekommen, rannte Hellberg den beiden grauen Männern nach.

Er erreichte sie kurz vor der Eingangstür. Sie war offen, und in der Halle warteten weitere zwei Männer in grauen Kitteln.

»Ihr Lumpen!« schrie Hellberg. Er stürzte sich auf den Mann zu, der Claudias Beine festhielt. Der Mann ließ die Beine fallen, drehte sich um und hieb einen gezielten Schlag gegen Hellbergs Kinn. Eine Sekunde lang schwankte er, aber sie genügte, um Claudia ins Haus zu schleifen. Die wartenden Männer in der Halle warfen die Tür zu. Der Graue, der Hellberg geschlagen hatte, rettete sich mit einem weiten Sprung ins Haus. Im gleichen Augenblick rasselte ein Scherengitter herunter. Die Klinik war abgesperrt wie ein Zuchthaus.

Vom Fenster seines Arbeitszimmers trat Dr. Tezza zurück ins Zimmer. Ein böses Lächeln lag auf seinen Lippen, seine bernsteinfarbenen Augen glühten. Auf dem Flur hörte er viele Schritte, die Tür sprang auf, Claudia wurde in das Zimmer geschoben. Sie sah herrlich aus in ihrem Zorn und ihrer Verzweiflung. Das bleiche Gesicht war gerötet, die langen, schwarzen Haare zerwühlt, aus den Augen schrie der ganze Haß, den sie gegen Dr. Tezza empfand. Sie blieb an der Tür stehen, nachdem die Wärter hinausgegangen waren, und legte beide Hände über ihre Brust. Dort war das Kleid zerrissen.

»Komm näher...« sagte Dr. Tezza freundlich und zeigte auf einen der Ledersessel.

»Nein!«

»Ich habe dich beobachtet, wie du mit diesem jungen Mann gesprochen hast. Was hast du ihm erzählt?«

»Die Wahrheit!«

»Was nennst du die Wahrheit?«

»Alles, was Sie mit mir getan haben und tun wollten!« schrie Claudia und ballte die kleinen Fäuste. »Alles! Alles!«

»Und das hat er dir geglaubt?«

»Ja!«

»Er scheint ein Mensch von primitivem Geist zu sein.« Dr. Tezza trat wieder an das Fenster. Unten, vor der Klinik, standen Hellberg und Haußmann und verhandelten mit einem der grauen Wärter. Erika saß auf einer Bank im Schatten einer Pinie. »Ist er ein Bekannter von Herrn Haußmann?«

»Sein Freund.« Triumph lag in Claudias Stimme.

»Hm.« Dr. Tezza wandte sich ins Zimmer. Sein Blick, mit dem er Claudia musterte, verhieß nichts Gutes. »Weißt du, daß es mir leichtfällt, dich für irr zu erklären? Dann kommst du in eine Irrenanstalt, und wer da einmal drin ist, kommt nicht oder nur sehr schwer wieder hinaus. Es wäre klug, ein liebes, stilles Mädchen zu sein und ein wenig zärtlich zu deinem Onkel Dottore zu werden.« Dr. Tezza wollte näher kommen. Claudia wich vor ihm zurück und flüchtete um den Schreibtisch. Dr. Tezza stürzte auf sie zu, riß sie zurück, wollte sie in seine Arme reißen, als es klopfte.

»Maledetto!« schrie Dr. Tezza. »Was ist?« Er ließ Claudia los, die zur Wand flüchtete, mit weiten, entsetzten Augen. Sie wußte, es gab für sie keine Hilfe mehr.

Einer der grauen Pfleger kam herein. Seine Miene war sehr ernst und fast erschrocken.

»Dottore«, sagte er, »der Mann draußen ist Journalist. Er droht, in allen Zeitungen der Welt einen Skandal zu machen.«

Dr. Tezza fuhr herum. »Wußtest du das?« schrie er Claudia an. Claudia nickte.

»Ja —«, log sie. Und plötzlich war das Leben nicht mehr grau und hoffnungslos.

»Von welcher Presse?«

»Von der deutschen.«

»Auch das noch!« Dr. Tezza trat an einen Spiegel, strich die Haare etwas zurecht und verließ schnell sein Zimmer. Den Wärter ließ er zur Bewachung Claudias zurück.

An der großen Eingangstür stand allein Frank Hellberg und hatte die Hände um die Gitterstäbe gelegt. Karl Haußmann kümmerte sich um seine Frau. Er begriff das alles noch nicht. Nur Erika schien die Wahrheit zu ahnen. Sie lächelte schwach und schwieg, als Karl fragte: »Verstehst du das, Rika?«

Dr. Tezza gab ein Zeichen, als er in der Marmorhalle seiner

Klinik erschien. Surrend fuhr das Scherengitter hoch, die Türen öffneten sich, Frank Hellberg trat ein. Ohne auf eine Vorstellung zu warten, wußte Hellberg gleich, wer der elegante Mann in dem weißen Anzug war. So mußte Dr. Tezza aussehen, es war gar nicht anders möglich.

»Lassen Sie sofort Claudia frei!« sagte Hellberg scharf und blieb drei Schritte vor Tezza stehen. Die beiden Männer sahen sich in die Augen und wußten in dieser Sekunde, daß sie Todfeinde waren. Dr. Tezza lächelte ironisch.

»Signorina Torgiano ist krank, sehr krank. Außer einem Bronchial-Ca. leidet sie auch an zeitweiligen geistigen Störungen. Schizophrene Schübe, wenn Ihnen damit gedient ist. Wir müssen dann sofort handeln, damit sie keinerlei Unheil anrichtet. Entschuldigen Sie also bitte das verwunderliche Eingreifen meiner Assistenten.«

Elegant klang das, unangreifbar. Hellberg kräuselte die Lippen.

»Das haben Sie gut ausgedacht, Doktor! Damit kann man alles lahmlegen.«

»Nicht wahr?« Dr. Tezza lächelte breiter. »Da brechen selbst einem deutschen Journalisten die Bleistifte ab.«

»Irrtum.« Hellberg zog das Kinn an. »Ich habe genug gehört, um Ihren Laden hier hochgehen zu lassen!«

»Das ist eine Nötigung«, sagte Dr. Tezza milde.

»Bitte! Sie soll es auch sein! Gehen wir zusammen zur Polizei! Dann wollen wir sehen...«

»Obzwar Sie mir zuwider sind, möchte ich Ihnen eine Blamage ersparen.« Dr. Tezzas Stimme war sanft wie ein Streicheln. »Die Polizei! Glauben Sie wirklich, daß im weiten Umkreis ein Polizist gegen einen Dr. Tezza ermitteln wird? Sie verkennen die Verhältnisse zwischen Apennin und Abruzzen. Wir leben hier nicht im kühlen Germania.«

»Das alte Lied! Gute Lire...«, sagte Hellberg bitter.

»Sehr gute Lire.« Dr. Tezza hob beide Hände. »Was wollen Sie eigentlich? Einen Artikel über mich schreiben? Viel

Feind, viel Ehr'... das ist eines Ihrer deutschen Sprichwörter. Außerdem verklage ich Sie!«

»Es gibt da manche Dinge, die für die Öffentlichkeit interessant sind: Einem Lungenkranken legten Sie goldene Amuletts auf die Brust. Andere Krebskranke werden hypnotisiert, bekommen Breipackungen, werden elektrisiert und mit Magnetismus behandelt. Und dann das Wichtigste ›Dr. Tezza Lebenstrank‹! Er schmeckt nach Zitrone und wird nichts anderes sein als Zitronenwasser. Jeden Tag zwei Liter müssen die Kranken trinken. ›Wir spülen mit dem Lebenstrank den Krebs hinaus‹, das sagen Sie selbst allen Kranken. Und die Armen trinken und zahlen, trinken und zahlen... bis sie sterben oder arm geworden sind. Zitronenwasser gegen Krebs!«

»Die Ausgeburt einer kleinen Irren!« Dr. Tezzas Gesicht hatte sich verdunkelt. »Ich habe Beweise echter Heilungen. Innerhalb von acht Tagen! Die sind stärker als die Phantasien einer Schizophrenen.«

»Man wird das alles nachprüfen.« Hellberg spürte, daß er Land gewonnen hatte. Zum erstenmal schien ein Journalist zu wissen, wie man in der Clinica Santa Barbara Krebs ›heilte‹. »Lassen wir also den Tanz beginnen: Tezza gegen Hellberg. Ich glaube, die Weltpresse hat da einen herrlichen Stoff!«

»Was soll der ganze Rummel?«

»Lassen Sie Claudia frei, geben Sie den Scheck an Herrn Haußmann zurück!«

»Das muß Herr Haußmann selbst...«

»Ich handle im Auftrag von Herrn Haußmann.«

»Und dann?«

»Dann verlassen wir so schnell wie möglich diesen Ort.«

»Warten Sie.«

Dr. Tezza ging die Marmortreppe hinauf.

In seinem Arbeitszimmer stand Claudia noch immer an der Wand, zusammengeduckt, als habe man sie geschlagen. Tezza beachtete sie gar nicht, setzte sich, spannte einen Bogen in die Schreibmaschine und schrieb. Dann hob er das Papier über den Tisch, legte einen Kugelschreiber daneben und winkte Claudia.

»Unterschreibe!«

Claudia kam an den Tisch. Sie überflog die wenigen Zeilen, es war eine Art Ehrenerklärung:

Ich versichere hiermit, daß ich entgegen ärztlichen Anraten und im vollen Bewußtsein aller möglichen Komplikationen und Konsequenzen aus freien Stücken die ›Clinica Santa Barbara‹ verlasse.

Ich habe gegen Herrn Dr. Giancarlo Tezza keinerlei Ansprüche mehr und versichere, daß alles getan worden ist, was zur Heilung meiner Krankheit aus ärztlicher Sicht möglich war. Ich bestätige, daß Herr Dr. Tezza nach bestem Wissen gehandelt hat. Ich kann seine Klinik nur empfehlen.

»Das unterschreibe ich nicht!« sagte Claudia und trat zurück. »Nicht den letzten Satz.«

»Willst du vielleicht ins Irrenhaus?«

»Das ist eine Lüge, was da steht!«

»Das ganze Leben ist eine Lüge, mein Kleines. Du bist frei und kannst mit deinem Liebhaber hingehen, wohin du willst.«

»Er ist nicht mein Liebhaber.«

»Er wird es werden.« Dr. Tezza lächelte spöttisch. »Du könntest auch bei mir leben. Es fehlte dir an nichts.«

Claudia biß die Lippen zusammen. Sie trat wieder vor, nahm den Kugelschreiber und unterschrieb die Ehrenerklärung Dr. Tezzas. Sie wußte, daß er damit unangreifbar geworden war. Aber was tut man nicht alles, um einer Hölle zu entfliehen?

»Danke, mein Kleines!« sagte Dr. Tezza. »Laß dir von der Oberschwester deine Sachen geben.« Er faltete das Papier zusammen. »Du kannst gehen, wann du willst.«

Mit fliegenden Haaren rannte Claudia hinaus.

In der Halle standen sich wenig später Dr. Tezza und Hellberg wieder gegenüber. Diesmal waren auch Karl und Erika dabei. Mit kurzen Worten hatte Hellberg ihnen erklärt, was hier in dieser Klinik gespielt wurde. Haußmann war hochrot und maßlos erregt. Daß er einem Scharlatan aufgesessen war, konnte er nicht überwinden.

»Mein Geld!« schrie er sofort, als Dr. Tezza auf der Treppe sichtbar wurde. »Mein Geld, Sie Pfuscher!«

»Bitte!« Dr. Tezza schwenkte den Scheck Haußmanns. Er war weit davon entfernt, sich beleidigt zu fühlen. Niemand hörte sie.

Die Kranken hatten Zimmer-Liegestunde, das Personal war sowieso für solche Vorwürfe taub. Man konnte ungeniert sprechen.

»Wo ist Claudia?« rief Hellberg.

»Sie packt die Koffer. Zufrieden?« Dr. Tezza sah jeden an. Seine Sicherheit war bedrückend. Hellberg ahnte etwas Unangenehmes. Und seine Ahnung wurde sofort bestätigt. Tezza reichte Hellberg die unterschriebene Erklärung.

»Bitte lesen Sie.«

Hellberg gab das Papier zurück, nachdem er es zweimal gelesen hatte.

»Damit sind Sie gerettet!«

»Ich glaube, ja. Ihre Kronzeugin fällt aus. Andere Zeugen haben Sie nicht. Es wird auch niemand aussagen in diesem Haus.«

Dr. Tezza steckte die Erklärung in die Brieftasche. »Nun schreiben Sie Ihre Artikel, Herr Hellberg! Es wird Sie Millionen Schadenersatz kosten.«

Oben erschien Claudia. In beiden Händen Koffer. Mit glücklichem, strahlendem Gesicht. In Hellbergs Herz leuchtete eine heiße Sonne auf. Er rannte ihr entgegen, nahm ihr die Koffer ab.

»Kommt!« rief er. »Gehen wir! Ich kann nicht garantieren, ob ich mich noch fünf Minuten zu beherrschen vermag!«

Sie verließen die Clinica Santa Barbara, ohne sich umzublicken, und fuhren zurück nach Avezzano.

Dr. Tezza sah dem Auto nach, bis es hinter einer Kurve der

Serpentinenstraße verschwand. Er war der Sieger, aber er kam sich nicht als solcher vor.

Er ahnte: Er hatte nur eine kleine Galgenfrist bekommen.

Neben dem Gutshof, auf einer Wiese, lag unter einem Sonnenschirm Marion Gronau auf einer Decke. Sie sprang erschreckt auf, als sie die quietschenden Bremsen des Wagens vor dem Haus hörte. Karl half seiner Frau aus dem Wagen, Hellberg bemühte sich um Claudia.

»Nanu, wer ist denn das?« fragte Marion, die mit verzerrtem Gesicht an der Hauswand lehnte. »Bekommt man Medizin jetzt in solcher Verpackung mit?«

»Laß die dummen Bemerkungen, bitte.« Hellberg stellte Claudia vor, und Marion nickte von oben herab. Wie zwischen Tezza und Hellberg war zwischen Claudia und ihr gleich vom ersten Blick an eine stille, aber unüberwindliche Feindschaft.

»Ein Heilungserfolg Dr. Tezzas?« fragte Marion.

»Nein. Ich habe Fräulein Torgiano aus der Klinik dieses Scharlatans geholt. Ich erzähle es dir später.«

»Du entwickelst dich zum großen Samariter, mein Lieber. Nur scheint mir, daß in den Zimmern der Klinik auch weniger junge Patientin liegen, die man ›retten‹ müßte!«

Hellberg antwortete nicht. Er trug die Koffer ins Haus, Claudia folgte. In Marions Zimmer stellte Hellberg die Koffer ab und zeigte auf das Bett.

»Ruhen Sie sich etwas aus, Claudia. Die Aufregung war zuviel für Sie. Und mit meinen Freunden werde ich sprechen ... wegen Bari.« Er drehte sich um und ging. An der Tür aber fühlte er eine Hand auf seiner Schulter. Lautlos war ihm Claudia nachgeeilt und stand nun dicht vor ihm.

»Sie sind ein guter Mensch«, sagte sie leise. Dann hob sie sich auf die Zehenspitzen und gab ihm einen schnellen Kuß auf den Mund. Ehe Hellberg etwas sagen konnte, hatte sie ihn aus dem Zimmer geschoben.

»Claudia...« sagte Hellberg leise und legte den Zeigefinger auf seine Lippen, wo er noch ihren Kuß spürte. »O Claudia...«

Marion lag wieder auf der Decke unter dem Sonnenschirm. Sie richtete sich auf, als Hellberg zu ihr kam. Haußmanns blieben auf ihrem Zimmer. Erika hatte einen Weinkrampf bekommen, als sie endlich wieder zur Ruhe gekommen war.

»Nun?« fragte Marion.

»Was nun?«

»Keine Erklärungen?«

»Nein.«

»Du machst es dir einfach, mein Lieber. Läßt mich allein nach Hause humpeln, empfiehlst mir Krimis und kommst nach Hause mit einem jungen Mädchen. Und das alles soll ich schlucken wie Zuckerwasser.«

»Das verlangt keiner.« Hellberg setzte sich neben Marion auf die Decke. »Claudia ist sehr krank. Lungenkrebs.«

»Ach! Mir scheint, du wirst Krebsspezialist. Was sollen wir mit ihr?«

»Wir fahren alle nach Bari.«

»Wozu sind die Füße da... zum Marschieren...«

»Von Bari fahren wir nach Dubrovnik und dann weiter nach Sarajewo.«

»Leider gibt es keinen Kronprinzen mehr, den man da erschießen kann.«

»Aber einen Arzt, der ein neues Krebsmittel entdeckt hat. Hunderte, ja Tausende fahren seit Wochen zu ihm. Es ist fast wie eine Wallfahrt. Wir sollten alle uns bietenden Chancen ausnützen... zumal sich Frau Erika nicht operieren lassen will.«

»Ach!« Marion legte die Arme unter den Kopf. Ihre Brüste wölbten sich hoch in die gleißende Sonne. »Das wußte ich ja noch gar nicht.«

»Und Claudia glaubt an dieses Mittel. Sie ist ein armes

Ding, so hoffnungslos – bis auf die letzte Hoffnung in Sarajewo.«

»Soll ich weinen?« Marion nagte an der Unterlippe. »Wie soll das überhaupt werden. Wo soll sie denn schlafen?«

»Bei dir.«

Marion schnellte hoch wie ein Gummiball. »Du bist wohl verrückt!« rief sie.

»Wieso?«

»Womöglich noch in meinem Bett!«

»Wir haben keine andere Möglichkeit.« Hellberg blinzelte zu Marion hinauf. »Oder soll ich sie bei mir schlafen lassen?«

Marion schwieg. Sie wandte sich ab und sah hinüber zum Fenster ihres Zimmers. Dort war Bewegung hinter der dünnen Gardine.

»Sie ist ja schon drin!«

»Ja. Sie soll sich ausruhen. Marion...« Hellberg setzte sich auf. »Eine Nacht ist es nur. Morgen fahren wir alle nach Bari. Überwinde dich diese eine Nacht.«

»Es scheint dir viel am Glück dieser Claudia zu liegen.«

»Ja, sehr viel. Wenn du in ihrer Lage wärst, wärest du auch froh, wenn dir jemand helfen würde.«

Damit war das Thema erledigt.

Verbissen schwieg Marion. Aber sie wußte nun, wie gefährlich ihr Claudia werden konnte. Und sie beschloß, besonders nett zu sein, um Hellberg keinen Anlaß zu geben, sich mit ihr zu streiten.

Am Abend aßen Hellberg, Marion und Claudia allein. Karl blieb bei Erika. Sie war noch immer total erschöpft, lag im Bett und nahm nur ein paar Bissen gebratenes Kalbfleisch zu sich. Dazu trank sie Mineralwasser.

»Geh doch auch 'runter, Karl«, sagte sie nach dem Essen. »Ich weiß doch, wie gern du Rotwein trinkst. Trink' deine Flasche. Mir geht es wieder gut, nur müde bin ich.«

»Wenn du meinst. Ich wollte aber bei dir...«

»Geh nur, Karli.« Erika lächelte und streichelte seine Hände.

»Mir tut der Schlaf gut... und dir der Wein nach all der Aufregung.«

Karl Haußmann ging nach unten in den Speiseraum. Er traf Marion allein an, mit einem Gesicht, als habe sie Essig getrunken.

»Nanu?« sagte Haußmann. »Wo sind denn die anderen?«

»Fort! Signorina Claudia wurde es nach dem Essen übel und sie mußte an die Luft.«

»Und du bist nicht mitgegangen?«

»Nein. Ich wußte, daß du noch herunterkommst. Ich muß mit dir sprechen.«

Karl Haußmann öffnete den Kragen seines Hemdes. Ihm war plötzlich wärmer, als es tatsächlich war.

»Es hat sich vieles geändert, Marion...«

»Ich weiß.« Marion stand auf. »Gehen wir auch hinaus. Ich möchte solche Dinge nicht unter anderen Menschen besprechen.«

Sie verließen das Speisezimmer und gingen hinter dem Gasthaus auf der Liegewiese hin und her. Hellberg und Claudia sahen sie jenseits der Straße auf einem kleinen Hügel sitzen. Ein bitteres Lächeln umspielte den Mund Marions.

»Frank scheint ja ein rührender Sanitäter zu sein. Und auch du entwickelst dich zu einem perfekten Krankenpfleger. Ich frage mich: Was soll ich noch hier?«

»Marion, es haben sich Dinge ereignet...«

»Wir wollen nicht mehr daran denken, daß du mich nach Italien mitgenommen hast, um einen gedanklichen Ehebruch in der Realität zu vollenden. Und unser Alibi Frank, der Ahnungslose, bricht auch die Spielregeln. Ich mache mir nichts vor; er hat sich in diese Claudia verliebt. Das tut ein wenig weh, Bärchen, denn Frank und ich kennen uns gut...«

»Erika ist sehr krank.«

»Ja. Das ist etwas, woran wir alle nicht denken konnten, als wir die Reise antraten. Ich finde es furchtbar, daß Erika Krebs haben soll. Ich bedauere sie wirklich tief. Wenn ich wüßte, wie ich ihr helfen könnte, ich würde es sofort tun.«

»Du, Marion?« Haußmann starrte sie ungläubig an.

Welche Wandlung! Oder war es wiederum nur gutes Theater?

»Dieses Schicksal ist furchtbar, Bärchen. Ich kann verstehen, daß du hin- und hergerissen wirst. Aber du sollst auch wissen, daß ich dich sehr liebe. Dieser Liebe wegen könnte ich auch deine Frau pflegen, wenn es nötig ist. Du sollst das Unglück nicht so hart empfinden, ich bin ja auch noch bei dir.« Sie lehnte sich an Karl und legte den Arm um seine Schulter.

Haußmann atmete schneller. Die Wärme von Marions Körper, ihre Schönheit, der Duft ihres Haares, ihre Anschmiegsamkeit, die Gewißheit, wirklich nicht mehr in schweren kommenden Stunden allein zu sein – das alles zusammen war ein wirklich wundervolles Gefühl. Ein Gefühl, das sich mit Schauder mischte.

»Daß auch alles so kommen mußte«, sagte er heiser und zog Marion an sich. »Ich danke dir, Marion. Bisher habe ich dich für ein kleines Aas gehalten.«

»Mein dummes, brummendes Bärchen!« flüsterte sie ihm zärtlich ins Ohr.

Dann küßten sie sich.

Aber von Karls Seite war es mehr Dankbarkeit.

Am Fenster des dunklen Zimmers trat Erika langsam zurück. Sie hatte alles beobachtet, ohne die Worte verstehen zu können. Doch es genügte ihr, daß Karl Marion küßte.

Verloren, dachte sie. Ich habe ihn endgültig verloren. Jetzt habe ich es mit eigenen Augen gesehen. Nun ist meine Welt dunkel und leer. Für mich ist hier kein Platz mehr.

Sie ging mit einem Glas zum Wasserhahn, ließ es halb volllaufen, ging zurück zum Bett und öffnete ein Röhrchen mit Tabletten, das ihr Dr. Tezza nach den Untersuchungen gegeben hatte. »Wenn Sie starke Schmerzen haben ... zwei Stück, mehr nicht!« hatte er gesagt. »Sie werden danach schlafen wie ein Murmeltier. Ich habe das Präparat selbst entwickelt. Es wirkt auch krampflösend.«

Zwanzig Tabletten waren in dem Glasröhrchen.

Erika schüttelte alle zwanzig in das Wasserglas und rührte mit einem Strohhalm so lange herum, bis sie sich aufgelöst hatten. Das Wasser war milchig, undurchsichtig geworden. Es roch stark nach Kampfer.

Einen Augenblick lang zögerte Erika. Sie dachte an ihre Kinder. Aber die waren erwachsen und lebten ihr eigenes Leben. Noch einmal trat sie ans Fenster. Über Capistrello hing ein herrlicher Mond am fahlen Nachthimmel. Karl und Marion waren nicht mehr im Garten. Irgendwo, in der Dunkelheit, sind sie jetzt, und küssen sich oder...

Erika spann den grausamen Gedanken nicht weiter. Sie hob das Glas an die zitternden Lippen und trank. Vier tiefe Schlucke... und es war geschehen. Es gab kein Zurück mehr.

Erika stellte das Glas ab, überlegte, spülte es dann aus und legte sich ins Bett. Noch spürte sie nichts, im Gegenteil, ihr Herz schlug rasend.

So ist also mein Ende, dachte sie. Das ist mir von meinem Leben übriggeblieben: Ein selbstgewählter Tod in einem spärlichen Gastzimmer einer Pension in Avezzano. So klein und elend kann eine glückliche Welt werden.

Dann wurde sie müde und schlief ein.

Auf leisen Sohlen, in den Samtschuhen des Traumes, kam der Tod zu ihr...

Karl Haußmann saß in der Gaststube und trank Wein. Einen goldroten, süßen, schweren Wein. Er kannte ihn nicht und ahnte nicht seine Tücken. Er merkte nur, wie glatt der Wein ins Blut ging und seine Aufregung glättete. Und das brauchte er. Er hatte in ein paar Minuten erlebt, wie der ganze Plan seiner Italienreise zusammenbrach. Frank Hellberg zeigte seine

Sympathie zu Claudia so deutlich, daß Marion mit verbissenem Gesicht auf ihr Zimmer ging. Kurz darauf zogen sich auch Hellberg und Claudia zurück, und Karl blieb allein mit seinem Wein und seinem vielschichtigen Kummer.

Nach Bari, dachte er und sah den goldroten Wein. Zum ›Schiff der Hoffnung‹. Ist das nicht auch wieder ein Trugbild, eine Illusion, ein Strohhalm, der schnell bricht? Ein Wundermittel gegen Krebs. Gibt es denn noch Wunder? Soll man Erika diese anstrengende Fahrt überhaupt noch zumuten? Wäre es nicht besser, gleich zurück nach Deutschland zu fahren? War dieser Dr. Tezza nicht Warnung genug?

Fragen über Fragen. Und dann die persönlichen Probleme. Die offensichtlich echte Liebe Marions. Das Mädchen Claudia. Die kommende Auseinandersetzung zwischen Marion und Hellberg. Ein Gebirge von Problemen.

Haußmann sah nicht auf die Uhr, als er aufstand, aber er spürte, wie er schwankte und wie der süße, schwere Wein wie Blei in sein Gehirn drang. Mühsam tappte er die Treppe hinauf, suchte nach dem Zimmerschlüssel, den ihm Erika mitgegeben hatte, fand nach längerem Stochern das Schlüsselloch, ging hinein und zog sich aus. Er warf noch einen Blick auf Erika. Sie lag auf der Seite, schlief ruhig und fest und rührte sich nicht.

Morgen fahren wir, Rika, dachte Karl und zog die Decke über sich. Du sollst nicht sagen, ich hätte für dich nicht jede Chance wahrgenommen. Dann überschwemmte der Alkohol völlig sein Bewußtsein. Fünf Minuten später schnarchte er.

Zwei Zimmer weiter hatte sich in den vergangenen zwei Stunden ein nur äußerlich höflicher, haßerfüllter Kampf zugetragen.

Marion lag schon im Bett, als Claudia ins Zimmer kam. Vom Flur her hörte sie den geflüsterten Abschied zwischen Frank und dem italienischen Mädchen. Sie küssen sich, dachte sie wütend. Jetzt küssen sie sich.

Dann kam Claudia herein.

»Guten Abend«, sagte sie.

»Guten Abend.« Marion legte das Buch weg, in dem sie gelesen hatte. »Eine romantische Nacht, nicht wahr?«

Claudia blieb an der Tür stehen. »Herr Hellberg schlug vor, daß ich diese Nacht hier schlafe. Nirgendwo ist etwas frei. Aber, wenn es Ihnen nichts ausmacht, rücke ich einen Stuhl ans Fenster und warte dort den Morgen ab. Ich will Sie nicht stören.«

»Sie stören nicht.« Marion drehte sich zur Wand. »Das Bett ist breit genug für zwei.«

Wenig später schlüpfte Claudia unter die Decke. Sie hatte kalte Füße, und sie war so zart, daß Marion kaum ihre Gegenwart spürte. Aber das war es nicht... das Bewußtsein, neben einem Mädchen zu schlafen, das Frank Hellberg durch ihre engelhafte Art zu erobern begann, machte das Bett eng und nahm Marion fast die Luft. Es war ihr, als lägen Zentner neben und auf ihr.

Nach Mitternacht, die Glocken der Kirche von Avezzano hatten sie eingeläutet, hielt es Marion nicht mehr im Bett. Es kribbelte über ihren ganzen Körper wie von Tausenden von Ameisen. Vorsichtig stieg sie über die tief schlafende Claudia aus dem Bett, zog ihren Bademantel an und stellte sich ans Fenster. Die Luft war kühl und rein und herrlich für die erhitzten Nerven. Ein paarmal sah Marion zu Claudia hinüber. Ihr Gesicht war wie aus Porzellan. Sie hatte noch nie etwas so Zerbrechliches und Schönes gesehen.

Gegen ein Uhr verließ Marion das Zimmer. Sie hatte vor, zu Frank hinüberzugehen und wenigstens bei ihm eine Entscheidung zu erzwingen. Es war nicht die erste Nacht, die sie beisammengewesen wären, aber es würde die entscheidende Nacht werden. Die Ausschaltung der elfenhaften Claudia.

Auf dem Wege zu Franks Zimmer kam sie an Haußmanns Zimmer vorbei. Der Schlüssel steckte von außen im Schloß, und die Tür war nur angelehnt. Marion blieb erstaunt stehen, schob die Tür dann einen Spalt breiter auf und sah hinein.

Karl lag auf dem Rücken und schlief mit rasselndem Atem. Neben ihm aber hing Erika halb aus dem Bett. Ihr Kopf lag fast auf dem Fußboden, die Arme pendelten über der Bettkante. Ihr Gesicht war leichenblaß, die Augen halb geöffnet.

Marion stieß einen leisen Schrei aus, schlüpfte ins Zimmer, hob Erika ins Bett zurück und legte die Hand auf ihre Stirn. Sie war kalt und blutleer. Marion riß das Hemd über Erikas Brust auf, drückte das Ohr auf das Herz... es schlug noch, aber es war kaum hörbar. Es war wie das letzte, zaghafte Tikken einer Uhr, deren Feder abgespult ist.

»Karl!« schrie Marion und rüttelte Haußmann an den Schultern. »Karl! Wach' auf! Wach' auf!« Haußmann grunzte im Schlaf, aber Marion ließ ihm keine Ruhe. Sie rüttelte so lange, bis Karl im Bett auffuhr und sich die Augen rieb.

»Marion...« stammelte er entsetzt. »Bist du verrückt?«

»Deine Frau... Karl!«

Karl sah zur Seite. Dann sprang er mit einem Satz aus dem Bett. »Erika!« rief er. »Mein Gott! Mein Gott! Was hat sie bloß getan?« Er rannte im Zimmer herum, kopflos, während Marion versuchte, Erika Wasser zwischen die bleichen Lippen zu gießen. Dann sah er das leere Röhrchen auf der Erde liegen und wußte, was geschehen war.

»Einen Arzt!« rief Haußmann. »Sofort einen Arzt!« Er rannte hinaus auf den Flur und rief so lange, bis der Gastwirt erschien und Hellberg hinunterrannte zum Wagen.

Der alte Landarzt von Avezzano erschien wenig später, von Hellberg geholt, im Schlafanzug. Seine Anzughose hatte er einfach darübergezogen. Er brachte ein vorsintflutliches Magenauspumpgerät mit: einen dünnen, roten Gummischlauch, einen verbeulten Irrigator, drei große Spuckschalen.

»Nein, so etwas!« sagte er immer wieder. »So etwas! Solche Dummheit!«

Erika wurde im letzten Augenblick gerettet. Über vier Liter entgiftende Flüssigkeit pumpte der Arzt in Erikas Magen und pumpte sie wieder heraus. Dann gab er ihr zwei starke Kreislaufinjektionen und massierte das Herz. Als wieder etwas Farbe in Erikas leichenblasses Gesicht kam, lehnte sich der alte Arzt erschöpft zurück und nickte Haußmann zu.

»Bene...« sagte er.

»Ich danke Ihnen, Doktor.« Karl zitterten die Knie. Mehr konnte er nicht sagen. Was er in der letzten halben Stunde mitgemacht hatte, war nicht in Worten auszudrücken.

»Legen Sie sich hin, Herr Direktor«, sagte Marion, als der Arzt gegangen war. »Ich bleibe bei Ihrer Frau und halte Wache.«

»Das kann ich nicht verlangen«, stotterte Karl.

»Verlangen nicht. Aber ich tue es.«

»Sie haben es entdeckt.« Karl schluckte mehrmals. »Ihnen verdanke ich die Rettung meiner Frau.«

»Reden wir nicht mehr davon.« Marion setzte sich an die Bettkante. »Ruhen Sie sich jetzt aus.«

»Sie können in meinem Zimmer schlafen.« Frank Hellberg stand am Fenster. »Ich bleibe auch hier.«

»Danke. Ich... ich bin völlig durcheinander.«

Hellberg wartete, bis Karl das Zimmer verlassen hatte. Dann trat er hinter Marion und legte ihr die Hand auf die Schulter.

»Du bist besser, als du aussiehst«, sagte er leise.

Marion verstand ihn. Er schien das Doppelspiel durchschaut zu haben.

»Man täuscht sich oft«, antwortete sie.

Erika schlief drei Tage lang. Zweimal täglich kam der alte Arzt, gab ihr eine Kreislaufspritze, schimpfte über den Lumpen Tezza und trank auf Kosten Haußmanns nach der Konsultation einen Liter Rotwein in der Wirtschaft.

»Sie ist über'n Berg«, sagte er am dritten Tag. »Aber zehn Tage Ruhe ist das mindeste, was sie braucht. Wenn sie aufwacht, haben wir die Krisis überstanden.«

In diesen drei Tagen waren viele Fragen zwischen Karl,

Marion, Frank und Claudia besprochen worden. Zunächst ging es darum, die Schiffsplätze in Bari auf dem Fährschiff ›Sveti Stefan‹ zu bekommen. Hellberg, der in Bari angerufen hatte bei der Stazione Marittima, erfuhr, daß telefonische Anmeldungen völlig sinnlos seien. Man schlage sich um die Schiffskarten. Aus Foggia und Brindisi habe man schon Polizeiverstärkung heranholen müssen. Die Menschen benähmen sich wie die Raubtiere. Die Todesangst zerriß alle Erziehung und Moral.

»Es bleibt uns nichts übrig, als nach Bari vorauszufahren, die Karten zu besorgen und Sie und Ihre Frau dann abzuholen«, sagte Frank. »Sonst warten wir in Bari zwei oder drei Wochen. Vielleicht gelingt es mir, Karten für eine baldige Passage zu bekommen. Es wird alles nur eine Geldfrage sein.«

»Bieten Sie, was man vertreten kann. Ach was, zahlen Sie jeden Preis!« Karl Haußmann wischte sich den Schweiß von der Stirn.

»Und Sie wollen wirklich das Opfer auf sich nehmen und vorausfahren, Frank?«

»Das bedarf doch keiner Frage, Herr Haußmann.«

»Sie sind ein wahrer Freund.« Karl drückte Frank die Hände. »Ich kann noch immer nicht begreifen, daß Erika so etwas getan hat. Ich habe ihr nie die Verzweiflung über die Krankheit angemerkt. Es muß ein Kurzschluß gewesen sein. Das Erlebnis bei diesem Schuft Tezza... das war zuviel für sie.«

Die anderen nickten stumm.

Auch sie blieben in dem Irrtum befangen, Erika sei angesichts ihrer Krankheit verzweifelt.

Wenn sie die Wahrheit gewußt hätten!

Vielleicht hätte die Fahrt nach Bari zum ›Schiff der Hoffnung‹ nie so stattgefunden, wie sie an diesem Abend beschlossen wurde.

»Ich fahre mit«, sagte Marion, als man wieder auf die Fahrt kam. »Ich kann dich ablösen, Frank. Ich fahre zwar nicht gut, aber besser schlecht gefahren, als gut gelaufen.«

»Und ich?« fragte Claudia leise.

»Sie natürlich auch.« Frank nickte ihr zu. »Sie gehören jetzt zur Familie.«

»Das walte Gott!« Marion nahm einen Schluck Wein. Was sie sonst noch sagen wollte, mußte sie hinunterspülen.

Frühmorgens, gleich nach der Morgendämmerung, starteten sie. Es war ein sonniger, aber windiger Tag. Über die Hänge von Capistrello pfiff der Wind und rüttelte die Pinien.

Zuerst saß Frank Hellberg am Steuer. Er fuhr die Straße Nr. 82 über Sora bis zur Kreuzung der Straße Nr. 6, die nach Cassino entlang dem Höhenrücken der Monti Simbrunini führt. Über Cassino erreichten sie die Autobahn nach Neapel. Aber Hellberg fuhr nicht bis zu der vielbesungenen Straße, sondern zweigte vorher ab auf die Straße Nr. 7 in Richtung Caserta–Benevento–Foggia. Ihm schien dies der nächste Weg zu sein, quer durch den Appennino Meridionale, durch Weingärten und rauhe Felsschluchten, verlassene Täler und Höhen mit wundervoller Weisheit.

»Rechts von uns liegt Neapel«, sagte Marion etwas wehmütig, als sie das Straßenschild las. »Man könnte den Vesuv sehen, Capri, Ischia, Pompeji... Kinderträume, an denen wir jetzt vorbeifahren.« Sie beugte sich zu Frank hinüber. »Liebling, kannst du nicht den kleinen Umweg über Neapel machen?«

»Jede verlorene Stunde kann einen Tag längeren Wartens in Bari bedeuten. Neapel läuft nicht weg, das sieht in 100 Jahren noch genauso postkartenromantisch aus wie heute. Aber in Bari müssen wir um die Zeit rennen!«

»Es war ja nur ein kleiner Gedanke.« Marion lehnte sich wieder zurück. »Verzeih. Du hast ja recht.«

Sie war sanft wie eine Taube.

Am Nachmittag waren sie in Foggia. In einer Trattoria aßen sie ein paar Happen und tranken Fruchtsaft. Dort kaufte Hellberg auch die neueste Zeitung. Auf der ersten Seite stand ein großer Bericht aus Bari. ›Ansturm auf Krebsheilmittel.‹ Der Reporter schilderte in mitreißenden Worten den Sturm auf die Schiffskarten. Daneben veröffentlichte ein italienischer Professor Dr. Cradeno seine Ansicht über das neu entdeckte Wundermittel HTS. »Ich warne!« schrieb er. »Ich warne alle! Auch dies ist wieder ein Irrlicht wie viele vor ihm. Es gibt kein sicher wirkendes Chemotherapeutikum gegen den ›Krebs‹. Brustkrebs ist etwas ganz anderes als Magenkrebs oder Darmkrebs. Laßt euch nicht in Panik jagen! Wartet die klinischen Untersuchungen von HTS ab...«

Frank Hellberg vernichtete die Zeitung, ohne sie Claudia oder Marion gezeigt zu haben. Was dieser Professor Dr. Cradeno schrieb, war auch seine Ansicht. Aber wenn man sieht, wie sich ein Kranker an die Hoffnung klammert... Man kann, man darf ihn nicht enttäuschen. Der Lebenswille ist gerade bei einem Krebskranken ungeheuerlich. Er sprengt alle Maße. Und die Hoffnung ist der große Motor, der ihn immer wieder antreibt.

Von Foggia ab fuhr Marion.

Noch 127 Kilometer waren es bis Bari. Entlang der Küste des Adriatischen Meeres. Die herrliche Sonnenstraße von Barletta, Bisceglie und Molfetta. Links das blaue Meer und der weiße Strand, rechts die Weinberge, auf denen ein herrlicher Rosé reift. Ein gottgesegnetes Land, fruchtbar und schön und ewig wie die Sonne, die es prägt.

Zwischen Molfetta und Bari kamen sie in eine Polizeikontrolle. Karabinieri in hellgrauen Uniformen hatten die Straße gesperrt und fragten jeden Wagen nach dem Ziel der Fahrt.

»Nach Bari?« fragte einer der Polizisten und starrte Marions goldene Haare fasziniert an.

»Ja!« sagte Hellberg.

»Sie werden umgeleitet. Die Zufahrtstraße ist verstopft. Sie werden Bari heute nicht mehr erreichen. Sie müssen in Altamura oder Materna übernachten.«

Hellberg zog seinen Ausweis aus der Tasche und hielt ihn hoch.

»Presse.«

»Trotzdem.«

»Muß das sein?« Marion beugte sich etwas vor. Ihre Bluse war zwei Knöpfte weit offen. Der Carabiniere warf einen Blick auf die gewölbte, weiße Aussicht und schnaufte. Welcher Italiener bekommt da nicht ein weiches Herz?

»Freie Fahrt!« rief der Polizist seinen Kollegen zu und winkte. »Presse!«

Und während alle anderen Wagen umgeleitet wurden und nicht nach Bari durften, erreichten Hellberg, Marion und Claudia die Hafenstadt unter einem vom Sonnenuntergang feuerroten Himmel, das Meer in Gold und Flammen getaucht.

»Bari!« sagten alle drei, als das Ortsschild auftauchte. Sie hupten zur Begrüßung und fuhren dann langsam über die Staatsstraße 16 in die ersehnte Stadt ein. Links erhob sich die gewaltige Ellipse des Stadio della Vittoria, vor ihnen erhoben sich neben den niedrigen alten Häusern die Neubauten in den glutenden Abendhimmel. Moderne Hochhäuser, Wohnblocks, Hotels, der schlanke Kirchturm der Kathedrale. Sie fuhren die Via Napoli hinunter, bogen in die Via Pizzoli ein und stellten den Wagen am Rande der Piazza Garibaldi ab.

Mit steifen Beinen kletterten sie aus dem Wagen und gingen erst ein wenig hin und her, ehe sie etwas sagten.

»Na, wie bin ich gefahren?« fragte Marion.

»Sehr gut.« Hellberg lachte befreit. »Am besten war deine offene Bluse bei Molfetta.«

»Es stimmt also wieder, daß eine Frau am Steuer alle Hindernisse überwindet. Wie, das ist gleichgültig!«

Man war in einer ausgelassenen Stimmung. Die Nervenanspannung des langen Tages auf den Landstraßen löste sich. Wie die Kinder alberten sie herum, kauften sich an einem Eiswagen Gelati Motta und ließen reihum bei dem anderen lecken, denn sie hatten jeder ein verschiedenes Eis. Schokolade, Erdbeer, Pistazien.

»Und nun auf zur Zimmersuche!« sagte Hellberg, als sie das Eis gegessen hatten. »Das wird ein harter Brocken.«

Seine Ahnung trog nicht.

Bari war ein Heerlager geworden. Rund um den Hafen waren alle Hotels, Pensionen, Privathäuser, ja selbst die Lagerhäuser besetzt. Auf der Piazza Christ. Colombo standen Wohnwagen an Wohnwagen, die findige Italiener beim Einsetzen des Krankensturmes sofort dorthin gefahren hatten und für teures Geld vermieteten. Denn kein Platz war günstiger als der Kolumbus-Platz. Links von ihm ging die breite Molo Foraneo ab, eine mit Schienensträngen übersäte künstliche Halbinsel, der Hauptumschlagplatz des Hafens von Bari. Am Ende der Mole aber lag der Ankerplatz der ›Sveti Stefan‹, dem Fährschiff nach Jugoslawien.

»Das Schiff der Hoffnung.«

Drei Stunden lang liefen Hellberg und die beiden Mädchen durch Baris Straßen. Durch die enge, winkelige Altstadt, durch die saubere, schachbrettartig angelegte Neustadt mit ihren breiten Boulevards, dem Corso Vittore Emanuel II., Corso Cavour und Corso Mazzini. Vom Hauptbahnhof bis zum alten Castello liefen sie, vom Fischereihafen bis zurück zur Piazza Garibaldi mit dem ewig plätschernden Brunnen und der subtropischen Pflanzenpracht. Der Verkehr brandete an ihnen vorbei. Omnibusse, Schlangen von Autos, Pferdekarren, Droschken, schreiende Kinder.

Vom Fremdenverkehrsbüro Uffizio Informanzioni Corso Cavour 2 hatte Hellberg eine Liste mit Privatpensionen, kleinen Hotels und Privatzimmern erhalten.

»In den großen Hotels – unmöglich, Signore«, sagte der freundliche, aber erschöpfte Mann hinter der Theke des Fremdenverkehrsbüros. Seit Tagen und Wochen sagte er immer das gleiche. Er kam sich wie ein Papagei vor. »Alles ausgebucht. Für Wochen. Im Hotel Palace? Nicht für 1000 Dollar, Signore. Sie glauben ja nicht, was hier los ist!«

Hellberg glaubte es. Er sah es ja. Um den Hafen herum und auch in der Stadt stauten sich die Autos mit fremden Nummernschildern. Es schien, als sei man dörferweise nach Bari gezogen. Und in allen Augen, in die er am Hafen blickte, sah er Entschlossenheit und Kampf um das nackte Leben.

Hinüber nach Jugoslawien.

Hinüber nach Sarajewo.

Die Wunderkapsel HTS.

Sechzehn Stück sollen einen Krebskranken heilen!

Sechzehn Stück!

Und heute nacht fährt wieder das Schiff über das Meer nach Dubrovnik.

Auf dem Schwarzmarkt in Bari, in den Gäßchen hinter dem Fischereihafen, verkauft man die Fährkarte schon für 100 Dollar.

Die Zimmerliste nützte Hellberg wenig. Überall, wo er hinkam, war das Zimmer schon besetzt. Aber in einem Haus in der Via Tanzi erlebte er einen Teil des Wunders, auf das er wartete. Der Padrone, der Hauswirt, der ihm öffnete, hob sofort beide Hände, als er die Liste in Hellbergs Hand sah.

»Nix! Nix!« sagte er in richtiger Einschätzung, einen Deutschen vor sich zu haben. »Voll bis unters Dach.« Und dann zog er Hellberg in die Diele der Pension, beugte sich vor und sagte: »Billietti für Schiff, ja? Quanta? Drei... vier...«

Hellberg hielt den Atem an. War so etwas möglich?

»Fünf!« sagte er.

»Prego.« Der Padrone griff in die Tasche. »Stück 200 deutsche Mark. Data... prego...« Er holte eine der Schiffskarten hervor. Es war die Reservierung von zwei Kabinen zweiter Klasse für eine Überfahrt nach Dubrovnik in 11 Tagen. »Macht 1000 deutsche Mark. Hast du?«

»Ich habe!« Hellberg zählte 10 Hundertmarkscheine in die schmuddelige Hand des Padrone. Dann nahm er die Karten entgegen und verstaute sie wie einen Goldschatz in seiner Brieftasche.

»Und wo bekommen wir drei Betten?« fragte er danach. »Seit drei Stunden rennen wir herum.«

»Ich habe einen Freund.« Der Padrone riß von der Zeitung,

die auf dem Tisch in der Diele lag, den Rand ab und schrieb eine Adresse darauf. »Hier, Signore. Zeigen Sie Schrift, er kennt sie. Sie werden Betten bekommen.«

»Das Wunder zweiter Teil!« sagte Hellberg, als er wieder bei den Mädchen war. »Wir haben die Karten und wir haben Betten! Wir müssen wahre Glückskinder sein!«

So kamen sie zu der Pensione Renzo. Sie lag in einer der engen, winkeligen, schmutzigen Gassen der Altstadt. Ein Haus, an dem Hellberg normalerweise schnell vorbeigelaufen wäre.

Der Hauswirt las den abgerissenen Zeitungsrand, nickte und gab den Eintritt frei.

»Dritte Etage«, sagte er. »Nummer 14. Nur ein Raum, aber mit zwei Betten. Eins kommt noch. Pro Kopf und Nacht 100000 Lire. Drei Tage im voraus. Prego.«

Und wieder zahlte Hellberg.

Dann lagen sie alle drei erschöpft im Bett, machten sich gar nicht die Mühe, sich auszuziehen, sondern sanken so, wie sie waren, auf die Decken.

»Meine Füße...« sagte Marion. Dann schlief sie ein, als habe man sie betäubt.

Auch Claudia, total ausgepumpt von dem stundenlangen Lauf, war nicht mehr fähig, etwas zu tun. Sie streckte sich aus und schlief schon, als der Padrone mit einem dürren Hausknecht das dritte Bett brachte und aufstellte.

Und dann – endlich – konnte sich auch Hellberg hinlegen und kam sich vor, als habe man ihm alle Knochen gebrochen.

Die Nacht sank über Bari. Über Gerechte und Ungerechte.

In dieser Nacht geschah etwas Furchtbares.

In der Pensione Renzo, auf Zimmer 15, wurde ein Mann ermordet. Der Hauswirt, der spät in der Nacht von einem Bummel durch einige Weinlokale zurückkam, sah hinter den blinden Scheiben noch Licht. Das wunderte ihn, denn der Bewohner von Nr. 15 war gerade aus Dubrovnik zurückgekehrt. Er hatte das Zimmer schon bei der Abfahrt von Bari fest bestellt gehabt. Nun war er zurückgekommen aus Sarajewo, ein glücklicher, ein strahlender, ein verjüngter Mensch.

»Ich habe die Wunderpillen!« hatte er schon im Hausflur geschrien. »Ich habe 20 Pillen! Damit kann ich meine Frau völlig heilen! 20 Pillen! Ich werde morgen der Madonna in der Kathedrale eine dicke Kerze opfern, die dickste, die es in Bari gibt!«

Der Hauswirt stieg die drei Treppen hinauf, klopfte an die Tür von Nr. 15, legte das Ohr an das Holz, und als er nichts hörte, drückte er die Klinke herunter.

Die Tür war nicht verschlossen.

Im Schein der trüben Deckenlampe lag der Mann vor dem Tisch auf dem Boden. Um seinen Kopf hatte sich eine große Blutlache gebildet.

Der Mörder hatte ihm die Kehle durchschnitten. Eine grauenhafte Wunde zog sich fast von Ohr zu Ohr.

In der Hand hielt der Tote eine Damenhandtasche, in die sich seine Finger im Todeskampf fest verkrallt hatten.

Zehn Minuten später war die Polizei da.

Zwei Spezialisten untersuchten die Leiche, der junge Polizeioffizier löst die Tasche aus den Händen des Toten. Aufgeregt, mit beiden Armen fuchtelnd, sprach der Padrone auf ihn ein.

Und dann klopfte es an die Tür von Nr. 14. Hart, fordernd.

Hellberg fuhr aus dem Bett. Claudia und Marion richteten sich auf. »Aufmachen, Polizei!« dröhnte eine Stimme vom Flur.

Die schwarzen Fahrkarten, dachte Hellberg. Verdammt! So große Glückskinder schienen wir doch nicht zu sein.

Er öffnete und prallte geblendet zurück. Ein Handscheinwerfer strahlte ihn an.

»Kommen Sie heraus!« sagte die schneidende Stimme wieder. Claudia und Marion folgten Hellberg in den Flur.

Da sahen sie die offene Tür vom Zimmer 15 und blieben mit einem Aufschrei entsetzt stehen.

Der Tote in der Blutlache.

Der grauenhafte Schnitt in der Kehle.

Und hinter ihnen sagte die schneidende Stimme:

»Sie sind verhaftet wegen Mordes! Mitkommen und Hände auf den Rücken!«

Noch geblendet von dem Handscheinwerfer und wie gelähmt von dem grauenhaften Anblick, rührten sie sich nicht. Erst, als jemand Hellberg unsanft in den Rücken stieß und laut »Avanti! Avanti!« rief, löste sich ihre Erstarrung.

»Das dürfte doch wohl ein Irrtum sein!« sagte Hellberg erregt. »Wie kommen Sie dazu, uns...«

»Mitkommen! In Nebenzimmer.« Der junge Polizeioffizier sprach etwas Deutsch. Plötzlich war der obere Flur voller Polizeiuniformen, und harte Hände packten Hellberg und die beiden Mädchen und schoben sie in ihr Zimmer zurück. Im Nu war der Raum taghell, zwei neue Handscheinwerfer strahlten Hellberg, Claudia und Marion an. Von der Straße tönte eine Sirene. Die Mordkommission. Der Leichenwagen. Der Polizeiarzt. Die enge, winkelige Gasse war nun hellwach. Aus allen Häusern quollen die Menschen, umstanden das Mordhaus, diskutierten mit weiten Armbewegungen und südländischem Temperament.

Der Leiter der Mordkommission sah sich die Leiche noch einmal genau an und ließ sich eingehend von dem Polizeioffizier berichten, ehe er ins Nebenzimmer ging, sich hinter einen in der Zwischenzeit herbeigeholten breiten Tisch setzte und eine Brille aufsetzte.

»Sprechen Sie englisch?« begann er sein Verhör und sah Hellberg dabei an.

»Ja.« Von jetzt ab wurde nur englisch gesprochen, was auch Claudia verstand. Marion saß auf dem Bett und schüttelte immer wieder den Kopf. »So ein Blödsinn!« sagte sie. »So ein verrückter Blödsinn! Man sollte darüber lachen.«

Diese Meinung änderte sich in ein paar Minuten. Der Leiter der Mordkommission ließ keinen Zweifel, daß die Situation äußerst ernst war.

»Sie sagen, Sie hätten mit dem Mord nichts zu tun?« fragte er. »Gar nichts?«

»Sehr richtig! Ich protestiere gegen diese Unterstellung.«

Hellberg trat einen Schritt vor. »Es ist absurd!«

»Sie werden gleich sehen, daß es gar nicht absurd ist, Sir. Was wollen Sie in Bari?«

»Karten zur Überfahrt nach Dubrovnik besorgen.«

»Um nach Sarajewo zu kommen?«

»Ja.«

»Zu den Wunderpillen des Dr. Zeijnilagic?«

»Ja.«

»Sie sind krebskrank?«

»Nein. Einer meiner Bekannten. Sie warten in Avezzano auf unsere Rückkehr mit den Karten.«

»Name.«

»Karl und Erika Haußmann aus Gelsenkirchen in Westdeutschland. Ich bin Journalist und heiße Frank Hellberg.«

»Ein Journalist. Sieh an!« Der Leiter der Mordkommission von Bari lächelte mokant. »Immer zur richtigen Zeit am richtigen Ort. Mord wegen 20 Wunderpillen ... eine gute Schlagzeile, nicht wahr?«

»Was wollen Sie eigentlich?« rief Hellberg empört.

»Ihren Paß bitte.«

Hellberg reichte ihn hin. Der Beamte prüfte ihn und legte ihn zur Seite auf den Tisch. »Und Ihre Pässe bitte«, sagte er zu den beiden Mädchen.

Marion trat an den Tisch. Unter ihrem Bademantel trug sie hauchdünne Shorties. Während sie ging, schlug der Mantel auf und gab einen Blick auf ihre langen, schlanken Beine frei. Für einen Süditaliener ist so etwas Alibi genug, aber der Polizeichef der Mordkommission schien aus Norditalien zu kommen. Er beachtete Marions aufreizende Figur nicht einmal.

»In Ordnung!« sagte er und legte Marions Paß auf den Hellbergs.

»Und Sie, Signorina?«

Claudia suchte verzweifelt nach ihrer Handtasche. Sie sah neben und unter das Bett, sie räumte ihren kleinen Koffer völlig aus, sie kroch im Kleiderschrank herum.

»Suchen Sie etwas?« fragte der Leiter der Mordkommission.

»Meine Handtasche.« Claudia trat außer Atem an den Tisch.

»Signore Capitano... ich hatte gestern abend meine Handtasche hier auf den Stuhl gelegt. Ich weiß es genau.«

»Und in der Tasche war Ihr Paß?«

»Ja.«

»Ist das hier Ihre Tasche?«

Der Beamte griff unter den Tisch und hob eine Damenhandtasche hoch in das Scheinwerferlicht.

»Ja!« rief Claudia. »Das ist sie!« Ihr kleines, zartes Gesicht wurde ratlos. »Wie kommen Sie an meine Tasche? Wo war sie?«

»Der Ermordete hatte sie in der Hand«, sagte der Capitano ruhig. »Er umklammerte sie noch im Tode. Ich verhafte Sie wegen Mordes, Signorina.«

Mit einem leisen Schrei sank Claudia ohnmächtig zusammen. Zwei Polizisten trugen sie auf das Bett und stellten sich dann daneben auf, als sei das Mädchen ein gefährlicher Gewaltverbrecher. Frank Hellberg, der zu ihr eilen wollte, wurde von einem stämmigen Polizisten am Ärmel festgehalten.

»Das ist ja Wahnsinn!« schrie Hellberg. »Signorina Torgiano soll einen Mann...« Er schlug sich mit der flachen Hand gegen die Stirn. »Es ist nicht zu fassen, was sich Beamte ausdenken können!«

»Gehen wir weiter.« Der Capitano reagierte nicht im geringsten auf den Protest Hellbergs. »Ein Mädchen wie die Signorina ist nicht in der Lage, einen solchen Halsschnitt auszuführen. Für einen solchen sogenannten Kragenschnitt braucht man Kraft. Er wird in einem Zuge gemacht, und dazu braucht man Muskeln. Signorina Torgiano aber ist zu zart dazu. Also haben *Sie* den Mann ermordet, während die Signorina vielleicht das Opfer festhielt, umklammerte, mit ihrem Körper niederdrückte.«

»Nein! Sie hat den Mann mit ihrer Handtasche erst niedergeschlagen und dann mit ihrem Büstenhalter gefesselt«, sagte Hellberg voller ironischer Bitterkeit.

Der Polizeikommissar schlug mit der Faust auf den Tisch.

»Lassen Sie die albernen Witze, Sir!« brüllte er. »Die Lage, *Ihre* Lage ist ernst genug. Jedes Gericht wird die Tasche in der Hand des Toten als maßgebendes Indiz werten! Auch ein deutsches Gericht!«

»Und warum wohl sollten wir den Mann von nebenan ermordet haben?«

»Wegen der Wunderpillen aus Sarajewo. Er hatte 20 Stück bekommen und wollte morgen weiter nach Rom. Und Sie haben vorhin selbst gesagt, daß Sie nach Sarajewo wollen, um diese Pillen zu holen! Da Sie keine Schiffskarten mehr bekamen, war der Weg hier einfacher. Hinein ins Nebenzimmer, Kehle durchgeschnitten...«

»O Himmel!« Hellberg schlug sich wieder gegen die Stirn. »Sie sollten Kriminalromane schreiben, Capitano! Ich habe ja die Schiffskarten!«

»Wo?« Man sah an den Augen des Kommissars, daß er unsicher wurde. Hellberg griff in die Brieftasche und zog seinen großen Schatz hervor. Der Capitano warf einen Blick darauf. Sein Gesicht entspannte sich wieder.

»Das sind plumpe Fälschungen!« sagte er.

Es war Hellberg, als habe ihn jemand von hinten mit einem Hammer gegen den Kopf geschlagen. »Nein...« stammelte er. »Das ist unmöglich. Ich habe...«

»Sie haben einen hohen Betrag schwarz dafür bezahlt, nicht wahr? Man hat Sie betrogen – falls Sie die Karten nicht als gutes Alibi selbst anfertigten.«

»Ich kann Ihnen die Adresse nennen, wo ich sie gekauft habe. Es ist ein Freund des Hauswirtes. Er hat mir sogar einen Zettel mitgegeben, sonst hätten wir nie das Zimmer bekommen.«

»Warten Sie, Sir.«

Der Kommissar ging hinaus. Auf dem Flur hörte man einen erregten Wortwechsel, der lauter und lauter wurde. Dann kam der Capitano herein und setzte sich. Seine verschlossene Miene ließ nichts Gutes vermuten.

»Der Padrone sagt aus und ist bereit, es zu beeiden, daß er von Ihnen nie einen Zettel bekommen hat. Er hat überhaupt keinen Freund, der Schiffskarten, und dazu noch gefälschte, verkaufen könnte. Er sagt aus, daß Sie und die beiden Damen bei ihm klingelten, und da er noch ein Zimmer frei hatte und Sie alle so erschöpft aussahen, habe er Ihnen das Zimmer gegeben.«

»Ich habe die Adresse seines Freundes!« Hellberg suchte mit zitternden Fingern die Liste des Fremdenverkehrsvereins von Bari. Als er sie fand, zeigte er dem Capitano den Namen der Pension in der Via Tanzi. Ein Polizist verließ das Zimmer mit der Weisung, nachzusehen, ob es Wahrheit war.

»Wäre es nicht besser, Sie legen ein Geständnis ab?« fragte der Kommissar. Hellberg starrte ihn an, als käme er von einem anderen Stern.

»Was soll ich denn gestehen?«

Auf dem Bett erwachte Claudia aus ihrer Ohnmacht. Ein Polizist flößte ihr Rotwein ein, der um diese Jahreszeit billiger war als Wasser, das man rationierte. Dann begann sie zu husten, ein trockener, bellender Husten, der den Capitano aufhorchen ließ. Er sah hinüber zu dem sich auf dem Bett krümmenden Mädchen.

»Die Signorina ist auch krank?«

»Ja. Sie hat Lungenkrebs?« antwortete Hellberg hart.

»Ist die Lage nicht sonnenklar, Sir?« Der Capitano steckte die Pässe Hellbergs und Marions in eine Aktenmappe. »Sie redeten immer nur von Ihren Bekannten, die in Avezzano warten. Von der Signorina haben Sie nichts erzählt.«

»Weil Sie nicht danach fragten!«

»Die alte, immer wieder dumme Ausrede.« Der Kommissar winkte lässig ab. »Sie brauchten die Pillen jetzt! Für die Signorina. Dann die gefälschten Passagekarten, die niemand verkauft haben will... denn Sie glauben doch nicht, daß der Pensionsbesitzer in der Via Tanzi ›Ja‹ sagt?!«

»Nein.«

»Na also!« Der Capitano erhob sich und winkte. Je zwei Polizisten stellten sich neben Hellberg, Marion und Claudia. »Kommen Sie mit. Morgen früh werden wir die Verhöre fortsetzen. Bis dahin haben Sie Zeit, sich die Wahrheit zu überlegen.«

»Wird diese dumme Komödie tatsächlich noch weitergespielt?« rief Marion erregt. Von der englischen Unterhaltung hatte sie nur einige Worte verstanden, aber den Zusammenhang nicht begriffen.

»Es scheint so.« Hellberg wandte sich an den Leiter der Mordkommission. »Ich bitte um sofortige Benachrichtigung des deutschen Konsulats in Neapel und um einen Anwalt!«

»Morgen früh, wie Sie wollen, Sir.« Der Capitano machte eine kleine, höfliche Verbeugung. »Bis dahin bitte ich Sie, meine Gäste zu sein...«

Das war nicht ironisch gemeint, sondern wirklich höflich. Erst der überführte Mörder ist ein wirklicher Mörder.

Unter dem Geschrei der Nachbarn und der Kinder, die trotz der nächtlichen Stunde wieder auf der Gasse waren, unter Drohungen und geschwungenen Fäusten wurden Hellberg, Claudia und Marion mit einem Polizeiwagen abtransportiert. Der Tote war schon fortgeschafft. Der Hausdiener scheuerte bereits den Boden vom Zimmer Nr. 15. Es war eine scheußliche Arbeit. Das Blut war in die Ritzen der Dielen gelaufen und mußte mit einem Messer herausgekratzt werden.

Am nächsten Morgen wurden auf der Molo Foraneo, an den wartenden Wohnwagen, von einem mittelgroßen, bärtigen Mann in schäbiger, abgetragener Kleidung 20 Kapseln HTS, das Wundermittel gegen den Krebs von Dr. Zeijnilagic aus Sarajewo, zum Kauf angeboten. Ein Ehepaar aus Marseille kaufte sie für ihren krebskranken Sohn und bezahlte 3000 neue Francs dafür. Überglücklich fuhren sie sofort von Bari ab. Ihr Sohn Marcel lag seit 6 Monaten in der Klinik von Marseille. Lymphogranulomatose, lautete die Diagnose. Unheilbar.

Nun glaubten sie, das Leben in der Hand zu haben. In einer Tüte, 20 Kapseln HTS.

Die Mutter weinte vor Glück, als sie aus der Hand des mittelgroßen, bärtigen Mannes die Tüte bekam.

Aus einer Hand, an der Blut klebte.

Aber wer sah es?

Erika Haußmann hatte sich von ihrem Selbstmordversuch erholt. Die Herzspritzen des alten Landarztes und eine Olivenölkur, die einen radikalen Durchfall erzeugte, aber dadurch den gesamten Darm von Giftstoffen reinigte, retteten ihr das Leben. Nach fünf Tagen konnte sie wieder das Zimmer verlassen. Gestützt auf ihren Mann Karl ging sie in den Garten, legte sich in den Liegestuhl unter den Sonnenschirm und atmete tief die mit Blütenduft und Geruch von gemähtem Gras geschwängerte Luft.

Von der kritischsten Stunde ihres Lebens sprachen sie nicht. Karl Haußmann umsorgte Erika mit rührender Tolpatschigkeit, so wie es Männer immer tun, wenn sie etwas gutzumachen haben. Er holte ihr Eis und eisgekühlte Fruchtsäfte, er kaufte in Avezzano die besten Backwaren, ließ saftige Steaks für sie braten und den zartesten Salat anrichten. Am siebenten Tag mietete er einen Karren mit zwei Mauleseln und ließ Erika durch die herrliche Landschaft fahren. Durch Weinberge und Gemüsefelder, zum Fluß Aterno und den Bewässerungskanälen des Tieflandes von Trasacco, das früher einmal sumpfig war und nun ein blühender Garten.

Es war ein herrlicher Tag. In einem Ristorante, dessen Pergola aus einem Dach von Weinranken bestand, aßen sie eine Minestrone und tranken einen herrlichen, leicht süßen, rubinroten Wein. Und hier erst brach Erika ihr Schweigen über das Vorgefallene.

»Wie hast du bemerkt, was... was ich getan habe?« fragte sie.

Karl Haußmann zuckte zusammen.

»Fräulein Gronau entdeckte es.«

»Marion? Was hatte sie denn in unserem Schlafzimmer zu suchen?«

»Sie sah den Schlüssel von draußen stecken, und die Tür war nur angelehnt. Das kam ihr komisch vor. Und ich hatte ja einen gehörigen Schwips, als ich 'raufkam.« Haußmann sah in sein Glas. Die Minuten der damaligen Nacht kamen aus der Erinnerung zurück, bedrückend und anklagend. »Sie sah dich halb aus dem Bett hängen. Da hat sie mich geweckt. Zuerst wußte ich gar nicht, was los war. Ich war wie vor den Kopf geschlagen. Dann hat Hellberg den Arzt geholt, und Fräulein Gronau hat sich rührend um dich gekümmert. Ich war ja unfähig dazu...«

»Dann verdanke ich also ihr, daß ich lebe?«

»Gewissermaßen ja.«

Erika schwieg. Warum hat sie mich nicht sterben lassen, dachte sie verwundert. Der Weg zu Karl wäre doch dann frei gewesen. Oder war es ihr bloß unangenehm, auf solche Weise das Erbe antreten zu können?

Als sie nach Avezzano zurückkamen, erwarteten sie zwei Männer in hellbeigen Maßanzügen. Sie saßen vor dem Gasthaus bei einer Flasche Wein und erhoben sich sofort, als der Wagen mit den Mauleseln hielt.

»Dolcare«, stellte sich der erste der Männer vor. »Polizeiinspektor Dolcare aus L'Aquila. Das ist mein Assistent Falcioni.« Dolcare sprach ein holpriges Deutsch, durchsetzt mit italienischen Ausdrücken, aber man konnte ihn gut verstehen. »Prego, nicht erschrecken, Signora. Nur eine kleines Frage. Formsache, wie man sagt. Können wir nehmen Platz an dieses Tisch?«

»Ich weiß zwar nicht, daß wir Apfelsinen geklaut haben«,

sagte Karl Haußmann mit gezwungenem Humor, »aber wenn es nötig ist: Bitte, ich gestehe alles.« Er lachte laut. Man setzte sich an den runden Tisch, der Wirt brachte noch zwei Gläser, und zuerst trank man gemeinsam ein Glas Wein. Das hebt die Stimmung und macht freier.

»Nur einiges Fragen, Signore«, sagte Inspektor Dolcare und zog aus der Tasche einen Brief. Es war ein amtliches Schreiben, wie Haußmann am Kopf und an den Stempeln sah. »Welches Wagen fahren Sie?«

»Type oder Nummer?«

»Due, Signore.«

»Ich habe einen hellblauen Mercedes 220 mit der Nummer GE – MZ 921.«

»Und wo ist der Wagen jetzt?«

»Aha!« Haußmann sah Erika an. »Da hat der Frank einen Unfall gebaut, paß mal auf.« Und zu Dolcare sagte er: »Wenn alles normal verlaufen ist, muß er längst in Bari sein.«

»Ist er, Signore.«

»Und dort hat's geknallt.«

»Prego? Ich nicht...« Dolcare hob beide Hände.

»Ein Unfall? Bum. Aus!« Haußmann ließ beide Fäuste zusammenprallen. Eine Sprache, die jeder versteht im Zusammenhang mit Autos. Dolcare lächelte mild.

»Niente, Signore. Auto nix kaputt. Auto steht auf der Piazza Garibaldi in Bari. Plombiert.«

»Warum das denn?« Haußmann wurde unsicher. Wenn die Polizei etwas plombiert, dann ist es etwas Ernstes.

»Wer fuhr Auto?« fragte Dolcare weiter.

»Ein Bekannter. Frank Hellberg. Ein Journalist.«

»Und wer hat gefahren mit?«

»Fräulein Marion Gronau und ein Fräulein Claudia Tortelle oder Torrosa oder so...«

»Torgiano...«

»Richtig!«

»Sie werden können bürgen für sie?«

»In jeder Höhe!« Haußmann lächelte wieder. Geld, dachte

er. Die haben kein Geld mehr. Wer weiß, was da passiert ist. Vielleicht ist es ihnen gestohlen worden. Und nun sitzen sie irgendwo fest und haben uns als Bürgen genannt. Na, wir werden es ja gleich erfahren.

»Wo sind sie, Herr Inspektor?« fragte Karl Haußmann und griff in die Brusttasche. »Wieviel Geld brauchen sie?«

»Nix Lire, Signore. Signore Hellberg ist in Bari. Verhaftet mit den Signorinas.«

»Verhaftet? Aber wieso denn?« stotterte Karl.

»Wegen Mordes...«

Es war, als habe zwischen ihnen ein Meteor eingeschlagen. Karl starrte Erika an, und er sah in ihren Augen die gleiche Verblüffung wie bei sich. Sekundenlang waren sie unfähig, etwas zu sagen, aber dann plötzlich begann Haußmann zu lachen und schlug sich auf die Schenkel.

»Inspektor!« rief er und holte tief Atem. »So einen herrlichen Blödsinn habe ich selten gehört!«

»Sie haben ermordet Mann, der 20 Tabletten HTS mitgebracht hat aus Sarajewo.« Dolcare war sehr ernst, als er das sagte. »Mann war im Nebenzimmer von Pensione. Er hatte Tasche von Signorina Torgiano in Hand.«

Erika Haußmann schüttelte den Kopf. »Das ist doch alles nur eine Verwechslung. So etwas kann man doch im Ernst nicht glauben.«

»Man will Sie anhören in Bari. Wann können Sie abfahren?«

»Sofort!« Haußmann sprang auf. »Aber womit? Mein Wagen ist ja in diesem Bari!«

»Signore Falcioni wird Sie gerne hinbringen.« Inspektor Dolcare sah zu dem erregten Haußmann hinauf. »Vielleicht wirklich nur alles Irrtum, Signore. Aber Indizien... man muß tun seine Pflicht, nicht wahr?«

»Natürlich.« Haußmann sah auf seine Frau. »Fühlst du dich auch wirklich stark genug, um schon zu fahren? Verdammt noch mal... wenn einmal der Wurm drin ist...«

»Es wird schon gehen, Karli.« Erika lächelte ermunternd. »Wer weiß, in welcher Situation unsere Freunde sind.«

Eine Stunde später fuhr Kriminalsergeant Falcioni die Haußmanns mit einem kleinen, weißen Fiat nach Bari. Da der Kofferraum nicht ausreichte, hatte man die Hauptlast des Gepäcks auf das Dach geschnallt.

Nur wer schon einmal mit einem Italiener gefahren ist, weiß, was Karl und Erika Haußmann in den nächsten Stunden aushielten. Es gab keine Kurven, in die man nicht hineinflog; es gab keine Serpentinen, die man nicht mit kreischenden Reifen nahm; es gab Engpässe, in die man laut hupend hineinraste, und wenn die Straße gerade war, beugte sich Falcioni über das Lenkrad und wurde zum Rennfahrer.

Dreimal kippte der kleine Wagen fast um, weil in scharfen Kurven die Dachlast verrutschte und das Gepäck herunterhing. Dann stieg Signore Falcioni seelenruhig aus, zurrte alles wieder fest, lächelte verzeihend zu Erika, machte mit weiten Armbewegungen klar, daß alles gar nicht so schlimm sei, sah auf seine Uhr, rief: »Madonna mia!«, sprang hinter das Steuerrad und gab Gas.

»Und da meckerst du immer, wenn ich ein bißchen scharf fahre«, sagte Karl Haußmann und hielt sich am Türgriff fest.

»Ich werde nie mehr etwas sagen, Karli, wenn wir heil in Bari ankommen.« Erika schloß die Augen. Sie rasten quer durch den Apennin. Eine Bergstraße, links ein unbefestigter Abgrund, rechts ein schroffer Felshang.

Falcioni hupte wie ein Irrer und jagte die Straße hinauf. Dabei pfiff er vor sich hin und war anscheinend sehr vergnügt und zufrieden mit seinem donnernden und fauchenden Auto.

Was Haußmann nie geglaubt hatte: Sie schafften es, heil und noch an diesem Tage nach Bari zu kommen. Allerdings war es schon dunkel, als sie die Via Napoli hinunterrasten und kreischend zur Piazza Garibaldi abbogen. Dort stand unter einer Platane der hellblaue Mercedes mit der Gelsenkirchener Nummer.

»Mein Wagen!« rief Haußmann und klopfte gegen die Scheibe. »Da steht er ja! Halt! Halt!«

Sergeant Falcioni nickte und lachte. »Capito!« rief er. »Erst Policia!«

Und weiter rasten sie durch das nächtlich erleuchtete, elegante, aus Tausenden Lichtern glitzernde, reiche Bari. Corso Vittore Emanuel II ... um die Ecke wie ein Irrer in die Via Sparano ... hinunter zur Piazza Umberto.

Das Haus der Kriminalpolizei. Unscheinbar. Eine Toreinfahrt. Falcioni hupte, bog in vollem Tempo auf das Haus, durchraste die Toreinfahrt, es gab einen Schlag, als das Gepäck vom Dach gerissen wurde, denn die zweiteiligen Tore waren nur unten geöffnet worden, dann flogen Erika und Karl nach vorn gegen die Sitze und stellten erschöpft und in den Knien zitternd fest, daß die Fahrt endlich ein Ende hatte.

»Ich sage nie mehr was, Karli ...« stammelte Erika, als sie auf sicherem Boden im Hof des Hauses stand. »So etwas könnte ich nicht noch einmal ertragen.«

»Und dabei ist die Unfallziffer in Italien geringer als bei uns.« Haußmann streckte sich. »Ich komme mir vor wie ein vom Schafott Geretteter.«

»Bitte mitkommen!« sagte ein Beamter, der aus einer Seitentür in den Hof kam. »Der Capitano erwartet Sie schon.«

»Die Situation hat sich geändert«, sagte der Leiter der Mordkommission von Bari, als Erika und Karl ihm in dem engen, muffigen Büro gegenübersaßen und bestätigt hatten, daß die Bilder in den Pässen wirklich stimmten und Hellberg, Marion und Claudia vorausgefahren waren, um Schiffskarten zu besorgen. »Vor einer Stunde ist ein neuer Mord verübt worden. Wieder an einem Mann, der 20 Kapseln HTS aus Sarajewo mitgebracht hatte. Die gleiche Tötungsart. Mit einem scharfen, großen Messer die Kehle durchschnitten. In einer Pension in der Nähe der Molo S. Nicola. Wir haben auch eine Spur. Ein Mann mit einem struppigen Bart, der natürlich falsch ist. Aber es steht nun fest, daß Signore Hellberg und die beiden Signorinas nicht als Täter in Betracht kommen.«

»Welches Glück, daß der Mörder wieder mordete.« Haußmann sah den Capitano wütend an. »Man hätte sonst unseren Freunden wirklich den Prozeß gemacht.«

»Wem kann man noch trauen, Signore?« Der Capitano erhob sich, küßte Erika vollendet die Hand und klopfte Karl freundschaftlich die Schulter. »Vor sich selbst hat man ja bald Angst. Gute Fahrt nach Dubrovnik und viel Glück in Sarajewo.« Und als Erika schon vorausgegangen war, hielt er Karl noch einmal zurück. »Glauben Sie an diese Pillen, Signore?«

»Nein. Aber man soll einem Kranken nie die letzte Hoffnung nehmen. Die Hoffnung ist das letzte menschliche Gefühl, das stirbt.«

»Viel Glück!« Noch einmal gab der Capitano Haußmann die Hand. In seiner Stimme lag ehrliche Teilnahme.

Im Hof warteten schon Hellberg, Claudia und Marion. Man hatte sie aus dem Untersuchungsgefängnis gebracht. In zwei dunklen Zellen der Carabinieri-Kommando-Zentrale in der Lungomare Nazario Sauro hatten sie nun 96 Stunden wartend verbracht, waren vorzüglich verpflegt worden, aber niemand hatte ihnen gesagt, was nun geschehen würde. Plötzlich hatte man sie abgeholt, und nun standen sie im Hof der Kriminalpolizei auf dem Corso Italia.

Das Wiedersehen war herzlich. Man umarmte sich; sogar Erika gab Marion die Hand und sagte: »Mein Mann hat mir alles erzählt. Ich muß Ihnen wohl danken...«

Alles erzählt? Marion warf einen Seitenblick auf Karl, der mit Hellberg eine laute Debatte über die italienische Polizei führte und vorschlug, eine dicke Beschwerde beim Konsulat, ja bei der Botschaft in Rom loszulassen. Alles! *Was* hatte er erzählt?

Dann standen sie alle auf der Straße, dem breiten Corso Italia, gingen hinunter zur Piazza Roma und zum Hauptbahnhof und setzten sich auf die Terrasse eines der vielen Cafés.

»Nun fangen die Probleme erst an«, sagte Frank Hellberg, als sich Karl und Erika durch einen Fruchtsaft und Cassata-Eis von der Fahrt mit Falcioni gestärkt hatten. »Wir haben keine Wohnung mehr, keine Schiffskarten und einen Paß zu wenig. Claudias Tasche, die der Mörder aus unserem Zimmer gestohlen hat, um den Verdacht auf uns zu lenken, ist zwar da, aber ohne Inhalt. Der Paß fehlt mit allen anderen Sachen. Wer weiß, wo der Kerl alles hingeschüttet hat. Verdammt, ich werde das Gefühl nicht los, daß der Hausdiener auch der Mörder ist!«

»Um Gottes willen, bloß kein Sherlock-Holmes-Spiel!« Haußmann hob abwehrend beide Hände. »Wir haben schon genug Ärger. Wir wollen froh sein, daß wir hier gemütlich sitzen können. Und was die Zimmer betrifft – das macht Karl Haußmann schon!«

Er breitete einen Stadtplan von Bari aus, den er in einem Kiosk am Bahnhof gekauft hatte. Fein aufgereiht stand da eine lange Liste von Hotels und Pensionen.

Hotel Nazioni. Poriente. Palace. Europa. Miramare. Moderno. Corona. Continental. Excelsior. Adria ...

»Irgendwo bekommen wir Betten!« sagte Haußmann siegessicher. »Es ist nur eine Frage des Geldes.«

Um ein Uhr nachts standen sie wieder auf der Piazza Garibaldi vor ihrem nun entplombten Wagen. Haußmanns hatten ein winziges Zimmer am Fischmarkt, an der Molo S. Nicola, bekommen. Claudia und Marion wohnten in einem Zimmer hinter dem Bahnhof, in der Via Re David. Für Frank Hellberg hatte sich kein Bett auftreiben lassen.

Nach der Abfahrt des Fährschiffes waren die Straßensperren gelockert worden, ein Strom neuer Wagen hatte sich nach Bari ergossen. Ein erschütterndes Bild bot sich auf der Piazza Christ. Colombo. Dort parkte ein Kombiwagen aus Padua. In ihm lag auf einer Bahre eine ausgezehrte, gerippeähnliche Frau mit schlohweißen Haaren. Der Tod war schon in ihren großen, fiebrigen Augen. Die ganze Familie saß um den Wagen herum, ein Wall von Leibern, der die Sterbende schützte. Als die Polizei kam, war sie machtlos.

Der Chef der Familie trat einfach vor und sagte so laut, daß es alle hörten: »Wir haben unter dem Auto zwei Ladungen

Sprengstoff. Wenn ihr uns wegjagt, sprengen wir uns alle in die Luft. Wir müssen nach Sarajewo! Seht ihr denn nicht, daß Mama stirbt, wenn sie nicht die Wunderpille bekommt?«

Und die Polizei zog ab.

Vor so viel Elend und Glauben versagt selbst das Gesetz.

»Ich schlafe im Wagen«, sagte Hellberg, als alle Hoffnung auf ein Bett für ihn sinnlos wurde. »Ich werde dort herrlich schlafen wie im Palace-Hotel nach den Nächten in der Zelle.«

Am nächsten Morgen trafen sie sich alle wieder auf der Piazza Garibaldi. Hellberg hatte sich in einem nahen Café gewaschen und rasiert. Er hatte eine stürmische Nacht hinter sich, denn alle zwei Stunden wurde er von der Polizeistreife geweckt, die ihm sagte, daß er auf der Straße nicht übernachten dürfe. Und jedesmal sagte Hellberg seinen gleichen Spruch: »Es ist nicht meine Schuld, sondern die des Capitanos. Er hat mich als Mörder verhaftet, und dadurch habe ich mein Zimmer verloren. Geht und fragt ihn!«

Gegen Morgen konnte er endlich schlafen. Es hatte sich auf den Revieren herumgesprochen, welch ein seltener Vogel in einem deutschen Wagen im Garibaldi-Park lag. Man ließ Hellberg in Ruhe.

»Also los!« sagte Haußmann tatenfreudig. »Wir haben gut gefrühstückt, die Sonne scheint... stürmen wir die Fahrkartenausgabe!«

Es klang gewollt lustig, aber hinter dem saloppen Klang schwang die Tragik. In der vergangenen Nacht hatten sich Karl und Erika ausgesprochen. Es war wie eine Erlösung gewesen, ja, fast wie eine neue Ehe, und es gab Erika neuen Mut und eine ungeahnte Kraft.

»Jetzt will ich selbst nach Sarajewo«, sagte sie in dieser Nacht. »Ehrlich, Karli – ich habe nie an diese Pillen geglaubt. Aber nun setze ich alle Hoffnung darauf. Es geht ja nicht nur um mich, sondern auch um dich. Um unser gemeinsames Glück. Es soll alles wieder so werden wie früher.«

»Es ist schon so, Rika«, sagte Karl und kam sich ganz klein und schäbig vor. »Man kann sich doch mal verirren... das ist doch menschlich...«

Frank Hellberg sah die breite Straße des heiligen Franz v. Assisi hinunter, die zu dem alten Castello Svevo, dem wehrhaften Mittelpunkt des alten Bari, führte. Dahinter, vom Corso Trieste an, begann der Weg der Leiden. Hier hatte die Polizei hohe Eisengitter errichtet und eine Wachbaracke aufgeschlagen. Nur wer einen gültigen Paß hatte, genügend Geld und eine Fahrkarte nach Dubrovnik oder Bar in Jugoslawien, wurde in den inneren Hafenbereich hineingelassen. Erschütternde Szenen hatten sich schon an diesem Gitter abgespielt. Ende November, als die ersten Nachrichten von der Wunderdroge HTS um die Welt flogen, erschoß sich ein Mann an diesem Gitter, weil ihn die Polizisten nicht durchließen zum Fährschiff nach Bar. Er hatte vergessen, seinen Paß zu verlängern. Er war zehn Tage vorher abgelaufen.

»Was machen wir mit Claudia?« fragte Hellberg stockend.

»Sie fährt natürlich mit uns«, rief Karl.

»Ohne Paß kommt sie nicht zum Schiff. Und um einen neuen Paß zu bekommen, muß sie erst nach Hause. Nur die Heimatbehörde stellt ihn aus. Sie kann ihn auch hier beantragen, aber bei dem italienischen Tempo dauert das mindestens 6-8 Wochen, wenn nicht schon länger. So lange dauert's ja schon in Deutschland. Beamte scheinen in jedem Land durch zuviel Arbeit gelähmt zu sein. Das geht also nicht. Wir müssen für Claudia einen anderen Weg finden.«

»Keine wilden Abenteuer, Frank!« Haußmann hob warnend die Hand.

»Wir wollen nicht James Bond spielen. Wir müssen in aller Ruhe die Möglichkeiten überdenken...«

»Es gibt nur eine Möglichkeit und die ist: Schwarzfahrt!« sagte Hellberg entschlossen.

»Und das kann ins Auge gehen!«

»Wissen Sie etwas anderes, Besseres?«

»50000 Lire in die hohle Hand eines Carabinieris.«

»Und drüben in Dubrovnik?«

»25000 Dinare in die gleiche hohle Hand.«

»Und auf der Rückfahrt das gleiche? Das ist doch Irrsinn!«

»Ich gebe ein Vermögen her, um an das HTS zu kommen!« sagte Haußmann laut.

»Ich schlage einen anderen Weg vor.« Hellberg sah dabei Marion an, die in der Gegend umherblickte, aber genau zuhörte. »Wir trennen uns.« Marions Kopf flog herum. »Trennen? Wieso?«

»Du, Frau und Herr Haußmann bilden die eine Gruppe. Sie haben die gültigen Pässe, sie haben das nötige Geld, bei ihnen wird alles glattgehen. Nach der nötigen Wartezeit sind sie auf dem Schiff. In Dubrovnik besteigen sie wieder den Wagen und fahren nach Sarajewo. Dort treffen wir uns.«

»Die zweite Gruppe, gebildet aus Frank Hellberg und Claudia Torgiano«, sagte Marion mit einem giftigen Unterton. »Prinz Frank, der edle Ritter! Willst du ein Schiff entern? Oder versuchst du, auf einer Luftmatratze die Adria zu überqueren? Oder bist du ein verkappter Froschmann, der nachts an auslaufende Schiffe heranschwimmt und sich an die Bordwände klebt?«

»Ich werde versuchen, Claudia auf einem anderen Wege nach Jugoslawien zu bringen, das stimmt«, antwortete Hellberg ganz ruhig. Auf den Ton Marions ging er nicht ein. Er wunderte sich selbst, wie sehr er sich innerlich schon von ihr gelöst hatte. Sein ganzes Denken galt nur noch Claudia, dem Mädchen aus durchsichtigem Porzellan. »Ich werde einen weniger abenteuerlichen Weg finden, als Marion denkt. Aber wir werden uns in Sarajewo sehen, das verspreche ich!«

»Das klingt filmreif.« Marion lachte gequält. »Du solltest Drehbücher schreiben, Frank!«

»Einverstanden. So schwer es mir fällt.« Karl Haußmann sah kurz zu seiner Frau. Marion Gronau blieb also bei ihnen. Diese bittere Last war der Preis für Sarajewo. Und Erika nickte kaum merklich.

Keine Sorge, Karli. Ich weiß ja, wie du denkst.

»Sie brauchen sicherlich Geld, Frank?« fragte Karl.

»Ja. Aber ich zahle es Ihnen zurück, wenn wir wieder in Deutschland...«

»Wollen Sie mich beleidigen?« Haußmann griff in die Tasche, holte aus einem Kuvert ein Bündel Scheine und gab sie Hellberg, ohne sie zu zählen. »Wir sitzen jetzt alle in einem Boot, und wenn wir uns nicht gegenseitig helfen, gehen wir kläglich unter.« Er blickte auf Claudia, die sich an den Wagen lehnte und bisher noch kein Wort gesagt hatte. »Wissen möchte ich doch, was Sie vorhaben, Frank.«

»Ich habe mich mit einem der Polizisten, die mich in der Nacht alle zwei Stunden weckten, lange unterhalten. Ein Kollege von der ›Gazetta Bari‹ hat den Weg Bari–Dubrovnik oder Bar schon mehrmals gemacht, *ohne* Fährschiff. Wie, das wußte der Polizist auch nicht. Der italienische Journalist hat keine Mittelsmänner verraten. Aber ich habe die Hoffnung, daß man so von Kollege zu Kollege etwas machen kann...«

»Also doch ein kleiner James Bond«, warf Marion ein.

»Machen Sie nichts Unüberlegtes, Frank!« warnte auch Haußmann.

»Ich glaube, es ist beser, ich fahre zurück, nach Hause!« Es war der erste Satz, den Claudia an diesem Morgen sprach. »Ich sehe, ich bin eine große Last. Das wollte ich doch gar nicht. Ich wollte nur nach Bari. Aber nun ist der Paß gestohlen... ich fahre zurück.« Sie lächelte Hellberg mit einem traurigen, unendlich süßen Lächeln an. »Ich danke dir, Frank, für alles. Vergiß dieses Mädchen Claudia... es hat es nie gegeben... und wird es in spätestens einem Jahr auch nicht mehr geben...« Sie sah Erika und Karl und auch Marion aus ihren großen, dunklen Augen an und nickte ihnen zu. »Ich wünsche Ihnen viel Glück und vor allem die Heilung... die herrliche Gesundheit...«

Mit einem Ruck wandte sie sich um und rannte davon, die Via Piccinni hinunter.

»Claudia!« schrie Hellberg. »Claudia! Warte!«

Aber sie blieb nicht stehen, sondern rannte weiter. Ihr Haar wehte wie eine zerzauste Fahne.

»Lauf!« sagte Marion leise. »Lauf schon, Frank! Ich weiß ja, wie es um dich steht!«

Und Frank Hellberg lief hinterher, holte Claudia an der Ecke der Via de Rossi ein, faßte sie unter, küßte sie vor allen Leuten auf den Mund und sagte: »So etwas Dummes, mein Mädchen! Als ob ich dich von jetzt ab jemals allein ließe!«

Karl Haußmann und die anderen sahen den beiden nach, wie sie in der Menge der Spaziergänger verschwanden. Marion war etwas blaß geworden, aber sie trug den Schlag mit Fassung.

»Nun haben sich die Gruppen gebildet!« sagte Karl und schloß seinen Wagen ab. »Frank und Claudia sehen wir erst in Sarajewo wieder.«

»Hoffentlich.« Erika sah immer noch die Straße hinunter, die die beiden entlanggerannt waren. »Ich habe Angst um sie. Ich habe so ein merkwürdiges Gefühl...«

»Ich habe volles Vertrauen zu Frank.« Haußmann faßte seine Frau unter. »Und jetzt wollen wir unsere Fahrkarten holen, auch wenn sie erst in 3 Wochen gültig sind. Ich glaube nicht daran... wenn alle nach Sarajewo fahren, wäre die Stadt jetzt schon so groß wie Dortmund. Du sollst sehen, es geht schneller als befürchtet. Also los denn!«

Erika blieb stehen, noch immer die Via Piccinni hinunterblickend. »Wir sollten sie zurückholen«, sagte sie leise. »Mein Gefühl... Ich habe Angst um sie.«

»Frank ist in Judo ausgebildet«, sagte Marion.

»Judo!« Erika strich sich nervös über ihr kastanienbraunes Haar. »Was nutzt das, wenn man ein Messer in den Rücken bekommt?«

Der Reporter der ›Gazetta Bari‹, Enrico Sampieri, empfing seinen deutschen Kollegen mit südländischem Temperament.

»O Kollege!« rief er. »Sie haben sich einen Engel geholt!« Er küßte Claudia die Hände und schüttelte Hellberg an den Schultern. »Eine Tragik ist das; unsere schönsten Mädchen holen die Fremden weg. Ein Glück nur, daß so viele blonde Signorinas im Sommer nach Italia kommen, um dolce amore bei uns zu genießen.«

So ging es über zehn Minuten, bis Frank auf das eigentliche Thema kam. Enrico Sampieri wurde nachdenklich.

»Das ist ein heißes Eisen, Kollege! Ich spreche nicht gern darüber. Nicht einmal geschrieben habe ich darüber... Sie wissen, was das für einen Journalisten heißt! Da liegt Gold im Dreck, und man darf es nicht aufheben, weil einem das schöne Leben zu lieb ist! Es lebt sich nicht gut mit Blei im Körper.«

»So heiß?« fragte Hellberg zweifelnd.

»Heißer als die Hölle, mein Freund.« Sampieri winkte ab. »Laß das Mädchen warten auf den neuen Paß, das ist sicherer.«

»Es kann Wochen dauern!«

»Und es kann Sekunden dauern und Sie sind ein Reporter der ›Himmlischen Tageszeitung‹.«

»Trotzdem!« Frank Hellberg sah seinen italienischen Kollegen bittend an. »Sie brauchen als Informant gar nicht aufzutreten. Ich will das Ding allein machen.«

»Das klappt überhaupt nicht!« Enrico Sampieri trat ans Fenster. Er wohnte in einem alten Fischerhaus am Ende der Piazza Mercantile, das man renoviert und rosa angestrichen hatte. Vom Fenster aus konnte er über den Fischerhafen blicken, über die Molo S. Antonio, den Porto Vecchio und die Molo S. Nicola. Unzählige kleine Boote lagen hier an den Quais und schaukelten im seichten Wasser. Aber auch weiße, luxuriöse Jachten glänzten in der Sonne. Visitenkarten des Reichtums.

»Wenn, dann muß ich mit«, sagte Sampieri. »Und ich muß Ihren Eid haben, daß Sie in Deutschland nie darüber schreiben werden. Tun Sie es doch, werden Sie damit zu meinem Mörder... denn das kostet mich das Leben!«

»Ich schwöre es Ihnen, Enrico.« Hellberg streckte seine Hand aus. »Ich will keinen Sensationsknüller daraus machen. Ich will nur, daß Claudia gesund wird.«

»In Ordnung.« Sampieri sah auf seine goldene Armbanduhr. »Wir müssen noch zwei Stunden warten. Dann mache ich Sie mit Umberto Saluzzo bekannt.«

»Saluzzo? Wer ist das?«

»Der einzige, der Ihnen wirklich helfen kann, wenn er will.« Enrico Sampieri zündete sich eine Zigarette an. Er war sichtlich nervös. »Ein vollendeter Gentleman – und ein ebenso vollendeter Teufel.«

»Sie machen mich wirklich neugierig auf diesen Umberto Saluzzo«, sagte Frank Hellberg und blickte hinaus auf das Gewimmel im Hafen. Fischerboote fuhren zum Fischmarkt, die Netze vom Nachtfang wurden zum Trocknen an langen Stangen aufgehängt. Auf dem Betonboden einer Bootanlegestelle schlug ein junger Fischer einen Tintenfisch weich. Die Fangarme sausten durch die Luft und klatschten dann auf den Boden, als knallten zehn Peitschen auf einmal.

»Neugier ist das letzte, was Sie haben sollten!« sagte Sampieri. »Es ist am besten, Sie fragen so wenig wie möglich. Er liebt es, selber zu reden, und erwartet, daß die anderen zuhören. Außerdem ist es fraglich, ob er Sie mitnimmt.«

»Wir wollen das Beste hoffen.«

Die zwei Stunden Wartezeit verbrachten sie dann im Restaurant ›Adriatica‹ auf dem Ende der Molo S. Nicola. Sie saßen an sauberen, gelb gedeckten Tischen hinter einer riesigen gläsernen Wand und sahen hinaus aufs Meer, auf den Porto Vecchio, auf die Molo S. Antonio mit dem kleinen Leuchtturm und hinüber zur Altstadt mit der Kathedrale und dem wehrhaften Castello. Kellner mit Servierwagen voll Früchten, Eierspeisen, gefüllten Tomaten, Reisallerlei, Tintenfischen, Muscheln und kleinen, in Öl gebackenen Fischen umringten sie. Aber sie hatten kaum Appetit, aßen nur ein paar Kleinigkeiten und tranken einen leichten Rosewein.

In den Hafen fuhr nach über einer Stunde, von Süden

kommend, eine herrliche, weiße Motorjacht ein. Majestätisch glitt sie zwischen den kleinen und schmutzigen Fischerbooten in den Porto Vecchio, und die Ruderkähne, die in ihrem Kurs lagen, machten schnelle Bewegungen, um das Wasser für das weiße Schiff freizumachen. Die Sonne spiegelte sich in den blanken Fenstern der Deckaufbauten.

»Da kommt Saluzzo«, sagte Sampieri und nahm einen tiefen Schluck Wein.

»Geld hat er.« Hellberg und Claudia sahen zu dem herrlichen Schiff. Ein Mann in weißem Anzug stand neben der Brücke, auf dem Kopf eine goldbestickte Kapitänsmütze. »Ist er das?«

»Nein. Das ist Luigi Foramente, im wahrsten Sinne des Wortes die rechte Hand Saluzzos, denn er allein hat das Seepatent und kann einen solchen Kahn fahren. Ein Gauner, wie er in Romanen steht, aber ein kleiner, schmieriger Gauner, der vom Abglanz des großen Saluzzo lebt. Es ist schon eine herrliche Besatzung!«

»Wovon lebt Saluzzo eigentlich?«

»Von allem. Er bezahlt die höchsten Steuern in der ganzen Provinz, freiwillig, und deshalb fragt ihn auch keiner, woher das Geld kommt. Solange es fließt und fließt und die Kassen füllt, ist Saluzzo ein geachteter Mann. Außerdem hat man Angst, daß er ein Mafioso ist.«

»Auch das noch!« Es war Claudia, die es sagte. Für sie als Italienerin war die Mafia ein fester Begriff. Sie schauderte und starrte auf die weiße Jacht, die lautlos in den alten Hafen glitt.

»Saluzzo handelt offiziell mit Teppichen«, sagte Sampieri und strich sich nervös über die schwarzgelockten Haare. »Aber niemand kann sich erinnern, Saluzzo jemals mit einem Teppich gesehen zu haben.« Sampieri erhob sich, winkte dem Oberkellner und ließ Hellberg für sie alle zahlen. »Gehen wir, Freunde.« Und draußen, auf der Molo S. Nicola, blieb er noch einmal stehen und sah Hellberg fest in die Augen. »Was ich tue, mein Lieber, ist gegen meine Überzeugung, das muß ich noch einmal betonen. Ich mache Sie mit Saluzzo bekannt, alles andere ist Ihre Sache! Machen Sie mich später nicht für Dinge verantwortlich, die Ihnen an die Leber gehen können. Ich weiß von nichts, und ich habe Sie auch nie mit Saluzzo zusammengebracht.«

»Ich verstehe.« Hellberg sah, wie die weiße Jacht anlegte und die Leinen an Land geworfen wurden. Ein Fallreep mit blitzendem, verchromtem Geländer wurde über Bord geschoben.

»Wenn wir von Sarajewo zurückkommen, werde ich Ihnen alles erzählen, was uns Saluzzo, Ihr Gentleman-Teufel geboten hat.«

»*Falls* Sie zurückkommen! Oder überhaupt erst hinkommen. Das normale Fährschiff braucht bis Dubrovnik neun Stunden, mit der Jacht werden es gut vierzehn bis sechzehn Stunden sein. Sechzehn Stunden mit Saluzzo allein auf hoher See – das ist ein Buch voller Erlebnisse.«

»Das ich nie schreiben darf.«

»Ich habe Ihr Ehrenwort.«

»Und ich halte es.« Hellberg legte den Arm um Claudias schmale Schulter. »Es geht ja um Claudias Gesundheit, um nichts anderes.«

Im Gewimmel des Fischmarktes warteten sie dann noch etwa zwanzig Minuten, kauften sich Eis und sahen den lautstarken Verhandlungen um die Fischpreise zu. Enrico Sampieri war allein zu der weißen Jacht gegangen, um mit Saluzzo zu sprechen und zu erkunden, ob es überhaupt einen Sinn hatte, Hellberg und Claudia Torgiano vorzustellen.

Als Sampieri zurückkam und sich durch die Fischkäufer schob, hatte sein Gesicht einen fröhlicheren Ausdruck als bei seinem Weggang.

»Kommt mit!« sagte er und schien wie von einer großen, inneren Last befreit zu sein. »Umberto ist in selten guter Laune. Ihr sollt zu ihm kommen.«

Wenig später standen Hellberg und Claudia dem großen reichen Saluzzo in dessen Salon auf der Jacht gegenüber. Ein großer, mit Mahagoni getäfelter Raum, in dem eine weiße Couchgarnitur auf einem roten Teppich die Blicke an sich zog. Vergoldete Schiffslampen hingen an den Wänden. Die Holzdecke hatte die Form eines riesigen Steuerrades.

Wer Umberto Saluzzo zum erstenmal sah, wäre an ihm vorbeigegangen wie an allen anderen fremden Menschen. Nichts Ungewöhnliches war an ihm. Er war mittelgroß, hatte einen kleinen Bauchansatz, gewelltes, schwarzes Haar mit einigen grauen Strähnen darin und trug einen der typischen, wundervoll sitzenden italienischen Maßanzüge, in denen jeder Mann wie ein junger Gott aussieht. Das Gesicht war rund mit einer starken fleischigen Nase, während der Mund wie lippenlos schien, ein Schlitz im gebräunten Gesicht, weiter nichts. Nur etwas fiel an Saluzzo auf, etwas völlig Unitalienisches: Er trug im linken Auge ein Monokel. Ein Monokel aus braungetöntem Glas, wie bei einer starken Sonnenbrille. Und der Blick des Auges hinter diesem Glas war starr, leblos.

Ein künstliches Auge.

»Enrico hat mir ein trauriges Lied gesungen, Signorina«, sagte Saluzzo mit einer kleinen Verbeugung zu Claudia. Er musterte dabei schnell Frank Hellberg, den jungen blonden Mann mit dem offenen Gesicht. Ein großer, nordischer Junge, dachte Saluzzo.

»Ich habe Krebs.« Claudia sagte es ohne Zögern und ohne zu stocken. »Und ich hoffe, daß das neue Mittel, das man in Sarajewo entdeckt hat, auch mir helfen wird.«

»Das HTS?« fragte Saluzzo und verzog etwas sein Gesicht. »Wer sagt übrigens, daß Sie Krebs haben, Signorina?«

»Die Ärzte, die mich bisher untersuchten.«

»Was halten Sie davon, Signor Hellberg?« Saluzzo hatte sich in einem harten Deutsch an Frank gewandt. Der zuckte zusammen, als er so unvermittelt angesprochen wurde.

»Ich habe kein Röntgenbild gesehen, aber warum sollte ich an Claudias Wahrheit zweifeln? Ich habe sie vor einem Scharlatan gerettet...«

»Enrico erzählte es mir. Und Sie halten das HTS nicht für eine Scharlatanerie?«

»Ich weiß nur, daß es die letzte Hoffnung ist. So etwas sollte man nicht mit einer Kritik aus Unwissenheit zerstören.«

Umberto Saluzzo lächelte kaum merklich. Der deutsche Idealist. Der romantische Träumer. Es war nötig, die harte Realität dagegenzusetzen.

»Wieviel können Sie zahlen?« fragte Saluzzo.

Hellberg hob die Schultern.

»Was verlangen Sie?«

»Das Mädchen fährt umsonst mit.« Saluzzo musterte Claudia mit dem klebrigen Blick eines von Frauenschönheit stets angeregten Mannes. »Bezahlen müssen Sie! Oder haben Sie auch Krebs?«

»O nein, ich bin kerngesund!«

Das war eine leise Warnung und Mahnung. Saluzzo verstand sie und lächelte stärker. Jetzt sah man, daß er auch Lippen hatte. Er zog sie nur ein, wenn er nicht sprach.

»Kerngesund kostet das Doppelte.« Saluzzo setzte sich in die weiße Couch und winkte zu den Sesseln. »Nehmen Sie Platz. Ich bin Geschäftsmann. Ich verkaufe Teppiche, aber ich handele auch mit dem Elend, wenn es einträglich ist. Seit drei Wochen nehme ich Kranke an Bord und schmuggle sie nach Jugoslawien, wenn sie bereit sind, den nötigen Preis dafür zu bezahlen. Schließlich laufe ich Gefahr, daß man mir mein schönes Schiff beschlagnahmt. Sie sehen, ich bin ganz ehrlich. Ich könnte auch einen umgekehrten Weg gehen und durch Aufkäufer in Sarajewo dieses HTS aufkaufen lassen, um die Pillen dann hier zwanzigstückweise zu verkaufen. Aber ich habe mir ausgerechnet, daß meine ›Privatfähre‹ mehr bringt! Die Angst um das Leben macht den Geldbeutel weit offen.«

»Nennen Sie einen Preis. Kann ich ihn bezahlen, handele ich nicht mit Ihnen.«

»Es wäre auch zwecklos.« Saluzzo unterbrach sich. Ein Steward brachte auf einem Tablett eine Karaffe mit Orangensaft und drei mit gehacktem Eis halb gefüllte, hohe Gläser. Saluzzo füllte selbst das Glas Claudias und reichte es ihr hin. »Sie sind ein schönes Mädchen...« sagte er dabei.

Claudia nickte und zog die Hand mit dem Glas schnell zurück. »Man sagt es.«

»Ich hatte eine Tochter, die Ihnen glich.« Saluzzo rührte klappernd in seinem eisgefüllten, von der Kälte beschlagenem Glas. »Sie ertrank bei Capri. Eines der Boote, die zur Blauen Grotte fahren, stieß sie am Kopf an, und sie versank, ehe man sie an Bord ziehen konnte.«

»Wie schrecklich«, sagte Claudia leise und rückte schutzsuchend näher zu Frank Hellberg.

»Dann hatte ich zwei Freundinnen, die meiner Tochter glichen. Die eine starb durch einen Stich in den Rücken, die andere vergiftete sich mit Gas.« Saluzzo hob beide Hände und sah Claudia aus seinen gesunden, lebenden Auge starr an. »Ich bin ein Mann von fünfzig Jahren. Als Julia, meine Tochter, ertrank, war ich zweiundvierzig. Acht Jahre lang habe ich nach Mädchen gesucht, die meiner Tochter glichen, und alle wurden meine Geliebten, denn wie meine Tochter konnte ich sie nicht lieben. Bis vor drei Wochen waren es genau sieben Mädchen, die Julia ähnlich sahen; fünf von ihnen leben nicht mehr.« Saluzzo beugte sich vor und sah Claudia in die großen, flimmernden Augen. »Nun sind Sie hier an Bord, Signorina, und Sie gleichen meiner armen Julia wie eine Zwillingsschwester. Sie sind ihr am ähnlichsten von allen Mädchen... und Sie haben Krebs.« Saluzzo ließ sich zurückfallen an die Couchlehne. »Ist das nicht eine bittere Ironie des Schicksals?«

Ein Verrückter. Das war der erste Gedanke, der durch Frank Hellberg fuhr. Ein Psychopath mit dem tödlichen Tochterkomplex. Aber dann erkannte er, wie gefährlich dieser Saluzzo war und wie recht Enrico Sampieri hatte, als er sagte, daß man sich über nichts, was in Saluzzos Nähe geschah, wundern sollte.

Hellberg stellte sein Glas mit einem lauten Ruck auf den Tisch. Der Blick Saluzzos flog aus dem Augenwinkel zu ihm.

»Der Orangensaft war vorzüglich, Signore Saluzzo«, sagte er. »Erfrischt gehen wir von Bord.« Hellberg stand auf und zog Claudia an der Hand mit sich empor. »Doch ich glaube, daß ich Ihre finanziellen Vorstellungen nicht erfüllen kann. Ich bin ein kleiner Schreiberling, und die Gehälter der deutschen Verleger sind nicht gerade die besten. Entschuldigen Sie, daß wir Sie so lange aufgehalten haben...«

Umberto Saluzzo war sitzengeblieben. Jetzt rührte er wieder in seinem Glas, nahm einen vorsichtigen Schluck der eiskalten Limonade und kniff die Augenhöhle, in der sein Monokel festgeklemmt war, etwas zusammen.

»Was haben Sie vor, Signore Hellberg?«

»Wir werden wohl auf Claudias Paß warten müssen.«

»Ich werde zurück nach Livorno fahren«, sagte Claudia. »Vielleicht arbeiten die Behörden schneller, wenn sie sehen, wie es um mich steht.«

»Ich glaube, Sie haben eine völlig falsche Auffassung von den Dingen«, erklärte Saluzzo. »Sie fahren ja umsonst, Signorina.«

»Ich fahre nicht ohne Frank.«

»So ist es.« Hellberg zog Claudia eng an sich. »Ich lasse Claudia nicht allein.«

»Ein edler Mensch!« Saluzzo sah auf seine goldene, mit Brillanten verzierte Armbanduhr. »In einer halben Stunde essen wir. Ich hoffe, daß Ihnen mein Koch gefällt. Ich will, daß sich meine Gäste an Bord wohl fühlen wie im besten Grandhotel.«

»Gehen wir!« sagte Hellberg und zog Claudia mit zur Tür des Salons. Verrückte muß man durch Taten überzeugen, dachte er. Sie müssen die Stärke des anderen anerkennen. Darin sind sie wie Raubtiere, die ihren Herrn sehen müssen.

»Um Ihr Gepäck brauchen Sie sich nicht zu kümmern«, sagte Saluzzo gemütlich und lächelte wieder. »Es ist bereits an Bord.«

»Wer hat Ihnen...« rief Hellberg laut, aber Saluzzo ließ ihn nicht aussprechen. Er winkte lässig ab. »Sampieri ist ein guter Informant. Während wir miteinander plauderten, haben zwei meiner Matrosen Ihr Gepäck abgeholt. Kabine 4 und 6 ist reserviert. Aus Gründen der Moral sind es zwei Einzelkabinen, die sich gegenüberliegen.« Saluzzos Lächeln war plötzlich schleimig. »Mir liegt die Gesundheit von Signorina Claudia sehr am Herzen.«

Hellberg atmete tief auf. Ruhe, sprach er sich zu. Nur Ruhe. Denk an Sampieri! Auch sein Leben hängt von deinen Reaktionen ab. Dieser Saluzzo ist gar kein Verrückter; er ist der eiskälteste Verbrecher, den man sich vorstellen kann. Ein vollendeter Teufel. Sampieri hatte recht.

»Ich verlange, daß unser Gepäck zurück an Land gebracht wird«, sagte Hellberg scharf.

»Umberto Saluzzo hat noch nie in seinem Leben eine Handlung rückgängig gemacht.«

»Dann fangen Sie heute damit an.«

»Warum? Gefällt es Ihnen nicht an Bord? Ich sehe in Ihnen reizende Gäste.« Und wieder der Blick zu Claudia. Dieser deutliche, abtastende Blick, unter dem das Kleid Claudias wegschmolz, als habe man es versengt.

»Ich zahle Ihnen keine Lire.«

»Einverstanden. Ich lade Sie ein zu einer Fahrt nach Dubrovnik.«

»Ich habe meinen Plan geändert. Wir fahren nach Deutschland.«

»Zu spät, Signore Hellberg.«

Ein leises Zittern lief durch das herrliche, weiße Schiff. Irgendwo brummte es leise. Wasser schlug gegen die Wände. »Wir fahren bereits.« Saluzzo erhob sich und trat an eines der großen Fenster. »Mir wird durch den Gestank auf dem Fischmarkt übel. Deshalb habe ich die Angewohnheit, außerhalb des Hafens, auf freier See, zu essen. Für die Signorina gibt es das zarteste Hühnchen, das je einen Backofen verlassen hat.«

Hellberg war mit zwei großen Schritten ebenfalls an einem der Fenster. Die Jacht schob sich wirklich langsam wieder aus dem Hafen hinaus, die Fischerboote und Kähne wichen erschrocken aus, ein Polizeiboot fuhr vorbei und grüßte mit dreimaligem Sirenengeheul. Resignierend wandte sich Hellberg ab.

»Dann bitte ich, daß Sie uns nach dem Essen wieder an Land bringen«, sagte er energisch. Saluzzo hob die Schultern.

»Wer weiß, was nach dem Essen ist«, antwortete er. »Dann haben wir uns schon aneinander gewöhnt.«

Glück muß der Mensch haben, heißt eine billige Weisheit. Ohne Glück kann man sogar beim Zähneputzen ertrinken. Man mag das, was Karl und Erika Haußmann an diesem Tag in Bari erlebten, ein ganz, ganz großes Glück nennen – und doch war es ein salziges Glück, über das man sich nicht laut freuen konnte.

Es begann damit, daß Erika, Marion und Karl nach der Verabschiedung von Hellberg und Claudia hinunter zum Hafen gingen in der Absicht, sich um die Schiffskarten zu kümmern. Als sie die lange Menschenschlange an den Schaltern sahen und von einem Polizisten hörten, daß Personenkarten noch zu haben, die Wagenplätze auf dem Autodeck jedoch für drei Wochen durch Vorbestellungen ausgebucht seien, stellte sich Karl Haußmann erst gar nicht bei der Schlange an.

»Schlange gestanden habe ich 1946 für 150 Gramm Brot genug«, sagte er und setzte sich auf eine Bank. »Wir sollten uns überlegen, ob wir den Wagen nicht hier lassen und drüben in Jugoslawien mit Bus oder Eisenbahn nach Sarajewo fahren. So schlimm kann das nicht sein. Schließlich ist es ja ein kultiviertes Land.«

»Ich überlasse es dir, Karl.« Erika Haußmann blickte hinüber zu einem Wohnwagen, der abseits zwischen zwei Güterschuppen parkte. Die Vorhänge vor den beiden Fenstern waren dicht zugezogen. Neben der geschlossenen Eingangstür saßen zwei Frauen auf zusammenklappbaren Schemeln und beteten.

»Kannst du die Strapazen durchhalten?« fragte Karl.

»Ich weiß es nicht. Im Augenblick fühle ich mich ganz wohl.«

»Ich finde den Vorschlag nicht gut«, meinte Marion Gronau. »Wir müssen mit dem Wagen rüber. Wissen wir, was wir in Sarajewo antreffen? Solange wir den Wagen bei uns haben, sind wir unabhängig und beweglich. Und das kann uns unter Umständen viel nutzen.«

Haußmann wischte sich den Schweiß von der Stirn. »Also gut, stellen wir uns an. In drei Wochen! Verdammt noch mal... was sollen Hellberg und Claudia in dieser Zeit machen? Wenn man wüßte, wo sie jetzt sind.«

»Ich setze voraus, daß wir uns um Frank keine Sorgen zu machen brauchen.« Marions Stimme schwankte etwas, und plötzlich tat sie Erika leid. Dieses Mädchen mochte ein kleines Aas sein, doch hatte sie auf dieser Reise an jedem Tag einen Schlag einstecken müssen – vom mißglückten Rimini bis zur Einsicht, daß zwei Männer, die in ihrem Leben eine Rolle spielen sollten, eigene Wege gingen und sich immer mehr von ihr entfernten. »Frank wird völlig selbständig handeln.«

»Wenn er klug ist.« Haußmann erhob sich ächzend. »Also ran an die Schlange! Kinder, holt mir wenigstens jede halbe Stunde ein Eis und macht mich frisch.«

Das klang alles sehr fröhlich, aber jeder von ihnen wußte, wie bitter die Tage sein würden, die man wartend in Bari verbringen mußte. Würde Erika neue Schmerzen haben? Erlitt sie einen neuen Anfall? Waren die drei oder gar vier Wochen Wartezeit vielleicht ein Todesurteil für Erika? Wußte man, wie schnell die tückische Krankheit im Körper wuchs und wann sie das Leben bedrohte? War es nicht besser, nach Deutschland zurückzukehren und die Krankheit in einer großen Klinik von Fachärzten behandeln zu lassen? Sollte man auf dieses ›Schiff der Hoffnung‹ nicht ganz verzichten? Auch auf das geheimnisumwitterte HTS des jugoslawischen Arztes Dr. Zeijnilagic. Wer war dieser Mann überhaupt?

Aber dann dachte Karl Haußmann an das, was er bereits über dieses neue ›Wundermittel‹ wußte. Die Heilung von nachweisbaren Krebskranken, bei einer Ärztin sogar, die Brustkrebs hatte und aufgegeben worden war von allen Kollegen, und die jetzt, nach der Behandlung mit HTS, wieder Dienst im Krankenhaus tat, gesund wie nie zuvor.

Märchen? Propaganda? Wirkliche Wunder? Die so seltenen Spontanheilungen, die jeder Mediziner kennt und nicht zu erklären weiß? Wo war hier Wahrheit, wo Sensationsmache? Gab es für Erika eine Rettung?

Wir haben die Hoffnung, dachte Haußmann. Wir wollen alles tun, was auf Erden möglich ist. Nie soll der Vorwurf laut werden: Du hast eine Möglichkeit ausgelassen! Du bist an einem Wunder vorbeigegangen...

»Gehen wir!« sagte er mit fester Stimme. »Wir sind ja nicht allein. Die anderen warten genauso wie wir.«

Auf dem Weg zur Kartenverkaufsstelle kamen sie auch an dem abseits stehenden Wohnwagen mit den zwei betenden Frauen vorbei. Das Auto hatte eine griechische Nummer, und die Frauen, die im Gebet versunken auf ihren Schemeln hockten, trugen die klagende, schwarze Tracht griechischer Bäuerinnen.

Gerade, als Karl Haußmann an dem Wohnwagen vorbeiging, öffnete sich die Tür, und ein Mann trat auf die Straße. Für einen Sekundenbruchteil sah man im Innern des Wagens eine lang ausgestreckte weibliche Gestalt mit schwarzen Haaren, die bis auf den Boden hingen, und einem spitzen, weißen, wie aus Marmor gehauenen Gesicht. Der Mann zog die Tür schnell wieder hinter sich zu, rückte an seinem schwarzen Schlips und sagte etwas zu den schwarzgekleideten Frauen. Diese senkten den Kopf noch tiefer, und ihr Betgemurmel schwoll an zu einem gleichförmigen Klagegesang.

Karl Haußmann blieb stehen. Es war ihm, als hielte ihn eine unsichtbare Hand fest.

Auch Erika und Marion verhielten den Schritt und starrten auf die leise singenden Frauen in ihren eng anliegenden, schwarzen Kopftüchern.

»Kann ich Ihnen helfen?« fragte Karl Haußmann. Nachdem er es gesagt hatte, kam er sich dumm vor, denn wie sollte ein Grieche deutsch verstehen?

Der Mann schüttelte den Kopf. »Grazie...« Er blieb an der Tür stehen und sah in den blauen, sonnenflimmernden Himmel. »Es ist vorbei...«

»Sie können deutsch?« fragte Haußmann verblüfft.

»Wennig. War Ingenieur bei deutsches Firma in Ludwigshafen. Ein Jahrr. Dann krank Maria. Sehrr krank. Maria meine Frau. Mama von drei Kinderr.« Der Mann wischte sich über die Augen, seine Lippen zitterten. »Nun vorbei. Eben. Zu spät für Sarajewo...«

Haußmann sah auf die zugezogenen Fenster des Wohnwagens. Die Frau mit den langen schwarzen Haaren, die er eine Sekunde lang gesehen hatte... er senkte den Kopf und reichte dem Mann die Hand.

»Es muß furchtbar sein«, sagte er leise.

»Wir haben es erwartet. Sarajewo war letzte Rettung. Morgen geht Schiff nach Dubrovnik... zu spät...« Der Grieche trat ein paar Schritte von seinem Wohnwagen weg zum Schuppen und suchte in seinen Taschen nach einer Zigarette. Haußmann holte schnell seine Packung heraus und hielt sie ihm hin. »Deutsche Zigaretten...« Der Mann lächelte schwach. »Seit einem Jahr mal wiederr. Grazie.« Er nahm eine Zigarette heraus, steckte sie mit bebenden Fingern an und tat ein paar tiefe Züge. Dann blickte er zu Erika und Marion, die abseits standen und stumm auf die betenden und singenden schwarzen Frauen sahen. »Ihre Frau?«

»Ja. Die braune, ältere.«

»Anderes Ihre Tochter?«

»Nein...« sagte Haußmann gedehnt.

»Auch nach Sarajewo?«

»Ja.«

»Frau?«

»Ja.«

»Noch nix zu spät wie bei Maria?«

»Wer weiß das?«

»Wann fahren?«

»Ich weiß es auch noch nicht. Ich habe noch keine Karten für den Wagen?«

»Nehmen Sie meine Karten.«

»Wie bitte?« Haußmann war es, als durchfahre ihn ein glühender Strahl. »Sie haben die Karten schon?«

»Für morgen. Habbe drei Wochen gewartet. Nun zu spät. Maria tot. Wollen Sie Karten?«

»Für... für drei Personen...«

»Habbe Karten für sechs Personen und zwei Autos. Morgen nacht nach Dubrovnik.« Der Grieche faßte in die Brusttasche seines zerknitterten Anzugs. Zwei Nächte hatte er neben seiner Frau gelegen und auf ihren Tod gewartet, hatte sie gestützt, ihr zu trinken gegeben, hatte sie gewaschen und zu ihren Füßen gebetet. Nun brannten seine Augen und waren rot umrändert.

»Wollen Sie?«

»Das ist das erste Wunder«, stammelte Karl Haußmann. »Wir haben Karten...«

»Vielleicht kann helfen Marias Todd Ihres Frau.« Der Grieche reichte Haußmann seine Hand voll Billets hin. »Nehmen Sie.«

»Wieviel bekommen Sie dafür?« Haußmann griff mit zitternder Hand zur Brieftasche. Der Grieche winkte ab.

»Nix! Nix! Nehmen Sie so!«

»Das kann ich nicht. Sie haben...«

»Maria will es so.« Der Grieche wandte sich ab und wollte zurück zum Wohnwagen gehen. Haußmann hielt ihn am Ärmel zurück. Er hatte ein Bündel Geldscheine in der Hand, es mochte über fünfhundert Mark sein.

»Nehmen Sie das Geld für einen Zuschuß zu einem besonders schönen Grabstein für Maria«, sagte Haußmann mit belegter Stimme. »Wie kann ich Ihnen sonst danken... Vielleicht ist es wirklich die Rettung Erikas.«

Der Grieche nahm das Geld und stopfte es in seine Anzugtasche.

»Wenn Sie nach Euböa kommen... nach Heraneklion... dort wohne ich. Miltiades Euponopolos. Fraggen Sie. Man kennt überall Miltiades. Habbe Fabrik dort.« Er sah Haußmann groß aus seinen rotumränderten, übernächtigten Augen an und nickte ihm zu. »Viell Glück in Sarajewo. Von Geld werde ich Maria zwei Zypressen an Grab pflanzen. Wie heißen?«

»Haußmann. Karl Haußmann«, stotterte Karl.

Miltiades Euponopolos nickte noch einmal, ging dann zu seinem Wohnwagen zurück, öffnete die Tür und setzte sich neben seine tote Frau. Wieder sah Haußmann für eine Sekunde das schöne, schmale, bleiche Gesicht mit den langen, bis auf den Boden reichenden Haaren. Dann fiel die Tür zu.

»Wir haben die Karten... schon morgen nacht... O Gott, soll das der Anfang eines Wunders sein?«

Marion Gronau schwieg. Sie hatte auch das bleiche Gesicht Maria Euponopolos' gesehen, und der Anblick des Todes hatte sie maßlos erschreckt und ergriffen. Erika legte den Kopf gegen Karls Brust und weinte plötzlich. Dann küßte sie ihn, und er mußte sie stützen, weil er merkte, wie schlaff ihr Körper wurde.

»Morgen nacht schon«, stammelte sie. »Karl, glaubst du... glaubst du... daß es wirklich einen Sinn hat?«

»Jetzt mehr als zuvor!« Haußmann umfaßte sie mit beiden Armen. »Wenn das kein Wink des Schicksals ist!«

Später standen sie an der hohen Eisengitterwand, die den Zugang zum Zollhafen abriegelte, und blickten hinüber zu den weißen Schiffen, dem flachdachigen Zollhaus gleich hinter dem breiten Einfahrtstor, auf die herumstehenden Matrosen und Carabinieri, die Zöllner und die Wasserpolizei; blickten hinüber zu den Hinweisschildern und den weißen Pfeilen, die zu den einzelnen Molen und Anlegepiers wiesen.

Brindisi.
Foggia.
Pátrai.
Dubrovnik.

An der Molo Foraneo ein gedrungenes, weißes Schiff. Der Bug zum Pier hin offen wie ein riesiges Maul, vom Land zum Schiff eine eisenbeschlagene Brücke, über die jetzt mit Elektrokarren Kisten und Kartons ins Innere des Schiffes rollten. Der Radarschirm auf dem niedrigen, breiten Kamin stand still. Zwei Matrosen kletterten an den Rettungsbooten herum und kontrollierten die Davits, Taljen und Taljenläufer, an denen die Rettungsboote hingen. Die italienische und die jugoslawische Flagge wehten von den beiden Stahlmasten.

Am Kiel glänzte in der Sonne der Name des Schiffes.

Sveti Stefan.

»Unser Schiff der Hoffnung«, sagte Karl Haußmann leise und drückte Erika an sich.

»Ich glaube jetzt auch daran.« Erika Haußmann atmete tief auf. »Ich fühle mich so stark wie nie zuvor...« Sie lächelte ihren Mann an. »Du sollst sehen, es wird alles wieder gut.«

»Das soll es auch, Rika.«

Marion Gronau stand abseits, in der Nähe des Tores, und flirtete mit einem der Carabinieri.

Sie hatte erkannt, daß sie nur noch Statist sein konnte in diesem Schauspiel ehelicher Zusammengehörigkeit. Sie war da, aber sie fühlte sich überflüssig.

Wer wußte, daß es anders kommen würde.

Die weiße, schnelle Jacht Umberto Saluzzos warf die Anker außerhalb des Hafens im noch seichten Wasser der Küste. In der Offiziersmesse, wie das Speisezimmer an Bord genannt wurde, war der Tisch gedeckt. Ein herrliches Arrangement von Blumen und frischen Früchten stand mitten zwischen den Tellern aus bestem Porzellan und den geschliffenen, kristallenen Baccaratgläsern, in die jetzt ein weißuniformierter

Steward einen goldenen, nach Kräutern duftenden Wein goß. Einen griechischen Traminer, wie Saluzzo erklärte, als er sein Glas nahm und Claudia zuprostete.

Frank Hellberg hatte sich auf dem Schiff umgesehen, so gut er es konnte. Seine Kabine lag außen, aber die beiden dickverglasten Bullaugen waren zu eng, um sich hindurchzuzwängen. Außerdem waren sie fest verschraubt. Frischluft blies eine an der Decke angebrachte Klimaanlage in die Kabine.

Ein luxuriöses Gefängnis, dachte Frank Hellberg. Ledersessel, ein modernes, flaches Bett, eine eingebaute Bar mit allen erdenklichen Alkoholika und Mineralwasser, ein Berberteppich auf dem blanken Parkettboden, ein Radioapparat und ein Fernsehgerät. Die Welt war zu Gast bei den Gefangenen Umberto Saluzzos.

Bis jetzt konnte sich Hellberg noch kein Bild machen, warum das alles geschah. Wenn es Saluzzo um Claudia ging, wäre es einfacher gewesen, Hellberg irgendwie vom Schiff bringen zu lassen und allein mit dem Mädchen wegzufahren. Skandal? Saluzzo hatte keinen zu fürchten. Jeder Polizist in Bari hätte Hellberg bei einer Anzeige gegen Saluzzo ausgelacht. »Kann man einem Mann ein Abenteuer mit einer Signorina übelnehmen?« hätte man gesagt. »Entführung? Ich bitte Sie, Signore? Die Mädchen an Bord Saluzzos lassen sich gern entführen. Wir kennen das. Addio!«

Warum also nahm Saluzzo ihn mit?

Hellberg zog sich vor dem Essen um, trank aus der Bar ein Glas Zitronenwasser und schlief, während er sich den Schlips umband, im Sitzen vor dem Spiegel ein. Es mußte ein ganz kurzer, aber tiefer Schlaf gewesen sein, denn als er wieder aufwachte, waren nur zwanzig Minuten vergangen, er fühlte sich gar nicht mehr müde, keine Schwere war in seinem Kopf, nur der Abdruck der Glasplattenkante an seiner Wange bewies, daß er fest geschlafen und den Kopf auf den Frisiertisch gelegt hatte.

Dafür war sein Paß nicht mehr in der Jackett-Tasche, als er

die Jacke anzog und gewohnheitsmäßig Brieftasche und alle nötigen Papiere kontrollierte. Er machte das immer, seitdem er einmal seinen Führerschein in einem anderen Jackett gelassen hatte und von einer Autobahnstreife angehalten worden war.

Frank Hellberg wußte nun, daß der schnelle Schlaf mit dem Zitronenwasser zusammenhing. Mißtrauisch musterte er die anderen Flaschen in der Bar. Bargen sie neue Überraschungen? Was hatte man mit ihm vor? Warum nahm man ihm den Paß ab? Damit er nicht flüchten konnte? Er lächelte etwas bedrückt. Wie kann man von einem Schiff flüchten? Umberto Saluzzo überschätzte ihn.

»Sammeln Sie Pässe, Signore?« fragte Hellberg, als man den ersten Schluck Wein getrunken hatte und der Steward die Hors-d'oeuvre servierte. Einen Eiersalat mit winzigen, gesalzenen Krabben und Ananasstückchen. Dazu Toast und frische Landbutter.

Umberto Saluzzo lachte gemütlich. Sein getöntes Monokel blitzte im Licht des vielflammigen Kronleuchters.

»Im Paß steht Wahrheit«, sagte er. »Wenigstens in den ehrlichen Pässen normaler Menschen. Sie sind also Journalist. Das wußte ich nicht. Sampieri sagte, Sie seien Fotograf.«

»Ein Irrtum von ihm. Natürlich fotografiere ich auch als Journalist.«

»So kann man mit Worten jonglieren, natürlich. Ich werde Sampieri dafür einen Denkzettel geben. Mit Saluzzo jongliert man nicht. Aber das nebenbei ... Guten Appetit.«

Hellberg sah zu Claudia, die ihm schräg gegenübersaß, näher an Saluzzo als an ihm. Sie war bleich, und ihre porzellanene Durchsichtigkeit schien noch zugenommen zu haben. Sie hatte Angst, schreckliche stumme Angst; ihre großen, dunklen, klagenden Augen schrien sie hinaus.

Hellberg nickte ihr ermutigend zu. Sie nickte kaum merkbar zurück, aber ihr Besteck klirrte gegen den Tellerrand. Saluzzo trank wieder den duftenden, goldenen Wein und schnalzte mit der Zunge.

»Haben Sie schon einmal solchen Wein getrunken, Signore Hellberg?«

»Nein. Ich habe auch vieles noch nicht gesehen, was ich jetzt sehe.«

»Sie sind noch jung. Laut Paß ganze 26 Jahre. In diesem Alter begann ich gerade, mein stilles, unsichtbares Imperium aufzubauen. Ich kaufte mir einen Motorkahn in Sciacca und schmuggelte nach Tunis goldene Uhren. Und Medikamente. Damals war gerade in Nordafrika die Ruhr ausgebrochen! Das war ein großes Geschäft. Packungen mit jeweils sieben Röllchen einfacher Kalktabletten. Ich habe in vier Monaten über eine Million verdient.« Saluzzo lachte wie über einen guten Witz. »Merkwürdigerweise meldeten die Zeitungen, daß man nach einem Großeinsatz von Ärzten die Ruhr unter Kontrolle habe. Mit Kalktabletten. Damals sagte ich mir, daß auf der ganzen Welt die Menschen belogen und betrogen werden, denn ohne Lüge gibt es auf unserer Welt anscheinend keine Ordnung mehr. Mit dieser Erkenntnis ist es unangenehm, als einzelner ehrlich zu sein. Also wurde ich das, was ich jetzt bin.«

»Und was sind Sie?« fragte Hellberg.

»Ihr Gastgeber.« Saluzzo verneigte sich leicht im Sitzen. »Kann der zweite Gang kommen? Ein seltener Fisch, meine Lieben. Sein Fleisch ist so weiß wie zartes Huhn und schmeckt nach Kalb.«

»Wenn ich erst meinen Paß wiederhaben könnte«, sagte Hellberg unbeirrt von der bedrückenden Liebenswürdigkeit Saluzzos.

»In Dubrovnik.«

»Wenn wir es erreichen.«

»Zweifeln Sie daran?« Saluzzo lehnte sich zurück und winkte dem Steward. Das Essen ging weiter. »Signorina Claudia will die Wunderpillen haben, sie wird sie bekommen. Das heißt, wenn sie nötig sind.«

»Wie wollen Sie das beurteilen?«

»Wir werden heute nacht in Brindisi einen bekannten Arzt

an Bord nehmen, mit einer zusammenlegbaren Röntgeneinrichtung und einem transportablen Labor. Es ist telegrafisch schon alles bestellt. Die schöne Signorina wird gründlich und von einem Fachmann untersucht. Bewahrheitet sich die Diagnose der ersten Ärzte, so werde ich mich persönlich um die Wunderdroge HTS kümmern.« Saluzzo sah die bleiche Claudia mit seinem strahlenden, gesunden Auge an. »Sie sind wirklich das erste Mädchen, das meiner Tochter völlig ähnlich sieht. Daß es so etwas gibt...«

»Und welche Rolle spiele ich in Ihrem Stück?« fragte Hellberg gereizt.

»Eine Heldenrolle!« Saluzzo lehnte sich wieder zurück. Der weißfleischige, nach Thymian duftende Fisch wurde aufgelegt. »Warten Sie ab, mein Bester. Daß ihr Journalisten immer so neugierig und ungeduldig seid. Sehen Sie sich diesen Fisch an. Er ist zwei Meter lang. Ihn mit der Angel zu fangen und aus dem Meer zu holen, ist eine Knochenarbeit. Ein Zweikampf wie unter gleichwertigen Gladiatoren. Ich habe den Kampf bisher immer gewonnen.«

Das klang stolz und warnend.

Nach einer Stunde beendeten sie das Essen, Saluzzo entschuldigte sich, ging in die Funkkabine und streifte die Kopfhörer über. Von irgendwoher mußten wichtige Nachrichten kommen. Man sah, wie er sie mitschrieb.

»Ich habe Angst«, sagte Claudia kläglich, als sie mit Frank allein an Deck war und an der Reling stand. Fern von ihnen, in einem Streifen blausilbernen Dunstes, sah man die Küste Italiens. Um das Schiff kreisten Möwen. Tümmler sprangen aus dem Wasser und schnappten nach Küchenabfällen, die aus dem Kombüsenfenster geworfen wurden. »Weißt du, was er vorhat?«

»Ich ahne es.« Hellberg ergriff beide Hände Claudias. Er spürte, wie sie zitterte und wie sie glücklich war, daß er ihr beistehen konnte. »Wie sieht deine Kabine aus?«

»Wie das Zimmer auf einem Märchenschloß. Aber es hat

keine Fenster. Es ist eine Innenkabine. Wenn man hier schreit, hört es niemand.«

Hellberg nagte an der Unterlippe. »Wir müssen heute noch von Bord. Auf jeden Fall diese Nacht.«

»Aber wie, Frank?«

»Ich weiß es noch nicht.« Hellberg blickte hinüber zu dem kaum sichtbaren Streifen der Küste. »Würdest du unter Umständen allein an Bord bleiben, vielleicht einen oder zwei Tage?«

»Ich habe schreckliche Angst, Frank«, sagte Claudia leise. »Wenn du bei mir bist, ist es nicht so schlimm.«

»Ich könnte dir mehr helfen, wenn ich an Land käme.«

»Heute nacht sollen wir nach Brindisi kommen, sagte Saluzzo. Glaubst du, daß es dort eine Möglichkeit gibt?«

»Ich werde einfach über Bord springen. Und in Brindisi werde ich einen Alarm schlagen, den die taubsten Ohren hören, auch wenn das Geld Saluzzos sie verklebt hat!« Hellberg ballte die Fäuste. »O Gott, hätte ich doch mehr auf die Warnungen Sampieris gehört!«

Er umfaßte Claudia, und sie gingen zum Bug, wo unter einem Sonnensegel Liegestühle standen und eine fahrbare Bar mit Erfrischungen.

Umberto Saluzzo kehrte von der Funkkabine in sein Büro zurück und schaltete dort das Tonband ab, das bis jetzt gelaufen war. Alles, was Claudia und Frank an der Reling gesprochen hatten, war über versteckte Mikrophone aufgenommen worden. Nun hörte Saluzzo das Gespräch ab, und ein böses Lächeln glitt über seinen dünnlippigen Mund.

Saluzzo ging zum Bordtelefon und drückte auf einen Knopf. »Luigi«, sagte er, »wir ändern die Abmachung mit Professor Caroni. Telegrafiere ihm, daß wir ihn nicht in Brindisi an Bord nehmen, sondern daß ihn eine Barkasse vom Hafen abholt. Wir bleiben auf See und ankern am Riff.«

»Das ist schlecht«, antwortete die Stimme Luigi Foramentes.

»Warum?«

»Dann kann keiner schwimmen, Umberto. Am Riff gibt es Haie.«

»Ich weiß, Luigi.« Saluzzo rückte an seinem dunkelgetönten Monokel. »Gerade deswegen wollen wir in der Nacht dort ankern.«

Am Abend dieses Tages fand Karl Haußmann einen Zettel der Polizei an der Windschutzscheibe seines Wagens auf der Piazza Garibaldi. Eine Bitte, sofort zur Landespolizei zu kommen.

Im Dienstzimmer des Polizeichefs war reges Leben. Offiziere und Polizisten kamen und gingen, das Telefon rasselte ununterbrochen, eine Sekretärin nahm im Stenogramm die einlaufenden Meldungen auf.

»Ein Irrenhaus, Signore!« sagte der Polizeichef zu Karl Haußmann und zog ihn an das Fenster, wo sie allein waren. »Vier dicke Sachen auf einmal: ein Überfall auf der Straße nach Foggia. Ein schweres Omnibusunglück bei Gióia – leider sieben Tote, alles Schwestern, die auf einer Wallfahrt waren. Ein Großbrand bei Bitonto, drei Lagerhäuser in Flammen. Ja, und den Mörder haben wir auch.« Der Polizeichef griff in die Tasche und hielt Haußmann ein dünnes Büchlein unter die Nase. »Der Paß von Signorina Torgiano. Der Mörder hatte ihn bei sich, um mit seiner Geliebten nach Afrika zu verschwinden. Sie sollte Claudia Torgiano werden. Der Kerl hat gestanden, er wollte noch zehnmal diese blödsinnigen Wunderpillen rauben und verkaufen, dann plante er sich abzusetzen. Es ist übrigens der Hausdiener der Pension, in der Ihre Bekannten gewohnt haben.«

Haußmann nahm den Paß und steckte ihn ein. »Die Aufklärung kommt ein paar Stunden zu spät«, sagte er.

»Wieso?« Dem Polizeichef wurde es heiß unter dem Kragen. »Ist etwas geschehen?«

»Noch nicht. Aber wir haben uns getrennt. Frank Hellberg und Fräulein Torgiano haben sich selbständig gemacht und wollen illegal nach Jugoslawien – eben, weil Claudia ohne Paß nicht hinausgelassen wird.«

»Ach so.« Der Polizeichef atmete auf und lächelte. »Warten Sie ab, die beiden werden spätestens morgen früh wieder bei Ihnen sein. Illegal nach Dubrovnik, das ist völlig ausgeschlossen. Die Überwachung der Küste hier und drüben in Jugoslawien ist perfekt. So etwas liest man in Romanen, die Wirklichkeit ist härter und einfacher. Passen Sie auf, Ihre Bekannten sind bald wieder da!«

»Und wenn nicht?«

»Dann fischt sie die Küstenwache auf. So oder so, sie kommen zurück!«

Von dieser Ankündigung alles andere als beruhigt, verließ Haußmann die Polizeidirektion von Bari und setzte sich in seinen Wagen. Erika und Marion warteten auf ihn.

»Strafe wegen Dauerparkens?« fragte Marion fröhlich.

»Nein. Der Paß von Claudia. Sie haben den Mörder!«

»Der Paß!« Erika nahm ihn aus Karls Händen und blätterte ihn durch. »Nun wäre alles so einfach. Wir haben für uns alle Fahrkarten. Es gäbe keine Probleme mehr. Karl, wir müssen die beiden suchen.«

»Aber wo, um Himmels willen?«

»Im alten Hafen, bei den Fischern, im Jachthafen. Ich nehme an, daß Frank mit einem Privatboot übersetzen will. Sie sind bestimmt im Hafen.«

»Suchen wir!« Haußmann startete. »Vielleicht haben wir zum zweitenmal Glück.«

Aber im Hafen sahen sie Hellberg und Claudia nicht. Auch als sie die Fischer und Matrosen fragten, die herumstanden, erhielten sie als Antwort nur ein Achselzucken. Der Abend senkte sich über Bari. Tausende von Lichtern flammten auf, ein Zauberreich leuchtete über das schimmernde Meer. Und ganz weit draußen, gegen den dunklen Horizont gut zu sehen, schwamm eine herrliche, weiße Jacht, mit bunten Lampen übersät wie auf einem prunkvollen Schiffskorso.

»Auf solch einer Jacht zu sein«, sagte Marion träumerisch. »Wie muß man sich da fühlen...«

»Vielleicht ist Frank schon darauf?« Es sollte scherzhaft klingen, und sie alle lächelten auch. Wenn Haußmann gewußt hätte, wie wahr seine Worte waren.

Es war um die gleiche Stunde, in der Frank Hellberg, umgezogen zum Abendessen, aus seiner Kabine wollte und plötzlich die Klinke in der Hand hielt. Die Tür aber war von außen abgeschlossen. Er klopfte, dann trommelte er mit den Fäusten, schließlich trat er mit aller Wucht gegen die Holzfüllung. Sie war massiv und gab nicht einen Millimeter nach.

Und irgendwo glaubte er einen Schrei zu hören. Einen Schrei aus hellster Angst.

Die Stimme Claudias.

Mit einem weiten Anlauf warf sich Hellberg gegen die schwere Tür. Immer und immer wieder.

Einmal muß sie splittern, dachte er wütend und faßte an seine brennende, anschwellende Schulter. Einmal muß diese Tür aus den Fugen gehen.

Und er lief wieder dagegen an und warf sich gegen das massive, in der Verankerung knirschende Holz.

Nach dem siebenten Anlauf hielt er keuchend inne und rieb sich erneut die schmerzende Schulter. Nicht einen Millimeter hatte sich die schwere Tür bewegt. Zwischen dem Holzfurnier muß eine Stahlplatte sein, dachte Hellberg. Anders ist es nicht möglich. So hartes Holz gibt es nicht. Das ist eine schußsichere Stahltür, die man nur umkleidet hat mit Mahagoni.

Noch einmal wollte er es versuchen, obgleich er wußte, daß es sinnlos war. Er duckte sich, stemmte die Füße vom Boden ab und wollte sich wieder gegen die Füllung werfen, als die Tür von außen aufgeschlossen wurde. Ein junger, schwarzlockiger Mann in einem eleganten, weißen Anzug stand in dem schmalen Flur und sah verwundert auf den schwitzenden, geduckten, zum Sprung bereiten Hellberg.

»Was soll der Lärm, Signore?« fragte der Mann höflich.

»Mißfällt Ihnen etwas? Dann bedienen Sie sich bitte des Bordtelefons; es wird sofort ein Steward kommen.«

Frank atmete tief auf. Dann machte er einen weiten Satz, warf mit seinem Körper den jungen Mann zur Seite und stürzte an die Tür der gegenüberliegenden Kabine Nr. 6. Er riß sie auf.

Claudia Torgiano saß vor dem großen Toilettenspiegel und kämmte gerade ihr langes, seidenschwarzes Haar. Mit einem leisen Schrei fuhr sie auf, als Frank wie ein Irrer in die Kabine stürzte.

»Liebling!« rief er. »Was hat man dir getan? Warum hast du geschrien?« Er sah sich mit flackernden Augen um, aber Claudia war allein, niemand war in der Kabine.

»Wie siehst du denn aus?« fragte Claudia und lief auf Frank zu. Sie umarmten sich und fühlten, daß sie beide zitterten. »Was ist denn geschehen, Frank?«

»Warum hast du geschrien, Liebling?«

»Ich habe nicht geschrien.«

»Aber ich habe es ganz deutlich gehört. Eine Mädchenstimme. Sie rief in höchster Not um Hilfe.«

Claudia schüttelte den Kopf. »Ich habe nichts gehört, Frank.«

»Mein Gott, ich bin doch nicht verrückt!« Hellberg lief zur Kabinentür Claudias. Das Holz war viel dünner und leichter. Es klang voll und schwang im Ton, als er mit den Knöcheln dagegentrommelte. Eine reine Holztür, ohne Stahleinlage und dünn genug, daß Claudia den Schrei viel deutlicher gehört haben mußte als er durch die eisenisolierte Tür. »Hier hat jemand geschrien«, sagte Hellberg und schloß die Kabine. Der junge Mann in dem weißen Maßanzug war nicht mehr im Flur. In der Aufregung hatte Claudia ihn auch gar nicht vermißt. »Claudia, ich leide doch nicht unter Halluzinationen!« Hellberg setzte sich auf die Bettkante. Es war ein herrliches französisches Bett, mit gelber Seide bespannt und mit einem Tüllhimmel, der nachts indirekt beleuchtet werden konnte. »Da sind noch mehr Personen auf dem Schiff als

Saluzzo, seine Mannschaft und wir. Irgendwo hält er andere versteckt.« Frank wischte sich über die Stirn und die Augen. Seine Hand zitterte etwas. »Ich habe das Gefühl, auf einer schwimmenden Insel des Teufels zu sein.«

An der Tür klopfte es. Höflich und diskret. Claudia ließ den Kamm fallen, ihre Augen weiteten sich vor Angst.

»Bitte?« sagte Frank Hellberg laut.

Umberto Saluzzo trat ein. Er trug einen nachtblauen Smoking mit seidenen Ärmelaufschlägen und eine dunkelrote Schleife auf einem gefälteltem Hemd. Im Knopfloch leuchtete ein blaßviolette Zwergorchidee.

»Luigi Foramente beschwerte sich eben, Signore«, sagte er mit leicht tadelndem Ton. »Sie haben ihn gegen die Wand geworfen, obwohl er Sie höflich nach Ihren Wünschen fragte. Sie sind sehr nervös, lieber Hellberg.«

Frank blieb auf dem Bett sitzen. Mit zusammengekniffenen Augen musterte er Saluzzo. »Vorhin hat jemand geschrien!«

»Mag sein. Eine Möwe! Unser Smutje wirft die Küchenabfälle immer über Bord. Das lockt Möwen, Delphine, Tümmler, Tintenfische – und Haie an.« Vor dem Wort Haie machte Saluzzo eine wirkungsvolle Kunstpause. »Wir ankern in einem Gebiet mit Felsenriffen, Unterwasserriffen, um genau zu sein. Sie bilden einen idealen Schlupfwinkel für Haie und Kraken. Solange man an Bord ist, kann man sich der sicherste Mensch nennen. Niemand kann kommen, aber es kann auch niemand gehen.«

»Das haben Sie wundervoll gesagt, Saluzzo.« Hellberg faltete die Hände im Schoß. »Also ein doppeltes Gefängnis.«

»Wenn Sie meine Gastfreundschaft so auffassen, Signore...«

»Wir drehen uns im Kreis. Was haben Sie mit mir vor?«

Saluzzo blickte auf seine goldene Armbanduhr. Die Manschettenknöpfe blitzten, sie waren aus Diamanten.

»In drei Stunden legen wir wieder ab und fahren zur jugoslawischen Küste.«

»Ich denke, es soll ein Arzt an Bord kommen und Claudia untersuchen?«

»Ach ja, der gute Professor. Da ist eine kleine Verzögerung eingetreten. Er wurde abgerufen zwischen meinem ersten und meinem zweiten Telegramm. Aber das ist nicht wichtig. Er wird in ein paar Tagen an Bord kommen.«

»Sie wollen uns nicht nach Dubrovnik bringen?« Hellberg sprang auf. »Wo fahren Sie mit uns hin?« schrie er.

»Claudia wird untersucht werden«, sagte Saluzzo höflich und machte in Richtung des zurückgewichenen Mädchens eine kleine Verbeugung. »Und wenn es nötig ist, werden wir dieses HTS aus Sarajewo besorgen. So viel, wie sie braucht. Allerdings, Signore Hellberg, werden Sie dann nicht mehr an Bord sein. Ich nehme an, daß Sie dann bereits vor der Küste der Cyrenaika kreuzen und auf ein Schiff aus Libyen warten.«

»Sie sind wahnsinnig, Saluzzo«, sagte Hellberg heiser vor Erregung. »Was soll ich in Afrika?«

»Lassen Sie sich überraschen, Signore.« Saluzzo lächelte charmant. »Es ist meine Art, meine Gäste mit unvorhergesehenen Situationen zu unterhalten.« Saluzzo ging zur Tür zurück, ein eleganter, mit sich äußerst zufriedener Teufel. »Etwas kann ich Ihnen garantieren, Hellberg«, sagte er, bevor er hinaus in den Gang trat. »Sie werden Gelegenheit haben, von diesen Tagen einen Sensationsbericht zu schreiben. Bedauerlich nur, daß ihn niemand lesen wird!«

Die Tür klappte zu.

Hellberg stand starr mitten in der Kabine. Claudia hatte sich in die hinterste Ecke gedrückt, wie ein getretenes Hündchen.

Die Kampfansage war erfolgt. Keinen Zweifel gab es mehr über die Gnadenlosigkeit Saluzzos.

Afrika. Die Cyrenaika. Libyen.

Wohin trieb dieses Abenteuer, in das sich Hellberg eingelassen hatte? Was brachte der nächste Morgen?

Claudia und Frank schraken zusammen. Über ihnen, in der Decke, ertönte ein Lautsprecher.

»Bitte zum Diner, Signorina und Signore. Es ist gedeckt auf dem Oberdeck.«

»Gehen wir, Liebling«, sagte Hellberg rauh und faßte Claudia unter. »Und Kopf hoch, mein Kleines. Es bleibt uns gar nichts anderes übrig, als mutig zu sein.«

Gegen Mittag schon sprach es sich herum, was an der Molo Foraneo geschehen war. Große Aufregung herrschte unter den Fahrgästen, die für diesen Tag ihre Überfahrtbilletts in der Tasche hatten, vor allem aber bei den Autofahrern, die ihren Wagen hinüber nach Dubrovnik bringen wollten.

Das große Fährschiff ›Sveti Stefan‹ hatte einen Motorschaden. Die Reparaturen dauerten mindestens drei Tage, da Ersatzteile aus Jugoslawien herangeholt werden mußten. Statt des großen Schiffes fuhr nun ein viel kleineres über die Adria nach Dubrovnik. Ein altes, klappriges, ungepflegtes schwimmendes Museum, das sich ›MS Budva‹ nannte. Es machte den Eindruck, als habe es zehn Jahre irgendwo in einer Hafenecke gelegen und still vor sich hin gerostet. Ein paar Farbtöne, schnell über das Schiff verspritzt, sollten nun die Tüchtigkeit für eine Seefahrt vortäuschen. Schlimmer noch aber war die Tatsache, daß die ›Budva‹ nur fünfzehn Autos mitnehmen konnte und nicht, wie bei der schönen ›Sveti Stefan‹, auf einem besonderen Autodeck; vielmehr müßten die Wagen mit einem Kran an Oberdeck gehievt und dort mit Stricken vertäut werden.

»Nun wird der Mist komplett!« sagte Karl Haußmann, als er vor dem großen Einfahrtstor zum inneren Hafen die Polizeiabsperrung sah und schon von weitem das vielfache Geschrei protestierender Reisender hörte. Mit Marion Gronau war er noch einmal zum Hafen gefahren, um zu erfahren, wann die Einschiffung begann. Erika hatte sich etwas hingelegt, die Aufregung der vergangenen Tage war doch zuviel für sie. Außerdem hatte das Schicksal der schönen, jungen Griechin in dem Wohnwagen sie mehr ergriffen, als sie es wahrhaben wollte. So werde auch ich einmal daliegen, hatte sie gedacht. Aber ob Karl so um mich trauern wird wie der arme Euponopolos? Ein häßlicher Gedanke, Erika wehrte sich dagegen, aber sie konnte ihn nicht abschütteln. Karls Haltung gegenüber Marion Gronau war in den letzten Tagen eher unhöflich als reserviert, und Marion schien erkannt zu haben, daß es sinnlos war, ihr Spiel – denn weiter war es nichts – fortzusetzen. Aber ganz tief im Herzen blieb doch ein Stachel, eine Wurzel der Eifersucht, die niemand ausrotten konnte, wenn sie erst einmal gepflanzt war.

»Es stimmte also, was man in der Pension erzählte: Das große Schiff ist kaputt, und es fährt ein kleiner Kahn.« Marion lehnte sich aus dem Fenster. Autos standen seitlich des Tores, man hatte ihnen die Durchfahrt zur Mole sichtlich verweigert, und nun bestürmten die Fahrer mit wilden Armbewegungen die Polizeiposten. Nur Wagen mit sichtbar Kranken wurden durchgelassen. Ein großer Bentley aus England zum Beispiel, auf dessen Hintersitzen ein Mann lag, eingehüllt in Wolldecken trotz der Sommerhitze. Ein atmendes Gerippe. Die Polizisten sahen in den schweren Wagen, eine Frau mit einem bunten Kopftuch hielt einen Zettel hin, und der Polizist nickte, die Postenkette löste sich, der Wagen fuhr langsam in den inneren Hafen zur Molo Foraneo.

Vielstimmiges Geschrei begleitete den Engländer. Die Postenkette der Carabinieri schloß sich wieder.

»Sie lassen nur Schwerkranke auf das Schiff«, sagte Marion.

Karl Haußmann nickte. Er hatte es auch gesehen.

»Fünfzehn Autos soll der Dreckskahn mitnehmen können«, sagte er bitter. »Himmel noch mal, was sind 15 Wagen? Und dann auf dem Oberdeck!«

»Warten wir, bis die ›Sventi Stefan‹ wieder fährt.«

»Dann verfallen die Karten! Heute abend müssen wir an Bord, und wenn wir auf dem Schiff wie die Ölsardinen aufeinander liegen.«

»Also ohne Auto?«

»Mit!«

»Wir könnten von Dubrovnik auch mit der Bahn fahren, Bärchen.«

Haußmann schielte zu Marion. Das Kosewort Bärchen berührte ihn komisch. Es rief Erinnerungen wach, die noch gar nicht so lange vergangen waren. Jeden Morgen im Büro... die Viertelstunde Morgenknutscherei... das ›Ankurbeln des Motors‹, wie es Haußmann nannte... die Diktate, bei denen niemand stören durfte, die Geschäftsreisen, die immer in einer Bar endeten... Bärchen!

»Die Bahnfahrt hält Erika nicht aus«, sagte er grob.

»Und ein Bus fährt auch.«

»Bist du schon mal mit einem balkanischen Bus durch einen Karst gefahren?«

»Nein.«

»Dazu gehört ein Lederhintern. Erika käme nie in Sarajewo an.«

»Wenn es das Schicksal so will, Bärchen...«

Haußmann drehte sich voll zu Marion. Seine Augen waren hart.

»Fängst du schon wieder an?« fragte er. »Wir hatten uns geeinigt, so lange nicht mehr über private Dinge zu sprechen, bis wir wieder in Deutschland sind und wissen, was das Schicksal uns zugedacht hat.«

»Das Schicksal!« Marion Gronau zog die Lippen kraus. »Seit Rimini wird nur noch in großen Worten gesprochen.« Sie legte Haußmann die Hand gegen die Backe und zwang ihn so, sie anzusehen. »Du hast doch gesehen, daß ich Frank aufgegeben habe.«

»Sagen wir es andersherum: Frank hat dich aufgegeben.«

»Es wäre mir ein leichtes gewesen, diese kleine, blasse Italienerin auszustechen. Aber ich wollte nicht. In all den Tagen habe ich es mir genau überlegt und habe mich entschieden: Soll Frank mit seiner durchsichtigen Claudia glücklich werden – ich liebe dich, Bärchen.«

»Laß den Blödsinn«, antwortete Haußmann steif.

»Es ist vielleicht eine unglückliche Liebe.« Marion sah hinüber zum Meer, und ihr Gesicht nahm einen leidenden Ausdruck an. »Ich sehe ja, daß du zu deiner Frau zurückgefunden hast.«

»Ich war nie weg.«

»Du wolltest dich vor zehn Tagen noch scheiden lassen, ihr das Haus überschreiben und ihr eine Rente zahlen.«

»Vage Ideen...« Haußmann schaltete den Rückwärtsgang ein und setzte zurück. Marion sagte die Wahrheit, aber es war ihm, als habe er nie solche Gedanken geäußert. Auch spürte er erneut, daß in ihm eine Wandlung vorgegangen war: Die Begierde nach Marions jungem, üppigen Körper war der Angst gewichen, sie könnte Erika alles erzählen, was in den letzten Monaten in der Fabrik geschehen war. Nur diese Angst vor der Rache einer enttäuschten und zur Seite geschobenen Geliebten hinderte ihn noch daran, Marion nicht grob ins Wort zu fahren. »Wir sollten von solchen Dingen überhaupt nicht mehr sprechen, Marion«, sagte er heiser. »Es geht jetzt nur noch darum, daß wir heute nacht mit diesem Mistkahn da nach Dubrovnik fahren.«

»Und wenn deine Frau wirklich unheilbar ist?«

»Du bist abscheulich nüchtern!«

»Krebs ist eine Krankheit, die man nur nüchtern und sachlich betrachten sollte. Es gibt keine Illusionen bei Krebs!« Marion griff Haußmann ins Lenkrad. Er bremste scharf und fluchte leise.

»Bist du verrückt? Sollen wir uns überschlagen?«

»Ganz klar, mein Lieber: Was tust du, wenn du die Gewißheit hast, daß deine Frau unheilbar ist?«

»Ich werde sie bis zu ihrem Tode pflegen mit allem, was ich tun kann.«

»Und dann?«

»Was dann?«

»Dann bist du Witwer, Bärchen.« Marion hielt seine Hand fest, die nervös an der Handbremse spielte. »Wirst du mich dann heiraten?«

Karl Haußmann zögerte. Zeit gewinnen, dachte er. Sie beruhigen, das ist wichtig. Was später kommt, wer weiß es jetzt schon? Alles, was ich jetzt sage, ist doch wie ein ungedeckter Scheck. Man kann ihn später immer noch zurückziehen.

»Ja...« sagte er gedehnt. »Dann heiraten wir.«

»Dann ist es gut.« Marion lehnte sich in die Polster zurück. Ihr schönes, etwas puppenhaftes Gesicht leuchtete. »Wir müssen alles versuchen, auf das Schiff und nach Sarajewo zu kommen. Nun will auch ich Gewißheit haben, *wie* krank deine Frau ist, Bärchen.« Sie beugte sich zur Seite und küßte Haußmann auf die Schläfe. »Ich habe nie gewußt, wie sehr ich an dir hänge. Glaub es mir: Der Gedanke, daß du mich wegschicken könntest, macht mich wahnsinnig.«

So schnell es die engen Straßen der Altstadt erlaubten, fuhren sie zurück zur Pension. Marion war inzwischen aufgestanden und stand am Fenster, als Karl und Marion vor dem Haus ausstiegen. Kritisch beobachtete sie die beiden, aber sie sah nichts, was sie hätte mißtrauisch werden lassen. Im Gegenteil, Karl war so unhöflich, Marion nicht einmal aus dem Wagen zu helfen, sondern lief einfach vor ihr ins Haus und ließ sie nachkommen wie einen Lakai.

»Rika! Da draußen im Hafen ist ein toller Zirkus im Gang!« rief Karl, als er mit einem Elan ins Zimmer stürmte, als müßten sie Hals über Kopf flüchten. »Die Polizei läßt nur Schwerkranke mit Wagen aufs Schiff. Alles ist abgesperrt. Wenn wir nach Sarajewo mit unserem eigenen Wagen wollen, können wir dich ab sofort nur noch liegend transportieren.«

»Was ist los?« fragte Erika zurück. Sie sah ihren Mann an, als habe er Donner und Blitz mit ins Zimmer gebracht.

»Du mußt schwerkrank sein. Ich lege dich hinten auf die Hintersitze, decke dich zu, und du mußt so tun, als hättest du große Schmerzen und seiest am Ende deiner Kräfte.«

»Nein!« sagte Erika laut. Ein Beben lief durch ihren Körper. »Nein! Ich versuche das Schicksal nicht.«

»Anders kommen wir nicht über das Meer!« rief Haußmann verzweifelt. »Rika, Liebste, du versuchst das Schicksal, wenn wir unsere Karten verfallen lassen.«

»Ich kann keine Sterbende spielen.« Erika wandte sich ab, das Zittern ihres Rückens wurde stärker. Plötzlich weinte sie und preßte die Hände flach vor das Gesicht. »Habt ihr denn alle Nerven wie Drahtseile?« schluchzte sie. »Ihr verlangt, daß ich spielen soll, wovor ich aus Angst vergehe. Ich will nicht krank sein. Ich will nicht sterben! Auch nicht gespielt...«

Karl Haußmann ließ sich schwer auf einen Stuhl fallen und hob hilflos beide Arme. »Dann war alles umsonst, Rika«, sagte er tonlos. »Laß uns wieder nach Deutschland fahren.«

»Und Frank Hellberg mit der armen Claudia?«

»Sie werden schon durchkommen. Ich habe ihnen Geld genug gegeben. So nahe vor dem Ziel umdrehen, das ist nicht Haußmanns Art! Nur bis wir auf dem Schiff sind, brauchst du die Kranke zu spielen. Ist der Wagen erst einmal auf Deck, holt ihn keiner wieder runter.« Karl sah Erika fast flehend an. Sie wandte sich wieder ab und trat ans Fenster.

»Ich habe Angst«, sagte sie leise.

»Angst? Wovor?«

»Daß aus dem Spiel plötzlich Ernst wird.« Sie drehte sich um, lief zu ihrem Mann und warf sich ihm in die Arme. »Karl«, stammelte sie. »Karl, wenn ich hilflos daliegen werde, wenn ich mich nicht mehr rühren kann, wenn mir nur noch Morphium hilft, wenn du siehst, es geht langsam zu Ende: Versprich mir, daß du mich nicht so grausam sterben läßt. Versprich mir, daß du mir soviel Morphium gibst, daß ich ohne Schmerzen einschlafe.«

»Mein Gott, welche Gedanken!« Haußmann hielt Erika umfangen und drückte ihren bebenden Kopf an sich. In seinem Hals würgte es, er hatte das Gefühl, einen Stein verschluckt zu haben. »Wer wird denn so 'was denken«, stotterte er. »Rika, so darfst du nicht denken! Damit machst du dich selbst verrückt. Es wird doch nie so weit kommen, nie!

Darum fahren wir ja nach Sarajewo. Darum holen wir ja dieses HTS! Darum wollen wir uns ja auf das ›Schiff der Hoffnung‹ schmuggeln. Du sollst gesund werden, ganz gesund...«

Eine Stunde später benachrichtigte Karl Haußmann den Inhaber der Pension, daß seine Frau einen schweren Anfall bekommen habe und nun gehunfähig sei. Marion machte aus den Hintersitzen des Autos bereits ein weiches Bett und verhängte das Rückfenster und die Seitenfenster mit Tüchern. Dann trugen Haußmann und drei Männer – der Hausdiener, der Koch und ein zufällig anwesender Milchmann – Erika auf einer Trage aus dem Haus und betteten sie hinten in das Auto. Wie es Haußmann bei dem Engländer gesehen hatte, deckte er Erika bis zum Hals zu.

»Ich vergehe vor Hitze«, flüsterte sie, als er sich über sie beugte. »Wenn wir am Hafen sind, bin ich wirklich ohnmächtig.«

»Nur eine halbe Stunde, Rika«, sagte Haußmann leise und strich ihr über das Haar. »Halte durch, Liebling. Auf dem Schiff, im frischen Abendwind, kannst du dich dann erholen.«

Bedrückt standen der Padrone, seine Frau und die drei hilfreichen Männer an der Haustür, als der deutsche Wagen abfuhr. Sie winkten nicht nach. Das war eine traurige Fahrt.

»Sie kommt auch zu spät«, sagte der Padrone und wischte seine Hände an der Hose ab.

»Eine so schöne Frau«, sagte der Hausdiener.

»Und die Nachfolgerin ist auch gleich dabei«, meinte die Padrona giftig.

»Immer diese eifersüchtigen Weiber!« Der Padrone warf einen verzweifelten Blick in den sich rötlich färbenden Himmel. »An was anderes denkst du wohl nicht?«

»Ich kenne doch die Männer, he?« Die Frau stemmte die Hände in die Hüften. »Bist du anders? Alle sind sie gleich. Man sollte die Männer, sobald sie an die Fünfzig gehen, vergiften!«

Eine Viertelstunde später fuhr Haußmann im Schritt-Tempo durch die Reihen wartender Wagen, die man rechts und links der Hafenzufahrt abgestellt hatte. Vor dem Gittertor stauten sich die Menschen. Es war ein Lärm wie bei einer Revolution – und es war auch eine, denn alle vor der Polizeikette revoltierten gegen die Sperrung der Molenzufahrt.

Drei Polizisten, die entlang der abgestellten Wagen patrouillierten, schleusten Haußmanns Wagen durch das Gewühl, nachdem sie einen Blick in das Innere des Autos geworfen hatten. Vor der Sperre kurbelte Haußmann sein Fenster herunter und hielt die Fahrscheine hinaus. Ein Polizeileutnant trat heran und grüßte höflich. Er sah in den Wagen, erkannte das schweißnasse, bleiche Gesicht zwischen Kissen und Decken und zog den Kopf zurück.

»Aus Deutschland?« Er sah flüchtig auf die Fahrkarten. »Etwas zu verzollen?«

Haußmann lächelte gequält, es gelang ihm sehr gut. »Was sollten wir wohl mitnehmen, Herr Offizier?«

»Passieren!« Der Lieutenant hob die Hand. Die Polizeikette öffnete sich. »Nummer 12!« schrie jemand. »Noch drei.«

Vom Tor her antwortete ein unverständliches, vielstimmiges Geschrei. Haußmann sah, wie die Carabinieri zusammenrückten und die Hände auf die Pistolentaschen legten. Da gab er etwas Gas und fuhr so schnell, daß es nicht auffiel, die leere Molenstraße hinauf zur Anlegestelle auf der Molo Foraneo.

»Geschafft!« rief er, als er außer Hörweite der Postenkette war. »Rika, Liebes, geschafft!« Er hielt an, beugte sich über seine Sitzlehne und riß die Decken von Erika.

Sie rührte sich nicht. Bleich, mit auf der Brust gefalteten Händen, lag sie zwischen den Kissen. Sie war wirklich ohnmächtig geworden.

»Hier, nehmen Sie das«, sagte Marion und reichte Haußmann ihr Kölnisch-Wasser-Fläschchen. Karl rieb mit dem erfrischenden Parfüm Erikas Stirn ein, massierte ihre Brust und küßte sie auf den Mund, als sie endlich, mit einem tiefen Seufzer, die Augen wieder aufschlug.

»Wo... wo sind wir?« fragte sie und richtete sich ächzend auf.

»Vor dem Schiff, Liebes!« Haußmann gab Marion das Parfümfläschchen zurück. Dabei berührten sich ihre Finger, aber kein Funke sprang über. »Wir sind durch! In zehn Minuten sind wir an Bord, und heute nacht schwimmen wir deiner Gesundheit entgegen. O Rika, ich könnte die ganze Welt umarmen!«

»Dann fang' bei Fräulein Gronau an!« antwortete Erika. Und ein Schatten fiel über Haußmanns ehrliche Freude. Er kam sich schäbig vor, denn er dachte an das Gespräch, das er vor zwei Stunden noch mit Marion geführt hatte.

Aber so ist es im Leben: Ein zwischen Jugend und Pflicht schwankender Mann im Alter Karl Haußmanns hat eine gewisse Narrenfreiheit. Man muß nur warten können, bis er aus seinem Wahn wieder erwacht.

Am Kai lag die ›MS Budva‹ in der untergehenden Sonne. In diesem goldenen Licht sah sie gar nicht mehr so morsch aus; vielmehr war es, als sei sie jetzt, leuchtend in sattem Rotgold, das wahre ›Schiff der Hoffnung‹, ein Traumboot zum ewigen Leben, das durch ein violettes Meer schwimmt zu einer Küste, die kein Sterben mehr kennt.

Während Erika, noch immer die Schwerkranke spielend, mit einer Trage des Schiffes von zwei Matrosen an Bord gebracht wurde und Marion wie eine rührend besorgte Krankenschwester nebenherlief, überwachte Haußmann das Verladen seines Wagens auf das Oberdeck der ›Budva‹ und nahm es klaglos in Kauf, daß zwei Haken des Kranes einen großen Kratzer in den Lack der linken Tür zogen. Dann schwebte der Wagen an Bord, und Haußmann stieg in fast übermütiger Laune über die Gangway auf das Schiff.

»Der Bordarzt ist bereits bei Ihrer Frau«, sagte der I. Offizier der ›Budva‹ zu Karl, als er die Fahrkarten kontrollierte und die Pässe an sich genommen hatte. Haußmann bekam sie erst nach der Landung beim Zoll in Dubrovnik wieder. Es war also ausgeschlossen, ohne Papiere an Land zu kommen.

Haußmann sah den I. Offizier, der ein hartes Deutsch sprach, verblüfft an.

»Sie haben einen Arzt? Hier, auf diesem Schiff?«

»Seit wir bei den Überfahrten der letzten Zeit ein paar Todesfälle hatten, war das notwendig. Kabine 17 und 18, mein Herr. Erster-Klasse-Deck.«

»Oh! Das gibt es hier auch?«

Der I. Offizier ließ Haußmann wortlos stehen. Alle Verachtung lag darin. Die Deutschen mit ihrer großen Fresse, sollte das heißen. Anstatt daß sie froh sind, überhaupt mitzukönnen...

Haußmann suchte über drei Decks hindurch die Kabinen 17 und 18, bis er sie endlich im Anschluß an die Kommandobrücke fand. Der Arzt war schon wieder gegangen. Marion saß am Bett Erikas und lächelte Haußmann wie um Verzeihung bittend zu. Erika schlief, mit tiefen seufzenden Atemzügen.

»Er hat ihr gleich eine Spritze gegeben«, sagte Marion, als sich Haußmann erschrocken über seine Frau beugte. »Morphium, glaube ich. Was sollte ich machen? Der Arzt versteht kein Wort Deutsch. Und als deine Frau aufspringen wollte, hat er sie zurück aufs Bett gedrückt und schwupp, hatte sie die Spritze weg. Sie ist sofort eingeschlafen. Er muß ihr eine starke Dosis injiziert haben.«

»Das kann ja heiter werden.« Haußmann setzte sich neben die betäubte Erika auf die Bettkante und zog sich den Schlips vom Hals. »Wo ist der Kerl jetzt?«

»Nebenan. Bei dem Engländer. Ich glaube, der stirbt, bevor wir Dubrovnik erreicht haben. Ich konnte vorhin einen Augenblick in die Kabine sehen: Der Mann sieht wirklich wie ein Gerippe aus. Da hilft doch auch kein HTS mehr.«

»Der Glaube vermag viel.« Haußmann trat an das runde Bullauge. Durch das Glas schimmerte das alte Bari. Der jetzt dunkle Abendhimmel über der Stadt war fahl und streifig.

Der Widerschein tausender Lampen. »Was wären wir alle, wenn wir die Hoffnung nicht mehr hätten«, sagte Karl leise.

»Das stimmt«, antwortete Marion Gronau. Und ihr Unterton bewies die Doppeldeutigkeit ihrer Worte.

Pünktlich um 23 Uhr gellte die Sirene der ›MS Budva‹. Der Kran rollte vom Kai, die Gangway wurde eingezogen, die Leinen wurden losgeworden.

Ein Zittern rann durch den Schiffsleib, die alten Dieselmotoren begannen zu stampfen, das Schiff schlingerte etwas in der Dünung, die Schrauben wirbelten das Wasser auf; es war, als ächzte ein alter Mann unter einer schweren Last, die er noch wegtragen mußte. Dann löste sich die ›MS Budva‹ von der Mole und glitt in die Nacht hinaus, auf das finstere Meer, entlang der den Hafen abgrenzenden, langen Außenmole, die flach aus der Adria ragte.

Haußmann stand oben an Deck neben seinem vertäuten Wagen und blickte zur langsam entschwindenden, hellerleuchteten, flimmernden Küste zurück. Marion hockte neben ihm auf einem Seilknäuel und rauchte nervös.

»Das ist aus Rimini geworden«, sagte sie, als Bari nur noch ein heller Strich war.

»Ich wünschte, es hätte Rimini nie gegeben!« Haußmann wandte sich abrupt ab und ging unter Deck.

Das Abendessen auf dem Oberdeck der weißen Jacht war vorzüglich wie immer. Ein livrierter Steward servierte. Claudia erhielt eine besondere Diät, und statt des schweren Weines schimmerte in ihrem Glas ein dunkelroter Traubensaft. Das Schiff machte langsame Fahrt, während sie aßen, und Hellberg konnte nicht mehr feststellen, ob sie sich vom Land entfernten, ihm entgegenfuhren oder parallel mit ihm waren.

Umberto Saluzzo war bester Laune.

Er erzählte Witze. Schwänke aus seinem Leben, die

ebenso grotesk wie grausam waren. Schwarzer Humor, nur selbst erlebt.

Ab und zu beugte er sich zu Claudia, tätschelte ihre blasse, kalte Hand und nannte sie »Mein Töchterchen.« Dann zuckte sie jedesmal zusammen wie unter einem Schlag und sah Hellberg hilfesuchend an. Das besonders schien Saluzzo sehr zu amüsieren. Hilfe von einem Mann, der völlig hilflos war. Wie sehr ein Mensch doch an phantastischen Hoffnungen hängt!

»Es wird eine dunkle Nacht«, sagte er, als zum Nachtisch ein Cocktail aus Muschelfleisch in rotem Champagner serviert wurde. »Neumond! Es ist genau das, was wir brauchen.« Er rauchte eine Zigarre an, blies einen Ring in die Luft und zuckte mit den Schultern, als Hellberg ablehnend die Zigarrenkiste zurückschob. »Muß ein Journalist eigentlich mehrere Sprachen sprechen?« fragte er unvermittelt.

»Das kommt auf sein Aufgabengebiet an. Ein Fotoreporter etwa, der in der Welt herumreist, muß verschiedene Sprachen beherrschen.«

»Und was sprechen Sie?«

»Englisch, Französisch und bißchen Italienisch, und seit einem halben Jahr nehme ich Unterricht in Spanisch.«

»Interessant.« Saluzzo sah dem Rauch seiner Zigarre nach. »Sie können sich schon auf spanisch verständigen?«

»Mühsam. Es fehlen noch viele Vokabeln und vor allem die Grammatik.«

»Es wird schon gehen«, sagte Saluzzo geheimnisvoll.

»Was wird gehen?« fragte Hellberg zurück.

»Sie sind ein ungeduldiger Mensch, Hellberg.« Saluzzo lächelte Claudia an. »Sieht sie nicht bezaubernd aus in dieser romantischen Beleuchtung? Wie von innen beschienenes Porzellan. Meine Tochter war eine einmalige Schönheit, Hellberg; sie hatte *noch* größere Augen als Claudia. Aber sonst...« Saluzzo beugte sich vor. »Ich habe mich erkundigt – du bist Waise.«

Claudia nickte. Ihre Kehle war wie zugeschnürt.

»Ich werde dich adoptieren.« Saluzzo lehnte sich wieder zurück. »Seit zwanzig Jahren leide ich darunter, kein Vater mehr sein zu können. Und nun finde ich durch Enrico Sampieri, diesen Windbeutel, das Mädchen Claudia! Ich werde ihn deshalb auch nicht bestrafen, daß er mich mit Ihnen, Hellberg, belästigt hat. Ich mußte Sie in Kauf nehmen, um Claudia an Bord zu bekommen. Aber nun sind Sie überflüssig, eine verbrauchte Verpackung. Nur Ihre spanischen Sprachkenntnisse werde ich noch gebrauchen können.«

Saluzzo erhob sich, und auch Hellberg sprang auf. Claudia kroch in sich zusammen. In ihren Augen schrie die Angst. Laß mich nicht allein, Frank, hieß dieser Blick. Laß mich bitte, bitte nicht allein mit ihm...

»Kommen Sie mit, Signore!« sagte Saluzzo knapp.

»Wohin?« Hellberg blieb neben Claudia stehen. Sie müssen mich jetzt totschlagen, freiwillig tue ich keinen Schritt, dachte er.

»Unter Deck«, sagte Saluzzo.

»Ich lasse Claudia nicht allein!«

»Sparen Sie sich Ihre Heldenposten, Hellberg! Claudia wird kein Haar gekrümmt. Mein Wort ist an Bord wie ein Gesetz. Ein einziges Mal hat es ein Matrose versucht, sich darüber hinwegzusetzen. Er wollte opponieren. Eine Stunde später fief er über Bord. Trotz aller Suchmanöver haben wir ihn nie mehr gefunden. Man weiß ja, daß an der jugoslawischen Küste Haie leben...« Saluzzo winkte ab, als Hellberg den Mund zu einer Antwort öffnete. »Keine Reden, Signore. Claudia wird sich für kurze Zeit, die wir unter Deck sind, allein amüsieren. Luigi Foramente kann ihr über das Tonband flotte Melodien vorspielen. Kommen Sie!«

»Bleib, Frank!« schrie Claudia auf und klammerte sich an Hellberg fest. »Geh nicht!«

»Eine Tochter muß ihrem Vater gehorsam sein«, sagte Saluzzo ernst und kam langsam näher. »Das ist die erste Vorbedingung. Ein ungehorsames Kind wird bestraft, ein gehorsames kann den Vater um den Finger wickeln.«

Hellberg stellte sich zwischen Claudia und Saluzzo. Nur eine Handbreit voneinander entfernt standen sie sich gegenüber.

»Wenn Sie Claudia anrühren, zerbreche ich Ihnen die Knochen«, sagte Hellberg ganz ruhig.

»Vorher werden Sie Haifraß, Hellberg.«

»Dazu gehört mehr als ein großes Maul! Ich bin Stadtmeister im Judo.«

Saluzzo lächelte breit. »Ein Rindvieh sind Sie! Während wir jetzt miteinander sprechen, sehen uns sechs Augen zu. Schauen Sie sich nicht um, Sie sehen sie doch nicht. Aber wenn Sie die Hand gegen mich erheben würden, wird es unter Garantie aus irgendeiner Ecke krachen, aus der Ecke mit dem besten Schußwinkel. Was nützt Ihnen da Ihr Judo, Sie Phantast?« Saluzzo trat zwei Schritte von Hellberg zurück. »Also kommen Sie nun?«

Hellberg nickte. Er sah sich nicht nach Claudia um, sondern folgte Saluzzo unter Deck.

Wieder war demonstriert worden, wer hier der Stärkere war.

Saluzzo führte Hellberg über eiserne Treppen am Kabinendeck vorbei hinunter zum Maschinenraum und von dort durch drei Schottentüren in einen Teil der Jacht, der unter dem Bug lag und fensterlos war.

Ein schmaler Gang, erleuchtet von Neonröhren. Links und rechts Türen aus Eisen, blau lackiert. In den Türen, in Sichthöhe, Klappen, die mit einem Riegel verschlossen waren. Beim Anblick dieses Ganges blieb Hellberg ruckartig stehen.

»Was haben Sie?« fragte Saluzzo, der ihm vorausging.

»Das sieht wie ein Gefängnis aus«, rief Frank.

»Sie kennen Gefängnisse von innen?«

»Ich habe einmal eine Reportage über Zuchthäuser geschrieben. Das sind die typischen Zellentüren.«

»Gratuliere.« Saluzzo lächelte. »Es *ist* ein Gefängnis.«

»Mein Gott...« stammelte Hellberg. Er starrte Saluzzo mit

weiten Augen an. Die Überzeugung, einen Wahnsinnigen vor sich zu haben, wurde nun fast zur Gewißheit.

»Ein schwimmendes Gefängnis. Aber luxuriös. Wenn Sie gleich einen Blick in diese Zellen werfen, werden Sie es bestätigen. Sie haben ja Vergleichsmöglichkeiten zu den deutschen Zellen. Früher nannte man die schwimmenden Gefängnisse Galeeren... das war schon mehr ein Todesurteil. Aber dieses Gefängnis hier dient dem Leben, Hellberg!«

»Wer ist in diesen Zellen?« fragte Hellberg tonlos.

»Das werden Sie in wenigen Minuten sehen.«

»Haben Sie mich deshalb nach meinen Sprachkenntnissen gefragt, Saluzzo?«

»Ja.«

Umberto Saluzzo ging weiter. Fast am Ende des Ganges – man hörte deutlich das Meer gegen die Bordwand schlagen – blieb er vor einer der eisernen Türen stehen und holte einen Schlüssel aus der Hosentasche.

In dem Augenblick, in dem er den Schlüssel ins Schloß steckte und ihn herumdrehte und der leise knirschende Laut die Stille zerriß, ertönte aus dem Inneren der Zelle ein heller, markerschütternder Schrei.

Die Stimme einer Frau.

Der gleiche Schrei, den Hellberg in seiner Kabine gehört hatte und von dem er glaubte, Claudia hätte in ausgestoßen.

»Die Möwe...« sagte er heiser. »Unser Smutje wirft die Küchenabfälle immer ins Meer...«

»Sie haben ein blendendes Gedächtnis, Hellberg.«

»Alles, was *Sie* sagen, Saluzzo, schreibt sich bei mir wie mit Feuer ein. Es sind Brandzeichen.«

»Wie schade, daß dieses Feuerchen nie jemand sehen wird.« Saluzzo schloß noch einmal herum. Aus dem Inneren der Zelle gellte der zweite Schrei. Ein Schrei, der einen Schauer über den Rücken Hellbergs laufen ließ.

Was würde er sehen, wenn die Tür aufschwang?

Welche Teufelei verbarg Saluzzo in diesen kleinen Zellen? Wen hielt er dort gefangen? Und warum?

»Bitte!« sagte Saluzzo und öffnete die Tür.

Geblendet wich Hellberg an die Gangwand zurück. Die Lichtfülle, die ihm entgegenflutete, war zu stark. Viel stärker als die normale Flurbeleuchtung.

Er sah mit blinzelnden Augen, die sich langsam an das Licht gewöhnten, zunächst nur die Einrichtung eines Salons in Weiß-Gold. Rokokomöbel, Gobelinbezüge, Damastvorhänge, eine Seidentapete und an der holzgetäfelten Decke einen Kristalleuchter, der das starke Licht ausstrahlte. Ein dicker, englischer Blumenteppich bedeckte den Boden.

»Ich glaube nicht, daß deutsche Zuchthäuser solche Zellen haben«, sagte Saluzzo spöttisch. »Die Tür ist zwar konservativ, aber die Einrichtung wird Sie überzeugen, daß ich kein Unmensch bin.«

»Und wer lebt in diesem goldenen Käfig?« Hellberg kam langsam auf die Tür zu. »Wer schreit da so entsetzlich und aus höchster Not?«

»Das eben sollen Sie feststellen ... warum man schreit!« Saluzzo winkte. »Kommen Sie schneller, Hellberg. Hier ist kein Ungeheuer, das plötzlich hervorbricht.«

Hellberg atmete tief auf. Dann machte er einen großen Schritt, ging an Saluzzo vorbei und betrat das luxuriöse Gefängnis.

Überrascht und betroffen blieb er stehen, wischte sich verwirrt über die Augen und sah sich dann fragend nach Umberto Saluzzo um.

Auf einem Bett, das mit einem Überwurf aus echten Leopardenfellen abgedeckt war, lag ein wunderschönes Mädchen. Die langen, schwarzen Haare hingen wie ein Schleier über dem schlanken Körper, den nichts bedeckte als ein kurzes, durchsichtiges Spitzenhemdchen. Als das Mädchen die beiden eintretenden Männer sah, kroch es auf dem breiten Bett bis zur Wand, zog die Beine an und starrte Hellberg aus flackernden, halb wahnsinnigen Augen angstvoll an.

»Wer ist denn das?« fragte Hellberg atemlos. Der Luxusraum, die strahlende Beleuchtung und auf dem Leopardenbett ein Mädchen von solcher Schönheit, wie er sie nur aus Kunstdruckjournalen kannte – das alles verwirrte ihn einen Augenblick. Umberto Saluzzo hinter ihm lachte leise.

»Ein herrliches Raubtier, was?« sagte er stolz. »Der Brillant in meiner Kollektion.«

»Kollektion...« wiederholte Hellberg tonlos. Das Mädchen auf dem Fellbett starrte ihn durch den Vorhang ihrer schwarzen Haare an. Als Hellberg einen Schritt weiter in die Kabine trat, hob sie beide Hände zur Abwehr und begann wie ein getretener Hund zu wimmern.

»Fragen Sie sie, was sie hat.« Saluzzo stieß Hellberg leicht in den Rücken. »Sie hat alles, was sie braucht, Sie sehen es ja – und trotzdem benimmt sie sich wie eine Irre!«

»Wer ist die Dame?« fragte Hellberg leise.

»Juanita Escorbal... ich erzähle Ihnen nachher mehr. Erst zeigen Sie mal, wie gut Sie spanisch sprechen.«

Frank Hellberg setzte sich auf einen der Gobelinsessel und schüttelte den Kopf, als Juanita noch mehr in sich zusammenkroch. »Keine Angst«, sagte er auf spanisch. »Ich komme als Ihr Freund, Señorita Escorbal.«

Das Mädchen schob die Haare aus den Gesicht. Ihre Schönheit ergriff Hellberg, mehr aber noch erschütterte ihn ihr gehetzter Blick. Ihre großen, schwarzen Augen schienen leergeweint. Geblieben waren Angst und Hoffnungslosigkeit.

»Sie lügen«, sagte Juanita Escorbal. Sie hatte eine warme, melodische Stimme und sprach ein äußerst gepflegtes Spanisch. »Auch Sie gehören zu diesem Schiff! Sie wollen mich nur in Sicherheit wiegen. Sie sind wie die anderen.«

»Ich bin selbst Gefangener.« Frank Hellberg beugte sich im Sitzen vor. »Wir, das sind ein junges italienisches Mädchen und ich, sind auf das Schiff gekommen, weil wir glaubten, man könne uns nach Dubrovnik bringen, ohne Paß. Noch wissen wir nicht, was man mit uns vorhat.«

Juanita musterte Hellberg. War es eine Falle? Log er? Wollte er sich mit dieser Erzählung in ihr Vertrauen einschleichen?

»Ist sie hübsch«, fragte sie. »Ist Ihre Begleiterin sehr hübsch?«

»Ja.«

»Dann wird sie bald wie ich in einem Harem oder in einer Spelunke in Beirut enden.«

Hellberg krampfte sich das Herz zusammen. Er vermied es, Saluzzo anzusehen. So also ist das, dachte er. Hier haben wir einen Zipfel des Geheimnisses gelüftet, das Saluzzo umgibt: Das Geheimnis seiner großen Einnahmen! Statt mit Teppichen handelt er mit lebender, hübscher Ware. Unter den Augen der Polizei, mit dem Glorienschein des erfolgreichen Mannes, mitten unter uns, im 20. Jahrhundert.

»Was sagt sie?« fragte Saluzzo ungeduldig an der Tür. Daß er keinen Sinn in den Worten entdeckte, obgleich Italienisch und Spanisch ähnlich klingen, ärgerte ihn.

»Sie hat Heimweh«, sagte Hellberg auf gut Glück. Saluzzo lachte hämisch.

»Das gibt sich, Signore Hellberg. Jeder Mensch braucht eine bestimmte Zeit zur Akklimatisierung. Der eine mehr, der andere weniger. Aber darum braucht sie nicht so zu schreien.«

Hellberg beugte sich wieder zu Juanita vor. »Er versteht kein Wort unserer Unterhaltung, Señorita«, sagte er. »Vertrauen Sie mir, bitte. Ich habe gesagt, Sie hätten Heimweh. Erzählen Sie mir schnell, woher Sie kommen und wie ich Ihnen helfen kann.«

Juanita Escorbal ließ die Haare wieder über ihr Gesicht fallen. Saluzzo sollte nicht sehen, wie neuer Glanz in ihre Augen kam. Glanz der Hoffnung und neuen Mutes.

»Ich bin die Tochter von Juan Carlos Comte de Escorbal aus Tarragona. Mit Freunden war ich auf einer Segeljacht unterwegs nach Mallorca. Da kamen wir in einen Sturm, einen der seltenen Sommerstürme, die Sand aus der Sahara mitbringen. Das Meer wurde zur Hölle, der Hauptmast brach, mußte gekappt werden und ging über Bord. Beim Versuch meines Bruders, mit dem Hilfsmotor weiterzukommen, gerieten wir in eine riesige Welle, die uns Ruder und Aufbauten völlig zerstörte. Führerlos trieben wir drei Tage auf der sich beruhigenden See, bis uns die Jacht Saluzzos sichtete. Er kam längsseits, besichtigte unser wundgeschlagenes Schiff, ließ mich als erste an Bord seiner Jacht kommen und dampfte dann ab, ohne sich um meinen Bruder und meine Freunde zu kümmern. Ich hörte sie noch nach mir schreien... aber was sollten sie anderes tun? Sie waren ja völlig wehrlos. Was aus ihnen geworden ist, weiß ich nicht. Wenn die Madonna gnädig war, hat ein anderes Schiff sie aufgelesen.«

»Wie lange sind Sie jetzt hier, Señorita?« fragte Hellberg. Er konnte vor Erregung kaum sprechen.

»Vielleicht zwei Wochen... ich weiß es nicht. Ich habe keinen Zeitbegriff mehr. In meine Kabine scheint nie die Sonne. Ich zähle die Tage so, wie ich schlafe... und ich habe bisher fünfzehnmal geschlafen.«

Hellberg wischte sich über die Augen. Zwischen den Fingern sah er zu Saluzzo. Der elegante Teufel stand lässig an der Tür, lehnte sich gegen den Rahmen und rauchte eine Zigarette.

»Wie kann man Ihnen helfen?« fragte Frank. »Warum haben Sie so geschrien?«

»Ich werde schreien, bis mir die Kehle platzt. Ich lasse mich nicht kampflos verschleppen!« Juanita kroch von der Wand weg. Als sie vor dem Bett stand und das grelle Licht aus dem Kristalleuchter sie überflutete, sah Hellberg erst, wie atemberaubend schön sie war. »Wissen Sie, daß in den Kabinen auf diesem Gang noch mehr Mädchen gefangengehalten werden?«

»Nein!« Hellberg sprang auf.

»Was sagt sie?« fragte Saluzzo an der Tür.

»Gleich...« Hellberg war es nicht mehr möglich, seine Erregung zu beherrschen. Ein Zittern lief durch seinen Körper. Juanita ging zu einem Sessel, auf dem ein seidener Morgenmantel lag, und zog ihn über ihr durchsichtiges Hemdchen. »Wie viele Mädchen sind an Bord?«

»Ich weiß es nicht genau. Nachts klopfen wir zur Verständigung gegen die Wände. Aber es sind mindestens fünf andere Mädchen. Und nun wird Ihre Begleiterin dazukommen.«

»Nie und nimmer!« sagte Hellberg verbissen.

»Was wollen Sie tun? Wir sind doch wehrlos! Ich kann wenigstens schreien... dann kommt jemand und gibt mir eine Beruhigungsspritze. Aber Sie können gar nichts tun.« Juanita kämmte sich vor dem großen Kristallspiegel. Umberto Saluzzo lächelte zufrieden. Was dieser Hellberg auch gesagt haben mochte – er hatte sie wenigstens beruhigt. »Sie werden übrigens auch verkauft.«

»Blödsinn!«

»Denken Sie. Wenn man so etwas lesen würde, glaubt man, das seien dumme Phantasien. Dabei weiß die internationale Polizei, daß heute noch in Saudi-Arabien und Somaliland geheime Sklavenmärkte abgehalten werden. Die weißen Mädchen sind dort die teuersten Angebote, sie werden mit Gold aufgewogen. Männer wie Saluzzo verdienen damit ein Vermögen. Dabei ist er nur ein Zwischenhändler. Der Anfang einer Kette, die von Europa über Nordafrika und Kleinasien bis zum fernsten Orient reicht.«

»Und woher wissen Sie das, Juanita?«

»Von ihm selbst. Er hat mir meinen ferneren Lebensweg selbst in allen Einzelheiten ausgemalt.«

Saluzzo an der Tür wurde wieder unruhig. »Was redet sie eigentlich unentwegt?« fragte er. Hellberg erhob sich von dem Gobelinsessel, nickte Juanita ermunternd zu und wandte sich ab.

»Spanisch hat viele Ausdrücke!« sagte er hart. »Alles in allem aber sagt sie, daß Sie ein ungeheures Schwein sind, Saluzzo.«

»Das freut mich.« Saluzzo verbeugte sich leicht vor Juanita. »Wenn sich kein guter Käufer findet, mein Süßes, werde ich mich selbst um dich bemühen.«

»Und im Schlaf werde ich dich erwürgen!« knirschte Juanita wild. Hellberg fuhr herum. Erst jetzt erkannte er Juanitas Spiel. »Sie können italienisch?« fragte er. Sie antwortete in Spanisch.

»Ja. Natürlich. Ich nehme an, daß er mir sonst nicht erzählt hätte, was mich erwartet. Ich tat aber so, als wenn ich ihn nicht verstehe.«

»Haben Sie keine Sorgen, Juanita.« Hellberg nickte dem schönen Mädchen ermunternd zu. »Noch sind wir nicht in Beirut. Bis dahin kann noch viel passieren, und es wird viel passieren! Bleiben Sie ruhig, schonen Sie Ihre Kräfte und Nerven, wir werden sie bald gebrauchen können. Ich habe das im Gefühl.«

Dann standen sie wieder im Gang, Saluzzo schloß die Luxuszelle wieder ab und steckte den Schlüssel ein. »Nun?« fragte er. »Was denkt sie? Warum schreit sie so unnütz?«

»Können Sie sich nicht denken, daß ein Mädchen Angst hat?« Hellberg überlegte, ob er jetzt nicht Saluzzo mit einem Sprung anfallen und zu Boden schlagen sollte. Sie waren allein im Gang, und Frank fühlte sich stark genug, mit einem Mann wie Saluzzo fertig zu werden. Aber was geschah dann? Ober wartete Luigi Foramente, der ›Kapitän‹ der Jacht. Wie viele Besatzungsmitglieder das Schiff hatte, wußte Hellberg noch nicht. Allein drei Stewards hatte er gezählt. Sie waren auch für die Pflege der Mädchen hier unten bestimmt und damit Komplizen Saluzzos. Was hatte es für einen Sinn, den Kopf dieser Teufelsbande niederzuschlagen und dann hilflos in den vielen Armen des Verbrecherpolypen zu landen?

Saluzzo schloß die Tür auf, sie kamen in den Maschinenraum. Die Gelegenheit war vorbei. Das Warten, das Belauern, die Hoffnung auf eine rettende Situation ging weiter.

Als sie wieder das Deck betraten, scholl ihnen Musik entgegen. Luigi Foramente tanzte mit Claudia. Hellberg sah, wie steif sie ihren Körper hielt, wie ekelhaft es ihr war, jetzt die Vergnügte zu spielen. Saluzzo blieb stehen.

»Sie haben nun gesehen, was mit meinem Schiff los ist«, sagte er.

»Ja. Sie handeln mit lebender Ware!«

»Und es ist Ihnen doch wohl klar, daß dieses Wissen Ihre Rückkehr in das normale Leben verhindert?«

»Von Ihrer Warte aus gesehen, ja.«

»Meine Warte ist immer die richtige, Hellberg!«

»Wenn ich Sie richtig verstehe, wollen Sie auch mich verkaufen!« Hellberg lachte gequält. »Saluzzo, das ist doch eine ausgemachte Blödheit!«

»Wir fahren morgen früh hinaus ins offene Meer. Auf halbem Wege werden Sie und die Mädchen umgeladen auf ein Boot, das uns irgendwo erwartet. Wo, das kann Ihnen egal sein. Sie verstehen doch nichts von Seekarten. Die Leute auf diesem Schiff aber sind keine Europäer mehr, sondern Orientalen. Ich traue Ihnen soviel Intelligenz und Wissen zu, daß Ihnen klar ist, wieviel ein Orientale vom Menschen an sich hält. Ob Sie Hellberg heißen oder Fürst Pipapo, das ist diesen Leuten völlig gleichgültig. Sie sind Ware, weiter nichts. Ware wie Apfelsinen oder Melonen, Feigen oder Kuhhäute. Leisten Sie Widerstand, wird dieser Widerstand gebrochen. Brutal, das kann ich Ihnen sagen. Ich habe in Dschibuti auf dem Markt Männer gesehen, die einen Kopf wie einen Blumenkohl hatten; so zusammengeschlagen hat man sie, bis sie keinen Willen mehr hatten und glücklich waren, in die Hände neuer Herren zu kommen.« Saluzzo hielt Hellberg am Rock fest, als er zu Claudia gehen wollte.

»Nicht so stolz, Signore. Man hat in den Felsen des Yemen Gold entdeckt. Nicht im Flußsand, sondern unter Tage, im Steinabbau. Dort sucht man jetzt intelligente Vorarbeiter. Ich dachte, daß sei ein Job für Sie.«

»Sie sind wahnsinnig, Saluzzo!« Hellberg riß sich los. »Und was haben Sie mit Claudia vor?«

»Sie bleibt an Bord. Von den besten Ärzten wird sie untersucht werden, und ich werde ihr auch dieses verdammte HTS besorgen, wenn es notwendig ist. Claudia wird meine zweite Tochter werden.«

»Wenn sie will!« Hellberg lächelte böse. »Sie können Menschen zum Haß quälen, aber nicht zur Liebe.«

»Ich sehe, Sie unterschätzen mich, Signore Hellberg.« Saluzzo schüttelte wie bedauernd den Kopf. »Gehen wir zu der fröhlichen Musik. In zwei Tagen ist dieses schöne Leben ja zu Ende...«

In der Nacht, als man Hellberg wieder in seine Kabine eingeschlossen hatte, fand er keinen Schlaf. Unruhig rannte er hin und her, dachte an Juanita Escorbal, an die anderen Mädchen in den Zellen und an Claudia Torgiano, deren Schicksal doppelt tragisch war: Die Angst, Krebs zu haben, und die Angst, in den Händen Saluzzos zu bleiben.

Ob Enrico Sampieri, der Redakteurskollege von der Gazetta Bari, das alles gewußt hat? Und wenn ja, warum hatte er Hellberg dann an Bord gehen lassen? Fehlte ihm der Mut, über Saluzzo zu schreiben, und hoffte er, der deutsche Kollege könne sich durchboxen und einmal diesen Teufel in Menschengestalt zur Strecke bringen?

Es war für Frank Hellberg eine schreckliche Nacht. An der Vibration des Schiffsbodens und dem leisen Stampfen aus dem Maschinenraum merkte er, daß sie bereits wieder fuhren – der Stelle irgendwo im Mittelmeer entgegen, wo das Schiff der orientalischen Händler ihn und die Mädchen übernehmen sollte.

Und je weiter sie sich jetzt von der Küste entfernten, um so sicherer wurde es für Frank Hellberg, daß er im Augenblick keinerlei Chancen hatte, Saluzzo entgegenzutreten. Abwarten – das war alles, was ihm blieb. Auf den Zufall warten, diesen großen Verbündeten der Bedrängten.

Und wenn dieser Zufall nicht kam...?

Ruhig glitt die alte ›MS Budva‹ durch das nächtliche Meer. Sie schlingerte, die Maschinen verursachten einen Höllenlärm, aber an Bord war alles zufrieden, die Passagiere schliefen, die Lichter waren gelöscht bis auf die Positionslampen und die Lichter auf der Kommandobrücke. Wer sie von weitem sah, hatte den Eindruck, einen schlafenden Luxusdampfer majestätisch vorbeiziehen zu sehen, langsam, nach außen hin lautlos, denn das Maschinenstampfen hörte man nur auf Deck 2 und im Laderaum. Dort allerdings dröhnte es wie mit hundert Kesselpauken. Hier auf Deck 2 lagerten auch die ärmeren Passagiere in guter, alter Auswanderermanier auf Decken und Luftmatratzen, neben Kinderwagen und Gepäcksäcken. Familien mit Kindern, Großvater und Großmutter, Tanten und Onkeln. Ein Haufen zusammengeballter, auf engem Raum liegender, sitzender und hockender Menschen, umgeben vom Geruch geschälter Orangen, frischen Schafskäses und menschlicher Ausdünstung.

Auf Deck 1, den ›Luxuskabinen‹, brannten hinter verhängten Bullaugen noch vereinzelte Nachttischlampen. Der sterbende Engländer, dieses mit Haut überzogene Gerippe, atmete noch immer. Er war nach der Spritze des Bordarztes sogar für einen Augenblick bei Besinnung und hatte seine Verwandten, die um sein Bett saßen, groß angesehen. »Wann sind wir in Sarajewo?« hatte er gefragt. Und der Neffe, der die mitreisenden Verwandten verpflichtet hatte, immer optimistisch zu tun, hatte gesagt: »Übermorgen, Onkel James.«

»Bestimmt?«

»Bestimmt!« murmelten die Verwandten.

»Laßt euch nicht einfallen, mich irgendwo abzuladen, wenn ich wieder die Besinnung verliere, und mich verrecken zu lassen! In meinem Testament steht, daß dieser Dr. Zeijnilagic unterschreiben muß, mich gesehen zu haben. Sonst gibt es keinen Penny, keinen Penny, verdammt noch mal!«

Dann fiel er wieder in Ohnmacht, aber er atmete tiefer, als habe diese Drohung an die Verwandten sein Herz wesentlich gestärkt.

Karl Haußmann lag neben Erika und hörte auf ihre tiefen Atemzüge. In der Nacht, er war gerade eingeschlafen, weckte ihn leises Klopfen an der Tür. Er öffnete, und der Schiffsarzt steckte den Kopf in die Kabine und blickte zu Erika hinüber.

»Alles o. k.!« sagte Haußmann. Okay muß er verstehen,

dachte er. Das kennt der Neger im Busch so gut wie ein Jugoslawe. Der Bordarzt, ein alter Mann, der nach Slibowitz roch, wenn er ausatmete, rollte mit den Augen.

»Nix okay«, sagte er heiser. »Très malade...«

Er drückte Haußmann zur Seite, kam in die Kabine und stellte ein altes, abgegriffenes und fleckiges Lederköfferchen auf den Tisch. Dann beugte er sich über Erika, zog die Bettdecke von ihr, schob ihr das Nachthemd bis zum Kinn und betastete ihren nackten Leib.

»Was machen Sie denn da?« stotterte Haußmann verblüfft. »Sie können doch nicht einfach meine Frau nackt...« Dann fiel ihm ein, daß der Arzt ja kein Wort verstand, und er ging hin, faßte den Arzt am Rock und zog ihn von Erika weg, in dem Augenblick, wo er Erikas Brust abhorchen wollte. »Nix!« sagte er dabei. »Ne pas malade... Nur très fatiguée...«

Der nach Slibowitz riechende Arzt fuhr herum wie eine fauchende Katze und schlug Haußmann auf die Finger. Eine Flut jugoslawischer Worte rauschte über Haußmann, und es schienen keine höflichen Worte zu sein.

Haußmann wußte sich nicht mehr zu helfen. Er zog die Decke über Erikas entblößten Körper, ging zur Tür, öffnete sie weit und zeigte hinaus.

Diese Sprache ist international. Der Arzt bekam kleine, böse Augen, sagte etwas, das mit Zischlauten begleitet war, raffte sein Lederköfferchen vom Tisch und rannte an Haußmann vorbei hinaus auf den Gang.

»Na also«, sagte Haußmann zufrieden und schloß die Tür wieder. »Die Völkerverständigung klappt ja.«

Aber die Ruhe war nur kurz. Zehn Minuten später klopfte es wieder. Karl fuhr aus dem Bett und riß die Tür auf, bereit, dem betrunkenen Arzt auf gut Ruhrdeutsch die Meinung zu sagen. Aber vor der Tür stand nicht der Doktor, sondern der I. Offizier. Der gleiche unhöfliche Mensch, der Haußmann beim Verladen des Wagens einfach stehenließ, weil er ein Deutscher war.

»Was ist los?« fragte der I. Offizier in seinem harten Deutsch. Auch er roch nach Slibowitz. In der Offiziersmesse mußte gefeiert werden, vielleicht hatte jemand Geburtstag. Haußmann sah den Mann mit den goldenen Ärmelstreifen entgeistert an.

»Vielleicht darf ich fragen, was Ihr dämlicher Arzt nachts um 2 Uhr in meiner Kabine macht?! Kommt da herein, entkleidet meine schlafende Frau...«

»Das ist seine Pflicht!« Der I. Offizier sah hinüber zu der schlafenden Erika. Die Injektion hatte sie wie betäubt. »Sie hat Krebs?«

»Höflichkeit ist wohl nicht Ihre Stärke, was?« rief Haußmann. »Was erlauben *Sie* sich eigentlich?! Wenn Sie keinen Slibowitz vertragen...«

»Ich vertrage keinen Deutschen!« sagte der I. Offizier hart.

»Ach! So ist das!« Haußmann schluckte. Natürlich, dachte er. Wir waren ja im Krieg auch in Jugoslawien. Tito, die Partisanenkämpfe, die Geiselhinrichtungen, die Schießkommandos, die die Berge durchkämmten. Er sah den I. Offizier verzeihend an und hob die Schultern. »Ich kann nichts dafür. Und außerdem ist das ja lange her...«

»Nicht für mich! Ich habe meinen Vater verloren, meine Mutter, meine Schwester. Ich war in deutscher Gefangenschaft. In Recklinghausen.«

»Ach, sieh an. Recklinghausen. In der Grube?«

»Ja.« Der I. Offizier atmete tief auf. »Ich hasse alle Deutschen, aber Sie sind Passagier. Doch Sie haben sich den Bordgesetzen zu fügen. Trotz Ihres Geldes.«

»Steht in den Bordgesetzen, daß Ihr Arzt meine Frau nachts um 2 Uhr entkleidet und abtastet?«

»Dr. Mihailovic ist von der Regierung eingesetzt, den Transport Kranker nach Dubrovnik zu überwachen und zu kontrollieren. Seit jeden Tag Schwerkranke nach Sarajewo fahren, hat er es besonders schwer. Jeder Passagier, der an Bord stirbt, bedeutet viel Papier und Schreiberei. An Land sind die staatlichen Krankenhäuser dafür zuständig, an Bord nur Dr. Mihailovic. Er handelt in unser aller Interesse, wenn er die kranken Passagiere so betreut, daß sie wenigstens lebend in Dubrovnik an Land gehen.«

Karl Haußmann wußte darauf keine Antwort. Etwas hilflos stand er in der Tür und kam sich vor, als müsse er sich entschuldigen, daß andere ihn in den Hintern getreten hatten. Er dachte an den todkranken Engländer in der Nebenkabine, an die anderen Kranken, die man – wie Erika – auf einer Trage zum Schiff gebracht hatte, und er hütete sich auch, dem I. Offizier zu sagen, daß Erika gar nicht bettlägerig sei, sondern eine der Kranken, der man ein unheilbares Leiden gar nicht glaubt, wenn man ihnen unbefangen und unbekannt begegnet.

Um auf ein anderes Thema zu kommen, lächelte er und schnupperte in die Luft. »Sie feiern?« fragte er.

»Kapitän hat viertes Kind bekommen!«

»Gratuliere.« Haußmann atmete auf. Das Thema verschob sich. Die dreckige Politik wurde unwichtig. »Junge oder Mädchen?«

»Junge.« Der I. Offizier nickte kurz. »Sie werden den Doktor nicht mehr hindern?«

»Nein. Natürlich nicht. Aber meiner Frau geht es besser.«

»Das muß der Doktor entscheiden.«

»Wir sind ja morgens schon in Dubrovnik. Bis dahin wird sie sicherlich schlafen.«

»Trotzdem.« Der I. Offizier wandte sich ab und ging grußlos zur Treppe. Haußmann wartete, sah ihm nach, und als der Offizier verschwunden war, ging er hinüber zu Marions Kabine und klopfte. Niemand antwortete. Er klopfte stärker, so laut, daß auch eine tief Schlafende es hören mußte. Keine Antwort. Da drückte er die Klinke herunter. Die Tür war unverschlossen.

Haußmann schlüpfte hinein, schloß die Tür, tastete in der tiefen Dunkelheit nach dem Lichtschalter und drehte die Deckenleuchte an.

Die Kabine war leer. Das Bett unberührt. Nur Marions

Kleid, das sie am Abend getragen hatte, lag hingeworfen über der Bettdecke. Die Schranktür stand offen. Sie mußte es mit dem Umziehen und Weggehen eilig gehabt haben.

Durch Haußmanns Herz ging ein kleiner, heißer Stich. Er wollte ihn nicht wahrhaben, aber er ließ sich nicht überdecken. Eifersucht! Wohin war Marion gegangen? Hatte sie bereits in dieser kurzen Zeit eine Bordbekanntschaft gemacht?

Eklige, schlüpfrige Gedanken kamen in Haußmann hoch. Er sah eine halbdunkle Kabine, zwei verschlungene Körper, hörte das girrende Lachen Marions. »Verdammt!« sagte er laut. »O verdammt! Und ich habe gedacht, es sei nun endgültig vorbei.«

Er sah noch einmal auf das hingeworfene Kleid, lief dann zurück zu seiner Kabine, blickte kurz hinein und stellte fest, daß Erika in tiefem Schlaf lag. Leise schloß er die Tür und ging, mit nagender Eifersucht im Herzen, die ihm sogar das Atmen schwermachte, hinauf an Deck.

Die Kapitänskabine war hell erleuchtet. Musik scholl durch die geschlossenen Fenster, Lachen und Singen. Sonst war alles still an Bord. Nur an einem der Rettungsboote stand ein Mann, beugte sich über die Reling und würgte. Seekrank. Als Liebhaber Marions kam er nicht in Betracht.

Karl Haußmann ging weiter. Das sogenannte Sonnendeck, das Spieldeck, das Ladedeck mit den vertäuten Autos. Alles still, dunkel, unwirklich unter dem Nachthimmel und auf dem rauschenden Meer.

Er stellte sich an seinen Wagen, nachdem er hineingesehen hatte, ob Marion nicht drin war. Alles war ja möglich. Man hört da die tollsten Sachen und ist ja schon selbst in verteufelten Situationen gewesen. Er ließ sich die kalte Nachtbrise um den Kopf wehen und rätselte herum, wie er Marion aufstöbern könnte.

Aus dem Kapitänszimmer erscholl Kreischen. Die Musik wurde lauter. Ein Twist. Dazwischen wieder Frauenlachen.

Karl Haußmann hob die Schultern. Das ist richtiges Feiern, dachte er. Die Frau im Wochenbett, der Mann besäuft sich mit jungen Weibern!

Ob in Gelsenkirchen oder auf einem jugoslawischen Schiff... es ist überall dasselbe!

Haußmann nahm sich ein Herz, kletterte die verbotene, mit einer Kette abgesperrte Außentreppe zur Kommandobrücke hinauf und drückte das Gesicht gegen das Fenster der Kapitänskajüte. Im Raum tanzte der I. Offizier mit einer der Köchinnen. Der Kapitän lag betrunken auf einem Sofa und klopfte mit der Flasche den Takt auf der Tischkante. Der Arzt hüpfte wie ein Floh als Solotänzer herum. Und in der Mitte des Raumes bewegte sich Marion Gronau in einem wilden Twist, hatte den Rock ihres an sich schon freizügigen Sommerkleides hochgezogen bis zu den Schenkeln und verrenkte den Körper unter dem Gebrüll der Männer zu fast artistischen Leistungen. Ihr blondes Haar hing schweißnaß über dem geröteten Gesicht. Ein wilder, unbeherrschter, für einen nüchternen Zuschauer schrecklicher Anblick. Eine rasende Megäre mit dem Körper einer Venus.

Karl Haußmann wandte sich ab und stieg die Treppen von der Brücke hinunter.

So etwas wollte ihn heiraten, dachte er erschrocken. Wirklich, ihretwegen hätte ich mich von Erika scheiden lassen. In Rimini sollte die Entscheidung fallen. Ihretwegen hätte ich meine schöne, sanfte, immer gütige Erika verlassen. O mein Gott, wohin wäre ich geraten! Wie hätte ich in zwei Jahren ausgesehen? Ein gehörnter Ehemann, gegen den ein Kronenhirsch wie ein Einjähriger aussieht.

Und Karl Haußmann war dem Schicksal dankbar, daß er diese Nacht erlebt hatte... ja, er war dem Arzt Dr. Mihailovic und dem I. Offizier dankbar, denn sie hatten ihn geweckt. Ohne sie hätte er eine große Erkenntnis verschlafen und wäre gefangengeblieben in dem süßen Wahn, in seinem Alter noch wirklich geliebt zu werden von der herrlichen Jugend.

Langsam ging er zurück in seine Kabine und legte sich neben Erika ins Bett. Er beugte sich über sie und küßte sie auf die schlafwarmen, leicht geöffneten Lippen.

»Verzeih mir, Rika!« sagte er leise. »Du hast recht gehabt: Ich bin ein alter Esel.«

Gegen Morgen gab es einen Ruck, der durch das ganze Schiff ging. Es war, als habe die ›MS Budva‹ etwas gerammt, ein Riff, einen riesigen Fisch, eine Sandbank. Durch den stählernen Körper lief ein Zittern; dicke, weiße Qualmwolken quollen aus dem Schornstein. Dann schwiegen plötzlich die Maschinen, das Stampfen im Bauch der ›Budva‹ verflatterte mit einem stöhnenden Klappern, die Schraube drehte sich nicht mehr, wie ein Spielzeugschiff schaukelte das ›Schiff der Hoffnung‹ stumm auf den Wellen der Adria.

Von der Brücke telefonierte der Rudergänger hinunter zur Maschinenzentrale. »Zum Teufel, was ist los?« brüllte er durch die Röhre. Der II. Offizier, der ebenfalls Brückenwache hatte, saß in einer Ecke des Ruderhauses und schlief. Eine Wolke von Slibowitz umwehte ihn.

Der II. Ingenieur – der Erste lag oben in der Kapitänskajüte über dem runden Tisch und schlief, bleischweren Alkohol im Gehirn – fluchte erst einmal ellenlang, ehe er Antwort gab. »Maschinenschaden, Ivoc!« brüllte er zur Brücke hinauf. »In einer der Turbinen muß 'ne Welle gebrochen sein; wir sehen schon nach.«

»Gebrochen? Mann! Dann liegen wir ja fest!«

»Und wie wir festliegen. Ich habe immer gesagt, die ›Budva‹ ist ein Großmütterchen. Aber ihr laßt sie laufen wie 'n Teenager. Vollgas voraus! Kann dein Großväterchen noch Vollgas geben?«

»Wir haben halbe Fahrt gehabt«, brüllte der Rudergänger zurück. »Der Maschinentelegraf steht noch drauf.«

»Halbe Fahrt ist bei der ›Budva‹ Vollgas!« Der II. Ingenieur hustete. Im Maschinenraum mußte Rauch sein. »Zum Teufel noch mal, jetzt ist auch noch irgendwo ein Kurzschluß. Ein Kabel ist durchgeschmort«, keuchte er. »Geh zum Käpt'n und sag ihm, er soll das Mistschiff versenken!«

In den Kabinen merkte niemand, was geschehen war. Der Ruck wurde vom Schlaf aufgefangen. Nur auf dem Deck 2, bei den Armen, machte sich Unruhe breit. Sie hörten durch die Dielen alles, was im Inneren des Schiffes vor sich ging. Nun schwiegen alle Maschinen. Eine Abordnung der Zweit-Deckler machte sich auf, um oben nachzuforschen, warum die ›MS Budva‹ trieb und nicht mehr fuhr. Riffe, Sandbänke und Eisberge gab es hier nicht, auch keinen sagenhaften Riesenwal, der Schiffe rammt. Es war also keinerlei Anlaß zur Panik.

Der Rudergänger stellte alle Hebel auf Null, rüttelte den II. Offizier, gab es dann aber auf, als dieser weiterschlief. Er stieg hinunter zum Kapitänszimmer und kam in einen Dunst von Schnaps, kaltem Tabakrauch und süßlichem Parfüm. Die Männer saßen oder lagen betrunken auf Stühlen und dem Sofa; die Frauen waren anscheinend gegangen, als sich die Auflösungserscheinungen bemerkbar machten.

Fast eine halbe Stunde brauchte der Rudergänger, ehe der Kapitän mit Hilfe von Sprudelwasser und kalten, nassen Handtüchern soweit klar war, daß er die Lage überblickte und auch verstand. Dann allerdings begann er zu brüllen, kletterte in den Maschinenraum und nannte den II. Ingenieur zunächst einen stinkenden Misthaufen. Dann besichtigte er die durchgeschmorte Leitung, ausgerechnet ein Hauptkabel, und die Turbine mit der gebrochenen Welle.

»Scheiße!« sagte der Kapitän. »Mehr geht nicht. Wir müssen uns abschleppen lassen. Wie ist das bloß möglich?«

»Durch den Ausfall der Turbine ist plötzlich zuviel Strom in den Verteiler und das Kabel...«

»Wie kann die Welle brechen?!« brüllte der Kapitän.

»Chef!« Der II. Ingenieur schob die ölige Mütze in den Nacken. An der Turbine arbeiteten sechs Mann und bauten das Bruchstück aus. »Wenn ein Hundertjähriger Ski fährt und fällt beim Wedeln hin, dann spritzen die spröden Knochen wie bei einer Eierhandgranate. Und wenn...«

Der Kapitän verzichtete auf eine weitere Antwort und kletterte wieder aufs Deck. Dort stieß er auf die Abordnung der Zweit-Deckler, die bis jetzt vergeblich nach einer Auskunft suchten.

»Die Turbine hat gerülpst!« schrie der Kapitän. »Sie wird noch zweimal furzen, und dann läuft sie wieder. Geht zu euren Weibern und schlaft weiter, verdammt noch mal!«

Auf der Brücke, im Ruderhaus, setzte er sich auf einen Hocker und starrte hinaus auf das nachtschwarze Meer. Der arbeitslose Rudermaat trank die Flasche Mineralwasser leer, die er zur Ernüchterung des Kapitäns geholt hatte. Auch der Funker, der nachts ab 24 Uhr Freiwache hatte, war aus der Koje geholt worden und saß vor dem Funkgerät.

»Wen soll ich rufen, Käpt'n?« fragte er verschlafen. »Bari oder Dubrovnik?«

»Deine fette Anna!« schrie der Kapitän. »Mensch, siehst du denn nicht, daß es unmöglich ist, jetzt SOS zu funken?«

»Wieso denn?« fragte der Funker zurück.

Der Kapitän winkte ab und ging auf die Außenbrücke. Der frische Nachtwind tat ihm gut und blies den letzten Dunst aus dem Gehirn. Wir müssen warten bis morgen mittag, dachte er. Wenn jetzt aus Bari Hilfe kommt und sieht, daß alle Offiziere betrunken sind, gibt es einen Skandal. Die italienische Presse wird über uns herfallen wie die blutgierigen Wölfe. Sie warten nur darauf, die Lumpen! Und erst Dubrovnik. Der staatliche Navigationsdirektor! Ins Zuchthaus kommen wir alle wegen Sabotage und Schädigung des Ansehens des Volkes. Ich werde in der Zelle hocken, ohne mein viertes Kind gesehen zu haben. O verflucht, verflucht! Ist das eine Situation! Wir müssen unbedingt mit dem Notruf warten, bis alle wieder auf den Beinen sind. Dann dachte er an Dubrovnik, wo das Schiff um 8 Uhr morgens einlaufen mußte. Man würde bis 9 Uhr warten... dann ging die Meldung hinaus. Mit Funk und Radar würde man das Meer absuchen. Und man würde hinterher fragen: Warum haben Sie kein SOS gegeben? Und er würde antworten: Ich glaubte, mit eigener Kraft weiterzukommen.

Ob man ihm das abnehmen würde?

Zwei Deckstewards bemühten sich in der Kapitänskajüte um die schlafenden Gäste. Es graute bereits im Osten, und das Meer wurde streifig, als alle Offiziere auf der Brücke standen, mit schweren Köpfen, gläsernen, verquollenen Augen und einem schrecklichen Atem.

»Freunde«, sagte der Kapitän krampfhaft ruhig. Er war sonst ein Choleriker, aber was nutzte jetzt alles Toben? »Ihr wißt alle, in welcher Tinte wir jetzt sitzen. Daß die Welle gebrochen ist – Pech! Das durchgeschmorte Kabel – Mist! Aber daß wir besoffen in der Ecke lagen, das ist eine Schande, die jeden von uns zehn Jahre Zuchthaus kosten kann. Wir sind uns also einig, daß wir die ganze Nacht gearbeitet haben, um den Dreckskahn flottzukriegen und nicht gefunkt haben, um durch SOS keine Panik zu erzeugen. Ist das klar?«

»Völlig klar, Andric.«

»Dann alle Mann auf die Posten. Ich alarmiere jetzt Bari und Dubrovnik. Schätze, daß wir nun einen guten Tag länger brauchen, bis man uns abgeschleppt hat.«

Ruhig schaukelte die ›MS Budva‹ auf der sanften Dünung. Eine leichte Brise wehte von Süden, die Sonne stieg silbern auf, es wurde ein schöner, warmer Sommertag, von denen die Urlauber aus dem Norden immer träumen.

Der erste, der aktiv wurde, war Dr. Mihailovic. Er besuchte seine Patienten und gab ihnen eine neue Injektion, damit sie den kommenden Tag des Stillstandes verschliefen. Um ihr Herz nicht zu belasten, setzte er eine Kreislaufspritze hinterher und erzählte in jeder Kabine, daß der Schaden an der Maschine nur leicht sei. Zur Überbrückung der Zeit würde auf Deck I die Kapelle der Freiwache flotte Musik machen.

In der Kabine des Engländers allerdings traf Dr. Mihailovic auf unvorhergesehenen Widerstand. Der Neffe verlangte, daß sofort von Dubrovnik ein Wasserflugzeug herbeigerufen werde, um seinen Onkel nach Sarajewo zu bringen. Geld spiele gar keine Rolle.

»Ein Flugzeug!« sagte Dr. Mihailovic, als handele es sich um die Bestellung einer Mondrakete. »Was glauben Sie, wo wir sind?«

»Biete ihm 10000 Pfund«, sagte der lebende Leichnam aus seinem Bett. »Damit kann er seinen Hintern vergolden lassen.«

Dr. Mihailovic verließ beleidigt die Kabine des Engländers. Er gab ihm weder eine Herzinjektion noch eine Betäubungsspritze. Auch die Kabine von Haußmann, dem unangenehmen Deutschen, mied er. Es gibt eben Patienten, die selbst einem Arzt mißfallen.

Nach dem Frühstück gingen Karl und Erika Haußmann auf dem Sonnendeck spazieren. Sie genossen den herrlichen Tag und hatten sich mit dem Zwangsaufenthalt auf See abgefunden. Sie lagen in ihren Liegestühlen und bedauerten es nur, daß das Schwimmbecken an Deck nicht voll Wasser war, sondern nur eine schmuddelige, rissige Vertiefung. Marion Gronau war noch nicht aus ihrer Kabine gekommen. Erika bemerkte es wohl, aber sie schwieg. Nach dem tiefen Schlaf kam sie sich sehr erholt vor und wunderte sich, daß Dr. Mihailovic, der zur Brücke ging, ruckartig stehenblieb, sie musterte, Karl Haußmann anstarrte, mehrmals den Kopf schüttelte und dann gedankenvoll weiterging.

Gestern noch todkrank auf einer Trage, heute strahlend und hübsch im Liegestuhl in der Sonne – das soll einer begreifen! Die Germanen müssen eine besondere Rasse sein.

Erst gegen Mittag kam Marion an Deck.

Sie sah bezaubernd aus, ihr Blondhaar fiel in weichen Wellen auf die Schulter, und sie trug kurze, enge Shorts und über der Brust eine atemberaubende Corsage. Die Schatten unter ihren strahlenden Augen gaben ihrem Gesicht etwas ungemein Faszinierendes.

»Welch ein Tag!« sagte sie, legte sich neben Erika in Karls Liegestuhl und warf die langen, schlanken Beine hoch.

Haußmann stand an der Reling und grüßte nicht zurück. Er tat, als sehe er Marion gar nicht. »So ein Maschinenschaden ist auch etwas Gutes«, sprach Marion unbeirrt weiter. »So kommt man wenigstens zu etwas Seeluft. Ich bräune übrigens sehr schnell. Morgen werde ich dunkel sein wie eine Mulattin. Das ist bei blonden Typen sonst sehr selten...«

»So vieles ist selten«, sagte Haußmann unhöflich und laut. Er beugte sich vor und half der verblüfften Erika aus ihrem Liegestuhl. »Komm, Rika, wir gehen aufs Spieldeck und versuchen uns im Kricket.«

Ohne ein weiteres Wort hakte er Erika unter und ging mit ihr fort. Unhöflicher ging es nicht, es war eine offene Brüskierung. Betroffen, mit plötzlich kleinen Augen starrte ihnen Marion nach.

Was hat er denn? dachte sie. Warum behandelt er mich wie ein Stück Dreck? Was habe ich ihm getan? Und dann kam Wut und Trotz in ihr hoch, und sie ballte die Fäuste. Na warte, dachte sie. Es geht auch anders, mein liebes Bärchen! So kannst du mir nicht kommen, so nicht! Ich bin keine Dirne, die man nach der Bezahlung hinauswirft! Ich habe immerhin nahe genug mit dir am Traualtar gestanden, und wenn ich aufzähle, was du mir in zwei Jahren im Büro alles gesagt hast – ich glaube nicht, daß deine Rika dann so fröhlich Kricket spielen würde.

Sie legte sich wütend zurück und schloß die Augen.

»Du hast sie nicht schön behandelt, Karl«, sagte Erika, während sie zum Spieldeck gingen. »Warum bist du so unhöflich zu ihr? Wir haben ihr immerhin den versprochenen Urlaub verdorben.«

»Ich kann sie nicht mehr sehen!« Haußmanns Stimme war rauh vor Ärger. Er ärgerte sich am meisten über sich selbst. »Ich habe nie so deutlich gesehen, wie sie sich zur Schau stellt. Aber ihr Benehmen ist unmöglich.« Er faßte Erika um die Schulter, ganz liebender Ehemann. »Wenn wir wieder zu Hause sind, werde ich sie entlassen«, sagte er. »Ich will im Betrieb und auch sonst meine Ruhe haben.«

Dann spielten sie Kricket, und keiner ahnte, was sich in diesen Minuten unter Deck abspielte und welche Ereignisse einige Seemeilen südlicher auf einer weißen Luxusjacht das Schicksal von Claudia und Frank bestimmten.

Die ganze Nacht hindurch waren sie gefahren. Frank Hellberg hatte die langen Stunden wach verbracht, obwohl er zum Umfallen müde war. Als er spürte, wie die Müdigkeit bleiern durch seinen Körper schlich, hatte er sich wach gehalten, indem er laut mit sich selbst sprach und in einem Buch las, das er in der Schublade des Nachttisches gefunden hatte und das – gehörte es zu den kleinen Teufeleien Saluzzos? – eine historische Abhandlung über Sklavenhandel war.

Später dann trommelte er wieder gegen die verschlossene, dicke Tür. Aber niemand kam. Auf dem Schiff war alles ruhig, nur das leise Stampfen der Maschinen zitterte durch den Rumpf.

Wir fahren nach Süden, dachte Hellberg. Bei der Geschwindigkeit, die die Jacht macht, würden wir die jugoslawische Küste längst erreicht haben, wenn wir ostwärts gefahren wären. Aber jetzt befinden wir uns auf dem weiten Mittelmeer, irgendwo auf dem Weg an die nordafrikanische oder kleinasiatische Küste. Und dort wird ein anderes Schiff warten und uns übernehmen.

Das Gefühl, das Hellberg bei diesem Gedanken beschlich, war unangenehm. Keine Angst, aber doch eine lähmende Hilflosigkeit, denn soviel wußte er, daß nach der Übergabe der ›Fracht‹ an die asiatischen ›Kaufleute‹ kaum mehr eine Chance bestand, ins freie Leben zurückzukommen.

Gegen Morgen hatte Hellberg einen Plan gefaßt, der ihm die einzige Möglichkeit schien, sich und die anderen festgehaltenen Passagiere Saluzzos zu retten. In den langen Stunden der vergangenen Nacht hatte er immer wieder alle Komplikationen durchdacht, die möglich waren; dann ging er mit einer Gründlichkeit an die Ausführung des Planes, die alle

Pannen ausschloß; denn vom Gelingen hing ja im wahrsten Sinne des Wortes sein Leben ab.

Von der Übergardine vor dem Bullauge riß er die Gardinenschnur ab und setzte sich vor den großen Toilettenspiegel. Vorsichtig, aber doch so fest, daß man deutliche rote Male auf der Halshaut sah, rieb und zog er die Schnur um seine Kehle zusammen. Es dauerte bei dieser Vorsicht ungefähr eine Viertelstunde, bis sich um seinen Hals aufgeschabte Würgemale zeigten, die jeden, der sie sah, entsetzen mußten. Dann band er die Schnur um den abgeschlossenen Kipphebel des Bullauges, knüpfte eine Schlinge, rückte einen kleinen Hocker unter das Fenster und verschob den Teppich auf dem Boden so, als hätten seine Füße im Todeskampf den Teppich unter sich weggetreten.

Frank Hellberg sah auf seine Uhr. Kurz vor 8 Uhr morgens. Gleich mußte der Schlüssel im Schloß knirschen und der Steward die Tür aufschließen und fragen, was man zum Frühstück wünsche.

Hellberg setzte sich auf den kleinen Hocker, legte die Schlinge um den mit den Würgemalen aufgedunsenen Hals und wartete so auf die Geräusche vor der Tür.

8 Uhr. Auf dem Gang hörte er Klappern. Jetzt schloß man Claudias Luxuszelle auf, dachte er. Unten war der Tag schon begonnen worden... die ›Ware‹ hatte ihr Frühstück bereits erhalten. Auch Juanita Escorbal saß jetzt an ihrem weiß-goldenen Rokokotisch und aß Weißbrot, Butter, Honig und ein geschlagenes Ei mit Rotwein. Und sie dachte an den fremden Mann von gestern, der ihr versprochen hatte zu helfen.

Frank Hellberg biß die Zähne zusammen.

Es muß gelingen, dachte er. *Es muß...*

Hellberg ließ sich sanft vom Hocker gleiten und hing in der Schlinge der Gardinenschnur. Obgleich er es geübt hatte, war es jetzt, wo es ernst wurde, ein merkwürdiges Gefühl, den würgenden Strick an der Kehle zu spüren. Er schloß die Augen, und als die Tür aufgestoßen wurde und der Steward hereinkam, kniete er vor dem Hocker, der Kopf hing weit nach vorn herüber, und die Schnur war strammgezogen vom Hals bis zum Hebel des Bullauges.

»Madonna mia!« rief der Steward, rannte aus dem Zimmer, warf die Tür hinter sich zu und alarmierte Saluzzo.

Umberto Saluzzo saß bereits oben auf dem Sonnendeck unter dem schützenden, orangefarbenen Sonnensegel und wartete auf Claudia Torgiano. Es war schon sehr heiß trotz des frühen Morgens, die weiße, schlanke Jacht glitt schwerelos durch das tiefblaue Wasser, und um sie herum war die Unendlichkeit des Meeres, von Horizont zu Horizont nur das wogende Blau des von Goldfäden durchwirkten Himmels. Saluzzo war guter Laune. Er trug ein kurzärmeliges Hemd und Shorts, und er war stolz darauf, trotz seiner fünfzig Jahre noch einen so sportlichen, schönen Körper zu haben.

Der herbeistürzende Steward störte ihn gerade bei einer romantischen Tätigkeit! Er umlegte das Gedeck Claudias mit Blumen, die in einem besonderen Kühlschrank frisch gehalten worden waren.

»Er hat sich erhängt!« stammelte der Steward mit schreckensweiten Augen. »Chef... ich komme ins Zimmer, und da hängt er am Fenster.«

Saluzzo warf die Blumen mit einem Fluch beiseite und rannte mit dem Steward unter Deck.

Dort hatte sich nichts verändert. Frank Hellberg hing ohnmächtig – oder schon tot? – in der Schlinge, als Saluzzo und der Steward in die Kabine stürzten.

»Ein Messer!« schrie Saluzzo. »Du Idiot, warum hast du ihn nicht sofort abgeschnitten? Ein Messer, zum Teufel.«

Der Steward holte aus der Tasche ein kleines Taschenmesser, und es dauerte für Saluzzo unendlich lange, bis man die gedrehte Gardinenschnur durchtrennt hatte. Frank Hellberg fiel auf den Boden... er spielte dies verblüffend echt, indem er alle Muskeln löste und erschlaffen ließ, so wie es bei einem Ohnmächtigen oder soeben Gestorbenen der Fall ist. Nun lag er auf dem Rücken, fühlte, wie Saluzzo ihm das Hemd aufriß und das Ohr auf das Herz legte.

»Er lebt!« schrie Saluzzo. »Schnell in den Sanitätsraum! Luigi soll ihm eine Kreislaufspritze geben. Pack an, du Affe! Zittert, weil sich ein Feigling aufknüpfte. Verdammt, ich habe diesen Schreiberling unterschätzt.«

Saluzzo und der Steward packten Hellberg und trugen ihn aus der Kabine. In diesem Augenblick öffnete sich gegenüber die Tür und Claudia trat in den Gang. Sie sah den schlaffen Körper Franks zwischen den Männern und schrie hell auf.

»Was ist mit ihm?« rief sie und starrte entsetzt auf das bleiche Gesicht. Was habt ihr getan?«

»Geh in die Kabine, mein Kind«, keuchte Saluzzo. Hellberg war schwer, und ein Besinnungsloser ist doppelt schwer. »Ein Unglücksfall...«

»Ist er tot?« schrie Claudia und klammerte sich an der Tür fest.

»Geh ins Zimmer!« herrschte Saluzzo sie an.

»Ihr habt ihn umgebracht!« Claudia ballte die kleinen Fäuste und stürzte sich auf Saluzzo. Mit ihrer schwachen Kraft hämmerte sie gegen seinen Rücken, und ihr Schreien wurde zum wimmernden Schluchzen. »Umgebracht habt ihr ihn, ihr Teufel! O ihr Teufel! Bringt mich doch auch um! Warum laßt ihr mich leben? Ich will nicht mehr leben. Tötet mich! Tötet mich!« Saluzzo ließ die Beine Hellbergs, die er umfaßt hielt, fallen, packte die tobende Claudia, schob sie in ihr Zimmer zurück und verschloß die Tür. Dann nahm er wieder die Beine Franks und nickte dem noch immer bebenden Steward zu. »Los, ab ins Krankenzimmer. Und dann holst du Luigi sofort von der Brücke. Er ist als Sanitäter ausgebildet, er wird schon was wissen!«

Der Sanitätsraum war weiß gekachelt, hatte ein großes, aber ebenfalls vergittertes Fenster und strahlte die sterile Sauberkeit aus, die alle solche Räume haben. Warum Saluzzo auf seiner Jacht ein vollkommen eingerichtetes Krankenrevier hatte, war Hellberg rätselhaft. Vielleicht hatte der Vorbesitzer es eingerichtet, und Saluzzo hatte es so belassen. Sogar ein kleiner, schmaler, aber mit allen Finessen eingerichteter

OP-Tisch stand mitten im Zimmer, und Hellberg sah ihn unter gesenkten Lidern interessiert an, während Saluzzo unruhig hin und her lief und auf Luigi Foramente wartete.

Der OP-Tisch hatte in den verchromten Schlaufen die typischen Schnüre zum Festbinden der Operierten. In den beiden Glasschränken an der Wand sah Frank blitzende chirurgische Bestecke und einige dunkelbraune Flaschen, in denen sich Äther und Chloroform befinden mußten.

Hellberg lächelte nach innen. Glück muß der Mensch haben, dachte er fast übermütig. An viele Möglichkeiten hatte er gedacht, die sein Spiel bieten würden, aber was er hier vorfand, ließ ihn fast glauben, gerettet zu sein.

Saluzzo fluchte, während er auf Luigi wartete. Die roten, aufgequollenen Würgemale um Hellbergs Hals, die blutigen, abgeschabten Hautstellen hatten ihm gezeigt, daß Hellberg schon länger in der würgenden Schlinge gehangen hatte. Daß er überhaupt noch lebte, war ein Wunder.

»Verdammt, wo bleibt er denn?« schrie Saluzzo in die Stille des weißen, sterilen Raumes. Er wollte zur Tür gehen, um den Gang hinaufzublicken, und mußte dabei wieder an dem ohnmächtigen Hellberg vorbei.

Es war der Augenblick, auf den Frank gewartet hatte.

Saluzzo ging an ihm vorbei, da schnellte Frank hoch wie eine Raubkatze. Mit der ganzen Schwere seines Körpers warf er sich auf Saluzzo und schlug gleichzeitig beide Hände vor dessen Gesicht und Mund. So erstickte der Aufschrei zu einem dumpfen Gurgeln, sie fielen auf den gekachelten Boden, Saluzzo unter Frank, und bevor es zu einem Kampf kommen konnte, hieb Hellberg gegen die Schläfe Saluzzos, ein Schlag, der unbedingt betäubend wirkte.

Nun kam es auf Sekunden an.

Hellberg schleifte den Körper Saluzzos aus dem Blickfeld der Tür, rannte zu dem gläsernen Schrank mit den braunen Flaschen, riß aus einer Rolle Verbandsstoff einen großen Streifen Zellwatte ab, entkorkte die Flasche, roch den

Äther und schüttete mit abgewandtem Gesicht einen gehörigen Schuß der betäubenden Flüssigkeit auf das Watteknäuel.

Über die eiserne Treppe, die zum Deck und zur Brücke führte, hörte er klappernde Tritte.

Luigi Foramente kam. Ob der Steward folgte, wußte Frank nicht, aber er traute sich zu, auch mit zwei Männern fertig zu werden. Man mußte nur die Schrecksekunde ausnutzen.

Hellberg stellte sich neben die Tür und hielt den Ätherwattebausch bereit. Es war nur Luigi allein, er hörte es, als die Schritte an der Tür zum Sanitätsraum kurz verstummten. Frank atmete auf. Und wieder dachte er: Glück muß der Mensch haben, dann stolpert der Teufel über seinen eigenen Pferdefuß.

Mit einem Ruck wurde die Tür aufgerissen. Der schwarze Lockenkopf Luigis erschien, Hellberg hob blitzschnell die Hand und preßte die Ätherwatte gegen den offenen Mund Foramentes. Ein paarmal schlug Luigi um sich, aber es war eine matte Abwehr, der schnell wirkende Äther vermischte sich mit dem Erschrecken und einer explosiven Angst... dann sank Foramente mit einem Seufzer in die Knie und fiel betäubt nach vorn aufs Gesicht.

»Ruhe sanft!« sagte Hellberg und mußte trotz des Ernstes seiner Lage lachen. Er schleifte Luigi auf das Ruhebett, auf dem er vorhin als ›Erhängter‹ selbst gelegen hatte, und drückte ihm zur Sicherheit den Ätherwattebausch noch einmal auf die Nase. Dann hob er unter Ächzen und ungeheuren Anstrengungen den Körper Saluzzos auf den OP-Tisch und schnallte ihn an Händen, Armen und Beinen fest, so daß er sich nicht rühren konnte, wenn er aus der Betäubung erwachte.

Bei diesen Arbeiten lauschte Frank immer wieder nach draußen zum Gang. Der Steward mußte noch kommen. Vielleicht war er jetzt bei Claudia und beruhigte sie.

Frank hatte Saluzzo gerade festgebunden, als er die Schritte auf den eisernen Treppenstufen klappern hörte. Nummer drei, der Steward, dachte Frank völlig ruhig, nahm die Ätherwatte vom Gesicht Luigis und stellte sich wieder neben die Tür.

»Chef, das Mädchen dreht durch!« hörte er den Steward schon im Gang rufen. Hellberg, mit seinem mangelhaften Italienisch, verstand von diesem Satz nur das Wort Signorina, aber es genügte, um es zu ahnen, was mit Claudia war.

»Chef...« Der Kopf des Stewards erschien in der Tür. Er sah Saluzzo auf dem OP-Tisch liegen, seine Augen wurden groß, er machte einen Schritt vor... »Was ist denn das, Chef?« stotterte er.

Das war das letzte, was er sagte. Süße umwehte ihn, etwas Feuchtes preßte sich gegen seine Nase und den japsenden Mund, die Welt wurde leicht, schwerelos, er kam sich vor, als schwebe er über dem Boden... dann fiel auch er in die Arme Franks und wurde weggeschleift in eine Ecke des weißen Raumes, wo er lang ausgestreckt liegenblieb und tief schlief.

Hellberg blickte auf seine Uhr: 8.30 Uhr. Die weiße Jacht glitt mit ungeminderter Geschwindigkeit weiter durch das blaue, in der Sonne spiegelnde Meer. Ein Matrose stand oben am Ruder und hielt den Kurs, den Luigi ihm gezeigt hatte. Auf dem Sonnendeck wartete das Frühstück auf Saluzzo, Claudia und Frank. Der geeiste Orangensaft war schon serviert.

Hellberg umwickelte Arme und Beine der beiden Narkotisierten mit einer Anzahl Mullbinden. Um ganz sicher zu sein, daß sie sich nicht freimachen konnten, schlang er um alles noch ein paar elastische Binden und sicherte sie obendrein noch mit Arterienbinden.

Als er den letzten Handgriff tat, rührte sich auf dem OP-Tisch Umberto Saluzzo. Er stöhnte leise, wollte an seine Schläfe fassen und bemerkte da erst, daß er gefesselt auf dem Tisch lag.

»Diabolo!« schrie er. Hellberg wirbelte herum und trat an Saluzzo heran. Er blickte in haßerfüllte, flackernde und doch maßlos erstaunte Augen.

»Ich denke, Sie machen Ihren letzten Seufzer?« sagte Saluzzo mit trockenen Lippen. »Haben Sie sich gar nicht erhängt? Aber die Würgemale um den Hals... Hellberg, das war alles nur eine meisterhafte Komödie...«

»Sie haben aufgehört, die Hauptrolle zu spielen, Saluzzo.« Hellberg griff nach einem Leinen und faltete es so, daß man es als Knebeltuch verwenden konnte. Saluzzo erkannte sofort die Absicht Franks und bäumte sich in den Fesseln auf.

»Lassen Sie den Blödsinn, Hellberg!« schrie er. »Zum Teufel, wo bleibt Luigi?«

»Der liegt auf dem Untersuchungsbett und schnarcht. Ein bißchen Äther auf die Nase...«

»Was Sie sich einbilden, Hellberg, ist ein Phantom! Gut, ich liege hier, Luigi haben Sie ausgeschaltet...«

»Ihren Steward auch!«

»Ach! Fleißig! Fleißig! Aber wir sind hier zu 12 Mann an Bord! Und Sie sind allein.«

»Aber ich habe den großen Vorteil, daß die anderen Männer nicht wissen, was unterdessen in der Sanitätsstation vorgefallen ist. Aber was reden wir!« Frank beugte sich zu Saluzzo. Die Augen des Teufels weiteten sich noch mehr. »Hellberg...« rief er. »Begehen Sie keine Dummheiten!«

Frank schüttelte den Kopf. »Ich habe noch nie klüger gehandelt als jetzt.« Er hob den Kopf Saluzzos etwas an, band das Tuch um dessen Mund und erstickte damit alle Worte und Flüche zu einem undeutlichen Murmeln. Das gleiche tat er mit Luigi Foramente und dem Steward. In den Taschen der beiden fand er je eine geladene Pistole, steckte die beiden Waffen ein und verließ das Krankenzimmer. Er schloß die Tür ab – eine schöne, feste, ebenfalls schalldichte Tür –, schob den Schlüssel in die Tasche und ging hinauf aufs Deck und zur Kommandobrücke. Aber auf halbem Wege blieb er wieder stehen, ging zurück zur Sanitätsstation, schloß wieder auf und durchsuchte auch die Shortstaschen Saluzzos. Hellberg hatte Glück. Saluzzo trug die Schlüssel zu den unteren Zellen bei sich. Als er sie aus der Tasche zog, stönte Saluzzo auf und wollte mit letzter Kraftanstrengung die Fesseln sprengen. Aber es waren feste, gute Lederriemen, und alle Kraft war unnütz.

»Sie werden sehen, Saluzzo«, sagte Hellberg und beugte sich über die haßsprühenden Augen, »wie fröhlich es bald an Bord wird. Ich werde jetzt Ihre Mädchen aus den Zellen befreien. Aber keine Angst, ich lasse sie nicht auf Sie los. Ich kann mir denken, wie es Ihnen dann ergehen würde, und ich habe noch so viel Humanität in mir, um das nicht zuzulassen.«

Er schloß wieder sorgsam ab und stieg dann hinunter zu den geheimnisvollen Zellen im Bug der Jacht.

Was werde ich antreffen? dachte er, als er den erleuchteten Gefängnisgang betrat. Wie werden die anderen Mädchen aussehen? Und vor allem: Wo werden wir landen, an welcher Küste, wenn ich den Matrosen oben am Ruder zwingen werde, einfach geradeaus zu fahren oder nach links oder nach rechts abzudrehen?

Während er die erste Zelle mit dem Universalschlüssel Saluzzos aufschloß, wußte Frank Hellberg, daß die Abenteuer mit diesem Tage erst begonnen hatten.

Die ›MS Budva‹ trieb lautlos in der Adria zwischen Bari und Dubrovnik.

Auf dem Spieldeck vertrieb die Bordkapelle tatsächlich den Tag mit flotter Musik, aus der Küche wurden eiskalte Getränke serviert, die Passagiere beobachteten die Tümmler, die um das Schiff herumtanzten, und die Schwärme silberner Fische, die wie ein Strom aus gerilltem Metall durch das blaue Wasser zogen. Man fotografierte, tanzte, machte Gesellschaftsspiele, belagerte die kleine Bar, lag in den Liegestühlen und sonnte oder brauste sich am Rande des leeren Schwimmbeckens.

Unter Deck aber, bei den Schwerkranken, herrschte diese fröhliche Ferienstimmung nicht. Der Engländer war wieder in Agonie gefallen, aber nicht ohne vorher seinen Neffen beschimpft zu haben, weil er nicht fähig sei, ein Flugzeug zu chartern, um Sarajewo und die Wunderpillen des Dr. Zeijnilagic zu erreichen. Auch ein schwedisches Ehepaar, das als erstes an Bord gegangen war und seitdem nur in ihrer Kabine gelebt hatte, machte von sich reden: Die Frau, mit einem als unheilbar diagnostizierten Brustkrebs, hatte allen Mut verloren und flehte ihren Mann an, ihr so viel Morphium zu geben, daß sie ruhig und für immer einschlafe. Dr. Mihailovic, der Bordarzt, soff sich Mut mit seinem geliebten Slibowitz an und versuchte, die Panik unter den Kranken mit Worten und Medikamenten zu lindern.

»Nur 24 Stunden höchstens!« sagte er immer wieder und schrieb, da er nur serbokroatisch sprach, die 24 auf ein Stück Papier und zeigte sie jedem, der es sehen wollte. »Keine Aufregung! Sie werden Sarajewo alle noch rechtzeitig erreichen!«

Um die Mittagszeit, als Karl Haußmann und Erika auf dem Oberdeck Kricket spielten, brach unter Deck die Katastrophe aus. Ein Mann aus Flensburg, der bisher ruhig an der Bar gesessen hatte und von dem niemand Näheres wußte, verließ nach drei Kognaks den Speisesaal und ging in seine Kabine. Dort nahm er aus seinem Koffer ein großes Taschenmesser, klappte die Klinge heraus, trat wieder in den Gang und sah mit irren Augen um sich.

»Der Doktor!« sagte er laut vor sich hin. »Wo ist der Doktor? Alle Ärzte sind Betrüger! Alle Ärzte belügen uns! Alle! Sie verderben die Menschheit. Aber bevor sie es tun können, werde ich im Namen der Menschheit alle Ärzte töten.«

Mit äußerlich ruhigen Schritten ging er durch das Schiff, das Messer in der flachen Hand, so daß es niemand sah, und suchte in den Kabinen nach Dr. Mihailovic.

»Entschuldigen Sie«, sagte er jedesmal, wenn er eine Kabinentür aufriß oder man ihm nach seinem Klopfen öffnete. »Dr. Mihailovic hier?« Er starrte in die Kabinen, schüttelte dann den Kopf und ging weiter.

So kam er auch in die I. Klasse zu der Kabine Karl Haußmanns, klopfte an und betrat sie, als niemand ihm Antwort gab. Erschöpft von seiner Suche nach Dr. Mihailovic setzte er sich in einen der Sessel, legte das Messer auf die Lehne und erholte sich etwas.

Oben, auf dem Spieldeck, legte Erika Haußmann den Schläger weg und strich sich die verschwitzten, kupfern leuchtenden Haare aus der Stirn.

»Eine Hitze ist das, Karli«, sagte sie. »Ich geh' schnell runter und ziehe mich um. Kommst du mit?«

Karl Haußmann schielte auf die kleine Erfrischungsbar. Aus einem Eiskessel zog der Steward Büchsen mit deutschem Bier. Karl Haußmann bekam einen unbändigen Durst. Erika lachte, als sie seinen Blick verfolgte und die schäumenden Gläser sah.

»Geh nur, Karli«, sagte sie. »In fünf Minuten bin ich wieder da. Bestell mir auch eins.«

»Nicht lieber eine Orangeade, Rika?«

»Nein, ein kühles Bier! O Karl, ich fühle mich heute so stark wie selten. Ich kann gar nicht begreifen, daß ich gestern noch krank sein sollte.« Sie lehnte sich an ihn und legte den Arm um ihn. »Vielleicht irren sie sich alle«, sagte sie leise. »Vielleicht sind es nur die Nerven.« Die ganze Hoffnung lag in dieser Frage. Die Hoffnung, die alle Krebskranken so sehr beseelt ... und die immerwährende Flucht vor der schrecklichen Wahrheit.

»Der Himmel möge es so sein lassen.« Karl Haußmann gab Erika einen Kuß. »Es ist unbegreifbar, wenn man dich so sieht, Rika. Ich habe ja nie daran geglaubt. Du wirst sehen, der Arzt in Sarajewo lacht nur und schickt dich nach Hause!«

Wie ein junges Mädchen lief Erika über das Deck und die Treppe hinunter zu den Kabinenfluren. Haußmann sah ihr nach, und er spürte ein so warmes, herrliches Gefühl, wie er es lange nicht mehr empfunden hatte. Ich liebe sie, dachte er. Ja, ich liebe sie, ich habe sie immer geliebt ... Die Sache mit Marion? Das war eine Dummheit. Ein Irrtum! Ein Ausrutscher, wenn man so sagen darf. Ich bin einmal auf dem Glatteis des Lebens ausgerutscht, aber rechtzeitig wieder aufgestanden. Und die Knochen habe ich mir auch nicht gebrochen, das ist wichtig!

Rika, ich liebe dich wie am ersten Tag, als wir zusammen tanzten und ich nicht wußte, wie man seine Tanzpartnerin unterhält. Weißt du noch: Vom Wetter habe ich gesprochen, und dann vom Fußball. Schalke 04 gegen 1. FC Köln. Und du hattest Anstand genug, diesem jungen, stammelnden Idioten, der ich damals war, geduldig zuzuhören. Erst Jahre später erfuhr ich, daß du gar nicht wußtest, wer Schalke 04 ist...

Haußmann ging lächelnd hinüber zur Bar und zeigte auf die eisgekühlten, vor Kälte beschlagenen Büchsen.

»Due«, sagte er und hob zwei Finger zur besseren Verständigung. Und dann wartete er auf Erika.

In der Kabine sprang der Herr aus Flensburg auf, als Erika eintrat. Er riß das Messer an sich, rannte an der erstarrten Frau vorbei zur Tür, warf sie zu und stellte sich davor.

»Erschrecken Sie bitte nicht«, sagte er mit flackernden Augen. »Ich kam in Ihre Kabine, weil ich jemanden suchte, und dann übermannte mich die Müdigkeit. Diese Hitze. Und dann auf dem Wasser! Und dazu mein Auftrag, den ich erfüllen muß.«

Erika wollte schreien, aber sie sah ein, daß es jetzt sinnlos war. Sie starrte auf das blanke Messer und nahm alle Kraft und allen Mut zusammen.

»Sie sind Deutscher?« fragte sie.

Der Herr aus Flensburg zog erfreut die Brauen hoch. »Oh, eine Landsmännin! Gestatten, Uve Frerik mein Name.« Er verbeugte sich mit eckigen Bewegungen und hielt sein Messer an der Hosennaht. »Großkaufmann aus Flensburg.« Dann ließ seine übertriebene Zackigkeit nach, er hob den Kopf und sah Erika mit fieberglänzenden Augen an. »Nach Sarajewo, gnädige Frau?«

Erika nickte. »Ja...« antwortete sie stockend. »Sie auch, Herr Frerik?«

»Leidensgenossin?«

»Ich weiß nicht, was Sie meinen...«

»Krebs, Gnädigste! Die Krankheit unseres Jahrhunderts. Wir Kabineninhaber haben ihn ja doch alle, nicht wahr? Nebenan liegt ein Engländer im Koma, zwei Kabinen weiter liegt eine Dame mit Darmkrebs, in Kabine 9 ein Mammakarzinom, Kabine 23 drei Damen mit Magen-Ca., Uteruskrebs und Leukämie... und so geht es durch das Schiff bis zum C-Deck, wo ganze Sippen nach Sarajewo reisen, zu diesem Dr. Zeijnilagic und seiner Wunderdroge HTS! Auch ich!« Er verbeugte sich wieder wie bei der Vorstellung. »Lymphogranulomatose, Gnädigste. Von den Ärzten aufgegeben. Lebenserwartung noch sieben Monate. Sagen Sie ganz ehrlich: Wenn Sie meinen Körper sehen würden, alle Lymphbahnen sind aufgequollen wie Heferollen...«

Erika sah sich hilfesuchend um. Zum Nachttisch, dachte sie. Dort steht eine Flasche Mineralwasser. Man sollte sie ihm an den Kopf werfen und dann hinausrennen. Doch dann starrte sie wieder auf das Messer in der Hand Freriks und wagte nicht, sich von der Stelle zu rühren.

»Und... was wollen Sie noch in meiner Kabine?« fragte sie mit bewunderswerter Kraft. Wenn doch Karl käme, dachte sie dabei. Er steht oben und wartet auf mich mit dem Bier. Er muß doch nachsehen, warum ich nicht komme. Bestimmt sieht er nach... Noch fünf Minuten Mut... vielleicht zehn Minuten...

»Wie ich schon sagte, Gnädigste, ich ruhte mich aus. Ich suche Dr. Mihailovic. Ich muß ihn töten.«

»Was müssen Sie?« stammelte Erika. Kalter Schweiß trat auf ihre Stirn. Jetzt erst sah sie an dem flackernden Blick und den unruhigen Händen, daß Uve Frerik ein Irrer war, daß sie sich mit einem gefährlichen Verrückten in einem Zimmer befand und keine Möglichkeit hatte zu flüchten. Das schnürte ihr die Kehle zu, und sie wich zur Wand zurück.

»Das Problem ist einfach, Gnädigste«, sagte Frerik in fast dozierendem Tonfall. »Ich habe eine langjährige Erfahrung im Umgang mit Ärzten. Meine Mutter starb an Krebs, mein

Vater verendete an einem verschleppten, durchgebrochenen Blinddarm, der falsch operiert wurde, und – auch so etwas gibt es in unserem Jahrhundert! –, meine Schwester verunglückte und starb an einer Hirnquetschung, die man nicht erkannte. Meine Frau wurde vor drei Jahren mit Kobaltbestrahlungen zu Tode bestrahlt. Sie sehen, ich habe den besten Umgang mit Ärzten und erfuhr, was man ärztliche Kunst und Wissen nennt. Immer haben die Ärzte geglaubt, sie hätten mich beobachtet... ein verzeihlicher Irrtum: Ich habe sie studiert! Ihre Arroganz gegenüber fragenden Patienten, ihre vollendete Lügenhaftigkeit, ihr mangelndes Wissen, das sie mit tönenden, lateinischen Vokabeln umkleiden, ihre Interessenlosigkeit gegenüber dem einzelnen und ihr Spiel mit den Krankenscheinen. Gewiß, es gibt auch weiße Hirsche, zahme Löwen, nicht staubende Briketts und geruchlose Ausdünstungen. Aber das sind Ausnahmen, und die guten Ärzte sind solche Ausnahmen. Man betrachtet sie in ihrem Kollegenkreis ja auch als Außenseiter!«

Uve Frerik, der Irre, holte tief Atem und schlug im Stehen die Beine übereinander. Erika starrte gegen die Tür. Warum kommt Karl nicht, dachte sie. Warum läßt er mich mit diesem Wahnsinnigen allein?

»Als ich dieses Problem unserer Medizin erkannt hatte, und es bedurfte dazu immerhin der Ausradierung meiner Familie durch die Ärzte, erhielt ich den Auftrag, die Ärzte zu vernichten, um der Menschheit die Möglichkeit zu geben, aus eigener Kraft länger zu leben.«

»Und wer... wer gab Ihnen den Auftrag, Herr Frerik?« fragte Erika tapfer.

»Das Gewissen in mir! Jeder große Entdecker hat ein Gewissen gegenüber der Allgemeinheit. Franklin erfand den Blitzableiter für die Allgemeinheit. Galilei konstruierte das erste Fernrohr: Was wären wir heute ohne Fernrohr? Gutenberg erfand den Druck mit beweglichen Lettern – nicht mehr wegzudenken aus unserer Kultur. Und dann der große Mann, der das DDT erfand! DDT, das Insekten vernichtet.

Welche Tat! Welche Befreiung der Menschheit vom Ungeziefer! Und nun kommt Uve Frerik, der Mann, der die Ärzte vernichtet. Glauben Sie, Gnädigste, daß die Menschheit einen ungeheuren Auftrieb bekommt, wenn nicht mehr der Krankenschein, sondern der Wille zur Gesundheit die Welt regiert?«

Erika nickte mehrmals. Karl, bettelte sie innerlich. Karl, bitte, bitte komm... Ich vergehe vor Angst.

Frerik verbeugte sich galant. »Sie sind eine Dame von Welt, Gnädigste«, sagte er. »Sie haben Verständnis, Sie erkennen die großen Zusammenhänge! Es mag sein, daß wir Krebskranken mit dem Blick in Dimensionen gesegnet sind, die anderen Menschen verschlossen bleiben. Ich möchte jedenfalls damit beginnen, dieses betrunkene Individuum von Dr. Mihailovic zu töten. Wissen Sie, was er getan hat? Er hat mir eine Spritze gegeben, trotz Protest! Sie bewirkt, diese Spritze, daß meine linke Leistenseite um zwei Zentimeter angeschwollen ist. Ich sagte zu Dr. Mihailovic: Ich habe Lymphogranulomatose. Aber er schüttelte nur den Kopf und antwortete: ›Nix! Silenzio!‹ und hieb mir die Injektion in den Oberschenkel. Sagen Sie selbst, Gnädigste, muß er nicht sterben?«

Erika schwieg. Uve Frerik schien aber auch keine Antwort zu erwarten, ein neuer Gedanke beseelte ihn. Man sah es am Glanz seiner Augen.

»Immer waren es große Ideen, die die Welt revolutionierten. Ich nehme an, Sie halten mich für verrückt, Gnädigste. Tun Sie es, es ist eine Auszeichnung! Lenin hatte die Paralyse. Nietzsche hatte sie. Von Hugo Wolf sagte man es auch. Geniale Köpfe! Und die Ideen rauschen nur so durch das Gehirn. Bitte, setzen Sie sich hin.«

Das war plötzlich anders gesprochen. Ein Befehl. Mit einer eiskalten Stimme. Erika zuckte zusammen.

»Herr Frerik...« stammelte sie. »Mein Mann...«

»Ihr Gatte ist in der glücklichen Lage, seine Frau für eine große Tat zur Verfügung zu stellen. Setzen Sie sich.«

»Ich schreie um Hilfe!« rief Erika und wich zurück zum Bett.

»Ich bitte darum, meine Gnädigste.«

»Hiiillffee!« schrie Erika grell. »Hilfe!«

»Sehr gut.« Uve Frerik lächelte galant. »Sie haben eine starke Stimme, Gnädigste. Aber bitte... setzen Sie sich hin und rühren Sie sich nicht... Ich wäre sehr unglücklich, irgendwelchen Zwang anwenden zu müssen.«

Gehorsam setzte sich Erika auf die Bettkante. Der Irre legte das Ohr an die Türfüllung und lauschte. Ein Lächeln überflog sein bleiches Gesicht.

»Man hat Ihren Schrei gehört, Gnädigste. Aber man weiß nicht, woher er kam. Bitte, rufen Sie noch einmal um Hilfe.«

Erika schwieg wie gelähmt. Uve Frerik hob das blanke Messer. »Schreien Sie!« rief er mit wieder eisiger Stimme.

»Hiiiilfe!« schrie Erika grell. Frerik nickte zufrieden.

»Sie haben die Richtung. Sehen Sie...« An der Tür klopfte es. Frerik winkte ab, als Erika aufsprang und auf schwankenden Beinen zur Tür wollte. »Bemühen Sie sich nicht, Gnädigste. Ihre Mitwirkung an der Revolution gegen die Ärzte ist damit beendet. Sie dienen von jetzt ab nur als Mittel zum Zweck.«

Wieder klopfte es an der Tür. Man hörte erregte Stimmen im Gang und dann einen lauten Ruf, bei dem Erika zusammenzuckte.

»Karl!« schrie sie. »Karl! Hilf mir! Hilfe!«

Frerik nickte zufrieden. »Ihr Gatte?«

»Ja.«

»Das Roulette läuft. Werfen wir die Kugel.« Er klopfte mit dem Knöchel gegen die Tür und sagte laut: »Meine Herren, bitte Ruhe. Ich habe Ihnen einen Tausch vorzuschlagen. Die gnädige Frau verläßt gesund das Zimmer, wenn Sie mir Dr. Mihailovic in die Kabine schicken.«

»Rika! Wer ist bei dir?« brüllte im Gang Karl Haußmann. Er rüttelte an der Klinke, aber Frerik hatte sie von innen verschlossen. »Rika! Ist etwas passiert? Was ist los? Wer ist bei dir?«

»Ein Irrer!« schrie Erika zurück. »Helft mir doch! Helft mir. Er will Dr. Mihailovic töten.«

»Das war unklug, Gnädigste«, sagte der Wahnsinnige ruhig. »Die Taktik erfordert es, daß man seine Absichten erst klarlegt, wenn der Gegner einem gegenübersteht. Ich bedauere, jetzt eine andere Marschrichtung einschlagen zu müssen.« Er wandte sich wieder zur Tür. Im Gang war jetzt ein lautes Stimmengewirr. Der Kapitän, der I. Offizier, der I. Ingenieur, Dr. Mihalovic – mit einer Slibowitzfahne – und eine Menge Passagiere verstopften den Gang. Karl Haußmann zeigte auf die Tür und zitterte vor Erregung.

»Aufbrechen!« rief er dem I. Offizier zu. »Mann, holen Sie einen zweiten Schlüssel oder eine Axt oder einen Vorschlaghammer. Sie haben es doch gehört: Meine Frau ist von einem Verrückten eingeschlossen worden.«

»Brechen Sie die Tür nicht auf, mein Herr!« tönte die Stimme des Irren von innen. »Beim ersten Splittern des Holzes müßte ich Ihre verehrte Gattin erstechen...«

»Rika!« brüllte Haußmann und umklammerte die Klinke. »Mein Gott, warum hilft denn niemand?!«

»Ein Vorschlag: Lassen Sie Dr. Mihailovic eintreten! Es dauert keine zehn Sekunden, und Sie haben Ihre Gattin unversehrt wieder.«

Haußmann sah sich mit flackernden Augen um. Der I. Offizier hob die Arme und sprach ein paar Worte mit dem betrunkenen Doktor. Der gab einen Laut von sich, als heule er auf, und hob abwehrend die Hände.

Der Irre schien fantastische Ohren zu haben. Er klopfte an die Tür.

»Der Doktor ist auch da«, sagte er. »Er soll hereinkommen. Er kann der Wissenschaft ein Opfer bringen.«

»Hören Sie...« Karl Haußmann legte die Lippen an die Türritze. »Lassen Sie meine Frau heraus, und wir vergessen den ganzen Rummel...«

»Mein Herr!« rief der Wahnsinnige zurück. »Verlangen Sie von mir nicht einen galileischen Widerruf. Ihre Gattin ist die Stufe zur Reinigung der Menschheit. Ich warte eine halbe Stunde... dann werde ich Ihre Gattin für den Ungehorsam der Welt bestrafen, so leid es mir tut, eine so kluge und schöne Frau zu entstellen. Aber bitte, suchen Sie die Schuld dann ganz bei sich.«

»Rika!« schrie Haußmann und rüttelte wieder an der Klinke. »Rika! Habe Mut! Wir werden einen Weg finden. Habe Mut!«

»Der Weg ist Dr. Mihailovic. Schicken Sie ihn in die Kabine.« Uve Frerik schien hinter der Tür zu lachen. »Wie rar sind die Mutigen...«

Haußmann trat von der Tür zurück. Er schwankte etwas, kalter Schweiß tropfte über sein verzerrtes Gesicht. Der Kapitän und die anderen Schiffsoffiziere verhandelten, Dr. Mihailovic lehnte zitternd an der Gangwand.

»Was wollen Sie tun?« fragte Haußmann heiser. Der I. Offizier zeigte auf drei Matrosen. Sie drängten sich durch die Menge der Neugierigen und hatten Äxte und Rauchpatronen bei sich, die für Notsignale auf den Schwimmflößen gedacht waren. Im Raum wirkten die Rauchpatronen wie Tränengas.

»Wir werden ihn ausräuchern«, sagte der I. Offizier. »Immer diese Deutschen...«

»Lassen Sie die dämliche Politik einmal weg!« schrie Haußmann außer sich. »Sie haben doch gehört: Beim ersten Schlag gegen die Tür tötet er meine Frau.«

»Wissen Sie einen anderen Weg?«

»Verhandeln.«

»In einer halben Stunde ist es sowieso geschehen. Irre sind konsequent. Oder glauben Sie, ihn überreden zu können?«

»Ich weiß es nicht. Man muß es doch versuchen. Mein Gott, Sie können es doch nicht einfach darauf ankommen lassen, ob er meine Frau tötet oder nicht, wenn wir die Tür einschlagen. Wir wollen doch keinen Mord provozieren.«

»Also gut, warten wir!« Der I. Offizier winkte den drei Matrosen. Die stellten die Äxte ab und legten die Rauchpatronen auf einen Sims. Der I. Offizier sah auf seine Armbanduhr.

»Versuchen Sie Ihr Glück...«

»Haben Sie keine andere Möglichkeit, in die Kabine zu kommen, ohne die Tür einzuschlagen?« fragte Haußmann leise.

»Nein!«

»Von außen! Durch das Bullauge.«

»Das ist zu klein. Aber...« Der I. Offizier sprach aufgeregt mit dem Kapitän. Der nickte und rannte davon. Haußmann lehnte sich neben Dr. Mihailovic an die Wand.

»Doch eine Möglichkeit?« stotterte er.

»Wir werden mit dem Streichbrett, das wir immer benutzen für den Außenanstrich, an zwei Seilen einen Mann herunterlassen. Wenn der Wahnsinnige günstig steht, kann unser Mann ihn mit einem Schuß durch die Scheibe unschädlich machen.«

»Das ist gut«, sagte Haußmann schwach. »Das ist sehr gut. Und bis er an der Bordwand heruntergelassen ist, muß ich den Irren besänftigen...«

»Versuchen Sie es.« Der I. Offizier hatte wenig Hoffnung, Haußmann sah es an seinem Blick. »Viel Glück!«

Haußmann trat wieder an die Tür und klopfte.

»Ich höre«, sagte Uve Frerik.

»Dr. Mihailovic ist bereit zu kommen.«

»Ein Held! Er soll einen anständigen Tod haben. Stich in die Halsschlagader.«

»Das ist Ihre Sache!« Haußmanns Stimme schwankte vor Grauen. Meine Erika, dachte er. Meine arme Erika! Und das soll nun das ›Schiff der Hoffnung‹ sein? »Aber wer garantiert, daß meiner Frau nichts geschieht?«

»Mein Wort als Ehrenmann! Die Freriks sind eine alte Handelsfamilie, zurückverfolgbar bis zur Hanse. Mein Wort ist wie ein Scheck von Fugger.«

»Ich schlage vor...« sagte Haußmann mit mühsam fester Stimme, »daß Sie erst meine Frau herauslassen...«

»Halten Sie mich für einen Verrückten?« Haußmann verzog bei dieser Frage das Gesicht. Was sollte man darauf antworten? Uve Frerik lachte laut.

»Der Doktor wird sich aber wehren«, sagte Haußmann. »Sie können nicht erwarten, daß er sich hinstellt wie ein Schaf und sich abstechen läßt.«

»Wer erwartet das von ihm? Er soll sich auch ein Messer holen. Ich bin kein Wilhelm Tell, der aus dem Hinterhalt schießt. Ich halte viel von Tradition, geschichtliche Lösungen von Mann zu Mann zu erstreiten.«

»Einverstanden!« Haußmann sah auf einen Steward, der den Gang entlangkam und dem I. Offizier etwas sagte. »Der Doktor ist gerade gegangen und holt auch ein Messer...«

Der I. Offizier beugte sich vor.

»Es wird gleich abgeseilt«, flüsterte er Haußmann ins Ohr. »Es ist unser bester Schütze. In zehn Minuten kann er vor dem Fenster sein. Sprechen Sie weiter!«

Haußmann preßte beide Hände auf sein Herz. Es schlug wie wild und nahm ihm fast den Atem. Noch zehn Minuten! Sie würden zehn Jahre dauern...

»Hören Sie«, sagte er gegen die Tür.

»Ich höre«, antwortete der Irre.

»Wie denken Sie sich Ihr weiteres Leben, wenn Sie Dr. Mihailovic getötet haben? Zum Beispiel gleich, wenn Sie herauskommen?«

Uve Frerik schien nicht lange nachzudenken. Er lachte wieder. »Welche Frage, mein Herr!« rief er. »Man wird mich als den Befreier feiern! Erst nach dem Tyrannenmord erkennt das Volk die Gerechtigkeit des Mörders.«

Haußmann drückte die Stirn gegen Tür. Jetzt erst wußte er ganz klar, wie groß die Gefahr war, in der Erika schwebte. Dieser Irre hinter der Tür war gnadenlos, denn er hatte eine eigene Weltanschauung.

Gibt es etwas Gnadenloseres als Menschen mit einer Weltanschauung?

Frank Hellberg schloß die erste Zelle auf und sah kurz hinein. Ein kleiner, fensterloser Raum, erleuchtet durch Deckenlampen. Ein Bett, ein Schrank, ein Waschbecken, ein Tisch und ein Stuhl. Auf dem Boden ein Webteppich. Eine Zelle, die ganz den Eindruck eines Gefängnisses machte. Am Tisch saß ein blondes, blasses Mädchen mit verweinten Augen.

»Gehen Sie an Deck!« rief Hellberg und lief weiter. Er mußte schnell handeln, ehe die anderen Matrosen aufmerksam wurden und sich zum Widerstand zusammenrotteten.

Die zweite Zelle. Ebenso eingerichtet wie die erste. Auf dem Bett ein schwarzhaariges Mädchen, das ihn erschrocken anstarrte.

»Gehen Sie an Deck!«

Und weiter. Dritte Zelle, vierte Zelle, fünfte Zelle. Überall junge, kaum dem Kindesalter entwachsene Mädchen.

Die Luxuskabine Juanitas.

Juanita saß vor einem Radio und hörte leise Musik. Sie sprang auf, als Frank die Tür aufriß.

»Sie haben es erreicht?« rief sie und warf die Arme hoch wie zum Jubel.

»An Deck! Schnell!«

Frank rannte zurück. Die Zellen auf der anderen Seite des Ganges waren leer, aber er schloß sie alle auf, um niemanden zu vergessen. Dann rannte er an den Mädchen vorbei, die ihn festhalten wollten, die Fragen hatten, die ängstlich in den Türen ihrer Gefängnisse standen und nicht wußten, was geschehen war, kletterte zum oberen Kabinengang und hetzte zum Zimmer Claudias.

»Du lebst?!« schrie sie auf, als er die Tür aufriß, und breitete die Arme aus. »Frank... du lebst... Was ist denn ge...?«

»An Deck!« rief Frank und rannte weiter. Bevor er die Tür zur Kommandobrücke erreichte, holte er aus der Tasche eine der Pistolen, die er Luigi Foramente und dem Steward abgenommen hatte, und schlich die kleine Treppe hinauf zum Ruderhaus. Dort lehnte der von Foramente mit der Aufsicht über das Steuerrad beauftragte Matrose ahnungslos und lässig an den Holmen und kaute Tabak. Die Sonne flutete durch die großen Fenster und beschien das Gesicht des jungen Seemannes. Er hatte die Augen geschlossen. Er sonnte sich. Das Schiff lief ja allein, und das Meer war weit. Anstoßen konnte man nirgendwo.

Frank Hellberg war mit einem leisen Satz durch die angelehnte Tür im Ruderhaus und hinter dem Matrosen.

Er drückte ihm den Lauf der Pistole in den Rücken und schlug mit der linken Hand auf die Schulter des Mannes. Der Matrose stieß einen glucksenden Schrei aus, aber dann schwieg er, denn den kleinen Druck in seinem Rücken konnte er genau deuten.

»Nach Dubrovnik!« sagte Hellberg kalt. »Navigare Dubrovnik! Avanti...«

Es war ein schauderhaftes Italienisch, aber der Matrose verstand es. Er schüttelte langsam den Kopf.

»Nix Dubrovnik«, sagte er heiser vor Angst. »Isch nix navigare. Nix weiß... Nix capito navigare...«

Frank Hellberg atmete tief auf. Der Schweiß lief ihm über das Gesicht. Er spürte, wie er am ganzen Körper zu zittern begann. Die Verständigung im Primitiven klappte vorzüglich. Der Matrose wußte selbst nicht, wo sie sich befanden, wohin sie fuhren. Das wußten nur Saluzzo und sein Kapitän Luigi Foramente.

Frank Hellberg drückte den Pistolenlauf tiefer in den Rücken des Matrosen. Gehorsam ließ er das Steuerrad los und stellte sich, die Hände im Nacken gefaltet, mit dem Gesicht an die Scheibe.

»Bene, bene!« sagte Hellberg gepreßt. Er trat an das Ruder, blickte auf den für ihn völlig sinnlosen Kreiselkompaß und den glitzernden, wandernden Finger des Radarstrahls auf dem Schirm. Dann drehte er an dem Steuerrad so lange, bis die schnelle, weiße Jacht einen weiten Bogen fuhr und Hellberg meinte, das Schiff gedreht zu haben, so daß es nun dorthin zurückkehren würde, von wo sie gekommen waren. Zurück nach Italien.

Hellberg warf einen Blick über das unendliche Meer. Nach allen Himmelsrichtungen sah es gleich aus, eine herrliche Bläue, die an den Himmel stieß. Nach der Sonne sich zu orientieren, war im Augenblick nicht möglich; sie stand direkt über ihnen.

Mit schäumendem Kiel raste die weiße Jacht durchs Meer. Unten im Maschinenraum schien man nicht bemerkt zu haben, daß die Richtung sich völlig geändert hatte. Hellberg umklammerte das Ruder und sah hinunter auf Deck, ob sich dort etwas rührte. Die Pistole lag schußbereit auf dem Kreiselkompaßgehäuse. Aus dem Kabinengang kam Juanita Escorbal. Sie hatte einen Spitzenschal um die Schultern geworfen und rannte nun die Treppe zum Ruderhaus hinauf. Claudia folgte ihr, und dann stürzten die anderen Mädchen an Deck. Sie hatten in den Händen, was sie gerade gefunden hatten: Eisenstangen, eine Axt, ein Stück dickes Drahtseil, eine Holzstange.

»Wohin fahren wir?« rief Juanita schon auf der Treppe zur Kommandobrücke.

»Ich weiß es nicht.« Frank Hellberg zeigte mit einer weiten Handbewegung über das Meer. »Ich habe noch nie ein Schiff gesteuert. Aber irgendwie werden wir schon ankommen.«

»Lassen Sie mich, Frank.« Juanita beugte sich über den Kreiselkompaß. »Mein Bruder hatte eine Jacht, Sie wissen es ja. Ich habe manches von ihm gelernt. Geben Sie mir das Ruder. Kümmern Sie sich um die andere Besatzung. Die Leute im Maschinenraum und in den Mannschaftskojen haben wir eingeschlossen. Aber zwei Stewards sind noch in der Kombüse...«

Hellberg ließ das Ruder los und rannte die Treppe hinunter an Deck. Und zum Beweis, daß der Kampf erst begonnen hatte, schwiegen plötzlich alle Maschinen. Rauschend bohrte sich der Kiel noch einmal durch das blaue Wasser, dann glitt die weiße Jacht lautlos auf dem spiegelnden Meer. Die Männer im Maschinenraum streikten. Von der Kombüse rannten die beiden Stewards herbei.

Frank Hellberg zog die Pistole und ging hinter dem Ruderhaus in Deckung.

»Stop!« schrie Hellberg. »Hands up!« Das war ein Ausdruck, den jeder verstand, ob Italiener oder Kroate. Die Stewards blieben stehen, sprangen dann zur Seite und nahmen Deckung hinter der aufgeklappten Tür des Kabinenganges. Auf der Brücke stand Juanita Escorbal und unterhielt sich durch das Sprachrohr mit dem Maschinisten im Maschinenraum.

»Ich würde raten«, sagte sie ruhig, aber mit großem Nachdruck, »daß ihr die Maschinen wieder laufen laßt. Es hat doch keinen Sinn, toter Mann zu spielen. Wollt ihr hier herumtreiben, bis ihr verhungert?«

»Verdammtes Weibsbild!« Der Maschinist spuckte in das Sprachrohr. Ohnmächtiger Zorn war es, und Juanita lachte laut. »Ich zerschlage alle elektrischen Verteiler.«

»Und dann? Willst du über Bord zu den Haien, du Idiot?« Juanita steckte den Pfropfen auf das Sprachrohr und blickte hinunter auf das Deck.

Dort hatte sich in wenigen Minuten alles verändert. Frank Hellberg und Claudia standen noch immer im Schutz des Ruderhauses und starrten sprachlos auf die Szene vor sich.

Die befreiten Mädchen waren, ohne auf die Pistolen der Stewards zu achten, mit lautem Geschrei auf die Männer gestürzt. Mit Knüppeln und Fäusten hieben sie auf die Stewards ein, die vor soviel weiblichem Mut eine Sekunde lang sprachlos waren. Das war ihr Unglück. Vier, fünf Mädchenkörper fielen über sie her, die Pistolen wurden ihnen aus den Händen geschlagen, sie stürzten auf die Planken, und es half kein Umsichschlagen und kein Treten: Wie Katzen hingen die Mädchen an ihnen und hieben mit ihren kleinen Fäusten auf die zuckenden Männerkörper.

Knapp fünf Minuten dauerte der Kampf, dann lagen die Stewards besinnungslos und halb ausgezogen auf Deck. Wie die Furien rannten die Mädchen dann wieder in das

Innere des Schiffes; das Schlagen der eisernen Türen und Schotten hörte man bis zur Brücke.

»Der arme Maschinist«, sagte Frank Hellberg und legte den Arm um Claudia. »Ein Glück, daß ich das Krankenzimmer abgeschlossen habe. Sie würden Saluzzo zerreißen wie Raubtiere.«

»Und mit Recht! Mit Recht!« Claudias Augen flammten. Aller Haß einer Frau lag in ihnen. Sie zitterte vor verhaltener Wut und Rache. »Was willst du mit ihm tun, Frank?«

»Der Polizei übergeben.«

»Der Polizei! Ha!« Claudia lachte laut und bitter auf. »Von Ancona bis Taranto gibt es keinen Polizeichef, der nicht mit Saluzzo auf du und du steht! O Liebster, du kennst nicht die Macht des Geldes in Italien.«

»Du, Juanita und die Mädchen sind Zeugen genug, um ihn ins Zuchthaus zu bringen.«

»Ein guter Anwalt wird beweisen, daß die Mädchen freiwillig an Bord gekommen sind. Um etwas zu erleben! Oh, du kennst das alles nicht. Du bist so ehrlich und ahnungslos. Und wenn es ganz hart für Saluzzo wird, stellt er eine Kaution von einer Million Lire – was ist für ihn eine Million! – und geht ins Ausland. Du wirst ihn nie durch Gerechtigkeit besiegen können! Für Saluzzo gibt es keine Gesetze.« Wieder flammten die schönen, schwarzen Augen Claudias auf. »Man sollte ihn töten...« sagte sie leise.

»Claudia!« rief Hellberg entsetzt.

»Solange er lebt, ist er gefährlich.«

»Mein Gott, wie groß kann der Haß einer Frau sein.« Hellberg schüttelte den Kopf und zog Claudia mit zu den beiden halbentkleideten Körpern der Stewards. Einer von ihnen bewegte sich stöhnend und rollte sich auf die Seite. Sein Gesicht war unförmig angeschwollen und färbte sich bläulich.

Claudia ließ einen Eimer an einem Tau ins Meer – es waren die Eimer, die zum Deckwaschen benutzt wurden – und schüttete das Wasser über die Körper der Ohnmächtigen. Im Inneren des Schiffes schien die Hölle los zu sein, die Planken zitterten vom Türenschlagen, ein einzelner Schuß fiel. Auf der Brücke stand Juanita am Sprachrohr und lauschte nach unten. Der Maschinist hatte sich im Maschinenraum eingeschlossen und drohte, jedem, der die Tür aufsprengen würde und hereinkäme, den Schädel einzuschlagen. Mit einem Schraubenschlüssel, schrie er, und einem stählernen Hammer.

Die beiden Stewards erhoben sich taumelnd. An Gegenwehr dachten sie nicht mehr, ihr Widerstand war zerbrochen. Willenlos ließen sie sich von Hellberg und Claudia zur oberen Barkombüse führen und einschließen. Das Schiff war nun in Hellbergs Hand, aber es trieb, leicht schaukelnd, auf dem leuchtenden blauen Wasser der Adria, mit schweigenden Motoren.

Hellberg kletterte wieder die Treppe zur Brücke hinauf und trat neben Juanita. »Was gibt es unten?« fragte er.

»Der Maschinist kommt sich sehr stark vor.« Juanita deckte die Hand über das Sprachrohr. »Er flucht wie ein Fischweib.«

»Versuchen wir es noch einmal. Vielleicht nimmt er Vernunft an. Ohne ihn treiben wir hier wie ein Stück lackiertes Holz. Und ich möchte nicht, daß den Mädchen wirklich die Köpfe eingeschlagen werden, wenn sie die Tür aufbrechen.«

Hellberg trat an das Sprachrohr und klopfte dagegen. Von unten antwortete ein wütendes Hämmern.

»Hallo!« sagte Hellberg. Er winkte Claudia. »Du mußt dolmetschen... Sag ihm, daß es keinen Sinn hat, Widerstand zu leisten. Er ist der einzige der Besatzung, der sich noch wehrt. Sag es ihm...«

Claudia beugte sich über das Sprachrohr, und eine Flut italienischer Worte sprudelte in den Maschinenraum. Dann trat sie zurück, und Hellberg preßte das Ohr ann die trompetenähnliche Sprechmuschel.

Von unten tönte laut die Stimme des Maschinisten. Und er sagte deutlich auf deutsch: »Leckt mich am Arsch!«

»Ach nee!« Hellberg schrie in das Sprachrohr und klopfte dabei gegen das blanke Messing. »Auch das noch. Mensch, ein Deutscher! Mach die Luke auf, du Idiot, und stell die Maschinen wieder an!«

Im Maschinenraum war es einen Augenblick still. Der Maschinist schien ebenso verblüfft zu sein wie Hellberg. Aber dann hatte auch er den Schock überwunden und klopfte gegen das Rohr.

»Hallo...«

»Wo kommst du her?«

»Aus Düsseldorf.«

»Und was machst du auf dem Kahn?«

»Das erzähle ich dir alles nachher. Stell erst die Maschinen an, Junge.«

»Geschissen, Kumpel! Was ist oben los? Was machen die brüllenden Weiber vor meinem Schott?«

»Das Kommando des Schiffes habe ich übernommen! Nun frag nicht so – laß die Motoren rauschen.«

»Klingt wie im Kino! Wo ist der Chef?«

»Saluzzo schläft im Krankenraum, zusammen mit Foramente. Ein bißchen Äther auf die Nase...«

»Ihr habt wohl alle 'ne Meise unterm Hirn?! Glaubt ihr, ich mache das Spielchen mit?«

»Hör mal zu, du dämlicher Hund!« Hellberg drückte den Mund an die Sprechtrompete. »Ich komme gleich runter und wir unterhalten uns. Die Mädchen schicke ich an Deck, denn wenn die dich in die Finger bekommen, zerreißen sie dich. Die beiden Stewards sehen jetzt schon aus wie aufgegangene Hefeklöße! Und unterdessen drückst du aufs Knöpfchen und läßt den Kahn wieder fahren.«

»Einen Dreck werde ich! Ich will mit dem Chef reden!«

»Wie kann ein einzelner Mensch so dämlich sein!« Hellberg klopfte wieder gegen das Messingrohr. »Willst du in deinem Maschinenraum verhungern?«

»Hier halte ich es sechs Wochen aus!« Der Mann im Maschinenraum lachte grob. »Aber ihr da oben! Ihr bratet wie Spiegeleier! Ohne mich seid ihr armselige Pinkler.«

»Wir können dich rausholen, du Idiot.«

»Kommt nur, wenn ihr unbedingt eingeschlagene Hirne haben wollt!«

Hellberg steckte den Pfropfen wieder auf das Sprachrohr und wandte sich um. Juanita und Claudia standen wartend neben Kreiselkompaß und Ruder.

»Es hat so keinen Sinn«, sagte Hellberg. »Ich muß hinunter zu ihm.«

»Er wird dich umbringen!« schrie Claudia auf.

»Das glaube ich kaum.« Hellberg steckte die Pistole ein und schüttelte den Kopf, als er sah, wie Claudia mitgehen wollte. »Nein. Bleib hier, Liebling. Sprich mit den Mädchen, beruhige sie, räumt das Schiff auf und verhindere, daß sie die Stewards vollends ausziehen und sich wie Hyänen benehmen.« Er wandte sich an Juanita, die vor einer Seekarte stand, die an der Wand hinter dem Ruder hing. »Wenn wir das Schiff wieder flottbekommen – wohin fahren wir dann?«

Juanita hob die Schultern. »Ich weiß gar nicht, wo wir sind. Seekarten lesen, Ortsbestimmungen mit dem Sextanten... das konnte mein Bruder. Ich werde nach Kompaß fahren. Immer zurück nach Norden und dann nach Osten. Ich nehme an, daß wir näher an der jugoslawischen oder griechischen Küste sind als an der italienischen. Das erste Stück Land, das ich sehe, steuere ich an...«

Hellberg stieg hinunter zum Maschinenraum. Vor der von innen zugeknebelten Schott-Türe standen die Mädchen mit ihren Knüppeln und Eisenstangen. Aller aufgestauter Haß lag in ihren Augen und Bewegungen, es waren wirklich wilde Katzen, die da an den Wänden lehnten und auf ihr Opfer lauerten. Hellberg blieb auf der untersten Treppenstufe stehen und sah sie einzeln an. Jedes dieser Mädchen war eine Schönheit, aber die Tage in den engen Zellen und der Rausch der plötzlich in ihre Hände gelegten Rache verzerrten ihre ebenmäßigen, hübschen Gesichter. Die wirren, zerwühlten Haare sahen dazu aus wie eine Mähne, und reißende Löwinnen waren sie nun auch.

»An Deck!« sagte Hellberg und zeigte die eiserne Treppe hinauf. »Geht an Deck! Alle!«

Die Mädchen zögerten, sahen sich an. Widerstand wollte aufkommen. Aber Hellberg trat zur Seite und zeigte wieder nach oben.

»Hinauf!« brüllte er.

Langsam stiegen die Mädchen hinauf, bis auf eine, eine braunlockige, üppige Frau. Sie war diejenige, die eine Eisenstange als Waffe in der Hand hielt.

»Na?« sagte Hellberg. »Keine Lust?«

»Wo ist Saluzzo?« fragte das Mädchen auf französisch. Hellberg schüttelte den Kopf.

»Gehen Sie hinauf, Mademoiselle«, sagte er in ihrer Sprache. »Rache ist ein billiges und scheußliches Vergnügen.«

»Ich lebe seit zwei Monaten auf dem Schiff, Monsieur!« Die Finger um die Eisenstange verkrampften sich. Die Knöchel wurden weiß. »In Marseille hat er mich an Bord genommen. Ich war Verkäuferin bei Mireille S. A., einer Schiffsausstattung. Ich sollte Tischdecken abliefern. Aus dieser Lieferung wurden zwei Monate. Neunmal hat er mich vergewaltigt, dieser Teufel. Beim zehntenmal habe ich ihm in die Kehle gebissen, da hat er mich in Ruhe gelassen. Aber jeden Tag, genau um 20 Uhr, ist einer seiner Handlanger gekommen und mußte mir zehn Schläge aufs Gesäß geben. Mit einer Kamelpeitsche. Zwei Monate lang... jeden Abend...« Das Mädchen atmete tief auf. Es war ein erschütterndes Seufzen. »Wo ist Saluzzo, Monsieur?«

»Er wird seiner gerechten Strafe nicht entgehen.« Hellberg hatte einen Augenblick mit dem Gedanken gespielt, dem Mädchen zu sagen, wo Saluzzo war, und ihr den Schlüssel zum Krankenzimmer zu geben. Aber dann schämte er sich, ebenfalls an eine so billige Rache zu denken.

»Bitte gehen Sie hinauf, Mademoiselle«, sagte er erschüttert und doch beruhigend. »Oben ist Sonne und Freiheit... Sie sollten sie genießen... nach diesen zwei Monaten...«

Das Mädchen nickte schwach. Dann stieg auch sie die eiserne Treppe hinauf und warf oben die Tür zu.

Frank Hellberg trat an das Schott und klopfte gegen das Metall.

»Mach auf, Junge!« rief er laut. »Wir sind allein! Die Mädchen sind an Deck.«

»Bestimmt?« tönte es dumpf hinter der dichten Tür.

»Ehrenwort.«

»Ich habe einen Hammer in der Hand, Kumpel! Zehn Pfund schwer. Da zerplatzt eine Hirnschale wie ein Ei!«

»Red keine Romane – mach auf!«

Und die Schott-Türe knirschte von innen und schob sich langsam auf.

Die ›MS Budva‹ trieb wie eine riesige, weiße Nußschale auf dem Meer und wartete auf die Hilfe aus Dubrovnik. An Deck sonnten sich die Passagiere, spielten auf dem Spieldeck oder saßen im Restaurant und an der Bar und tranken eisgekühlte Säfte oder deutsches Bier.

Unter Deck aber näherte sich die gefährliche Situation ihrem Höhepunkt.

Uve Frerik, der Irre, hatte seine Jacke ausgezogen und das Messer an der Handfläche gewetzt. Erika Haußmann saß in einem der Sessel, zusammengekuschelt wie ein frierendes Hündchen. Hinter sich an der Bordwand hörte sie ganz leise ein Kratzen und Schaben. Dort wurde mit dem Anstreicherbrett der Matrose Zentimeter um Zentimeter hinabgelassen. Es mußte so leise geschehen, daß der Irre nichts hörte. Vor der Tür verhandelten noch immer Karl Haußmann und der 1. Offizier mit ihm, lenkten ihn ab und erzählten ihm, daß der Doktor bereit sei, sich einem Zweikampf zu stellen.

»Es ist ganz klar...« flüsterte Dr. Mihailovic dem 1. Offizier zu. Alle Benommenheit war von ihm gewichen. Zum erstenmal sah der 1. Offizier den Arzt völlig nüchtern. »Er hat Hirnmetastasen. Schrecklich ist das. Bei dem einen erzeugen

sie Irrsinn, bei anderen Dumpfheit oder einen Dämmerschlaf
– es kommt darauf an, welche Hirnzentren sie abdrücken
und angreifen. Da kann man gar nichts machen, gar
nichts... Morphium... und warten, bis er stirbt...«

»Schon gut, Doktor.« Der 1. Offizier starrte gegen die Mahagonitür. »Aber erst müssen wir ihn haben. Glauben Sie, daß er die Frau tötet, wenn wir die Tür aufbrechen?«

»Ganz sicher!« Dr. Mihailovic nickte wie eine Puppe mit Spiralhals. »Solch ein Kranker glaubt ja, im Recht zu sein. Er hat ja kein Gefühl mehr für seine Tat.«

Karl Haußmann war am Ende seiner Kräfte. Er lehnte an der glatten Holztür, hatte die Hände gegen die Füllung gedrückt, der Schweiß lief ihm über Augen und Gesicht in den aufgerissenen Hemdkragen.

»Rika... wie geht es dir...« rief er mit letzter Kraft, die seiner Stimme noch etwas Festigkeit gab. »Wo bist du, Rika?«

»Ich sitze im Sessel, Karl...« Weit weg war ihre Stimme wie hinter zehn Türen. Haußmann stöhnte auf. Von innen klopfte es an die Tür. Der Irre.

»Ihrer verehrten Gattin geht es vorzüglich«, sagte Uve Frerik. »Ein wenig blaß sieht sie aus, aber wer erlebt auch schon eine solche historische Stunde? Man darf ergriffen sein, wenn ein Jahrhundert sich verändert. – Wo ist Dr. Mihailovic?«

Der Arzt zuckte bei seinem Namen auf und winkte stumm mit beiden Händen ab.

»Wir erwarten ihn jede Minute.« Haußmann streichelte die Tür, als sei sie das Gesicht seiner Frau. »Aber überlegen Sie bitte, was Sie tun...«

»Überlegen?« Uve Frerik lachte laut. »Die großen Männer der Geschichte handelten aus Intuition. Denken Sie an Alexander und den Gordischen Knoten. Denken Sie an Caesar, als Cleopatra aus dem Teppich rollte. Denken Sie an Napoleon bei der Kaiserkrönung: Die Krone nahm er dem Papst aus der Hand und setzte sie sich selber auf. Das sind Männer! Ihnen gehörte die Welt. Sie sind Vorbild. Aber keiner wagte sich an die Vernichtung der Ärzte. Das ist die größte Tat der Geschichte. Ich werde sie vollziehen...«

Der 1. Offizier bekam durch einen Matrosen eine Meldung.

»Das Anstrichbrett ist nur noch einen halben Meter von der Luke entfernt«, flüsterte er Haußmann ins Ohr. »Jetzt wird es kritisch. Der Irre darf nicht zum Fenster sehen. Reden Sie... reden Sie... nur noch fünf Minuten...«

Und Karl Haußmann redete. Was er sprach, er wußte es später nicht mehr zu sagen. Ohne Unterbrechung redete er auf den Irren ein, entwickelte eine Philosophie der Macht, die Uve Frerik hinter der Tür entzückte, denn ein paarmal rief er ›Bravo! Bravo!‹ und klatschte in die Hände wie ein spielendes Kind.

Mit flatternden Augen starrte Haußmann den 1. Offizier an.

»Ich kann nicht mehr«, stammelte er. »Ich werde selbst noch verrückt...«

»Sprechen Sie weiter!« flüsterte der 1. Offizier. »Er darf sich nicht umdrehen.«

Und Haußmann redete.

Über Napoleon und Alexander den Großen. Über Bismarck und Kaiser Wilhelm II. Sinnloses Zeug, über das der irre Uve Frerik lachte wie über herrliche Witze.

In der Kabine saß Erika immer noch mit angezogenen Beinen im Sessel. Das Kratzen an der Bordwand hatte aufgehört. Ein Gesicht erschien draußen am Bullauge. Dann eine Hand, die Erika zuwinkte und Zeichen gab, sich in den Sessel zu ducken. Der Lauf eines Gewehres schob sich an die Scheibe, das runde Loch der Mündung starrte ins Zimmer.

Erika Haußmann zog den Kopf in die Schulter und ließ sich tief in den Sessel rutschen. Uve Frerik stand mit dem Rücken zu ihr, das Messer in der rechten Hand, in der linken den ausgezogenen Rock, den er von sich hielt wie ein Torero seine Cappa. Er hatte eine erregte Diskussion mit Karl Haußmann über Hannibals Elefantenzug über die Alpen.

Der Matrose vor dem Bullauge zielte auf den rechten Arm. Alles lag jetzt an einem treffsicheren Schuß. Ging der erste Schuß daneben, war Erika Haußmann in höchster Lebensgefahr.

Der Matrose wartete, bis der Irre mit dem ganzen Rücken zu ihm stand. Dann drückte er ab.

Der Schuß war kaum zu hören, er zerflatterte draußen im Seewind. Glas splitterte, und Uve Frerik wurde wie von einer riesigen Faust gegen die Tür geschleudert. Er brüllte auf, das Messer entfiel seiner Hand, Blut rann aus seiner rechten Schulter. Mit einem Satz sprang Erika aus dem Sessel und riß einen Stuhl hoch, um sich zu wehren, falls der Irre sich auf sie werfen würde.

Aber dazu kam es nicht. Fast gleichzeitig mit dem Aufschrei Freriks zersplitterte die Mahagonitür unter ein paar gewaltigen Axthieben, und Karl Haußmann und der 1. Offizier stürzten ins Zimmer.

»Karl!« schrie Erika auf und ließ den Stuhl fallen. »O Karl...« Dann sank sie in sich zusammen, und Haußmann konnte sie gerade noch auffangen und zum Bett tragen.

»Rika!« stammelte er. »Es ist ja alles gut. Alles ist vorbei. Rika...« Er küßte sie und streichelte ihr bleiches Gesicht und wußte in dieser Stunde, daß ein Leben ohne sie für ihn sinnlos gewesen wäre.

Der I. Offizier und zwei Matrosen kümmerten sich um Uve Frerik. Er stand an der Wand, das Blut lief an ihm herunter, aber er lächelte und hob stolz den Kopf, als ihn die Männer packten und festhielten.

»Tun Sie Ihre Pflicht, meine Herren«, sagte er laut und mit fester Stimme, der man nichts von dem Schmerz anmerkte, der von der zerschossenen Schulter durch seinen ganzen Körper zuckte. »Auch Kaiser Maximilian ging erhobenen Hauptes zur Exekution! Es lebe der freie Geist!«

Mit stolzer Haltung ließ er sich abführen und beachtete Dr. Mihailovic mit keinem Blick, als er an ihm vorbeiging. Man brachte ihn in einen Verschlag des Laderaumes II, wo ein Matrose notdürftig die Einschußwunde verband. Dr. Mihailovic weigerte sich, das zu tun.

Karl Haußmann richtete sich vom Bett auf, als er Marions Stimme in der Kabine hörte. Sie hatte oben auf dem Spieldeck nichts von dem Drama unter Deck gehört. Erst als der Schuß fiel, war sie die Treppe hinuntergerannt und sah die Ansammlung der Menschen vor der zersplitterten Tür.

»Was ist geschehen?« rief sie. »Mein Gott... Karl... Bärchen... Was ist mit deiner Frau? Wer hat geschossen?«

Dann sah sie das zersplitterte Bullauge und davor den Matrosen auf seinem pendelnden Anstrichbrett. Sie preßte die Hände gegen den Mund und sah sich entsetzt um.

»Es ist nichts geschehen«, sagte Haußmann und führte Marion zur Tür zurück. An der Blutlache auf der Erde stockte sie, ein Zittern lief über ihren Körper. »Gar nichts! Spiel weiter Kricket oder tanze Twist, schließlich sollte es eine Vergnügungsreise sein.«

»Bärchen...« stammelte Marion mit weiten Augen.

»Bitte geh –« sagte Haußmann rauh.

»Was habe ich dir getan?«

»Nichts! Und das ist gut so.«

»Was... was ist denn hier geschehen? Was ist mit deiner Frau?«

»Sie schläft. Laß ihr die Ruhe. Geh an Deck und amüsiere dich.«

Er drängte Marion auf den Flur und sah den I. Offizier an, der etwas verlegen allein noch im Flur stand. Die Menschenmenge hatte sich zerstreut. Die Nachricht von dem Geschehen unter Deck verbreitete sich nun über das ganze Schiff und wurde zur willkommenen Urlaubssensation. Der Matrose wurde wieder hochgezogen. Er wurde an der Reling empfangen wie ein siegreicher Weltmeister im Boxen.

»Kann man die Tür ersetzen?« fragte Haußmann.

»Der Bordschreiner wird sofort ein paar Bretter davornageln.« Der I. Offizier kaute an der Unterlippe. »Noch eins, mein Herr...«

»Bitte?«

»Ich hatte mich unhöflich benommen. Bitte, verzeihen Sie.«

Mit einem Ruck wandte sich der I. Offizier ab und verließ schnellen Schrittes den Gang. Marion folgte ihm mit gesenktem Kopf. Wie geprügelt kam sie sich vor, und sie erlitt es stumm wie eine Buße für die Monate, die hinter ihr lagen.

Karl Haußmann trat in die Kabine zurück und hängte eine Decke vor die zersplitterte Tür. Dann setzte er sich neben Erika auf das Bett, nahm ihre kalten Hände zwischen seine Hände und wartete, bis sie aus der Ohnmacht erwachte.

Eine Stunde später erhängte sich Uve Frerik in seinem Verschlag mit einem in Streifen zerrissenen Hemd.

Und Dr. Mihailovic stellte sachlich den Tod durch Ersticken fest. Er roch schon wieder nach gutem, altem Slibowitz.

In Dubrovnik war man zunächst nicht erstaunt, daß die ›MS Budva‹ nicht pünktlich um 8 Uhr morgens in den Hafen einlief. Die Abfahrt aus Bari war gemeldet, die Nacht war ruhig und fast windstill, also gar kein Anlaß, sich Gedanken zu machen. Der Hafenkommandant und der Geschäftsführer der Linie telefonierten nur kurz miteinander und versicherten sich gegenseitig, daß alles normal sei.

»Die ›Budva‹ ist ein alter Kahn, Genosse Mirko«, sagte der staatliche Reederei-Sekretär. »Wir müssen mit Verspätungen rechnen. Die Reparaturen an der ›Sveti Stefan‹ werden noch zwei Tage dauern, dann läuft wieder alles normal.«

»Natürlich, Genosse«, sagte der Hafenkommandant. »Ein alter Gaul springt über keine Zäune mehr.«

Nachdenklich wurde man erst, als gegen 10 Uhr noch immr keine ›MS Budva‹ am Horizont erschien und auch kein Funkspruch kam, obgleich man seit einer halben Stunde das Schiff anrief.

»Verstehen Sie das?« fragte der Reederei-Sekretär nervös. Er saß bei dem Hafenkommandanten im Zimmer und sah mit einem starken Feldstecher über das blau flimmernde Meer. »Aus Bari ist uns bestätigt worden, daß die ›Budva‹ pünktlich abgelegt hat. Sie muß etwas an der Funkanlage haben, denn niemand antwortet.«

»Es ist eine blöde Situation, Genosse.« Der Hafenkommandant sah auf seine drei Telefone und die vielen Knöpfe, die ihn mit den verschiedensten Dienststellen verbanden. Ein Druck auf einen dieser Knöpfe, und ein wohlgeordneter Apparat lief an: Auslaufen von kleinen, schnellen Motorbooten, Alarm bei der Flugstaffel, Alarm beim Kommandeur der Seeflugzeuge, Einsatz einer Funksuchmeldung an alle Schiffe auf dem Adriatischen Meer. »Geben wir Alarm, und die mistige ›Budva‹ taucht da hinten am Horizont auf, sind wir blamiert. Geben wir keinen Alarm, und es ist wirklich etwas passiert, sind wir ebenfalls blamiert. Ich sage es ja... eine blöde Situation!«

Man wartete bis 10.30 Uhr, sucht den Horizont ab und fragte mit harmlos klingenden Worten ein aus Brindisi kommendes Frachtschiff, ob es der ›MS Budva‹ begegnet sei.

»Nein!« funkte das Schiff zurück. »Nicht gesehen.«

Der staatliche Reederei-Sekretär wurde rot und begann kalt zu schwitzen. »Geben wir Alarm, Genosse«, sagte er mit belegter Stimme. »Ich bin verantwortlich für die Schiffe. Man wird mir in Belgrad die Hose ausziehen, wenn ich nichts tue. Geben Sie Alarm, Genosse. Zunächst nur die Flugstaffel. Der Mistkahn muß Havarie haben. Wer weiß, wo er herumschwimmt. Sinken kann er nicht, bei diesem Wetter. O Gott, es lohnt sich nicht, ein paar tausend Dinare zu verdienen, wenn man dafür weiße Haare bekommt...«

Der Hafenkommandant wartete noch bis 11 Uhr, dann rief er den Militärflugplatz Zelenika an. Drei Aufklärer starteten sofort, überflogen Dubrovnik und drehten dann auf das Meer ab.

»Diese Aufregungen!« sagte der Reederei-Sekretär. »Ist es ein Wunder, Genosse, wenn ich magenkrank bin?«

Um 11.12 Uhr begann der Telegraf zu ticken. Der Hafenkommandant und der staatliche Reederei-Sekretär sahen wie gebannt auf den Streifen, der aus dem Telegrafen rasselte.

»Die ›Budva‹...« stöhnte der Sekretär. »Jetzt funkt das Miststück, wo die Flugzeuge unterwegs sind.«

»Sie haben Maschinenschaden.« Der Hafenkommandant riß den Morsestreifen ab und las die Funkmeldung. »Eine Turbinenwelle gebrochen. Treiben auf dem Meer. Haben versucht, den Schaden selbst zu reparieren. Bitten um Abschlepp.«

Der Kopf des Reederei-Sekretärs war rot wie ein Winterapfel. »Warum erst jetzt?« schrie er. »Warum melden sie es nicht gleich, Genosse? Den Kapitän lasse ich strafversetzen. Ins Zuchthaus kommt er. Ein Abschleppschiff! Vor heute abend können sie gar nicht in Dubrovnik sein. Diese Blamage! In allen Zeitungen wird es stehen. Und dazu mein Name. Mit dem Kopf an die Wand sollte man rennen!«

Er rannte hinaus, hinüber zur Sprechfunkanlage. Nach zehn Minuten war er wieder da, ein wenig bedrückt und mit einem zerknitterten Gesicht. Der Hafenkommandant hatte unterdessen Verbindung mit den Suchflugzeugen. Er saß, Kopfhörer um die Ohren, an einem Schaltpult und regulierte den Ton.

»Sie überfliegen die ›Budva‹«, sagte er, als der Sekretär eintrat. »Sie treibt ungefähr auf der Mitte der Strecke. Alles scheint wohlauf. Die Beobachter melden, daß auf einem Deck Kricket gespielt wird, und auf dem anderen Deck tanzen sie. Tolle Stimmung, Genosse!«

»Sie tanzen! Alles in Ordnung.« Der Sekretär fiel auf einen Stuhl und wischte sich den perlenden Schweiß vom Gesicht. »Ich habe mit dem Kapitän gesprochen, der Teufel zerreiße ihn! Eine Schießerei hat's gegeben, einen Irren, der sich erhängt hat, und zwei Tote durch Krebs. Die Maschine ist völlig hinüber, ein Hauptkabel durchgebrannt, und das Schiff manövrierunfähig.«

»Das reicht, Genosse!« Der Hafenkommandant nahm die Kopfhörer ab und legte sie neben sich. »Mit dieser Liste sind

Sie rehabilitiert. Das ist eine Ansammlung von höherer Gewalt, die zwingend ist.«

»Ich habe es schon nach Belgrad gemeldet.« Der Reederei-Sekretär sah traurig über das in der Sonne herrlich leuchtende blaue Meer. »Zwei Schlepper sind unterwegs zur ›Budva‹. Sie, Genosse Mirko, werden gleich Befehle vom Kommandanten in Mostar bekommen. Bevor die Passagiere an Land dürfen, soll eine genaue Untersuchung der Vorfälle stattfinden. Die ›Budva‹ soll außerhalb des Hafens ankern. Miliz wird an Bord gehen. Man wird einen gewaltigen Wirbel machen.«

»Und die Kranken an Bord, die nach Sarajewo wollen?«

»Weiß ich es?« Der Sekretär hob hilflos die Schultern. »Ordnung ist alles! Und Befehle soll man nicht überdenken. Oder sind Sie anderer Ansicht, Genosse?«

»Nein!« Der Hafenkommandant setzte den Kopfhörer wieder auf. »Ich werde erst einmal dafür sorgen, daß Särge und ein Lastwagen am Hafen sind, wenn die ›Budva‹ einläuft. Und die Genossen vom Leichenkeller des Krankenhauses müssen auch Bescheid wissen.« Der Hafenkommandant lehnte sich zurück und sah an die weißgetünchte Decke. »Wann hört dieser Blödsinn eigentlich auf, in Sarajewo auf Wunder zu warten...?«

Der Maschinist Julius Scheible war ein untersetzter, blonder, etwas bulliger Mann mit dicken Muskeln an den Armen und einer plattgedrückten Nase. Er hatte das Haar kurz geschnitten wie ein Igel, und die Hände, die den schweren Hammer umklammert hielten, waren voll Öl und Maschinenfett.

Er stand in dem offenen Schott, sah hinaus auf den Gang und hob den Hammer, als Frank Hellberg einen Schritt nach vorn machte.

»Stehenbleiben, Freundchen!« sagte Julius Scheible. »Sonst knallt's aufs Hirn!«

»Laß die großen Sprüche, Junge.« Hellberg lehnte sich an

die eiserne Gangwand. »Leg das Hämmerchen weg und spiel keinen Samson! Du siehst, die Weiber sind weg, und wir zwei können uns wohl vernünftig unterhalten, was?«

»Wer sind Sie?« fragte Scheible und ließ den Hammer sinken.

»Frank Hellberg. Ich bin Journalist.«

»Auch das noch!« Scheible verzog das Boxergesicht. »Zwei Typen gibt's, die ich nicht mag: Politiker und Journalisten. Die einen machen Mist, und die anderen drucken ihn auch noch ab.«

Frank Hellberg lachte. »Schlechte Erfahrungen mit beiden gemacht?« fragte er dann.

»Sehr schlechte.« Julius Scheible setzte sich auf den erhöhten Rand der Schottentür. Den Hammer legte er abwehrbereit auf seine Knie. »Sie haben den Chef kaltgestellt?«

»Ja. Wundert Sie das?«

»Nein.«

»Sie wissen, was auf dem Schiff los ist?«

»Natürlich.«

»Mensch, wollen Sie auch ins Zuchthaus?«

»Ich habe mich nur um die Maschine gekümmert ... das sind mildernde Umstände. Und im übrigen ist das hier alles Scheiße. Glauben Sie, ich hocke hier freiwillig unter der Meeresoberfläche?«

Frank Hellberg sah den Mann mit der eingeschlagenen Nase erstaunt an.

»Sagen Sie bloß noch, Sie seien auch von Saluzzo entführt worden.«

»Nicht gerade.« Julius Scheible wischte sich die Nase mit dem Handrücken. »Das ist eine lange Geschichte, lieber Journalist.« Er grinste. Das Wort tat ihm gut. »Ich bin in Stuttgart geboren, in Berlin aufgewachsen, in Köln in die Fürsorge gekommen und in Flensburg zum erstenmal in den Knast. Beim Militär habe ich mehr im Bau gesessen als in der Kaserne, im Krieg habe ich Partisanen ausgeräuchert, nach dem Krieg kam mir ein Schupo auf dem Schwarzmarkt in die Quere, den habe ich krankenhausreif geschlagen. Dann ab über den Rhein nach Kehl. Meldebüro der Fremdenlegion. Angenommen. Marseille. Sidi-bel-Abbès in Algerien, Indochina, zurück in die Wüste nach Ghardaia, Flucht nach Tunis, in Abwesenheit in Frankreich zum Tode verurteilt. Und in Tunis heuert mich Saluzzo als Maschinist an, erfährt, wer und was ich bin, zeigt mir das Todesurteil und sagt: Mein Lieber, wenn du nicht klein wie ein Mäuslein bist, liefere ich dich an die Franzosen aus.« Julius Scheible leckte sich über die Lippen. »Na, mein kluger, studierter Junge ... was hättest du getan? Tanzen, wie Saluzzo flötet, oder sich in Frankreich erschießen lassen? Mir ist es seitdem Wurscht, was oben an Deck passiert... wenn man nur mich hier unten in Ruhe läßt!«

»Das ist ein Roman für sich«, sagte Hellberg leise.

»Blas was auf deinen Mistroman! Was habt ihr mit dem Chef und seiner Bande vor?«

»Ich will sie der Polizei abliefern. Aber dazu mußt du erst den Kahn laufen lassen.«

»Welcher Polizei?«

»Irgendeiner.«

»Die Welt ist tatsächlich voller Idioten! Könnt ihr Saluzzo was nachweisen? Ein Schiff voller Weiber? Ist das ein Beweis? Der kann beweisen, daß er jeden Tag massenweise Kaviar frißt und dadurch überpotent ist! Da kannste gar nichts machen!« Julius Scheible wiegte den schweren Hammer in seinen öligen Händen. »Das Ganze ist mir zu unsicher. Am sichersten ist, ich gehe hinauf und hämmere dem Boß das Hirn auf.«

»Nein!«, sagte Hellberg hart. »Keinen Mord!«

»Dann leck mich!« schrie Scheible und erhob sich. »Sieh zu, wie du den Kahn zum Laufen bekommst.«

Frank Hellberg zog die Pistole aus der Tasche, aber sie machte gar keinen Eindruck auf Scheible. Er lachte breit und schüttelte den dicken Kopf.

»Junge, spiel keinen Film ab! Knall doch! Dann fall ich um,

und ihr könnt hundertprozentig auf diesem Kahn verdorren wie Bratäpfel. Ohne Julius fährt nichts.« Er drehte sich um und ließ den Hammer in seiner Hand pendeln. »Gib den Chef her, und in fünf Minuten rauscht ihr durchs blaue Meer.«

»Nein!« sagte Hellberg noch einmal. »Solange ich es verhindern kann, geschieht auf dem Schiff keine Untat mehr.«

»Dann balsamiere dich ein mit deiner Humanität!« schrie Julius Scheible und warf die Schottentür hinter sich zu. Der Knebelverschluß knirschte. Hellbert hörte noch, wie Scheible den Hammer in eine Ecke warf und dann wegging zu den schweigenden Maschinen.

Langsam stieg Hellberg die Treppe wieder hinauf, wo die Mädchen unter Leitung Claudias dabei waren, das Deck aufzuräumen. Durch das Fenster der kleinen Barküche starrten die beiden Stewards auf Hellberg und warteten anscheinend auf das Wunder, Saluzzo kommen zu sehen.

»Wir müssen die Nerven behalten«, sagte Hellberg oben auf der Brücke und setzte sich erschöpft neben Juanita. »Vielleicht denkt er jetzt nach und sieht ein, daß es besser ist zu fahren, als hier zu verfaulen.«

»Wir könnten die Nacht abwarten und Leuchtkugeln schießen. Vielleicht sieht uns einer. Auf jedem Schiff sind solche Notpistolen.«

»Und wenn wir weit ab von allen Schiffsrouten sind? Wenn wir mit diesen Signalen nur die ›Geschäftsfreunde‹ Saluzzos anlocken?«

Juanita hob die schönen Schultern. »Das kann sein. Aber wissen Sie einen anderen Rat?«

Als ob die Frage so laut gewesen wäre, daß man sie bis in den letzten Schiffswinkel hätte hören können, klopfte es wie zur Antwort an dem Sprachrohr. Julius Scheible meldete sich.

»Hören Sie!« sagte er, als Hellberg sich über den Trichter beugte und ›Was wollen Sie noch?‹ hinunterrief. »Ich habe eine Frage.«

»Dann machen Sie schnell, denn ich habe die Absicht, mit Saluzzo zu verhandeln.«

»Sind Sie verrückt?«

»Nein, aber auch nicht lebensmüde. Wenn Saluzzo uns zusichert, uns an Land zu bringen, lasse ich ihn frei.«

»Das ist doch ein Witz!« schrie Julius Scheible.

»Mein vollster Ernst.«

»Ich habe einen Vorschlag.«

»Ich höre.«

»Ich lasse die Maschinen wieder an. Und Sie geben mir Ihr Ehrenwort, mich ohne weitere Fragen laufenzulassen, wenn wir irgendwo anlegen.«

»Ehrenwort von einem verhaßten Journalisten?«

»Lassen wir den Blödsinn, Hellberg. Sie wissen, wie's gemeint war. Also, wie ist's?«

Hellberg zögerte, dann sagte er: »Gut, Julius. Wenn wir glücklich landen, können Sie abhauen wie ein Hase aus der offenen Falle.«

»Danke! Ich revidiere mein Urteil: Journalisten sind auch Menschen...«

Sekunden später ging ein Zittern durch den Leib der weißen Jacht. Die Motoren dröhnten auf, die beiden Schrauben wühlten das blaue Wasser zu weißer Gischt auf. Einen Ruck gab es, und dann schnitt der schlanke Kiel in die sanften Wellen.

»Wir fahren!« schrie Juanita udn stürzte zum Ruder. »Wir fahren!« Sie fiel Hellberg um den Hals und küßte ihn wild. »Wir fahren...«

Über das Deck scholl vielstimmiger Jubel. Die Mädchen umarmten sich und tanzten umeinander. Claudia rannte die Brücke hinauf und fiel in die ausgebreiteten Arme Franks.

»Wir sind gerettet, Liebling!« rief sie. »Wir fahren zurück ins Leben!«

»Und wir werden ab jetzt für immer... für immer zusammenbleiben. Ich liebe dich, Claudia...«

»Und du bist meine ganze Welt, Frank!«

Die schöne, weiße, stolze Jacht rauschte durch das blaue Meer. Juanita lenkte sie nach dem Kreiselkompaß, fuhr einen weiten Bogen und nahm Kurs nach Nordosten.

Delphine jagten neben ihnen her, sprangen aus dem Wasser, und die Sonne ließ ihre nassen Leiber wie blankes Silber leuchten. Auf dem Deck sangen und tanzten noch immer die Mädchen.

»So, das wäre geschafft«, sagte Hellberg und löste sich aus den Armen Claudias. »Jetzt müssen wir uns um Saluzzo und die anderen Burschen kümmern. Ich nehme an, daß ihnen der Ätherrausch schwer im Magen liegt.«

Am Sprachrohr klopfte es wieder. Hellberg nahm den Stopfen ab und klopfte zurück.

»Danke, Julius! Was gibt's?« rief er in den Maschinenraum hinunter.

»Wo sind wir?« fragte Julius Scheible.

»Wenn ich das wüßte! Warum? Irgendwo auf dem schönen Mittelmeer...«

»Alles Scheiße mit Soße!« schrie Scheible zurück. »Sieh mal auf die Kontrolluhr! Wir haben nur noch für fünf Stunden Brennstoff.«

»Verdammt!« sagte Hellberg leise.

»Und wenn ihr immer mit voller Kraft fahrt, reicht's nur drei Stunden.«

»Und dann, Julius?«

»Dann können wir ein Damenkaffeekränzchen aufmachen und warten, bis uns ein Mann vom Jungferndasein erlöst.«

Hellberg trat vom Sprachrohr zurück. Ihm war gar nicht zum Lachen zumute. Stumm starrte er über das sonnenglänzende Meer. Noch drei Stunden Brennstoff. Und dann?

Der Weg zurück ins Leben endete wieder im Nichts...

Über der ›MS Budva‹ kreisten die drei Aufklärungsflugzeuge der jugoslawischen Luftflotte. Die Menschen auf den Decks winkten ihnen zu, mit Händen, Taschentüchern und Handtüchern. Die Bordkapelle spielte Tanzmusik. Der I. Ingenieur hatte eine glorreiche Idee gehabt: Er ließ mit drei dicken Schläuchen Wasser aus dem Meer in das Schwimmbecken pumpen. Die ersten Männer und Frauen in Badeanzügen warteten schon am Rand, bis das Becken wenigstens nabelhoch gefüllt war. Ein fröhliches Leben war auf dem Schiff. Man genoß den sonnendurchtränkten Zwangsaufenthalt auf dem Meer wie ein überraschendes Geschenk.

Nur unter Deck, in den Kabinen der Schwerkranken, machte man sich Sorgen. Bei ihnen ging es um jeden Tag, ja um jede Stunde. Sie waren nicht mehr zu heilen, jeder sah es, aber sie klammerten sich mit einer erschütternden Kraft an den Glauben, in Sarajewo würde die Wunderdroge HTS sie von den Bahren lösen und sie das Gehen wieder lehren.

Erika Haußmann hatte die große, nervliche Belastung der letzten Stunde überstanden. Die Tür hatte man mit Brettern notdürftig abgedichtet, vor das zerschossene Bullauge hatte man eine Pappscheibe genagelt. Nun war es dunkel im Zimmer, und man mußte den ganzen Tag über das Licht brennen lassen.

Karl Haußmann hatte sich gewaschen, und auch Erika hatte sich umgezogen und ein neues Kleid genommen, als es an die Bretter der zerschlagenen Tür klopfte. Haußmann öffnete sie einen Spalt und sah draußen den jungn Engländer von nebenan stehen, den Begleiter der lebenden Mumie, des Greises, der nicht sterben konnte und wollte und dessen Herz stärker war als sein übriger Körper.

»Verzeihen Sie, mein Herr«, sagte er in einem fließenden, fast akzentfreien Deutsch, wie man es auf englischen Colleges lernt, »wenn ich Sie trotz der vergangenen Ereignisse auch noch belästige, aber mein Onkel, Lord James Willliam Rockpourth, möchte mit Ihnen sprechen. Wenn Sie ein paar Minuten Zeit übrig hätten ... mein Onkel wünscht die Unterhaltung, und wenn Sie meinen Onkel kennen würden, sähen Sie ein, daß alle Gegenargumente vergeudete Zeit sind. Ist es Ihnen möglich, Sir?«

»Aber ja... ja...« sagte Karl Haußmann verwirrt. »Ich weiß nicht... Was soll ich... Ihr Onkel... Lord Rock...« Er dachte an den Mann auf der Trage, das Gesicht, ein pergamentüberzogener Totenschädel.

»Mein Onkel ist aus seiner Agonie erwacht. Das geht seit zwei Monaten so. Soviel ich hören konnte, geht es ihm um sein Testament. Um einen Letzten Willen... Er hat bisher genau siebzehn Letzte Willen ausgedrückt.« Der elegante, junge Engländer lächelte verzeihend. »Wenn Sie es möglich machen könnten, Sir.«

»Natürlich. Ja.« Karl Haußmann zog seine Jacke an und kontrollierte noch einmal den Sitz seiner Krawatte. »Ich komme selbstverständlich.«

»Ich gehe mit«, sagte Erika hinter Karl. »Ich habe Angst davor, noch einmal allein zu sein...«

»Bitte!« Der junge Engländer trat höflich zur Seite. »Mein Onkel ist von dem Schuß durch das Fenster aus der Agonie erwacht. Er hat wie ein heilender Schock gewirkt. Er wird sich freuen, Sie kennenzulernen, Mrs. Haußmann.«

Karl Haußmann nickte verwirrt. Er faßte Erika unter, und sie gingen hinüber zur Nachbarkabine.

Als der junge Engländer die Klinke herunterdrücken wollte, flog die Tür von innen auf, und Dr. Mihailovic stürzte in den Gang. Er hatte eine noch volle Injektionsspritze in der Hand und war betrunken. Aus der Kabine tönte die fluchende Greisenstimme des lebenden Toten.

»Umbringen wollen Sie mich!« schrie der alte Engländer. »Aber ich lebe! Ha! Ich lebe weiter! Und ich werde in Sarajewo die Pillen schlucken, pfundweise, jawohl.«

Dr. Mihailovic sah Haußmann, den Neffen des Tobenden und Erika aus wäßrigen Augen an. Sein Mund zitterte, als wolle er weinen. Dann zuckte er mit den Schultern, steckte die Spritze einfach in seine Jackentasche und rannte weiter, hinauf an Deck.

Der junge Engländer lächelte mokant. »Sie sehen, Sir, wie munter mein Onkel ist. Darf ich bitten einzutreten!«

Lord James William Rockpourth saß in seinem Bett, gestützt von einem Berg zerknüllter Kissen. Sein Totenschädel mit der pergamentenen Haut saß auf einem erschreckend dünnen, faltigen Hals. Darunter begann ein dicker Morgenmantel, der den schon mumienähnlichen Körper ganz einhüllte. Der Lord winkte mit beiden Händen, als er Haußmann und Erika sah, und zeigte auf zwei Sessel, die neben dem Bett standen.

»Kommen Sie bitte näher«, sagte er mit dem gleichen, gepflegten Deutsch, das auch sein Neffe sprach. »Und du gehst hinaus, Robert.«

»Onkel James...«

»Hinaus«, brüllte der Greis.

Robert hob die Schultern und sah Haußmann vielsagend an. Er wandte sich ab, aber an der Tür blieb er noch stehen.

»Ich darf dich daran erinnern, Onkel James, daß die Herrschaften zu dem gleichen Zweck auf dem Schiff wie...«

»Hinaus!« schrie Lord Rockpourth und wedelte mit den Skeletthänden.

»Ich warte vor der Tür«, sagte der Neffe Robert leise beim Hinausgehen, »es kann sein, daß er in fünf Minuten wieder in Agonie fällt. Rufen Sie mich dann bitte, Sir.«

»Natürlich, natürlich...« stotterte Haußmann verwirrt. Dann griff er nach hinten, nahm die kalte Hand Erikas und ging zu den angebotenen Sesseln ans Bett.

Lord Rockpourth musterte Haußmann mit grauen, ungemein lebendigen Augen, die gar nicht zur Verfassung seines Körpers paßten. Es waren die Augen eines Mannes, der zeit seines Lebens nur befohlen hatte.

»Ich hörte, Sie sind Deutscher?« sagte er und nickte dabei Erika zu.

»Ja, mein Herr.« Haußmann dachte krampfhaft darüber nach, wie man einen Lord anredet. Mylord, das kannte er. Aber da er sich nicht sicher war, ob es hierher paßte, unterließ er es.

»Nennen Sie mich James«, sagte Lord Rockpourth.

»Aber ich kann doch nicht...« Haußmann warf einen Seitenblick auf Erika.

»Wir sitzen nicht nur im gleichen Schiff, sondern auch im gleichen Boot des Schicksals.« Lord Rockpourth lehnte sich etwas zurück. »Man hat mir gesagt, ich sei unrettbar an Krebs erkrankt. Pankreaskrebs, eine gemeine Art des Krebses. Wenn man ihn entdeckt, ist es zu spät. Alle Sprüche von Früherkennung sind Blödsinn. Ich hatte die besten Ärzte, sie haben meinen Bauch jahrelang geröntgt, fotografiert, durchleuchtet. Alles nervös, sagten sie. Sie sind kerngesund, Mylord. Und was bin ich wirklich? Sehen Sie mich an! Ist es denkbar, daß ich einmal zehn Preise im Reitturnier gewonnen habe? Parforcejagden habe ich geritten, wie ein roter Teufel. Nun, wo es zu spät ist, sagen sie die Wahrheit... und heben dumm die Schultern. Aber ich gebe nicht auf, mein Bester. Ein Lord Rockpourth gibt nie auf! Seit einem Jahr fahre ich durch die Welt. Wo ein neues Mittel gegen den Krebs angeboten wird, wo man forscht, wo ein Funken Hoffnung glimmt, bin ich da. Ich habe bisher 200 000 Pfund dafür ausgegeben. Nun geht es nach Sarajewo.« Lord Rockpourth zog den Totenschädel noch weiter in die Kissen hinein. »Glauben Sie an das HTS?«

»Ja«, sagte Haußmann fest. »Wären wir sonst auf dem Schiff?«

»Sie sehen blühend aus, Mrs. Haußmann.« Lord Rockpourth schüttelte den Kopf. »Welcher Idiot hat Ihnen einen Krebs angedichtet?«

»Wir haben die Röntgenbilder gesehen«, sagte Erika ohne Erregung in der Stimme. Für sie war die Krankheit nun eine Tatsache, mit der man fertig werden mußte. Was halfen Klagen und Panik, Angst und Tränen? Sie war noch jung, ihr Körper hatte noch die Kraft, sich gegen die Krankheit zu stemmen, und wenn die Pillen des Dr. Zeijnilagic auch nur eine kleine Wirkung haben würden... vielleicht genügte das als Initialzündung, um den Tod in ihr zu besiegen. Ganz fest glaubte sie nun daran.

»Es ist lächerlich, aber auch ich glaube an dieses HTS.« Lord Rockpourth klopfte die Bettdecke um sich flach und strich sich dann über den Mumienkopf. »Ein Vermögen habe ich für Scharlatane und Großsprecher ausgegeben. Ich habe Rote-Bete-Saft gesoffen, habe mich magnetisieren lassen, bin bestrahlt worden und habe Tränke geschluckt, die wie Jauche schmeckten. Von den Pillen, Tabletten, Dragees und Pülverchen wollen wir gar nicht sprechen. In Japan war ich und habe Bambusgraspulver gefressen, und ein französischer Arzt kam zu mir und beschien mir 14 Tage lang meine Bauchdecke mit einer blauen Lampe. Dann schmiß ich ihn raus! Ja, und nun ist es soweit, daß meine Verwandtschaft, die sich seit drei Jahren versammelt, um meinen Tod zu sehen und auf ihr Erbe zu warten, mich für einen Verrückten hält, der sein Vermögen zum Fenster hinauswirft. Auch mein Neffe Robert, der elegante Robert, Sie kennen ihn. Mein Lieblingsneffe, aber ein Windhund. So windig, wie ich in der Jugend war – darum mag ich ihn. Ich habe den Verdacht, daß er im Auftrage meiner jüngeren Brüder und vor allem deren Frauen handelt und es verhindern will, daß ich Sarajewo erreiche. Er hetzt mir diesen Dr. Mihailovic auf den Hals, der in seinem Suff noch nicht einmal meine Armvene findet! Und er tut alles, um mir klarzumachen, daß ich zu sterben habe, weil ich reif dazu bin. Ha!« Der Totenschädel begann wild zu schwanken. »Ich lebe noch! Und ich werde weiterleben! Sarajewo, ich spüre es, wird mich retten.«

Lord Rockpourth sah Karl Haußmann und Erika lange an, ehe er weitersprach. Haußmann schwieg. Was sollte man darauf sagen? Ein Sterbender klammert sich an die große Hoffnung. Auch hier war es wieder deutlich: Niemand, außer einem Lungenkranken, glaubt so sehr an eine Gesundung wie ein Krebskranker. Verstohlen sah er zur Seite auf Erika. In ihren Augen las er, daß sie den alten Lord verstand.

»Können wir Ihnen helfen?« fragte Haußmann, obgleich er nicht wußte, wie.

»Ja, Mr. Haußmann. Das können Sie!« Lord Rockpourth

sah zur Tür. Seine Stimme wurde etwas gedämpfter. »Zwei Dinge sind es. Zeit meines Lebens war ich von Dienern und Liebedienern umgeben, von Freunden, die mich ausnützten, und von Verwandten, die mir um den Bart strichen. Echte Freunde, wo gibt es die, Mr. Haußmann? Ich lernte sie nur einmal kennen: damals, in Südafrika, beim Burenkrieg, wo ich als kleiner Junge von Soldaten befreit wurde und mit ihnen durch die Steppen zog. Seitdem war alles nur ein Nicken vor meinem Reichtum. Sie sind anders, ich sehe es Ihnen an. Ich habe Sie beobachtet, als wir aufs Schiff gingen. Ihre Gattin lag auf einer Trage wie ich; es war ein guter Trick, Mr. Haußmann.«

»Für die Rettung meiner Frau gehe ich in die Hölle!« sagte Haußmann etwas pathetisch. Lord Rockpourth lächelte. Es sah schrecklich aus.

»Brauchen Sie Geld, Mr. Haußmann?«

»Nein!« sagte Haußmann laut. »Ich bin Fabrikant.«

»Würden Sie – zusammen mit meinen Anwälten Gibson & Gibson & Sohn – darauf achten, daß mein Testament vollstreckt wird und daß ich vor allem, falls ich wieder die Besinnung verlieren sollte, nach Sarajewo zu diesem Dr. Zeijnilagic gebracht werde? Auf dem schnellsten Wege. Man kann nämlich nach Sarajewo in ein paar Stunden und in ein paar Tagen fahren. Ich möchte in ein paar Stunden da sein, wenn wir in Dubrovnik landen. Ich setze Ihnen dafür 10000 Pfund aus, das sind fast 110000 Deutsche Mark!«

Haußmann dachte an den vor der Kabinentür wartenden Neffen Robert und an alles das, was kommen konnte, wenn er jetzt versprach, dafür zu sorgen. Er wandte sich zu Erika, und sie nickte ihm leicht zu. Tue es, sagte ihr Blick. Wenn ich so hilflos daläge wie er...

»Wie stellen Sie sich das vor, Mylord?« sagte Haußmann ausweichend. »Was sollte ich tun?«

»Ich übergebe Ihnen mein letztes Testament. Sollte ich wider Erwarten doch sterben, so reichen Sie es an Gibson & Gibson & Sohn weiter und sagen Sie unter Eid aus, daß ich es im Vollbesitz meiner geistigen Kräfte aufgesetzt habe. Man wird es nämlich anfechten. Meine Schwägerinnen sind Aasgeier! Sterbe ich nicht vor Sarajewo, dann begleiten Sie mich zu Dr. Zeijnilagic und beschaffen mir die HTS-Kapseln. Verlassen Sie mich nicht, gehen Sie nicht von meiner Seite!«

»Ich... ich will es versuchen«, sagte Karl Haußmann zögernd nach einem neuen Blick zu Erika. »Wenn Sie Ihren Neffen darüber informieren...«

»Das werde ich!« Lord Rockpourth lächelte wieder, ein grinsender Totenschädel. »Er ist ein lieber Junge, der Robert. Aber seine Mutter, Lady Harriet, die Frau meines jüngsten Bruders... eine Bestie ist sie. Und er steht ganz unter ihrem Einfluß, das Muttersöhnchen.« Der Greis steckte Haußmann seine Knochenhand entgegen. »Kann ich mich darauf verlassen, Mr. Haußmann? Sie sehen, wie allein ein alter, reicher Mann sein kann, wenn er sterben soll, aber nicht sterben will! Ich wünsche keinem dieses Schicksal.«

Und Karl Haußmann nahm die Hand Lord Rockpourths und drückte sie stumm.

Er übernahm damit eine Aufgabe, deren Schwere er noch nicht ahnte.

Nach drei Stunden Fahrt, immer in nordöstlicher Richtung, klopfte es wieder am Sprachrohr. Julius Scheible meldete sich.

»Noch für eine halbe Stunde Brennstoff!« rief er. »Kein Land in Sicht?«

»Nichts!« Frank Hellberg wandte sich an Juanita Escorbal, die die Jacht seit Stunden auf gleichem Kurs hielt. Ein bewunderungswürdiges Mädchen, dachte er. Im Ruderhaus glühte die Sonne, und sie steht da, starrt über das blaue, flimmernde Meer und auf den Kompaß und scheint Nerven wie Stahl zu haben. Wie hoffnungslos, wie verzweifelt war sie noch vor wenigen Stunden in ihrem Luxusgefängnis!

Die anderen Mädchen lagen unter dem Sonnensegel und

ruhten sich aus. Claudia war unter Deck gegangen, in die kühlere Kabine. Sie hatte wieder einen Hustenanfall bekommen, und ihr schmaler, zerbrechlicher Körper wurde hin und her geschüttelt.

Ich liebe sie, dachte Hellberg. Bei Gott, wenn man sie retten könnte, wenn es wirklich ein Mittel gäbe, diese Krankheit zu besiegen... Wir müssen nach Sarajewo kommen! Wir müssen!

»Hat außer Foramente noch einer eine Ahnung, wie man den Standort bestimmt?« rief Hellberg hinunter in den Maschinenraum. Julius Scheible antwortete sofort.

»Nee! Keiner! Das machte ihn ja für Saluzzo so unentbehrlich.« Scheible hustete. »Wenn wir Land sehen, wie wird das überhaupt?«

»Wie ich es dir gesagt habe. Du kannst hingehen, wohin du willst. Die Mädchen werden sich bei der nächsten Behörde melden, und Saluzzo mit den anderen Gaunern kommt hinter Schloß und Riegel.«

»Ich habe keinen Pfennig Geld...«

»Bevor wir landen, wirst du genug bekommen, um dich irgendwohin durchzuschlagen. Ich verspreche es dir, Julius.«

»Dann seht mal zu, daß ihr Land bekommt!«

Frank Hellberg steckte den Stöpsel auf das Sprachrohr und begab sich nach unten zum Krankenraum. Er schloß die Tür auf und wurde von einem Knurren und unverständlichen Schimpfen empfangen. In den Fesseln bäumten sich Saluzzo und Foramente auf und versuchten, die Knebel von den Mündern zu drücken.

Hellberg wandte sich zuerst an Saluzzo. Er band das Tuch von dem wutverzerrten Gesicht und setzte sich neben dem Gefesselten auf einen Schemel.

»Sie Idiot!« keuchte Saluzzo. »Sie Phantast! Nun kommen Sie sich als der Herr der Lage vor. Aber einmal werden Sie ja anlegen müssen, und es gibt niemanden an der Küste, der Saluzzo und sein Schiff nicht kennt. Was glauben Sie, was man mit Ihnen machen wird?«

»Sparen wir uns alle Schimpfereien, Saluzzo.« Hellberg sah hinüber zu Foramente, der jetzt still lag und ihnen zuhörte, obgleich er kein Deutsch verstand. Der I. Steward schlief; die Versuche, sich aus den Schnüren zu befreien, hatten ihn ermüdet. »Wir fahren seit drei Stunden übers Meer, ohne Orientierung, nur nach Kompaß. Wir wissen nicht, wo wir sind.«

»In der Hölle!« schrie Saluzzo.

»Vielleicht. Aber Sie braten mit, das ist es. In einer halben Stunden ist der Brennstoff verbraucht, dann treiben wir hier herum, und wenn wir abseits einer befahrenen Gegend sind, können wir verhungern und verdursten. Es ist Ihnen doch klar, daß aller Wasser- und Eßvorrat erst unter den Mädchen verteilt wird, ehe Sie drankommen. Helfen Sie uns also nicht, werden Sie zuerst verhungern.«

Saluzzo schwieg und starrte an die weiße, lackierte Decke. Er überlegte. Was Hellberg sagte, war nicht widerlegbar. Aber aus einer verzweifelten Lage kann man Kapital schlagen.

»Was wollen Sie, Hellberg?« fragte Saluzzo, wieder völlig ruhig, ja überlegen.

»Sagen Sie Foramente, daß ich ihn gleich losbinde und mit an Deck, zum Ruder, nehme. Er soll den Standort bestimmen und dann auf einen Kurs gehen, der uns in Landnähe bringt. Ob es noch reicht, weiß ich nicht. Auf jeden Fall soll er in ein Gebiet fahren, wo wir gesehen werden können.«

Saluzzo hob den Kopf. Hellberg tippte ihn auf die Schulter, bevor Saluzzo anfing, zu sprechen.

»Noch eins: Sagen Sie Foramente keinen Blödsinn! Ich habe mir erzählen lassen, daß Verdursten noch schrecklicher ist als Verhungern. Sie alle bekommen den nächsten Tropfen Wasser erst, wenn Foramente bewiesen hat, daß er das Schiff auf richtigen Kurs gebracht hat.«

»Sie sind ein eiskalter Bursche, Hellberg.« Saluzzo sah hinüber zu Foramente. Und dann sprudelten italienische Worte zwischen den beiden Männern, eine Flut von schnellen Sätzen, in denen Hellberg keinen Sinn sah. »Es ist gut«, sagte Saluzzo nach diesem Feuerwerk von Worten. »Sie können Foramente mitnehmen. Ich habe ihm genaue Anweisungen gegeben...«

»Wir wollen es sehen, Saluzzo.«

Hellberg beugte sich über Luigi Foramente, löste die Fesseln und wartete dann, die Pistole in der Hand, bis sich der schlanke, schwarzgelockte Kapitän gestreckt und die Glieder gerieben hatte. Als Foramente zur Tür ging, trat Hellberg zur Seite, ließ ihn auf den Gang gehen, schloß dann die Tür des Sanitätsraumes wieder ab und winkte mit der Pistole nach oben.

Auf der Brücke sah Foramente mit einem schiefen Lächeln Juanita Escorbal an und warf einen kurzen Blick auf den Kreiselkompaß.

»Die Richtung stimmt!« sagte Juanita hart. »Vor uns ist entweder die griechische oder die jugoslawische Küste.«

Stumm nahm Foramente aus einem Holzkasten einen Sextanten, trat hinaus auf die Treppe und schoß die Sonne an. Schon immer war es Hellberg ein Rätsel gewesen, wie man mit diesem Gerät den genauen Standpunkt auf dem Meer berechnen konnte. Auf dem Gymnasium hatte man es zu erklären versucht, aber nie hatte er es begriffen. Nun sah er, wie Foramente auf dem Halbkreisbogen des Gerätes eine Zahl ablas, zurückging zur Seekarte und mit einem Bleistift ein kleines Kreuz machte.

»Prego...« sagte er voll Spott zu Hellberg und zeigte auf das Kreuz. Auch Juanita ließ das Steuerrad los und trat heran.

»Wie weit bis zur Küste?« fragte sie.

»Bis Ulcinj, das liegt am nächsten, noch 4 Stunden.«

»Und Treibstoff für eine halbe Stunde!«

Foramente hob die Schultern. Über sein Playboy-Gesicht lief ein ironisches Lächeln. »Ist es meine Schuld? Aber wenn Sie Kurs auf die Küste halten – ich richte Ihnen den Kurs ein – können wir in ein Gebiet kommen, wo uns jugoslawische Thunfischfänger sehen.«

»Bitte...«

Juanita beobachtete den Kompaß, als Foramente ein paar Drehungen am Steuerrad machte und dann die weiße, schnelle Jacht gegen die Sonne laufen ließ.

»Das ist es!« sagte er und trat zurück, die Hände auf dem Rücken. Dann sah er Hellberg an, mit der Frage in den Augen, was nun weiter geschehen sollte.

»Kommen Sie mit!« sagte Hellberg und winkte, da Foramente ihn doch nicht verstand. Er führte ihn zum Bug, wo Saluzzo immer seine Speisetafel aufgeschlagen hatte, und zeigte auf einen Teller mit Früchten, Weißbrot und Butter. Daneben stand ein großes Glas Orangensaft.

Foramente zögerte, doch dann stürzte er sich heißhungrig wie ein eingesperrtes Raubtier auf das Brot, legte die Butter darauf, aß mit würgendem Schlucken und trank mit einem Schluck das halbe, große Glas leer.

Einen Augenblick nur war Hellberg unvorsichtig, und Foramente nutzte es sofort aus. Aus dem Kabinengang kam Claudia, und Hellberg drehte sich herum und sah ihr entgegen. Er wollte ihr zuwinken, aber ihr Aufschrei warnte ihn.

»Frank!« schrie sie. »Hinter dir...«

Hellberg warf sich herum. Ein brennender Schmerz durchfuhr seinen linken Arm, er fühlte, wie Blut über seine Hand rann, aber geistesgegenwärtig schlug er mit der rechten Faust gleichzeitig auf den Körper ein, der sich ihm entgegenwarf.

Foramente taumelte zurück. Das Messer, mit dem er gerade noch das Weißbrot bestrichen hatte, blitzte in seiner Hand und war rot vom Blut Franks.

Hellberg schnellte vor. Wieder hieb er auf Foramente ein, traf ihn am Kinn, doch die Stichwunde in seinem Arm schmerzte so höllisch, daß es ihm schwarz vor Augen wurde und er zu taumeln begann.

Foramente duckte sich. Wie ein Tiger vor dem Sprung war er, das Messer mit der blanken Klinge von sich gestreckt. Hellberg hob den rechten Arm zur Abwehr, der linke hing an ihm herunter, und um seine Füße bildete sich eine breite Blutlache.

In diesem Augenblick fiel ein Schuß. Foramente ließ das Messer fallen, sein Gesicht nahm einen erstaunten Ausdruck an, dann knickte er in den Knien ein und rollte auf die Seite über das Deck bis an den Tisch.

Hellberg lehnte sich keuchend gegen eine Stange des Sonnensegels. Das Blut rann aus seinem Arm über Hose und Schuhe. Claudia lief auf ihn zu, die Pistole in der Hand, und vom Kiel, wo sie sich gesonnt hatten, rannten kreischend die anderen Mädchen zu ihnen.

»Ist es schlimm?« rief sie und hob Franks schlaffen Arm hoch. »O Liebster, Liebster ... er hätte dich getötet ...« Sie riß sich die Bluse vom Körper und drückte sie auf die Wunde, während die anderen Mädchen einen Kreis um sie bildeten und entsetzt auf Foramente starrten.

Hellberg atmete tief auf. Der Schwächeanfall ging vorüber, die sich drehenden Nebel lichteten sich. Er nahm Claudia die Pistole aus den weißen Fingern und steckte sie ein.

»Ist er tot?« fragte er.

»Ich weiß es nicht. Aber du lebst! Du lebst! O Gott, er wollte dich von hinten erstechen!« Sie klammerte sich an ihm fest und verbarg ihr Gesicht an seiner Brust.

Foramente rührte sich. Er stöhnte auf, rollte sich auf den Rücken und tastete mit der Linken nach seiner rechten Schulter. Dort war in der Uniform ein kleines Loch, mehr sah man nicht.

»Sag den Mädchen, sie sollen ihn verbinden und in irgendeine Kabine einsperren«, sagte Hellberg. Er stützte sich auf Claudia, als er gehen wollte, und als er das viele Blut auf den Planken sah, wußte er, daß er eine Menge Blut verloren hatte. Mit weichen Beinen ging er unter Deck, legte sich auf ein Bett, und Claudia wusch ihm die große Fleischwunde aus und verband sie mit ein paar Handtüchern.

»Gib mir den Schlüssel zum Sanitätsraum, Liebster«, sagte sie mehrmals. »Dort ist alles, was du brauchst ...«

Hellberg schüttelte den Kopf. »Nein«, sagte er. »Die Mädchen würden Saluzzo zerreißen. Ich könnte sie nicht daran hindern. Ich will kein indirekter Mörder werden...«

Nach knapp einer dreiviertel Stunde blubberten die Maschinen merkwürdig, dann schwiegen sie. Julius Scheible pochte an das Sprachrohr.

»Aus!« sagte er, als sich Juanita Escorbal meldete. »Der letzte Tropfen ist weg. Ich komme jetzt rauf und sonne mich. Darauf habe ich wochenlang gewartet. Ist das Wasser schön warm?«

Juanita steckte den Stöpsel ohne Antwort auf den Trichter und verließ die Brücke. Ihre Aufgabe war erfüllt. Nun lag es ganz in des Schicksals Hand, ob man sie auf dem Meer entdeckte oder ob man sie eines Tages als vertrocknete Tote von einem Geisterschiff holte.

Bis zum Abend treiben sie auf der leichten Dünung dahin, ohne daß sie am Horizont ein Segel oder die Aufbauten eines Schiffes entdeckten. Ganz weit sahen sie einmal, im Abendrot, ein kreisendes Flugzeug... der Pilot mußte auch das weiße Schiff sehen, aber er hielt es sicherlich für eine der Luxusjachten, die auf dem Meer ankern oder langsam von Küste zu Küste ziehen.

Als die Dunkelheit über das Meer glitt, schoß Juanita die erste Notrakete in den Himmel.

Hellberg war neben ihr auf der Brücke. Er hatte, als er die Schwäche überwunden hatte, aus dem Sanitätsraum Verbandszeug geholt und Tabletten gegen die Schmerzen. Nun lag Foramente mit einem Schulterschuß und leicht fiebernd in der Kabine Claudias, und auch Hellberg spürte, daß sein Kopf zu summen begann und sein Körper glühte.

Nach einer halben Stunde schoß Juanita die zweite Rakete in den Nachthimmel. Blutrot hing die Feuerkugel an einem kleinen Fallschirm und pendelte langsam ins Meer zurück.

Hellberg suchte mit dem Nachtglas den Horizont ab.

Keine Antwort.

Unendlich lag das Meer im fahlen Mondlicht. Julius

Scheible, der auf der anderen Seite den Horizont mit dem Fernglas abtastete, putzte sich die Nase und schnaubte.

»Hier sind wir am Arsch der Welt!« sagte er laut. »Kinder, der Foramente hat uns verschaukelt. Wer weiß, wo wir hier rumgondeln?«

»Dort irgendwo muß Ulcinj sein.« Hellberg hielt das Glas mit einer Hand umklammert, die Linke trug er in einer schwarzen Schlinge. »Wir dürfen nicht den Mut verlieren, Julius! Noch ein Ding hoch, los!«

Die dritte Rakete.

Nichts. Stumm und feindlich in seiner nächtlichen Schwärze umgab sie das Meer.

Die vierte Rakete war eine weiße. Eine grelle Leuchtkugel, die an ihrem Fallschirmchen ein paar Minuten in der Luft schwebte und das Meer weit im Umkreis taghell erleuchtete.

Und da geschah es.

Claudia und Juanita stießen gemeinsam einen Schrei aus. Ganz fern, kaum sichtbar, antwortete ihnen eine andere Rakete. Ein weißer Strahl pendelte durch die Nachtluft, wie ein fallender Stern sah es aus, der im Meer versinkt.

»Gerettet!« schrie Claudia und fiel Hellberg um den Hals. »Wir sind gerettet, Liebster!«

Der Jubel der Mädchen, die auf dem Deck angstvoll ausgehalten hatten, antwortete ihnen. Ein Jubel, der hinunterdrang bis zu Saluzzo, den Stewards und zu dem bewegungslosen Foramente.

Von jetzt an ging alles schnell, und obgleich es Stunden dauerte, war es allen, als verfliege die Zeit.

Ein Motorfangboot kam auf sie zu, von dem staatlichen jugoslawischen Thunfisch-Kombinat. Mit Megaphon rief man sich zu, aber man verstand sich nicht, denn die Jugoslawen sprachen nur ihr Serbokroatisch und schüttelten bei Italienisch, Französisch und Englisch nur die Köpfe. Soviel sahen sie aber, daß das Schiff bewegungsunfähig war, warfen starke Leinen hinüber und nahmen die Jacht in Schlepp.

Hellberg stieg hinunter in den Sanitätsraum.

»Meinen Glückwunsch, Hellberg«, empfing ihn Saluzzo. Seine Stimme war rauh, die Lippen waren aufgesprungen, er litt einen entsetzlichen Durst. Hellberg nahm ein Glas, füllte es mit Wasser und gab Saluzzo und dem Steward zu trinken. Gierig schlürften sie das Wasser; es war das köstlichste Getränk, das sie je getrunken hatten.

»Wir sind im Schlepp, Saluzzo«, sagte Hellberg, nachdem er ihnen den brennendsten Durst gestillt hatte. »Wir werden wahrscheinlich nach Ulcinj abgeschleppt. Haben Sie dort auch Freunde?«

»Überall.« Saluzzo lächelte schwach. »In Ulcinj kenne ich den staatlichen Fischereidirektor, Sofic Urbangic. Er wird für mich gut aussagen und alles als einen Irrtum hinstellen.«

»Aber die Mädchen sind frei, das ist die Hauptsache. Einmal wird die Gerechtigkeit auch Sie ergreifen!«

»Das hoffen viele!« Saluzzo lauschte auf das Tuckern des Fischerbootes, das die Jacht an den Trossen hatte. »Ich mache Ihnen einen Vorschlag, Hellberg: Spielen wir die Komödie elegant zu Ende. Sie binden mich los und meine anderen Männer auch, wir laufen wie gute Freunde in Ulcinj ein, die Mädchen können frei über sich verfügen – und alles ist vergessen!«

»Danke, Saluzzo.« Hellberg erhob sich und schüttelte den Kopf. »Jetzt weiß ich, daß Sie Angst haben. Sie haben in Ulcinj gar keine Freunde...«

Es war gegen Morgen, als sie den kleinen Hafen der jugoslawischen Fischerstadt erreichten. Der Hafenkommandant, durch Funk bereits unterrichtet, stand an der Mole, neben sich zehn Mann Miliz mit Maschinenpistolen. Man nahm es sehr genau in Ulcinj. Das fremde Schiff hatte keine Landeerlaubnis, und merkwürdig war es auch, daß abseits der normalen Wasserstraßen eine italienische Jacht treibt.

»Das habe ich gern«, sagte Julius Scheible neben Hellberg und sah hinüber zu den Milizsoldaten. »Von Uniformen habe ich die Schnauze voll. Wieder Verhöre, wieder in 'ner Zelle, und dann abgeschoben werden. Nee! Ich mache mich selbständig. Wie ist das, du wolltest mir Geld geben...«

»Hier, Julius.« Hellberg holte aus der Brieftasche ein paar Geldscheine. Scheible rollte sie zusammen, steckte sie in die Hosentasche und beugte sich dann an der dem Land abgewandten Seite über Bord.

»Mach's gut, Junge«, sagte er. »Und grüß mir die Heimat. Sie vermißt mich zwar nicht, aber manchmal ich sie. Das Leben ist eben beschissen, wenn man einmal auf der Scheiße ausgerutscht ist. Ahoi, Junge und denk mal an mich...«

Mit einem Kopfsprung sprang er über Bord und taucht im schwarzen, öligen Hafenwasser unter. Das letzte, was Hellberg von ihm sah, war sein breites Gesicht, als er noch einmal auftauchte, tief Luft holte und dann wie ein Fisch wegschwamm.

Der Hafenkommandant empfing Hellberg und die Mädchen mit sichtbarer Verblüffung. Er sprach sogar französisch, und es war Hellberg leicht, sich mit ihm zu unterhalten. In kurzen Worten schilderte er die Erlebnisse, und der Hafenkommandant verfiel in eine totale Sprachlosigkeit. Er brauchte eine ziemliche Zeit, ehe er den Kopf schüttelte.

»Das ist ja unglaublich, Monsieur«, sagte er. »So etwas gibt es ja gar nicht!«

»Ich bringe Ihnen die Beweise. Ich weiß, daß es eine Dokumentation der UNO gibt, die sich mit dem modernen Menschenhandel befaßt, ein grauenhaftes Dokument, das überall auf Zweifel stößt, weil es einfach unglaublich ist. Ich habe es nun erlebt, und es bleibt Ihnen vorbehalten, der Weltöffentlichkeit diese Sensation zu bieten.«

»Wir werden sehen.« Der Hafenkommandant von Ulcinj war vorsichtig. »Wir werden ein Protokoll aufnehmen, genaue Untersuchungen führen, und selbstverständlich muß ich die Staatsanwaltschaft in Titograd benachrichtigen, denn das ist ja ein internationaler Fall! Monsieur –« Er machte eine kleine, höfliche Verbeugung vor Hellberg und vor Claudia.

»Mademoiselle... ich muß Sie alle bis zur Klärung des haarsträubenden Falles in Haft nehmen!«

Hellberg wollte protestieren, aber es hatte keinen Sinn. Die Mädchen, Saluzzo, die Stewards, Juanita Escorbal wurden mit ihnen unter strenger Bewachung der Miliz von der Jacht geholt, der fiebernde Foramente wurde auf einer Trage in das Krankenhaus von Ulcinj gefahren. In drei Jeeps kam nun auch der Polizeikommandant mit einer schnell gebildeten Sonderkommission angerast, denn der Hafenkommandant hatte aufgeregt gemeldet, daß es sich hier um diplomatische Verwicklungen handeln könnte.

Als die Morgensonne wieder das Meer vergoldete, saßen Hellberg und Claudia in einem Zimmer des Hotels ›Skutari‹, dem besten Haus von Ulcinj. Neben ihnen im Zimmer wohnten Saluzzo und die Stewards, ihnen gegenüber auf der anderen Flurseite in drei Zimmern die Mädchen und Juanita Escorbal. Vor jeder Tür stand ein Posten der Miliz mit Maschinenpistole. Es war eine Idee des Polizeikommandanten. »Wir können sie nicht wie Verbrecher behandeln, Genosse«, hatte er zum Hafenkommandanten gesagt. »Angenommen, es ist alles wahr. Das kann Schwierigkeiten geben. Man muß sie behandeln wie Gäste, bis die Genossen aus Titograd entscheiden, was geschieht.«

Claudia saß am Fenster und sah über den kleinen, schmutzigen Hafen und das leuchtende Meer. An der Mole lag die weiße Jacht. Neben der Brücke standen zwei Soldaten und rauchten.

»Nun sind wir in Jugoslawien, Frank«, sagte sie leise und legte den Kopf müde auf die Arme. »Und wir sind Sarajewo ferner als zuvor.«

»Abwarten, Kleines.« Hellberg ging im Zimmer hin und her. Er rauchte hastig und suchte einen Ausweg aus ihrer Lage. »Uns ist der Sprung über das Meer geglückt. Und es sollte schon der Satan unser Feind sein, wenn es nicht gelänge, auch Sarajewo zu erreichen!«

Das klang mutig, aber nicht sehr hoffnungsvoll. Denn

nicht auf den Satan kam es jetzt an, sondern auf die jugoslawischen Behörden und Kommissare, die bereits von Titograd aus unterwegs nach Ulcinj waren.

Die ›MS Budva‹ lief in den herrlichen, neuen Hafen von Dubrovnik ein wie ein Luxusvergnügungsschiff. Die trutzige Burg der Altstadt leuchtete mit roten Quadern in der Abendsonne, am Quai der Neustadt glänzten die Fenster der Hotelpaläste, im Jachthafen gingen die Lichter auf den vielen, kleinen Motorbooten an, und vom Hotel ›Petka‹ klang Musik über das Wasser bis hinüber zur ›MS Budva‹. Die grünen Hänge hinauf zogen sich die Villen und weißgetünchten Häuser, am Ende des Hafens ankerten Schiffe der jugoslawischen Kriegsmarine, die Fassade des großen Kaufhauses ›Minceta‹ blitzte mit ihren Fenstern, und in den Gärten über der Steilküste wiegten sich Pinien, Apfelsinenbäume, Palmen und Zitronenbäume im Wind, der vom Meer kühlend über die schönste Stadt Jugoslawiens strich.

In die Passagiere war nun Unruhe gekommen. Die Ausschiffung stand kurz bevor, nach der unplanmäßigen Freude eines Sonnentages auf See kam nun der Alltag, der Ernst der Reise wieder. Weiter nach Sarajewo, weg vom Schiff der Hoffnung zum Zug oder Bus der Hoffnung oder mit dem eigenen Wagen auf die Straße durch den Karst der Herzegowina, durch ein ödes, heißes, feindliches Land.

Die Koffer wurden an Deck getragen, die Planen von den vertäuten Wagen gezogen, die Kräne schwenkten bereits ein. Die Passagiere standen an der Reling und sahen hinüber auf die in der Abendsonne wie brennende Stadt, ein Anblick, den sie nie vergessen würden in seiner wilden Schönheit.

Unter Deck schrie Lord Rockpourth wieder herum. Er war, allen Erwartungen zum Trotz, nicht wieder in Agonie gefallen, sondern kommandierte seine Ausschiffung selbst. Er rief nach Karl Haußmann, der aber oben neben seinem Wagen stand und dem Kranführer 1000 Dinare in die Hand drückte, damit er den Wagen als ersten an Land setzte. So eine Sprache ist international, auch in einem kommunistischen Land, und der Kranführer nickte und tippte mit dem Zeigefinger an die Mütze.

Zuerst aber gab es eine Stockung. Kurz vor der Mole blieb die ›MS Budva‹ liegen, und ein Polizeiboot kam längsseits. Vier Offiziere kletterten an Strickleitern an Bord und wurden vom Kapitän empfangen. Es war eine frostige Begrüßung, aber man hatte auch keinen Bruderkuß erwartet.

Der I. Offizier war es, der Karl Haußmann von seinem Wagen wegholte zum Verhör. Die ›Budva‹ durfte nicht eher anlegen, bis man die Vorfälle an Bord geklärt hatte. Eine Art ›Quarantäne‹ war über sie verfügt worden.

In seiner Kabine tobte Lord Rockpourth. Er verlangte ein Blitzgespräch mit dem britischen Botschafter in Belgrad und beschimpfte den Polizeioffizier wild, weil dieser nur den Kopf schüttelte.

Karl und Erika Haußmann saßen unterdessen vor einem Polizeihauptmann und machten über einen Dolmetscher, der ein miserables Deutsch sprach, ihre Aussagen über den Irren Uve Frerik. Dann war auch dies alles aufgeschrieben worden, die ›Budva‹ konnte anlegen, das Fallreep wurde heruntergelassen, und als erstes kamen drei Särge an Bord und verschwanden mit ihren Trägern unter Deck. Die Zollbeamten folgten, die Paßkontrolle, merkwürdigerweise auch ein paar Soldaten unter der Führung eines Leutnants. Sie verhafteten den Kapitän der ›Budva‹, aber keiner bemerkte es, denn der Drang, an Land zu kommen, war jetzt so groß, daß niemand mehr einen Blick für seine Umwelt hatte.

In Dubrovnik!

Die zweite Station auf dem Weg nach Sarajewo. Zu den Wunderpillen HTS des Dr. Zeijnilagic! Zum wiedergeschenkten Leben!

Dubrovnik.

Der Hafen der Freude, die Stadt im Grünen, der Stolz der

Küste. Aber in diesen Wochen Ankerplatz des Elends und Station zitternder Hoffnung.

Karl Haußmann stand neben seinem Wagen, der eben vom Kran auf die Mole geschwenkt war, und kam sich glücklich vor. Er sah Erika im Strom der anderen Passagiere über das Fallreep von Bord gehen, vorbei an den grüßenden Offizieren der ›Budva‹ und den Zoll- und Paßbeamten. Oben, auf der Treppe der Brücke und des Kapitänhauses, saß Dr. Mihailovic und weinte. Man hatte ihm eröffnet, daß er seine ärztliche Approbation entzogen bekäme. Nun war er ein vernichteter Mann und beschloß insgeheim, sich mit wissenschaftlicher Gründlichkeit totzusaufen.

Nach der Ausschiffung der Passagiere wurde es ein paar Minuten einsam auf der ›Budva‹. Dann wurden die drei Särge an Land getragen, in die bereitstehenden Wagen geschoben und weggefahren. Als letzte wurden die Schwerkranken aus dem Schiff gebracht. Auf ihren Tragen, in Decken gehüllt, schwankten sie über die Mole zu den Krankenwagen oder den Privatautos, die mit der ›Budva‹ herübergekommen waren wie Haußmanns Auto. Auch der riesige, graue Rolls von Lord Rockpourth stand da, und erstaunt sah Haußmann, daß sogar ein Chauffeur in Livree am Steuer saß, den er auf dem Schiff gar nicht bemerkt hatte. Zwei Matrosen trugen gerade die Bahre mit dem Lord an Land, und Robert, der Neffe, ging nebenher und schien eine Kanonade von Schimpfworten über sich ergehen zu lassen. Er erkämpfte sich sein Erbe heroisch, das mußte man ihm lassen.

»So!« sagte Lord Rockpourth, als er hinten in dem für seine Bahre umgebauten Rolls lag. Er schien zufrieden zu sein. Man war in Dubrovnik, er lebte noch, Mr. Haußmann sorgte für die Fahrt nach Sarajewo – es lief alles so, wie es von ihm geplant war. »Jetzt zum Hotel Petka. Ich habe dort sechs Zimmer bestellt. Sie sind meine Gäste, Mrs. und Mr. Haußmann. Morgen früh geht es dann weiter – oder wollten Sie in dieser Nacht noch fahren?«

»Nein, Mylord. Meine Frau ist recht müde.« Haußmann

war etwas verlegen. Er hatte gelogen. Allein wäre er vielleicht doch noch ins Land gefahren, so weit wie möglich Sarajewo entgegen. Übernachten konnte man überall, eventuell sogar im Wagen schlafen. Jetzt, wo er in Jugoslawien war, überfiel ihn eine hektische Unruhe. Gast des Lords zu sein, war eine Ehre... aber was machte man mit Marion Gronau?

Sie war noch nicht an Land gekommen, sie verabschiedete sich anscheinend gründlich von einem der Offiziere der ›Budva‹. Ein Gedanke, der Haußmann weher tat, als er es sich eingestehen wollte, und gegen den er ankämpfte, denn er hatte sich dazu durchgerungen, die Vergangenheit vollkommen zu begraben.

Er atmete auf, als er Marions leuchtendblonde Haare auf dem Fallreep sah. Leichtfüßig kam sie an Land, ein Steward trug ihre Koffer, und auf halbem Wege blieb sie stehen und winkte zurück, zu einem Mann, den Haußmann nicht sah.

»Na endlich!« sagte er knurrend, als sie neben dem Wagen stand. »Sind die Koffer so schwer zu packen?«

»Ah, Ihre Tochter, Mr. Haußmann?« rief Lord Rockpourth aus seinem Rolls. »Ein schönes Mädchen! Sieht Ihnen ähnlich. Ich hatte leider keine Kinder. Nie Zeit! Immer nur Jagen und Reiten und Reisen. Ich habe nur diesen Nichtsnutz von Robert. Aber das reicht auch.«

Der junge Lord verbeugte sich leicht vor Marion. Und Marion nickte zurück, reckte sich etwas und zeigte, was sie unter dem leichten Sommerkleid hatte, in deutlichen Konturen.

O Himmel, dachte Haußmann. Auch das noch! Marion und der Neffe Roert. Mein Gott, verhindere das.

»Marion Gronau ist meine Sekretärin«, sagte Haußmann laut und abgehackt, um deutlich den Unterschied zwischen sich und Marion klarzumachen. »Ich habe sie zur Betreuung meiner Frau mitgenommen.«

»Leider gab es zu meiner Zeit nicht solche hübschen Sekretärinnen, Mr. Haußmann!« sagte Lord Rockpourth fröhlich. »Robert! Glotz sie nicht so an! Zu meiner Zeit trugen Sekretärinnen Nickelbrillen und rochen nach Mottenpulver. Robert!«

»Onkel James?«

»Wie alt bist du?«

»Vierundzwanzig, Onkel James.«

»Und Sie, Miß Marion?«

»Dreiundzwanzig, Mylord«, sagte Marion und schlug kokett die Augen nieder. Wie eine berührte Mimose sah sie aus.

»Sie sind in Krankenpflege ausgebildet?«

»Ein wenig, Mylord.«

»Oha!« Lord Rockpourth lehnte sich zurück. Sein Mumiengesicht schien zu phosphorisieren. »Stellen Sie mir Miß Marion als Pflegerin zur Verfügung, Mr. Haußmann? Es bleibt sonst alles, wie besprochen. Nur – so nehme ich an – wird es Ihnen recht sein, wenn Miß Marion Sie entlastet und sich um mich alten Mann kümmert...«

»Natürlich, Mylord!« Haußmann sah Marion böse an. Sie lächelte ihm zu, und es war ein triumphierendes Lächeln.

»Zum Hotel Petka!« befahl Lord Rockpourth. Der Chauffeur ließ den Motor des Rolls an. Er flüsterte fast. Ohne Erschütterung fuhr er an. Haußmann trat an seinen Wagen und setzte sich seufzend. Marion verstaute ihre Koffer im Kofferraum.

»Was gab es, Karli?« fragte Erika. Sie sah wieder bleich aus, mit tiefen Ringen um den Augen. Der vergangene Tag war zuviel für sie gewesen.

»Marion Gronau wird den Lord betreuen.« Er sagte es, als müsse er Essig schlucken. »Und die Blicke zu dem jungen Lord Robert gefallen mir gar nicht...«

»Geht es dich noch etwas an, Karli?« fragte Erika leise.

Haußmann schüttelte den Kopf. »Das nicht, Rika! Aber die Fahrt nach Sarajewo wird immer komplizierter. Jetzt haben wir auch noch einen sterbenden Lord im Gefolge. Und ich habe mir das alles so einfach vorgestellt, wenn wir erst einmal in Dubrovnik sind...«

»Fertig!« sagte Marion Gronau fröhlich und trat an den Wagen heran. Der Blick des jungen Lords hatte ihr gutgetan. Nun habe ich eine massive Waffe gegen Karl, dachte sie zufrieden. Wenn er nur ein klein wenig noch für mich fühlt, wird er vor Eifersucht zerplatzt sein, bevor wir in Sarajewo sind. Oder er wird mir erklärt haben, daß er mich noch liebt und die Zukunft nicht so dunkel ist, wie er sie jetzt hinstellt. Frank Hellberg ist für mich verloren, ein junger Lord kann nur eine kleine Abwechslung sein, so einer heiratet keine kleine Sekretärin... es bleibt nur noch Karl Haußmann, der alternde Mann, der froh ist, wenn ihn die Jugend anhimmelt und belügt.

»Können wir?« fragte sie und schüttelte die langen, blonden Haare.

»Schon längst! Steigen Sie endlich ein, Marion!« sagte Haußmann grob.

Im Hotel ›Petka‹ wurden sie empfangen wie fremde Fürsten. Vier Boys bemühten sich, die Trage mit dem ungemein lebendigen Lord Rockpourth ins Hotel zu schleppen. Drei Hausdiener kümmerten sich um das Gepäck. Die Zimmer waren groß und sauber, wenn auch für verwöhnte europäische Begriffe einfach eingerichtet. Das schönste an ihnen war der Balkon. Von ihm aus hatte man einen zauberhaften Blick über den Hafen, die Einfahrt, die weißen Jachten und hinüber zu den Hügeln mit den Villen inmitten blühender Gärten.

»Ein Märchen...« sagte Erika, als sie zurück ins Zimmer trat. Haußmann saß auf dem Bett, umgeben von Koffern und Taschen, und schwitzte. Er hatte eine kurze Auseinandersetzung mit Marion gehabt, von der Erika nichts ahnte.

Und das war so gekommen: Die Boys hatten einen Koffer verwechselt, er hatte ihn hinüber in Marions Zimmer getragen und dabei gesehen, wie der junge Lord Robert gerade herauskam und etwas verlegen grüßte.

»Aha!« sagte Haußmann, als er eintrat. Marion saß vor dem Frisierspiegel und kämmte sich die windzerzausten Haare. »War sehr stürmisch, der junge Herr, nicht wahr?«

»Oh, mein Bärchen!« Marion lächelte spöttisch. »Es ist ein Unterschied, ob man 24 oder 50 Jahre alt ist...«

»Man sollte dich rechts und links...« schrie Haußmann und warf Marions Koffer auf den Boden.

»Bitte!« Marion hielt ihren Kopf Haußmann entgegen. »Schlag zu! Wenn das alles ist, was du an Männlichkeit zu bieten hast.«

»Es wäre besser, du würdest gleich morgen zurückfahren nach Deutschland!«

»Das geht nicht, Bärchen. Ich bin jetzt auch noch Gast des Lords. Robert – oder sagt man besser Bob? – brachte mir eben die offizielle Einladung. Ich habe natürlich zugesagt.«

»Natürlich!«

»Wo du immer so böse zu mir bist...« Sie zog einen Schmollmund, aber Haußmann wandte sich ab und trat an das Balkonfenster.

»Laß die Albernheiten! Du machst dich über mich lustig. Ich weiß es. Und ich habe es auch verdient. Es war mein Fehler, auf deine körperlichen Vorzüge hereinzufallen und dabei zu übersehen, was für einen Charakter du hast.«

»Fehler radiert man aus«, sagte Marion schnippisch. »Auf der Schreibmaschine – und auch im Leben. Warum bist du eigentlich so wütend, Bärchen?«

»Du benimmst dich unmöglich!«

»Und du? Auf dem Schiff, die ganze Reise über? Als ob ich ein Stück Dreck wäre, das man nicht abschütteln kann. Gut, deine Frau ist schwerkrank, vielleicht unheilbar...«

»Ich bitte dich zum letzten Mal, Marion, nicht so gleichgültig über Erika zu sprechen«, schrie Haußmann und ballte die Fäuste. »26 Jahre lebe ich mit ihr zusammen, sie ist die Mutter meiner Kinder, und wenn ich sie auch betrogen habe: Du, gerade du solltest Achtung vor ihr haben. Ihre Krankheit sollte uns beide erschüttern.«

»Du bist ein merkwürdiger Mensch.« Marion Gronau legte den Lippenstift weg und leckte über ihre bemalten

Lippen. »Aus dir soll man klug werden. Wen liebst du eigentlich? Erika oder mich?«

Haußmann atmete tief auf. Wie oft hatte er sich diese Frage gestellt und wie oft hatte er vor ihr kapituliert. Darauf gab es keine Antwort. Das war ein Zwiespalt, der nicht erklärt werden konnte.

Über die Stadt senkte sich die Nacht. Rings von den Bergen flimmerten die Lichter wie große Sterne. Als eine breite, silberne Lichtstraße spiegelte sich der Mond im Hafenwasser. Haußmann war nach diesem Gespräch gegangen und hatte das Zimmer verlassen wollen, aber die Stimme Marions hielt ihn noch einmal zurück:

»Kannst du mir darauf keine Antwort geben?«

»Nein!« hatte er laut geantwortet. »So etwas fragt man nicht in unserer Situation.«

Innerlich noch immer ungewöhnlich erregt, saß er jetzt auf dem Bett zwischen den Koffern und Taschen, während Erika von der Märchenstadt Dubrovnik schwärmte.

»Hier möchte ich ein paar Wochen bleiben, Karli«, sagte sie und sah wieder hinaus auf den mondsilbernen Hafen.

»Ich auch. Aber erst nach Sarajewo, Rika! Auf dem Rückweg, wenn die Pillen geholfen haben, können wir so lange hierbleiben, wie du willst.«

Es wurde eine kurze Nacht.

Lord Rockpourth bestand darauf, daß man zusammen speiste. In seinem großen Zimmer hatte man eine Tafel gedeckt, drei Kellner bedienten, und es war alles ganz anders, als man es sich in einem kommunistischen Land dachte. Lord Rockpourth aß nichts; man hatte ihm einen dünnen Haferschleim gemacht, den er durch ein Glasröhrchen schlürfte. In diesem Haferschleim löste Neffe Robert Vitamintabletten auf.

»Ich habe ein Schloß«, sagte der Lord Rockpourth. »Große Ländereien in Schottland und eine Hazienda in Argentinien. Wieviel Rinder habe ich, Robert?«

»17000, Onkel James«, sagte der junge Lord.

»17000! Wenn man sich das vorstellt! Diese Berge von Filets und Rumpsteaks! Und was muß ich essen? Haferschleim! So ist das Leben, liebe Freunde! So betrügt einen das Schicksal!«

Es war spät, als die Haußmanns endlich schlafen konnten. Lord Rockpourth verfiel gegen Mitternacht wieder in eine stumme Lethargie, aber er war hellhörig, nahm alles wahr, und seine Adleraugen blitzten vor Leben. Nur die äußere Hülle versagte wieder ihren Dienst. Es war ein schrecklicher Zustand, einem Scheintod gleich, und es gab keinen Arzt der Welt, der dies ändern konnte.

Marion hatte sich schon früher verabschiedet. Sie täuschte Kopfschmerzen vor. Und wieder glomm in Haußmann die Eifersucht. Warum geht sie schon? Wo geht sie hin? Mit wem hat sie sich verabredet? Was geschieht hinter meinem Rücken?

Unruhig wälzte er sich später im Bett hin und her, während Erika – sie hatte zwei Glas eines süßen, schweren Weines getrunken – fest schlief. Wirre Bilder überfielen ihn, er rang im Halbschlaf mit hundert Lords, wurde auf Schirmen aufgespießt, in der Themse ertränkt. Am Morgen weckte ihn Klopfen an der Tür, pünktlich 7 Uhr, wie er es an der Rezeption hinterlassen hatte. Er stand auf und fühlte sich elend wie nach einer gewaltigen Sauftour des Kegelclubs in Gelsenkirchen.

Das Frühstück auf der gläsernen Terrasse war kurz. Der junge Lord Robert erschien, ein wenig bleich, und berichtete, daß Onkel James schon im Wagen liege, steif wie ein Brett, aber bei vollem Bewußtsein.

»Wir sollten sofort fahren«, sagte er. »Sie kennen Onkel James ja jetzt. Jede Verzögerung lastet er mir an.«

Haußmann nickte und würgte den Rest eines Brötchens hinunter. Erika hatte gut geschlafen. Sie sah verblüffend jung aus, und immer wieder fragte sich Haußmann, ob nicht doch alles eine Fehldiagnose sei, denn so wie Erika sah keine unheilbar Krebskranke aus. Marion Gronau wirkte bezaubernd. Sie hatte sich in der Hotelhalle an einem Verkaufsstand ein goldenes Stirnband erstanden, bestickt mit roten Rosen. Nun trug sie die Haare aus der Stirn zurückgekämmt, lang über die Schulter fließend, und in ihren blonden Locken glänzte das goldene Band mit den Rosen, als wüchsen die Blüten aus der Pracht ihrer Haare.

»In zehn Minuten sind wir startbereit«, sagte Haußmann.

In der Hotelhalle stand schon alles bereit. Die Rechnung war von Lord Rockpourth bezahlt, so sehr Haußmann auch protestierte. Vor dem Eingang wartete der große Rolls auf Marion, die neben dem starren Lord fahren sollte. Der Direktor des Hotels kümmerte sich selbst um alles, einerseits, um jugoslawische Gastfreundlichkeit zu demonstrieren, andererseits, weil der junge Lord ihm heimlich ein Trinkgeld gegeben hatte, das zwei Monatsgehälter ausmachte.

Dann fuhren die beiden Wagen los, die Küstenstraße entlang Richtung Ploca, wo kurz vor der Stadt die Straße abzweigt nach Mostar und weiter nach Sarajewo. Durch die dalmatinischen Berge führte dieser Weg und dann später durch ein verkarstetes Land mit Wildbächen und romantisch-schwindeligen Brücken über den Fluß Bosna.

Noch waren sie alle in einer fröhlichen Stimmung. Die Sonne meinte es gut, nur wenige Wagen begegneten ihnen auf der Straße, meistens uralte Lastwagen, die Obst und Gemüse transportierten, zweimal auch ein klappriger Omnibus, überfüllt und schwankend, mit wehmütig heulendem Motor.

Dreimal hielten sie an, um Lord Rockpourth etwas zu trinken zu geben. Marion übernahm das. Aus einer Schnabeltasse flößte sie kalten Tee zwischen die blassen Lippen des Kranken, und nur an den Augen erkannte man, wie gut es Lord Rockpourth tat und wie dankbar er dafür war.

»Wie lange fahren wir?« fragte beim dritten Halt der junge Lord und bot Haußmann eine Zigarette an.

»Bei diesem Tempo etwa zehn Stunden.« Haußmann sah auf seine Uhr. »Wenn wir Glück haben, können wir gegen 21

Uhr in Sarajewo sein. Jetzt ist es 10.30 Uhr. Aber ich befürchte, daß wir unterwegs übernachten müssen. Ihr Onkel hält es nicht durch.«

»Es ist sein Wille, in einem Tage nach Sarajewo zu kommen.«

»Na, dann Prost!« Haußmann inhalierte die süßliche englische Zigarette. »Dann machen Sie sich darauf gefaßt, daß wir eine halsbrecherische Nachtfahrt über Schluchten und durch verlassene Täler vor uns haben.«

In Ulcinj waren Frank Hellberg und Claudia Torgiano von Experten aus Titograd eingehend verhört worden. Sogar zwei Kommissare der politischen Polizei waren gekommen, denn der Fall Saluzzo weitete sich zu einem in seinen Auswirkungen – bis jetzt noch unbekannten – internationalen Skandal aus. Umberto Saluzzo nämlich, sofort die Lage überblickend, daß er hier keinerlei Chancen mehr besaß, hatte Verbindungen spielen lassen, bohrte einen heißen Pfahl ins Fleisch jugoslawischer Vaterlandsliebe. Er sagte aus, daß einer der ›Zwischenverkäufer‹ ein gewisser Milan Osijek sei, Mitglied des Volskrates in Belgrad und Präsident der Anwaltskammer in Zagreb. Außerdem ein alter Partisan und Duzfreund von Marschall Tito.

Die Sensation war vollkommen. Ein Telefongespräch, ganz vorsichtig und harmlos, bestätigte, daß ein Milan Osijek tatsächlich im Volksrat saß und ein bekannter Rechtsanwalt war.

»Eine schöne Schweinerei, Genossen«, sagte der verhörende politische Kommissar, als man Saluzzo wieder abgeführt hatte. »Wie soll man jetzt weiter ermitteln, ohne nicht den eigenen Hals in die Schlinge zu legen? Stellen Sie sich vor, Genossen, man muß hingehen zu Marschall Tito und ihm sagen: ›Ihr Freund Milan ist ein schönes Früchtchen. Mit Mädchen handelt er!‹«

Die anderen Polizeioffiziere schwiegen. Sie konnten es sich nicht vorstellen. So etwas hatte man nicht eingeplant.

»Aber es muß doch etwas geschehen, Genosse!« sagte der Polizeichef von Ulcinj. »Wir haben sie nun mal alle verhaftet. Und sie werden nicht schweigen, sondern protestieren. Vor allem der Deutsche! Ein Journalist ist er. Durch die ganze Presse wird es gehen.«

»Man sollte einmal mit dem Deutschen sprechen.« Der politische Kommissar malte nervös Kreise und Winkel auf seine Schreibunterlage. »Was ist eigentlich passiert? Sehen wir es uns genau an, Genossen. Eine Privatjacht hat keinen Brennstoff mehr, wird abgeschleppt, kommt nach Ulcinj... weiter nichts. Es kann also gar keine Rede sein von illegaler Einwanderung oder dergleichen Blödsinn. Man tankt die Jacht wieder auf, und die fährt davon. Basta!«

»Und die Mädchen?« fragte der Hafenkommandant.

»Die werden nach Dubrovnik gebracht und mit dem nächsten Schiff nach Bari geschickt. Saluzzo ist italienischer Staatsangehöriger; wenn sie Klagen haben, geht das Italien etwas an, nicht uns. Wozu Verwicklungen, Genossen? Man hätte das in Ulcinj auch selbst überblicken können, ohne Titograd zu belästigen. Wir handeln korrekt, wir schieben die Mädchen in die Heimatländer ab. Was will man mehr?«

»Und der Deutsche mit seiner Braut? Sie wollen nach Sarajewo.«

»Sollen sie!«

»Diese Claudia hat keinen Paß.«

»Dann fährt sie zurück nach Italien mit den anderen. Wozu diese Aufregungen? Es ist doch alles so einfach.«

Es zeigte sich, daß die Kommissare aus Titograd wirklich Fachleute waren. In Gruppen wurden die Inhaftierten aus dem Hotel entlassen. Zuerst Frank Hellberg und Claudia Torgiano.

Man war sehr höflich zu ihnen, entschuldigte sich und sagte dann:

»Sie werden heute noch nach Dubrovnik gebracht und fahren mit dem Fährschiff zurück nach Bari. Ohne Paß geht es leider nicht. Bitte, haben Sie Verständnis dafür.«

Hellberg versuchte gar nicht zu handeln. Dubrovnik, dachte er. Sind wir erst einmal dort, wird es auch leicht sein, nach Sarajewo zu kommen. Die Hauptsache ist, wir sind keine Gefangenen mehr.

Eine Stunde später saßen sie in Begleitung eines Polizisten in Zivil in dem klapprigen Omnibus, der die Küstenstraße entlang fuhr über Bar-Budva-Zelenika nach Dubrovnik. Was mit Saluzzo und seinen Männern geschehen war, hatte man ihm nicht gesagt, auch von den Mädchen und Juanita Escorbal konnte er sich nicht verabschieden. Sie standen noch unter Bewachung und hockten in ihren Hotelzimmern. Aber einen Brief hinterließ Hellberg mit seiner deutschen Adresse und der Bitte, sich zu melden, wenn Juanita wieder Spanien erreicht hatte. Ob sie den Brief jemals bekam, wer wußte es?

Frank Hellberg hörte jedenfalls nie mehr etwas von Juanita Escorbal. Und auch von Umberto Saluzzo nicht.

Der Bus war überfüllt. Hellberg und Claudia erhielten nur deshalb einen Fensterplatz, weil der begleitende Polizist zwei Bauern einfach von den Sitzen zog und in den Gang stieß. Es gab ein großes Geschrei, der Fahrer kam herangelaufen, einen dicken Schraubenschlüssel in der Faust. Aber dann erkannte er den Polizisten, grinste verlegen, tippte an die Mütze und ging zurück zum Fahrersitz. Vor dem Bus brüllte der Schaffner zwei Frauen in schwarzen Kopftüchern an, weil sie geflochtene Körbe mitnehmen wollten, aus denen gackernd Hühnerköpfe heraussahen. Als der Bus endlich fuhr, saßen alle drin wie in einer Kiste zusammengepreßte Heringe. Es roch nach Knoblauch und Schweiß, gesäuertem Kohl und Slibowitz.

Fröhlich hupte der Fahrer zum Abschied von Ulcinj, dann ratterte er aus der Fischerstadt, schob die Kappe in den Nakken und konzentrierte sich auf die enge Straße.

Eine Kontrolle der Geschwindigkeit gab es nicht, der Tachometer auf dem Armaturenbrett war kaputt. Auch die anderen Instrumente, ohne Glas, versagten. Doch was tat's?

Wenn der Motor spuckte, war es zu schnell, und blieb der Bus stehen, fehlte Benzin – es war eine einfache Regel.

Drei Stunden fuhren sie die Steilküste entlang; über Haarnadelkurven, bei denen sich Claudia ängstlich an Frank klammerte, denn mehr als einmal war es, als stürze der Bus in die Tiefe. Dann kam wieder eine Station, meistens ein Gasthaus in einem der gottverlassenen Dörfer. Fahrer, Schaffner und der Polizist stiegen aus, und wenn sie zurückkamen, roch der Bus noch stärker nach Slibowitz, und die Stimmung stieg.

Eselskarawanen kamen ihnen entgegen. Am Straßenrand kampierten Zigeunerfamilien, mit primitiven Zelten, über dem offenen Feuer Hühner bratend. Vor den Dörfern überholten sie Frauen, die Riesenlasten auf dem Kopf trugen. Ballen und Körbe, Tonkrüge und sogar Kisten.

Vor jeder Serpentine und scharfen Kurve ging ein Zucken des Erschreckens durch die Reisenden: Der Fahrer drückte auf die Preßluftfanfaren und raste schleudernd und mit einem Höllenlärm um die Felsen. Der Polizist neben Hellberg wickelte ein Butterbrot aus und begann zu essen. Salami, die scharf nach Knoblauch roch, und ein Stück Käse, dessen Duft durch den vollen, heißen Wagen zog wie eine klebrige Masse. Irgendwo würgte eine Frau und übergab sich in eine Tüte, die der Schaffner im Laufschritt heranbrachte. Der Polizist grinste und bot auf der Messerspitze Hellberg ein Stück des radikalen Käses an.

»Danke«, sagte Hellberg und schluckte krampfhaft. »Nein, danke.«

Kurz vor der uralten Stadt Kotor mit ihren Befestigungen, den fjordähnlichen Meeresengen und den unheimlich steilen, hohen Bergen ringsum drückte der Fahrer mehrmals auf seine höllische Preßluftfanfare.

Vor ihnen, auf der Straße, lief gemütlich ein Esel. Er sah sich um, wackelte mit den Ohren, hob den Schwanz und lief dann weiter, ohne sich um den Lärm der Hupe zu kümmern.

An den Fenstern klebten die Gesichter der Reisenden, schadenfroh und fröhlich.

»Immer langsam, Freundchen!« rief jemand.

Und ein anderer: »Es ist seine Straße. Kann man's ihm übelnehmen?«

Behutsam fuhr der Bus hinter dem trottenden Esel her. Als das Tier endlich abbog in einen Feldweg, klatschten die Reisenden Beifall, der Bus heulte auf und rasselte die Serpentinen hinunter zur Fähre, die über einen der Fjorde nach Kotor fährt. Aus zwei Fischerbooten war sie zusammengesetzt, und als der voll beladene Bus darauf rollte, sank sie so tief ein, daß das Wasser über die Seiten schwappte.

Claudia umklammerte wieder den Arm Franks.

»Sie sinkt...« stammelte sie. »Wir werden alle ertrinken!«

Aber nichts geschah. Tuckernd überquerte man die Meerenge, legte auf der Seite von Kotor an, und als sie in die uralte Stadt einfuhren, war es fast ein Triumphzug, denn alle winkten ihnen zu.

Es war später Nachmittag, als sie die letzte Strecke zwischen Hercegnovi und Dubrovnik befuhren. Noch einmal gab es einen Aufenthalt von einer halben Stunde, weil ein Erdrutsch die Straße verschüttet hatte. Große Felsbrocken lagen auf der Fahrbahn. Kritisch starrte Hellberg die steilen Hänge hinauf. Wenn sich dort wieder ein Teil der Felsen löst, dachte er, sind wir in Sekunden zermalmt und begraben.

Aber auch dieses Hindernis wurde überwunden. Alle stiegen aus, und unter dem Kommando des Polizisten und des dreiviertel betrunkenen und nach Slibowitz weithin duftenden Schaffners schleppte man die Felsbrocken zur Seite und rollte sie einfach ins Tal. Wohin sie stürzten... wen kümmerte es? So etwas ist ein Naturereignis. Man muß ihm aus dem Weg gehen...

»Eine schöne Fahrt!« sagte der Polizist, als man durch die ersten Vororte Dubrovniks rollte, vorbei an den stillen Villen in den herrlichen Gärten. »Ist es nicht ein schönes Land, Freunde?«

Hellberg verstand ihn nicht, aber nickte zustimmend, denn zu allem ja zu sagen, war jetzt das beste.

Der Bus hielt mit kreischenden Bremsen vor dem Stadion-Hotel in Dubrovnik. Die Reisenden quollen auf das heiße Pflaster, um den Heck-Kofferraum versammelten sich schimpfende Gruppen, denn das Gepäck wurde einfach auf die Straße geworfen, auch wenn einige schrien: »Vorsicht, Brüder! Glas ist drin! Glas! Gebt doch acht, Genossen!«

Der Polizist sah Hellberg und Claudia aus umflorten Augen an und rülpste. Er war müde, hatte Durst und sehnte sich nach einem gebratenen Hühnchen. Sein Auftrag war klar: Ablieferung der beiden Fremden am Hafen. Hinweis auf das Fährschiff. Rückkehr mit dem Bus am nächsten Morgen. Konnte da noch etwas schiefgehen?

Er winkte, ging mit staksigen Beinen voraus bis zur nächsten Mole, zeigte hinüber zum Hafen und auf die Schiffe und sagte:

»Italia! Navigare! Prego! Subito...« Dann grüßte er, lächelte Claudia an, machte eine scharfe Kehrtwendung und ging, leicht schwankend, zum Bus zurück.

Auftrag erfüllt! Es lebe der Abend in Dubrovnik.

Sprachlos sah Frank Hellberg ihm nach. Es dauerte lange, bis er begriff, daß nun alles erledigt war, daß sie nicht mehr bewacht wurden, daß sie lediglich den Befehl bekommen hatten, auf das Fährschiff nach Bari zu gehen.

»Wir sind frei, Frank«, sagte Claudia leise. Trotz der Abendhitze war ihre Hand kalt, als sie nach ihm tastete. »Wir sind keine Gefangenen mehr.«

»Komm!« Hellberg faßte sie fest an der Hand. »Weg von hier. Zum Hafen! So schnell wie möglich weg, ehe er es sich anders überlegt oder wieder nüchtern wird.«

Wie Kinder rannten sie die Uferstraße entlang, bis sie den Bus nicht mehr sahen, sondern nur noch die schlanken, weißen Leiber der Jachten und Segelboote und die in der Abendsonne blitzenden Scheiben des Hotels ›Petka‹. An den Molen der Fährschiffe herrschte reger Betrieb. Ein Ersatzschiff für die ›Sveti Stefan‹ und die ›Budva‹ wurde beladen. Am Quai wartete die lange Wagenreihe auf die Freigabe der Fahrt in den hohen Leib des Schiffes.

»Haußmanns werden längst in Sarajewo sein«, sagte Hellberg. Er saß auf einem Stapel Rundstämme und blickte hinüber zum Hotel Petka. »Wie ich Herrn Haußmann kenne, hat er eine Nachricht hinterlassen. Aber wo? Wir sollten einmal alle Hotels abgehen. Vielleicht haben wir Glück.«

Und sie hatten Glück, schon beim ersten Fragen. Der Chefportier des Hotels Petka, der ein wenig deutsch sprach, begrüßte Hellberg wie einen alten Freund, als dieser seinen Namen nannte und nach Karl Haußmann fragte.

»Ein Brief für Sie, mein Herr!« rief der Chauffeur. »Gestern sind die Herrschaften abgefahren. Liebe Menschen, liebe Menschen! So großzügig...«

Hellberg verstand. Er schob einen Zwanzig-Mark-Schein unter einen Hotelprospekt und riß den Brief auf. Der Chefportier schob unterdessen den Prospekt weg, zerknüllte ihn und trug ihn zur Seite. Sauberkeit ist alles!

Hellberg und Claudia setzten sich in die Ledersessel der Hotelhalle und lasen den Brief Haußmanns. Er war kurz, in großer Eile geschrieben.

»...wir fahren jetzt gleich nach Sarajewo. In unserer Begleitung ist ein Lord Rockpourth. Wir müssen uns um ihn kümmern. Lord R. hat in Sarajewo Zimmer bestellt. Wir wohnen im Hotel Europa. Werden auch für Sie und Claudia Zimmer reservieren. Lord R. kann anscheinend alles. In größter Eile herzlichst   Haußmann...«

Hellberg faltete den Brief zusammen und steckte ihn ein. Dann ging er zurück zur Theke der Rezeption. Der Chefportier glänzte ihn an wie ein Liebhaber seine Geliebte.

»Mein Herr...?«

»Wie kommt man am schnellsten nach Sarajewo?« fragte Hellberg.

»Am schnellsten mit dem Auto, am sichersten mit dem

Zug. Ich würde den Zug empfehlen. Abfahrt 8.30 Uhr, Ankunft gegen 21 Uhr... genau weiß man das nicht. Es gibt da viele unvorhergesehene Dinge...«

»Zum Beispiel Erdrutsche.«

»Auch, mein Herr.«

»Ein Esel auf den Schienen...«

»Kommt alles vor.« Der Chefportier grinste breit. »Soll ich zwei Karten besorgen lassen? Auch Geld können Sie bei mir wechseln, mein Herr. Bei mir können Sie alles haben.«

Hellberg nickte. Er gab dem Portier fünfhundert deutsche Mark und wußte, daß er sich bis morgen früh um nichts mehr zu kümmern brauchte. Zwei Zimmer, das Abendessen, das Frühstück, die Fahrkarten, die eingewechselten Dinare... alles würde bereit sein.

»Morgen sind wir endlich, endlich in Sarajewo«, sagte er, als er zurück zu Claudia kam, die noch immer in dem Ledersessel saß. Sie sah bleich aus. Die schönen, glänzenden Augen lagen tief in den Höhlen. »Morgen stehen wir vor dem Haus deines Wunderdoktors, mein Liebling, und übermorgen kannst du die ersten Kapseln nehmen.«

»Und ich werde gesund«, sagte Claudia ganz leise und legte das Gesicht auf Franks Hände. So viel Zärtlichkeit und Glaube war in dieser Geste, daß Hellbergs Herz bis zum Halse schlug.

Mein Gott, dachte er, was wird bloß, wenn auch HTS nicht hilft? Wenn dieses Mittel nur eines der vielen Wundermittel ist, die eine gewissenlose Propaganda emporhebt in den Himmel, um dann die Hoffenden in die tiefste Hölle stürzen zu lassen? Rennen wir nicht mit offenen Augen einem Phantom nach? Alle, die sich mit dem Krebsproblem beschäftigen, alle Ärzte in aller Welt sagen: Es gibt kein Allheilmittel gegen den Krebs. Wer das behauptet, ist ein Betrüger. Wie kann es ein Mittel gegen eine Krankheit geben, von der man noch nicht einmal weiß, wie sie entsteht?

»Ich bin müde, Frank«, sagte Claudia leise. »So müde,

Liebling... Wenn du nicht bei mir wärst, ich hätte es schon längst aufgegeben...«

Später saß Hellberg auf dem Balkon seines Zimmers und sah hinaus in die warme Nacht und über das Lichtermeer von Dubrovnik. Nebenan schlief Claudia, mit einem Lächeln auf den Lippen, wie ein beschenktes Kind.

Vom Chefportier hatte er zwei neue englische Zeitungen bekommen. In beiden stand ein Artikel über das HTS des Dr. Zeijnilagic in Sarajewo.

»Schwindel oder Rettung für Millionen?«
»Ärzte warnen: Es gibt kein ›Wundermittel‹!«
»Gutachterkommission fordert: Verbot für HTS!«

Hellberg hatte die Zeitungen auf den Kleiderschrank gelegt, damit Claudia sie nicht fand, wenn sie am Morgen zu ihm kommen würde.

Der Kampf hat begonnen, dachte er. Die Experten zerfleischen sich bereits. Neid und Unwissenheit, Borniertheit und Hochmütigkeit fallen wieder übereinander her. Leidtragende sind die Kranken, denen niemand mehr hilft. Aber wen kümmert das? Das ›wissenschaftliche Gesicht‹ der Experten ist wichtiger.

Morgen werden auch wir in Sarajewo sein. Wie Hunderte vor uns werden wir am Haus auf der Straße und im Treppenhaus des Dr. Zeijnilagic Schlange stehen und um 20 Kapseln HTS bitten. Auch wenn es ein Verbrechen ist, wie die Gegner schreiben.

Ist Hoffnung ein Verbrechen?

Aus dem Hafen lief das Fährschiff nach Bari aus.

Morgen früh würde es an der Molo Foraneo anlegen, und vierzig, fünfzig Augen würden es anstarren und die Hände falten.

Das Schiff der Hoffnung.

Solange es Hoffnung gibt, ist der Mensch nie allein.

Das Alleinsein aber ist die erste Stufe des Todes...

Die beiden Wagen quälten sich durch Staub und aufwirbelnde Steine die bergige Straße hinauf. Die Felsen links und rechts waren fast kahl, von der Sonne ausgeglüht. Vereinzelt sah man Dächer, Ansammlungen grauer, aus Felsgestein gebauter Häuser – einsame Dörfer, zu denen nur enge Pfade führten.

Man fragte sich, wovon diese Menschen dort lebten, ob sie Steine aßen und aus hartem Gras Kuchen backten. So öde war das Land, so steinig und hart der Boden, daß man verstand, warum die Frauen in schwarzen Kleidern gingen. Sie trauerten darum, daß sie lebten.

Nach drei Stunden Fahrt hielt der schwere Rolls Lord Rockpourths zum viertenmal. Aber diesmal war es nicht der Durst, sondern der Chauffeur stieg aus dem Wagen, nahm die Mütze ab und sagte in steifer, britischer Art:

»Mylord, wir haben eine Panne. Ich glaube, ein Zylinder fällt aus.«

Haußmann bremste scharf, denn der Wagen Lord Rockpourths war unmittelbar hinter einer Kurve stehengeblieben, und um ein Haar wäre Haußmann aufgeprallt.

»Kreuzdonnerwetter!« schrie er. »Was ist denn? Wenn das so dauernd weitergeht, sind wir erst Weihnachten in Sarajewo!«

»Karli...« sagte Erika sanft und legte beruhigend ihre Hand auf seinen Arm. Seit einer Stunde verfiel sie zusehends. So jung und frisch sie bei der Abfahrt am Morgen von Dubrovnik ausgesehen hatte, so erschreckend alt wirkte sie jetzt. Sie lag halb auf den Hintersitzen, hatte das Kleid geöffnet, ihre Haut wirkte fahl und grau, und der seidige Glanz ihrer rotbraunen Haare war verschwunden. Stumpf und leblos war das Haar.

»Reg dich nicht auf«, sagte sie mit mühsam fester Stimme. »Er ist doch schwer krank...«

»Was geht mich der Lord an?« rief Haußmann und drückte mehrmals auf die Hupe. »*Dich* bringe ich nach Sarajewo, nicht ihn! Um dich geht es, verdammt noch mal!« Er beugte sich über die Lehne und streichelte Erika über das graue Gesicht. »Wie geht es dir denn, Rika? Wieder Schmerzen?«

»Ein wenig.« Sie lächelte krampfhaft und nickte ihm zu. »Aber es geht schon. Man kann sie ertragen. Ich nehme gleich eine Tablette.«

Marion stieg aus dem großen Rolls und kam auf Haußmanns Mercedes zu. Ihr wiegender Gang war aufreizend und provozierend. Neben dem Rolls verhandelten der junge Lord und der Chauffeur.

»Sie sollten Ihrem Patienten einen Schlauch ansetzen, wenn er dauernd Durst hat!« rief Haußmann aus dem heruntergekurbelten Fenster. »Himmel, wann sollen wir denn in Sarajewo sein?«

»Heute nicht mehr.« Marion hob die schönen Schultern. »Ein Zylinder ist kaputt! Der Wagen läuft nicht mehr.«

»So ist Blödsinn! Hat acht Zylinder. Auf sieben Pötten läuft der Kahn immer noch 100!« Haußmann stieg aus seinem Wagen und knallte die Tür zu. »Sollen wir hier Steinchen sammeln und Backe-backe-Kuchen spielen?«

»Der Chauffeur sagte, wenn er weiterfährt, überlastet er die anderen Zylinder so stark, daß am Ende der ganze Motor kaputt ist. Ein Rolls sei eben nicht für solche Straßen gebaut.«

»Es ist zum Heulen!« Haußmann ließ Marion stehen und lief zu dem jungen Lord. Er kam an, als der Chauffeur gerade zum letztenmal dargelegt hatte, daß er ein Auto, das er seit zehn Jahren wie einen eigenen Sohn pflegte, nicht zuschanden fahre.

»Es hat gar keinen Sinn, weiter darüber zu reden, Sir«, sagte der junge Lord Robert. »Der Wagen muß abgeschleppt werden. Die nächste Stadt ist Mostar. Dort werden wir vielleicht ein Fahrzeug bekommen, das meinen Onkel weitertransportiert nach Sarajewo. Und wenn's ein Lastwagen ist.«

»Robert!« tönte eine zitternde Stimme aus dem Rolls. »Zum Teufel! Robert!«

»Er wacht immer zur unrichtigen Zeit auf«, sagte der junge Lord seufzend. »Ja, Onkel James?«

»Umladen!«

»Wohin?«

»In den Wagen von Mr. Haußmann. Ich hinten, die gnädige Frau vorn.«

»Aber Onkel James...«

»Ruhe! Ihr bleibt hier stehen und seht, wie ihr weiterkommt! Soll ich im Straßengraben verrecken? Das könnte euch so passen. Wie einen räudigen Hund mich sterben lassen. Ha! Umladen, sage ich!«

Der junge Lord sah Haußmann achselzuckend an. Er trat ein paar Schritte vom Wagen weg und winkte Haußmann, zu ihm zu kommen.

»Was sollen wir machen?« sagte er leise. »Ich kann Ihnen doch unmöglich Onkel James allein mitgeben. Parker und ich, wir kommen schon weiter. Aber Miß Marion? Doch das ist typisch mein Onkel. Er kennt keine Rücksichten.«

»Eines ist klar: Wir können nicht hier stehenbleiben«, sagte Haußmann. Er bezwang sich, nicht zu brüllen, obwohl ihm danach zumute war. »Ich *muß* nach Sarajewo. Meiner Frau geht es wieder schlechter. Sie hat Schmerzen. Sie muß sofort in ärztliche Behandlung. Ich kann es mir nicht leisten, auch nicht für Ihre lächerlichen 10000 Pfund, das Leben meiner Frau zu gefährden, nur weil Ihr Onkel einen Dickkopf hat.«

»Wenn nichts geschieht, das wissen Sie, schiebt er mir die Schuld zu und enterbt mich. Das Testament tragen Sie ja in der Brusttasche.«

»Wenn Sie wollen, zerreiße ich es und werfe es die Schlucht hinunter!« schrie Haußmann.

»Das ändert gar nichts.« Der junge Lord hob die Schultern. »Wir haben nun einmal eine Aufgabe übernommen, und es ist die Pflicht eines Gentleman, sie zu Ende zu führen. Ich nehme an, Sir, Sie *sind* ein Gentleman!«

Haußmann hatte eine unhöfliche, ja unschickliche Bemerkung auf den Lippen, aber er schluckte sie hinunter.

»Gut. Was soll geschehen?« fragte er heiser.

»Wir laden Onkel James wirklich um, und Sie fahren ihn nach Sarajewo. Parker, Miß Marion und ich werden uns bis Mostar durchschlagen und mit dem nächsten Gefährt nachkommen. Ich nehme an, daß auf dieser Straße mehr als zwei Autos am Tage fahren.«

»Bitte!« Haußmann hob resignierend die Schultern. »Laden wir um. Mir ist schon alles Wurscht. Wenn es nur schnell geht.«

Und es ging verhältnismäßig schnell. Parker, der Chauffeur, der junge Lord, Haußmann und Marion trugen Lord Rockpourth in Haußmanns Mercedes, betteten ihn auf die Hintersitze, stopften den Raum zur Rückenlehne der Vordersitze mit Kissen und Koffern aus, damit der Lord nicht herunterrollte in den Kurven oder beim scharfen Bremsen herumgeschleudert wurde, und dann saß Haußmann wieder hinter dem Steuer, fuhr mit verbissenem Gesicht an und reagierte nicht auf das Winken der Zurückbleibenden.

»Das war eine gute Idee«, sagte hinter ihm Lord Rockpourth und kicherte heiser. »Jetzt schwitzt der Junge Blut, denn er weiß nicht, was wir alles besprechen werden.«

Zehn Minuten später fiel er wieder in Lethargie. Erika stieß ihren Mann sachte an. »Er ist wieder starr«, flüsterte sie.

»Gott sei Dank, dann schweigt er wenigstens«, antwortete Karl böse.

Mit hoher Geschwindigkeit raste er die Bergstraße entlang und rauschte hupend um die engen Kurven.

Kurz vor Mostar stieß Erika einen so grellen Schrei aus, daß Haußmann zusammenzuckte und der Wagen fast geschleudert wäre. Erika krümmte sich vor Schmerzen, preßte die Hände auf den Leib, und ihr Gesicht war ein einziger, verzweifelter Aufschrei.

»Mein Leib!« stöhnte sie. »Karl... mein Leib... ich sterbe... o Karl, ich sterbe... Jetzt ist etwas gerissen... da drinnen... ich sterbe...«

Haußmann überlief es eiskalt. Er umklammerte das Lenkrad und stieß den Fuß auf dem Gaspedal ganz durch. Wie ein Irrer raste er über die Straße, die Hand auf der Hupe.

Mostar, dachte er dabei. Gleich haben wir Mostar erreicht. Einen Arzt! O Gott, einen Arzt!

Bitte, bitte einen Arzt!

Mit stierem Blick starrte er geradeaus. Der Wagen heulte, Häuser tauchten auf, Pferdefuhrwerke, Bauern mit Traglasten, Frauen, Kinder, Esel, Wohnwagen, Autos, Lastwagen, eine kleine Moschee, ein Minarett... vorbei, vorbei... hupen, Gas geben, hupen...

Aus dem Weg! Aus dem Weg!

Einen Arzt...

Wie ein Irrer raste er in Mostar ein. Neben ihm lag Erika verkrümmt auf dem Sitz, die Hände gegen den Bauch gepreßt, und stöhnte. Ihre bleichen Lippen zitterten, aber der Schmerz war so groß, daß sie nicht mehr schreien konnte. Verkrampft war ihr Gesicht, gelähmt der Mund. Nur der Atem ging durch die Zähne, und an den Lippen wurde er zum hellen Stöhnen.

Ein Polizist in weißer Uniform sprang entsetzt zurück, als er den hupenden, rasenden Wagen sah, der plötzlich bremste und auf ihn zuschleuderte.

»Hospital?« schrie Haußmann aus dem Fenster. »Ma femme... malade... pas de morde...« Mein Gott, was kommt es darauf an, ob's richtig ist. Erika stirbt... seht es doch... sie stirbt. »Un docteur...« schrie Haußmann. »Où est un docteur?«

Der Polizist wischte sich den Schweiß vom Gesicht. Dann sah er in den Wagen, blickte auf die verkrümmte, stöhnende Erika und auf den Lord, den er als eine Leiche ansah. Da riß er die Tür auf, drückte Haußmann weg zu seiner Frau, setzte sich selbst ans Steuer und fuhr, genau wie Haußmann hupend und unter Mißachtung aller Regeln, durch das winkelige, alte, von Menschen berstende Mostar.

Zehn Minuten später rollte Erka auf lautlosen dicken Gummirädern über den langen, weißen Flur des Krankenhauses von Mostar. Sie war besinnungslos aus dem Wagen gehoben worden, und vier Ärzte hatten sich sofort um sie gekümmert. Ein Oberarzt, der sogar Deutsch sprach, hatte nach der ersten Untersuchung, einem Abtasten des geschwollenen Leibes, kurz und knapp seine Anweisungen gegeben und wandte sich nun an Haußmann, der schweißüberströmt, zitternd und am Ende seiner Kräfte an der Wand lehnte. Der Polizist war unten beim Wagen und sah dem Transport von Lord Rockpourth zu, der zu seiner sprachlosen Verwunderung noch lebte.

»Wir werden Ihre Frau gleich operieren«, sagte der Oberarzt. »OP II ist gerade frei geworden. Sie haben Glück, mein Herr: Das ganze Team mit Professor Kraicic steht bereit. Haben Sie keine Angst, in zehn Minuten ist der Röntgenbefund fertig, und wir wissen, was es ist, obschon ich meiner Diagnose bereits jetzt sicher bin.«

»Ihre Diagnose...« Karl Haußmann schloß die Augen. »Nicht operieren«, sagte er leise. »Es ist ihr Tod... sie kann nicht operiert werden... es ist ja sinnlos... sie... sie ist doch inoperabel...«

»Was ist sie?« fragte der serbische Oberarzt. »Inoperabel? Wieso denn?«

»Sie hat Krebs«, stammelte Haußmann. »Unheilbaren Krebs! Wir wollten zu Dr. Zeijnilagic, nach Sarajewo zu dem HTS!«

»Krebs?« Der Oberarzt drückte das Kinn an. Dann sah er Haußmann nachdenklich an und hatte es plötzlich sehr eilig. »Professor Kraicic wird nachher mit Ihnen selbst sprechen. Entschuldigen Sie mich bitte...«

»Werden Sie operieren?« rief Haußmann ihm nach. Er hatte sich von der Wand abgestoßen und lief dem Oberarzt nach.

»Wenn es nötig ist... ja!«

Haußmann blieb stehen. Eine Wand aus Milchglas war vor ihm. Darauf in Schwarz eine Schrift. Er konnte die Worte nicht lesen, aber er wußte, was sie bedeuteten.

Eintritt verboten.
Der OP-Trakt.
Überall ist es so, ob in Gelsenkirchen oder in Mostar.

»Erika...« sagte er leise, deckte die Hand über die Augen und drückte die Stirn gegen die kalte Glasscheibe. »Erika... verlaß mich nicht... geh nicht weg... O Gott, mein Gott... laß sie leben...«

Eine Schwester mit großer, weißer Haube führte ihn weg in ein Zimmer und drückte ihn in einen Sessel aus geflochtenen Kunststoffschnüren. Karl Haußmann merkte es gar nicht; er stierte vor sich hin, hatte die Hände gefaltet und schien darauf zu warten, daß jemand ihn aus seiner Starrheit weckte mit den Worten: ›Es ist vorbei... wir konnten Ihre Frau nicht mehr retten...‹

Auf dem Gang war ein Kommen und Gehen. Weiße Kittel wehten an der offenen Tür des kleinen Zimmers vorbei, in dem Haußmann hockte. Ein Arzt sah kurz herein, aber er sprach Haußmann nicht an, sondern rannte wieder durch die Milchglastür in den OP-Trakt.

Wie lange Haußmann so dasaß, wußte er nicht. Er hatte jegliches Gefühl für Zeit verloren. Hätte man ihm gesagt: Sie sitzen zehn Stunden hier, er hätte es ebenso geglaubt wie eine halbe Stunde.

Die Luft wurde stickig im Zimmer. Die Hitze brütete auf den Dächern. Karl Haußmann lief der Schweiß über die Augen und das Gesicht. Aber er wischte ihn nicht ab, er saß nur da, starrte vor sich hin und wartete.

Wartete.
Und büßte ab.

Das Fegefeuer kann nicht grausamer sein, dachte er einmal. Ja, ich habe Erika betrogen... nicht nur mit Marion Gronau. Verdammt, ich gestehe es: Ich habe sie mehrmals betrogen. Mit einer Kellnerin vom Clublokal des Gesangsvereins. Mit der Buchhalterin der befreundeten Firma Meyering & Co. und mit einer Platzanweiserin im Kino. Abenteuer waren es, weiter nichts, aber es war Betrug. Es waren

Gemeinheiten angesichts der Liebe Erikas und ihres Vertrauens zu mir.

Ich bin ein schlechter Mensch. Ich weiß es. Aber sie hat es nicht verdient, so zu sterben, auf einem OP-Tisch in Mostar...

Haußmann sprang auf. Er lief aus dem Zimmer und prallte auf dem Flur gegen einen älteren Arzt, der gerade aus der Milchglastür kam.

»Erika!« rief Haußmann, und man sah ihm an, daß er gar nicht wußte, was er rief und was er tat. »Sie dürfen dich doch gar nicht operieren...!«

»Beruhigen Sie sich«, sagte der ältere Arzt in fließendem Deutsch. »Kommen Sie mit, ich habe mit Ihnen zu reden!«

Er nahm Haußmann an der Hand wie ein verirrtes Kind und zog ihn zurück in das kleine Zimmer. Dort ließ er ihn am Fenster stehen, schloß die Tür und knöpfte seinen weißen Kittel auf. »Ich glaube, man sollte Sie gründlicher behandeln als Ihre Frau! In was reden Sie sich da hinein?«

Karl Haußmann wischte sich über das schweißnasse Gesicht. Wie aus einem quälenden Traum erwachte er, und was er bisher wie durch Nebelwände gesehen hatte, wurde klar um ihn. Er wandte sich um, riß das Fenster auf und atmete die einströmende warme Luft ein, als sei sie wundervoller, kühler Gebirgsozon. Dann drehte er sich zurück ins Zimmer und riß sich den Kragen auf.

»Wer sind Sie?« fragte er heiser.

»Kraicic«, sagte der ältere Arzt.

»Professor Kraicic...« Haußmann hob wie flehend beide Hände. »Was ist mit meiner Frau? Bitte, sagen Sie mir die Wahrheit. Lebt sie noch? Sie haben sie nicht operiert, nicht wahr? Sie ist doch inoperabel, wie die Ärzte sagen. Kann... kann ich sie sehen...?«

Professor Kraicic griff in die Hosentasche, holte eine Packung Orientzigaretten heraus und hielt sie Haußmann hin. Karl schüttelte den Kopf. Der Professor steckte sich eine der goldgelben Zigaretten an.

»Ihre Frau wird gerade operiert«, sagte er. »Oberarzt Dr.

Dravo macht es allein mit drei Assistenten. Ich brauchte nicht einzugreifen. So etwas ist Routine.«

»Natürlich, natürlich...« stotterte Haußmann hilflos. »Routine. Es sterben ja so viele...«

»Wer redet hier von Sterben?« Professor Kraicic setzte sich und sah Haußmann ein wenig reserviert an. »Woher kommen Sie?«

»Aus Gelsenkirchen, Herr Professor. Eine Industriestadt in Deutschland... Ruhrgebiet...«

»Ich kenne Deutschland. Ich habe als kriegsgefangener Militärarzt vier Jahre in Duisburg gearbeitet.«

»Ach so«, sagte Haußmann. »Jaja, der Krieg...«

Erika ist nicht tot, dachte er dabei. Sie ist *noch nicht* tot...

»Wer hat Ihre Frau dort untersucht?« fragte Professor Kraicic.

»Unser Hausarzt.«

»Mit Röntgenkontrolle?«

»Ich weiß nicht.« Haußmann sah zu Boden. Er schämte sich. Nie hatte er sich um die Krankheit seiner Frau gekümmert. »Deine Nerven«, hatte er immer gesagt. Oder: »Nun fang bitte nicht wieder an, hysterisch zu werden!« Er hatte sie nie gefragt, was der Arzt festgestellt hatte. Und hätte sie es ihm gesagt, würde er sicherlich geantwortet haben: »Diese Ärzte! Gnädige Frau hinten, gnädige Frau vorn, und dann 100,– DM für die Beratung. So was kennt man. Was dir fehlt, ist Arbeit. Du hast zuviel Langeweile. Früher, als wir von morgens sieben bis in die Nacht arbeiteten, da hattest du keine Zeit für Wehwehchen...«

»Ich weiß es nicht«, sagte Haußmann leise. »Erika sprach nie darüber.«

»Und wer hat die Krebsdiagnose gestellt?«

»Dr. Borgoporte in Rimini und Dr. Tezza in Capistrello.«

»Mit Röntgen?«

»Ja. Ich habe die Aufnahmen selbst gesehen.« Haußmanns Stimme zitterte. »Die dicke Verschattung im Leib... die... die Krebsgeschwulst...«

»Ach!« Professor Kraicic zerdrückte die halb geraucht Zigarette. »Und was wurde getan?«

»Dr. Borgoporte riet mir, sofort nach Hause zu fahren, in eine gute Klinik. Zur Kontroll-Diagnose. Er hält Erikas Geschwulst für inoperabel.«

»Und warum sind Sie nicht gefahren?«

»Ich hörte von diesem Dr. Tezza...« sagte Haußmann, und wieder schämte er sich. »Er... er galt als eine Art Wunderdoktor.«

»Und Sie haben daran geglaubt?«

»Würden Sie nicht an Wunder glauben, wenn Ihnen jemand sagt, die normale Medizin ist am Ende ihres Wissens?« rief Haußmann verzweifelt.

»Nein!« Professor Kraicic sagte es ganz hart. »In der Medizin gibt es kein Ende. Täglich entwickelt sie sich weiter. Aber ohne Wunder. Durch Wissen und Können.«

»Darauf hoffte ich ja!« stöhnte Haußmann.

»Dieser Tezza war ein Schwindler, nehme ich an?«

»Ja. Ein Erzgauner. Gott sei Dank merkten wir das zeitig.«

»Und dann hörten Sie von unserem Kollegen Dr. Zeijnilagic in Sarajewo. Von seinem HTS. Und es gab für Sie nur eins: Hin nach Sarajewo. Wie die Kühe, die einem Leittier nachtrotten, und wenn's in den Abgrund geht.«

Haußmann nickte müde. Er wurde von Professor Kraicic seelisch zerpflückt, moralisch so ausgezogen, daß er sich wirklich wie nackt und angespuckt vorkam.

»In allen Zeitungen stand, daß dieses HTS große Heilerfolge hat. Warum fahren Tausende nach Sarajewo?«

»Warum zogen Millionen singend in den Krieg? Es ist das alte Rätsel, Herr Haußmann: Glaube an unbewiesene Dinge und Massenwahn.«

»Sie glauben nicht an das HTS?«

»Es ist noch nichts bewiesen! Es liegen keine klinischen Berichte vor, keine Forschungsreihen über Jahre hinweg, man hat ein paar Spontanheilungen in der Hand, aber in der Medizin ist man bei diesen Spontanheilungen sehr kritisch.«

»Dann ist also auch Dr. Zeijnilagic ein Schwindler?« stotterte Haußmann.

»Aber nein! Nein! Kollege Zeijnilagic ist ein ernsthafter Arzt und Forscher, der in jahrelanger Arbeit sein HTS entwickelt hat und ohne staatliche oder kommerzielle Hilfe, nur mit seinem eigenen Geld, einen Traum der Menschheit Wahrheit werden lassen will: den Sieg über den Krebs. Ob ihm das mit seinem HTS gelungen ist, wer weiß es? Das ist eben das Problem: Wir *wissen* es noch nicht. Wir hoffen wie Millionen Kranke. Aber in der Medizin gilt keine Hoffnung. Medizin ist eine exakte Wissenschaft. Experimente gehören in das Labor, die Arbeit am Menschen verlangt Realitäten. Das ist ein großer, menschlich verständlicher Fehler Dr. Zeijnilagics: Er ist zu früh an die Öffentlichkeit getreten. Jetzt haben wir die Aufregung der ganzen Welt über uns; die Kranken – wie Sie – pilgern nach Sarajewo, als sei es das Mekka der Medizin, und dabei ist es nur ein kleiner Brunnen, an dem man sich erfrischen kann.«

»Das sagen Sie alles so schön, Herr Professor.« Karl Haußmann sah aus dem Fenster. Jenseits der Mauer, die das Krankenhaus von der Straße abschirmte, brauste der Verkehr Mostars. Alte Busse, Autos, Eselskarren, Handwagen, ein Gewimmel von Menschen mit roten, runden Käppchen auf den Köpfen. Ein Hauch von Orient. Jetzt blickte er den Arzt an:

»Man hat Ihnen noch nicht gesagt, daß Ihre Frau inoperabel ist...«

»Nein!« erwiderte Professor Kraicic und hob seine schmalen langen Hände. »Meine Frau starb vor drei Jahren an einem Mammakarzinom.«

»Verzeihung...« sagte Haußmann leise. Und er kam sich zum drittenmal elend und beschämt vor.

Der Professor erhob sich. »Kommen Sie bitte mit«, sagte er. »Ich möchte Ihnen etwas zeigen.«

Sie gingen zusammen durch die große Milchglastür, auf der Eintritt verboten stand. Auf dem gekachelten Gang der OP-Station war es still und kühl. Ein Klimagerät arbeitete lautlos. Über einer Doppeltür mit Gummidichtungen brannte einsam ein kleines rotes Lämpchen.

Ruhe! Operation.

Erika...

Haußmann blieb stehen und starrte hinauf zu der kleinen roten Birne.

Verzeih mir, dachte er. Verzeih mir alles, Rika. Nun ist es zu spät für uns, ein völlig anderes Leben zu beginnen, aber du sollst wissen, wie leid mir alles tut...

»Kommen Sie!« sagte Professor Kraicic sanft. Haußmann blieb stehen, rührte sich nicht.

»Was machen sie jetzt mit Erika?« fragte er dumpf.

»Sie operieren. Wenn alles glatt verläuft, ist Dr. Dravo jetzt dabei, die Bauchhöhle auszuräumen.«

»Die Bauchhöhle...« Haußmann schwindelte es. Er lehnte sich gegen die gekachelte Wand und schloß die Augen. Wie ein rasender Kreisel kam er sich vor. »Aber es ist doch sinnlos, Herr Professor.«

Er wußte später nicht, wie er weitergegangen und in das Zimmer gekommen war. Plötzlich stand er vor einer matt schimmernden Leuchtwand, in die man drei große Röntgenbilder geschoben hatte. Die Bauchhöhle Erikas, von drei Seiten fotografiert, und in ihr, ganz deutlich zu sehen, die große, fast runde Verschattung. Ein Klumpen wie aus Wasser, von einem Ballon umgeben. Das große Auge des Todes...

Haußmann nickte. Sein Herz schmerzte, als sei es in Fetzen gerissen.

»Ja«, sagte er langsam. »So ist es. So war es auch auf dem Bild von Dr. Borgoporte.«

»Diese Aufnahmen in drei Ebenen haben uns veranlaßt, sofort zu operieren«, sagte Professor Kraicic und knipste das Licht der Leuchtwand wieder aus. »In drei Wochen können Sie Ihre Frau zur Erholung ans Meer mitnehmen. Nach Hvar oder Krk.«

Haußmann schluckte. Dann wurden ihm die Beine weich,

er setzte sich, und in seinem Kopf brummte es wie ein riesiger Hummelschwarm.

»In... drei... Wochen...« stotterte er. »Gesund...?«
»Ja.«
»Durch Operation?«
»Ja.«
»Dann... dann ist es kein Krebs?«
Ein Aufschrei war es. Ein Schrei, der hell durch den großen Raum gellte.
»Nein!« sagte Professor Kraicic fest. »Es war kein Krebs!«
»Aber... das Röntgenbild...«
»Es zeigt ein subseröses Myom an der Oberfläche des Uterus. Myome sind kein Anlaß zur Panik. Sie sind selten bösartig und entwickeln sich nur vereinzelt zu Sarkomen. Ihre Gutartigkeit steht im umgekehrten Verhältnis zu ihrer gefährlichen Demonstration. Starke, wehenartige Schmerzen, Druckerscheinungen auf die Nachbarorgane, unregelmäßige Blutungen... das alles können auch Anzeichen eines Karzinoms sein. Nur: Bei einer histologischen Untersuchung und ein wenig Kenntnis vom Röntgenbildlesen erkennt man ein Myom sofort.« Professor Kraicic lächelte, als er Haußmanns entgeistertes Gesicht sah. »Ja, so ist das. Nehmen wir an, Sie hätten ohne Zwischenfälle Sarajewo erreicht, man hätte Ihnen das HTS gegeben, Ihre Frau hätte die Kapseln genommen und das Myom – Myome tun das gern! – wäre nach einiger Zeit verschwunden, was vor allem in der Menopause sich vollzieht, denn dieses Muskelknotenwachstum ist an die ovarielle Funktion geknüpft: Was wäre dann gewesen? Ein neues Wunder einer Wundermedizin HTS! Unheilbarer Krebs besiegt! Inoperable Frau gerettet! Die Zeitungen hätten sich überschlagen. Und was war es in Wahrheit? Ein gutartiger Tumor, dessen Entstehung zwar bis heute nicht geklärt ist, der aber alle Schrecken verloren hat.« Professor Kraicic lachte befreit. »Sehen Sie... so entstehen Wunder.«

Haußmann nickte. Noch glaubte er nicht, was er da hörte. Noch war alles so erschreckend einfach, so lächerlich normal.

Es war wie das Erwachen aus einem Alptraum, in den man sich hineingewühlt hatte, und nun erwacht man und sieht, daß die Sonne scheint und die Blumen blühen.

»Erika ist gar nicht todkrank?« sagte er kaum hörbar.

»Nein.« Professor Kraicic schüttelte energisch den Kopf. »Um alle späteren Komplikationen zu vermeiden, eben die Bildung eines Karzinoms, machte Dr. Dravo jetzt eine abdominale Uterusexstirpation. Kinder wollen Sie ja nicht mehr...«

»Nein, nein«, stammelte Haußmann. »Unsere Kinder sind schon groß... erwachsen...«

»Dann sehe ich keinerlei Anlaß zur Sorge.« Der Professor ging auf Karl zu und klopfte ihm freundschaftlich und ermutigend auf die Schulter. Nichts ist für einen Mann tröstender als solch ein Schulterklopfen. »Ihre Frau wird wieder völlig gesund, und ich wünsche Ihnen, daß Sie beide über hundert Jahre alt werden... übrigens bei uns in den Bergen gar keine Seltenheit!«

Während im OP ein gut eingearbeitetes Ärzteteam unter Leitung von Oberarzt Dr. Dravo das Myom entfernte, bemühten sich zwei Ärzte um die lebende Mumie, die in einem kleinen Zimmer neben der Aufnahme auf der Trage lag, mit wachen Augen alles aufnahm, sich aber weder rühren noch sprechen konnte.

Ratlos standen die Ärzte um das mit Haut überzogene Gerippe, bis Professor Kraicic kam. Karl Haußmann begleitete ihn. Er wollte der Enge des Zimmers und dem Warten entfliehen und hing sich an den Professor wie eine Klette.

»Wen haben Sie da mitgebracht?« fragte Kraicic. »Will der auch zu Dr. Zeijnilagic?«

»Ja. Es ist Lord James Rockpourth. Seit Jahren fährt er zu allen Krebsärzten der Welt. Was daraus geworden ist, sehen Sie. Sarajewo und das HTS sollen seine letzte Station sein.«

Haußmann sah in den Augen des Lords Zorn aufglimmen,

aber der Mund verschloß jeden Ton, den er so gern sagen wollte.

Professor Kraicic beugte sich über den Mumienkopf, schob die unteren Lider herunter, sah Lord Rockpourth tief in die wütenden Augen und nickte.

»Zimmer 2 a«, sagte er. »Lassen Sie eine Calcium-Enzym-Infusion vorbereiten. Ich komme gleich.«

Man rollte den starren Lord Rockpourth aus dem Zimmer und deckte ihm ein Handtuch über den Kopf, damit Besucher, die das Krankenhaus betraten, nicht sofort durch diesen Anblick geschockt würden.

»Erzählen Sie mir von dem Lord«, sagte Professor Kraicic und steckte sich wieder eine Zigarette an.

»Da kann ich wenig erzählen.« Haußmann hob die Schultern. »Wir lernten uns auf dem Schiff kennen, und auf einmal hatte ich ihn im Gefolge. Sein Wagen hat eine Panne. Chauffeur, sein Neffe Robert und meine Sekretärin werden bald nachkommen.«

»Sehr gut. Mir scheint nämlich, daß der Lord nichts anderes ist als das Opfer einer falschen Ernährung. Vor allem fehlt ihm in hohem Maße Calcium. Seine Starrheiten sind ausgeprägte Pseudo-Tetanien. Ein Wunder, daß der Mann noch lebt. Er muß das Herz eines Bullen haben.« Der Professor sah Haußmann plötzlich mit schräg geneigtem Kopf an. »Sie reisen mit Ihrer Sekretärin?« fragte er etwas gedehnt.

»Ja...« Haußmann starrte an Kraicic vorbei gegen die Wand. Er fühlte, wie er rot wurde, und das ärgerte ihn maßlos.

»Hm.« Der Professor rauchte einen tiefen Zug. »Ich möchte es noch einmal sagen, Herr Haußmann: Ihre Frau wird gesund. Wir verstehen uns?«

»Ja«, sagte Haußmann ganz leise.

Und er schämte sich zum viertenmal.

Der erste Helfer, der bei dem großen Rolls hielt und die drei Wartenden befreite, war ein Ochsenfuhrwerk. Neffe Robert und der Chauffeur hatten den Wagen etwas von der Kurve weggerollt. Nun saßen sie alle im spärlichen, harten, von der unbarmherzigen Sonne vergilbten Gras, aßen Melonenscheiben, die ihnen das Hotel in einem Verpflegungspäckchen mitgegeben hatte, tranken kalten Tee aus einer Thermosflasche und lauschten auf ein rettendes Motorengeräusch.

Marion Gronau faßte das Ganze als eine willkommene, romantische Unterbrechung der langweiligen Reise auf. Sie lag im Gras, das Kleid war an ihren schönen Schenkeln emporgerutscht, und sie machte keinerlei Anstalten, es wieder herunterzuziehen. Im Gegenteil: Sie öffnete noch zwei Knöpfe des blusenartigen Oberteils, und der junge Lord hatte die Auswahl, was er mehr bewundern sollte – die weißen, langen Beine oder den prallen Brustansatz.

»Was wollen Sie einmal werden, Bob?« fragte sie und räkelte sich. »Sie haben studiert?«

»Ja, Miß Marion. Soziologie.«

»Das ist doch so etwas wie Politik...«

»Gesellschaftslehre.«

»Und was wollen Sie damit anfangen?«

»Ich werde einmal einen Platz im Oberhaus bekommen, Miß Marion. Außerdem werde ich die Güter meiner Familie verwalten und Golf spielen.«

»Ist das auch ein Beruf?« fragte Marion anzüglich.

»Natürlich! Englands ökonomischer Blick wird beim Golfspiel trainiert. In den Pausen werden die Geschäfte abgeschlossen.«

»Und wenn Ihr Onkel James Sie wirklich enterbt?«

Neffe Robert lächelte mokant. »Ich bin sein einziger Erbe. Wer die englische Familientradition kennt, hat vor solchen Drohungen keine Angst.«

»Sie werden also einmal sehr reich sein?«

»Reich sein ist relativ.« Robert Rockpourth warf sich neben Marion in das harte, staubige Gras. »Ein Mann, der an einem schottischen See sitzt und angelt, kann reicher sein als ein

Bankier in der City; denn allein die Zeit, dort zu sitzen und zu angeln, muß durch Reichtum erworben sein! Und dabei kann es ein Streckenwärter der Bahn sein. Verstehen Sie?«

»Nein«, sagte Marion ehrlich.

»Macht nichts.« Robert lächelte in den weißblauen Sommerhimmel. »Die meisten Menschen glauben, Reichtum sei es, Kisten voll Geld zählen zu können.«

»Genau so denke ich auch.«

Die Hitze war einschläfernd. Marion dehnte sich, eine wohlige Müdigkeit überkam sie, und sie fühlte, wie sie langsam wegglitt in den Schlaf. Doch bevor sie ganz versank, wurde sie wieder hellwach, denn über ihr wurde es dunkel, ein Schatten fiel auf sie, und dann spürte sie einen Kuß, schüchtern und doch voll Begehren.

Ebenso schnell war die Sonne wieder da. Sie hörte ein leises Seufzen und neben sich das Rascheln des trockenen Grases.

»Oh...«, sagte sie mit kindlicher Stimme. Sie breitete die Arme aus und wußte, daß jetzt auch ihr Ausschitt auseinanderklaffte. Sie drehte den Kopf zur Seite und sah in die blauen Augen von Robert Rockpourth. »Ich habe geträumt... Ein schöner Traum. Ich wurde geküßt...«

»So etwas träumt man manchmal.« Neffe Robert kaute an der Unterlippe. »Das macht die Sonne, Miß Marion.«

»Es war ein Märchenprinz, der mich küßte.« Sie blinzelte zu ihm hin. »Können Sie sich vorstellen, daß ein Prinz eine arme Sekretärin küßt?«

»Nein!« sagte Robert Rockpourth zurückhaltend. »Es gibt gewisse Konventionen, die man nicht durchbrechen sollte.«

»Das dachte ich mir auch!« Marion setzte sich mit einem Ruck auf. Ihr Blick war giftig, aber sie sah nicht den jungen Lord an, sondern das in der Sonne schillernde Auto. Na warte, dachte sie. Du scheinheiliger Patron! Ich werde dich noch dazu bringen, daß du vor meinem Fenster stehst und Steinchen gegen die Scheibe wirfst. Und ich werde nicht aufmachen. Nein! Ich werde dich kochen lassen im eigenen Saft.

Sie knöpfte den Ausschnitt wieder zu, zog den Rock über ihre Knie und setzte sich schicklich hin.

Wenig später bog knarrend der Ochsenkarren um die Kurve. Der Retter.

Man band den Rolls mit einer Leine hinten an den Karren an, der Bauer schrie unartikulierte Laute, drosch auf die beiden brummenden Ochsen ein, und während der Chauffeur mit saurer Miene hinter dem Steuer saß – man stelle sich das vor: ein Rolls-Chauffeur hinter einem Ochsenkarren! Diese Blamage! –, kletterten Robert und Marion zwischen die Leiterseiten des Karrens und setzten sich auf die obere Stange.

»Es stinkt nach Schweinen«, sagte Robert Rockpourth und hob die Nase. »Ich kenne diesen Geruch ganz genau. Der Bauer hat mit diesem Karren Schweine zum Markt gebracht.«

»Und nun transportiert er uns«, sagte Marion giftig.

»Sie haben Sinn für Humor, Miß Marion«, lächelte Robert. »Das gefällt mir.«

Und er steckte sich eine Zigarette an.

So rückten sie nach einer Stunde glutvoller Zuckelei in Bosinj ein, einem Dorf, in dem die Welt vor 300 Jahren stehengeblieben war.

Aber es gab doch ein Auto in Bosinj. Es gehörte dem Schmied, und für 2000 Dinare erklärte er sich bereit, nach Sarajewo zu fahren.

Es war später Abend, als sie ankamen. Die vorbestellten Zimmer im Hotel ›Europa‹ waren leer. Von Lord Rockpourth, Karl und Erika Haußmann wußte man nichts. Sie waren noch nicht angekommen. Und keiner wußte auch, wo sie waren.

»Das ist aber merkwürdig«, sagte Robert. »Es gibt doch nur diese Straße nach Sarajewo. Wenn sie auch eine Panne hatten... wir hätten sie doch einholen müssen. Sie können nicht einfach verschwinden...«

»Vielleicht sind sie in Mostar geblieben?« sagte Marion. In ihren Augen stand ehrliche Sorge. »Wir sind ja durch Mostar gerast wie die Irren. Als ob wir ein Rennen nach Sarajewo gewinnen müßten.«

»Was sollen sie in Mostar?«

»Vielleicht ist etwas passiert? Ihr Onkel...«

Robert nickte. Er ließ durch den Chefportier in den beiden Mostaer Krankenhäusern anfragen. Nach einer halben Stunde wußte man Bescheid. Robert kam sehr nachdenklich an den Tisch in der Hotelhalle zurück, wo Marion wartete.

»Sie sind in Mostar. Mrs. Haußmann ist operiert worden, und mein Onkel hat nach einer Infusion so viel Kraft bekommen, daß er mit dem Oberarzt über schottische Schafzucht diskutiert.«

»Operiert...«, sagte Marion leise. Ihre Augen verdunkelten sich. »Ich dachte, Erika ist nicht mehr zu operieren...?«

»Anscheinend geht es ihr gut.« Der junge Lord lächelte etwas ironisch. »Man spricht sogar davon, daß sie völlig gesund wird.«

In dieser Nacht schlief Marion Gronau nicht eine Minute. Sie saß auf dem Balkon, sah hinunter auf die Straße und hinüber zu den schlanken Minaretts der Moscheen und wußte, daß sie den Kampf um Karl Haußmann und um ein sorgloses Leben endgültig verloren hatte.

In der Nacht klopfte es leise an die Tür.

Frank Hellberg schreckte auf, sprang aus dem Bett und öffnete die Tür einen Spalt. Draußen stand, schüchtern wie ein Kind und mit großen, bettelnden Augen, Claudia Torgiano. Sie hatte die Arme über der Brust gekreuzt und sah erbärmlich hilflos aus.

»Ich kann nicht schlafen, Frank«, sagte sie leise. »Ich habe Angst, so sinnlose, dumme Angst... Kann ich hereinkommen?«

Hellberg öffnete die Tür ganz und zog sie in sein Zimmer. Auf nackten, tapsenden Füßen lief sie zu seinem Bett, warf sich hinein und deckte sich bis zum Hals zu. Ihr kleiner, von den langen, schwarzen Haaren umrahmter Kopf war kaum in den Kissen zu sehen.

»So ist es gut«, sagte sie. »So habe ich keine Angst mehr. Komm Frank, leg dich zu mir.«

Hellberg atmete tief durch. Dann kam er langsam zum Bett und setzte sich auf die Kante. Claudias Hände waren heiß und feucht, als er sie zwischen seine Finger nahm.

»Du hast Fieber?« fragte er erschrocken.

»Das macht nur die Angst. Ich kann nicht allein sein, Frank. Ich muß bei dir sein. Immer...«

»Zunächst müssen wir vernünftig sein, mein kleiner Liebling.« Er strich ihr über das Haar, und sie nahm seine Hand, drückte sie an ihren Mund und küßte seine Handfläche.

»Komm!« sagte sie leise.

»Wir haben morgen eine anstrengende Reise vor uns.« Es fiel ihm schwer, so zu reagieren. »Du solltest schlafen, Liebste.«

»Du liebst mich nicht, Frank...«

»Ich liebe dich, wie es Worte gar nicht ausdrücken können.«

»Du sagst es bloß. Du willst mich trösten. Du spielst mir etwas vor.« Ihre kleine Stimme zerbrach. »Du ekelst dich vor mir, weil ich Krebs habe.«

»Claudia!« Hellberg riß sie aus den Kissen und preßte sie an sich. »So etwas darfst du nie, nie wieder sagen.«

»Ich habe solche Sehnsucht nach dir«, flüsterte sie. »Und ich habe doch nur noch so wenig Zeit für die Liebe...«

Später lagen sie nebeneinander, aber sie lagen wie Schwester und Bruder. Claudia schlief. Ihr Kopf lag auf seinem Oberarm, ihr zierlicher, kindlicher Körper schmiegte sich an ihn. Ein glückliches Lächeln lag auf ihren Lippen. Sie fühlte sich geborgen. Sie war nicht mehr allein auf der Welt. Sie hatte eine Heimat in den Armen Franks.

Sie war so glücklich...

Am nächsten Morgen um 8.30 Uhr standen sie auf dem Bahnsteig des Schmalspurbahnhofes am Zug nach Sarajewo.

Sie waren pünktlich gekommen, aber sie kannten die Gepflogenheiten Serbiens nicht. Schon eine Stunde vor der Abfahrt war der Zug von Hunderten von Reisenden gestürmt worden, die wie eine donnernde, brüllende Woge in die Wagen stürzten, kaum daß der Zug hielt. Nun war er bereits überfüllt, in den Gängen stand man eingekeilt, ein Umfallen war unmöglich. Die rauchende, blubbernde und zischende Lock wirkte wie aus dem Museum entliehen, die pufferlosen Wagen waren eine Mischung zwischen Viehwagen und Werkstattwaggons. Aus den heruntergeschobenen Fenstern quoll eine Wolke von Stimmen und Kindergeschrei, getragen vom Duft aus Knoblauch, Schweiß und nicht bestimmbaren Gerüchen.

»O Gott...«, sagte Claudia. Aber es war kein Schreckensruf. Das Glück der vergangenen Nacht hatte sie verwandelt. Für sie war die Welt nun immer voll Sonne; es gab nichts, was ihre innere Freude zerstören konnte. »Wir müssen aufs Dach klettern, Frank.«

Hellberg hielt einen Beamten fest, der an ihm vorbeilief, zeigte ihm die Fahrkarten und wies auf den überfüllten Zug.

»Nix...« sagte er. »Prego...«

Der Bahnbeamte sah Hellberg und Claudia kurz an. »Italiano?« fragte er zurück.

»No. Allemani...«

»Oh!« Der Beamte grüßte, lächelte breit, hob die Hand und sagte etwas, was Hellberg so verstand, daß er warten solle. Er sah, wie der Beamte mutig – und es gehörte Mut dazu! – einen der besseren Wagen enterte, die an der Tür stehenden Menschen, ganz gleich ob Mann oder Frau, mit den Fäusten zur Seite boxte und unter lautem Geschrei im Inneren des Wagens verschwand. Es war, als habe jemand mit einem Stock in einen Ameisenhaufen gestoßen. In dem Waggon quirlten die Körper durcheinander, eine Frauenstimme schrie hysterisch, durch ein offenes Fenster flog eine Mütze auf den Bahnsteig... dann, nach ungefähr zehn Minuten, erschien der todesmutige Beamte wieder an der Tür, schwitzend, aber mit breitem Lächeln, und winkte mit beiden Armen.

»Wir haben Plätze«, sagte Hellberg ehrlich erstaunt. »Das nennt man echte Gastfreundlichkeit.«

Sie zwängten sich durch die Menschen, kämpften sich an Bäuchen und Brüsten vorbei, aber was Hellberg erwartet hatte, geschah nicht: Niemand schimpfte, niemand wurde handgreiflich, keiner war beleidigt. In einem Abteil waren zwei Plätze am Fenster geräumt. Wer dort vorher gesessen hatte, wußte Hellberg nicht. Er ließ Claudia Platz nehmen und wandte sich dann an die anderen Reisenden, die wie gestapelte Rundhölzer nebeneinander standen.

»Verzeihung«, sagte er. »Das habe ich nicht gewollt. Ich wollte nur mitgenommen werden.«

Die Reisenden grinsten ihn an, nickten, und die vorderen, die sich noch bewegen konnten, winkten ihm zu.

Um 9 Uhr gellte ein Pfiff über den Bahnhof. Der Zug ruckte plötzlich an, die Mauer der Leiber wankte, aber sie konnte nicht fallen, Dampf zischte aus dem Schornstein der kleinen, alten Lok, und dann fuhr der Zug, polternd und rumpelnd, schaukelnd und stöhnend und verließ das Paradies Dubrovnik, um einzutauchen in ein Land, das wild und feindlich war.

Hellberg und Claudia sahen hinaus. Durch Schluchten und über steile Täler, in deren Gründe ein Wildbach rauschte, schwankten die Wagen langsam bergan. Es war ein Eilzug, aber man konnte gemütlich während der Fahrt auf- und abspringen, und ein paar junge Burschen taten es auch, angefeuert von den Rufen der Zuschauenden.

Vor jedem Tunnel pfiff die Lok, dann wurden schnell die Fenster hochgedreht, denn die Tunnels waren eng, und eine Woge von Ruß schlug in dem engen Schlauch über den Wagen zusammen. Kaum wieder im Tageslicht, rasselten die Fenster herunter, denn auch der Gestank innerhalb des Zuges war selbst starken Nerven bei geschlossenen Fenstern zuviel.

Die erste Station. Hellberg merkte sich den Namen nicht, aber fasziniert starrte er auf die Händler, die am Zug mit lautem Geschrei und wilden Gesten entlangrannten. In Bauchläden boten sie Gebäck und Limonade oder Trinkwasser in Plastikflaschen an, Andenken aus Gips, Bettvorleger, Kopftücher und Glasketten. Ein Mann mit einem Kofferradio stieg ein. Jubel empfing ihn, er mußte sein Gerät sofort anstellen und auf volle Lautstärke drehen. Musik kreischte durch den Gang, jemand sang mit, ein Kind schrie. Im Abteil, in dem Hellberg und Claudia saßen, war auch ein junges Pärchen. Es stand neben der Tür. Und dieses Pärchen begann nun zu tanzen nach der plärrenden Musik. Aber das war kein Tanz mehr, sondern nur mehr ein wildes Aneinanderreiben, und das Mädchen bekam große, glänzende Augen, feuchte Lippen und stieß kleine, spitze Schreie aus.

Weiter. Die Lok keuchte. Steil ging es bergauf, dann über eine Hochebene, über kühn gespannte Brücken, vorbei an silbern glitzernden Talsperren und rauschenden Flüssen.

»Jetzt schwimmen...« sagte Claudia und lehnte sich schwitzend zurück. Die Luft war zum Schneiden dick, es machte Mühe, tief zu atmen, obgleich das Fenster offen war.

Eine neue Schlucht, Steilhänge, bewachsen mit niedrigem Gestrüpp, das kaum die kahlen Felsen überwucherte. Ein Land, das gegen alles kämpft, gegen Sonne und Regen, gegen Wasser und Fruchtbarkeit, das nur eins kennt: Haß gegen alles, was Leben bringen kann.

Grelle Pfiffe. Ein neuer Tunnel. Fenster hoch. An der Unruhe der erfahrenen Reisenden erkannte Hellberg, daß etwas bevorstand. Man holte Taschenlampen heraus und Feuerzeuge. Also ein langer Tunnel, der längste bisher.

Claudia tastete nach Hellbergs Hand, als sie in den schwarzen Tunnel hineinschwankten. Trotz der geschlossenen Fenster quoll Ruß in die Waggons, wieder schrie das Kind, das Radio brachte jetzt anscheinend Nachrichten, denn eine Stimme sprach monoton dahin, das junge Pärchen küßte sich ungeniert und hielt sich eng umklammert... und dann plötzlich, nach einem lauten Schnaufen und Zucken, hielt der Zug mitten im Tunnel.

Das hatte man erwartet. Im Tunnel ging die Strecke steil bergauf, der Zug war überfüllt, und die kleine, alte Lok streikte nun.

»Was wird nun?« fragte Claudia ängstlich. »Müssen wir alle aussteigen und schieben?«

Hellberg lachte. Jemand, der etwas deutsch konnte, sagte aus dem dunklen Hintergrund im Gang:

»Nix Angst! Nur mehr Feuer machen. Mehr Puffpuff! Dann weiter!«

Und so war es. An der Lok arbeiteten vier Mann und schippten Kohlenberge in die Kesselfeuerung. Zwischendurch versuchte man, ob genug Dampfdruck vorhanden sei. Dann ruckte der Zug an, krabbelte ein paar Meter vorwärts und stand wieder.

Die Kohlenschipperei ging weiter. Mehr Dampf, Genossen! Mehr Kraft! In ein paar Jahren ist hier die Normalspurbahn. Der Fortschritt. Bewegt die Schaufeln, Leute!

Es dauerte gute zwanzig Minuten, bis es aus der Lok hell zischte. Durch die Menschenmauern ging ein Aufatmen. Gleich geht's los. Zur Sonne, Brüder!

»Es läßt sich nicht ändern, Genossen«, sagte ein älterer Mann, der im Abteil Hellbergs stand und sich am Gepäcknetz festgeklammert hatte. »Zucker habe ich. Ein Spritzchen muß ich haben, genau zur festgesetzten Zeit. Jetzt ist's soweit. Entschuldigt, Bürger, kein schöner Anblick ist's, aber es geht um meine Gesundheit.«

Er sah sich nach allen Seiten um, grinste, holte aus der Tasche ein verchromtes Kästchen, entnahm ihm eine kleine Injektionsspritze, sägte eine Ampulle ab, zog die Spritze auf und drückte die Luft aus der Kanüle. Dann streifte er die Hosenträger ab, knöpfte die Hose auf, zog sie herunter, hob sein Hemd hoch und suchte auf seinem Oberschenkel eine gute Stelle.

Claudia sah schnell weg zur Seite, hinaus in die Schwärze

des Tunnels. Das Mädchen mit den feuchten Tanzaugen kicherte blöd, eine Frau, die neben Hellberg saß, hochschwanger, mit dem Leib wie ein prall gefüllter Ballon, deckte sich ein feuchtes Handtuch über das Gesicht.

»So –« sagte der Mann, als er sich die Spritze mit Insulin gegeben hatte. »Das war nötig. Ich danke euch, Genossen. Man ist ein armer Mensch, wenn man nur durch Spritzen leben kann.«

Die Lok zischte, wie kurz vor einer Explosion, aber die Wagen rollten langsam weiter, wurden schneller und schneller und rumpelten wie Musik. Jubel war in allen Wagen, und als man die Sonne ahnte, als es fahl wurde im Tunnel, sangen sogar einige. Eine Flasche Slibowitz kreiste plötzlich im Abteil. Die Schwangere nahm einen Schluck, das Pärchen, der Zuckerkranke, und auch Hellberg ließen den scharfen Schnaps in sich hineinlaufen, um den Spender nicht zu beleidigen.

Mostar. Großer Aufenthalt. Die einen stürmten aus dem Zug, die anderen wollten hinein. Wer bisher stand, saß jetzt, denn während der Fahrt hatte man über die Sitzplätze bereits verhandelt. Ein altes Mütterlein in der Ecke, niemand hatte sie bisher gesehen, bekreuzigte sich, als der Zug doch weiterfuhr. Hinaus aus Mostar mit seinen steinigen Gassen und Moscheen. Und ohne zu wissen, wie nahe sie Karl und Erika Haußmann waren, sahen Claudia und Hellberg auch hinüber zu dem langgestreckten Gebäude des Krankenhauses.

»Eine ganz moderne Klinik!« sagte Hellberg sogar. »Wer vermutet das hier?«

Und weiter ging die Fahrt, Güterwagen wurde angekoppelt und auf der nächsten Station wieder stehengelassen, eine zweite Lok drückte den Zug von hinten einen neuen Berghang empor, und dann rappelten sie wieder durch karstiges Land und durch Landstriche, in denen selbst die Füchse weinen.

Claudia war am Ende ihrer Kräfte, zu schlaff, um ohne

Hilfe Hellbergs zu gehen, als sie gegen 21.30 Uhr endlich den Bahnhof von Sarajewo erreichten.

Neues Geschrei umgab sie. Eine Menschenmenge stürzte sich auf die Reisenden, als wolle sie sie lynchen. Aber es war nur Hilfsbereitschaft, nur Brüderlichkeit, denn alle, die da angestürmt kamen, hatten etwas anzubieten: eine Taxe, das Tragen des Gepäcks, Hotelzimmer, Privatquartiere, Adressen von Cafés und Weinlokalen, Tanzsälen und Goldschmieden. Ein Schuhputzer baute seinen Schemel auf und hieb die Bürsten gegeneinander wie die Becken einer Militärkapelle. Eine alte Frau schob auf kreischenden Rollen eine Waage heran und schrie, man solle sich wiegen lassen. Zur Gesundheit gehöre es, Genossen. Und Gesundheit ist Volkspflicht.

Die Menschen aus dem Abteil Hellbergs waren freundliche Leute. Jeder gab Hellberg und Claudia die Hand wie alten Freunden, man winkte ihnen zu und eilte davon. Und sie alle sahen gleich aus, wie Brüder: rußgeschwärzt im Gesicht, mit schmutzigen Hemden und Händen, wie überzogen mit Schmiere, aber fröhlich und freundlich, denn man hatte Sarajewo wohlbehalten erreicht.

Frank Hellberg führte Claudia durch die ihn umgebenden quirlenden Menschenmassen zu einer Bank. Dort sank sie nieder und legte den Kopf weit in den Nacken, um tief, tief Luft zu holen.

»Ich werde uns ein Quartier besorgen«, sagte Hellberg. »Irgendwo gibt es hier einen Schalter der Fremdenverkehrsorganisation. Ich bin schnell wieder zurück, Liebste.«

Claudia nickte. Schlafen, dachte sie. Ein Bett, die Arme Franks, seine Wärme, seine Geborgenheit, und träumen... nur träumen... schlafen...

Hellberg rannte durch die Halle des kleinen Schmalspurbahnhofes hinaus auf den Vorplatz und hinüber zu dem großen Bahnhof der Normalbahn, in dem die Züge aus dem Norden und Osten hielten. Hier war alles großstädtischer, sauberer, propagandistischer. Hier hingen Fahnen und

Spruchbänder, hier herrschte Ordnung und wachte das Auge der Miliz.

Vor einem Zeitungsstand blieb Hellberg stehen. Sein Blick überflog die Zeitungen. Eine deutsche war nicht darunter, aber ein paar englische.

Und dann wurden seine Augen starr, und Blässe ließ sein Gesicht fahl werden. Es war, als fiele es zusammen. Wie hundert Jahre sah er aus.

Eine Schlagzeile.

Der Daily Mirror.

»Das darf nicht wahr sein...« sagte Hellberg leise. »Das darf einfach nicht wahr sein...«

Er trat näher und nahm die Zeitung aus der Drahtklemme. Die Schlagzeile zitterte in seinen Fingern.

»Nach Gutachten der Spezialisten:

Verbot des Krebs-›Wundermittels‹ HTS.«

Frank Hellberg faltete die Zeitung schnell zusammen, nachdem er den Artikel überflogen hatte. Ein Gremium jugoslawischer Ärzte hatte die Gesundheitsinspektion von Bosnien dazu überredet, das Mittel HTS als ›unwissenschaftlich und unerprobt‹ abzulehnen und damit zu verbieten.

»Erst lange Versuchsreihen an Tieren und in Kliniken, Veröffentlichungen in medizinischen Fachblättern und Erfahrungsaustausch ausländischer Kliniken sind die Voraussetzungen für die Entwicklung eines Mittels, das anerkannt werden kann«, schrieb die Zeitung. »Hier aber ist ein Arzt mit völlig unorthodoxen Mitteln vorgegangen und hat Hoffnungen erweckt, die nicht zu realisieren sind!« Aber auch die erste Stellungnahme Dr. Zeijnilagics war abgedruckt. Es war ein trauriger, ein fassungsloser Appell an die Welt, die Hoffnung nicht zu verlieren und den Intrigen der anderen Ärzte nicht mehr zu glauben als ihm: »Ich habe das Präparat HTS für den Menschen entwickelt und nicht für das Tier«, sagte er. »Ich bin kein Scharlatan. Ich habe 15 Jahre an dem Mittel gearbeitet. 3000 Krebskranke haben es bisher bekommen, und 1000 sind geheilt oder wesentlich gebessert worden!

Man soll doch abwarten, wie die Tumorzellen auf mein Mittel wirken! Warum verurteilen, was man noch nicht kennt?«

Frank Hellberg kam langsam zu der Bank zurück, auf der Claudia wartete. Sie war eingeschlafen, hatte den Kopf auf den rechten Arm gelegt und hockte auf der Bank wie ein kleines, vergessenes, vom Weinen erschöpftes Mädchen.

Hellberg blieb stehen und sah sie mitleidig an.

War alles umsonst? dachte er traurig. Muß sie wirklich sterben, nur weil sich die Ärzte untereinander nicht den Ruhm gönnen? Nur weil ein Mensch es wagte, ›unwissenschaftlich‹ vorzugehen und weil dies als eine Brüskierung der Medizin empfunden wurde, auch wenn er Erfolg hatte. Ist ein Expertenstreit wichtiger als Tausende Menschenleben, die in der Zeit des Streitens zugrunde gehen? Geht es hier nur um die Form, um die Ansicht einzelner und nicht um den kranken Menschen?

Arme Claudia. Nun sind wir am Ziel, aber es ist wie bei einer Wüstenwanderung: Man erreicht den ersehnten, lebensrettenden Brunnen, und er ist leer!

Hellberg beugte sich über Claudia und küßte sie auf den Nacken. Sie fuhr empor, wischte sich die Augen, und ihr mit Ruß und Staub verschmiertes Gesichtchen starrte erschrocken umher. Dann wußte sie wieder, wo sie war, und sah Frank mit einem kindlichen Lächeln an.

»Ich habe geschlafen. Hast du ein Quartier, Frank?«

»Ich habe eine Liste der Hotels und Pensionen gekauft. Fahren wir erst zum Hotel ›Beograd‹. Ein gutes, nicht so teures Hotel. Ich glaube, daß wir mehr Platz finden, als wir erwartet hatten.«

Er dachte an den zwei Tage alten Artikel in der Daily Mirror und den damit versiegenden Strom der Kranken aus Italien und anderen Ländern.

In einem uralten, klapprigen Taxi fuhren sie zur Princip-Straße 9, wo das Hotel Beograd lag, ein schönes Haus mit Terrasse und Sommergarten und einem romantischen Blick auf die Spitze der Minarette. Halb Sarajewo schien aus Moscheen zu bestehen, und viele der Menschen, an denen sie vorbeifuhren, trugen rote Feze auf den Köpfen und sogar die weiten, orientalischen Pumphosen.

Hellberg hatte recht, man hatte zwei Zimmer frei. Niemand störte sich an dem schmutzigen Aussehen der neuen Gäste. Man wußte: Sie sind mit der Kleinbahn aus Dubrovnik gekommen. Allah hat sie gut geführt – sie leben noch! Und das schöne Mädchen ist sehr krank, das sieht man auch.

»Am besten treffen Sie Dr. Zeijnilagic um die Mittagszeit an«, sagte der Portier hinter der Rezeptionstheke, bevor Hellberg noch ein Wort gesprochen hatte. »Wenn Sie wünschen, melde ich Sie an. Wir haben einen guten Kontakt zu Dr. Zeijnilagic.« Das alles geschah in einem fließenden Englisch, mit großer orientalischer Höflichkeit.

»Morgen!« sagte Hellberg schnell. Er hatte Angst, der Portier könne etwas von dem Verbot des HTS sagen. »Erst wollen wir uns ausschlafen. Es war eine anstrengende Reise.«

»Ein schönes Land, unser Bosnien, nicht wahr?« sagte der Portier. »Allah hat es gesegnet.«

»Das hat er gewiß«, antwortete Hellberg knapp. Dann fuhren sie in einem engen Fahrstuhl in den zweiten Stock und bekamen zwei kleine, saubere, aber spärlich eingerichtete Zimmer mit Blick auf den Sommergarten und hinüber zu den Moscheen.

Claudia war zu müde, um noch etwas zu essen. Hellberg bestellte für sie eine dicke Melonenscheibe und für sich ein Schaschlik. Sie aßen zusammen in Claudias Zimmer; dann gab Frank ihr einen Kuß, sagte: »Und nun schlaf schön, mein Liebling«, und verließ das Zimmer.

Er wartete eine halbe Stunde, bis er sicher war, daß Claudia schlief, und ging hinunter in die Hotelhalle. Der Portier vermittelte ein Telefongespräch mit Dr. Zeijnilagic, und dann war es Hellberg, der den Atem anhielt, als aus dem Hörer eine kräftige, männliche Stimme tönte und ›Guten Abend, Zeijnilagic!‹ sagte. Auch er sprach englisch.

»Hier ist Frank Hellberg«, sagte Frank und wunderte sich,

wie gepreßt plötzlich seine Stimme klang. »Für Sie ist es ein Name wie tausend andere, und auch, wenn ich Ihnen sage, daß meine Begleiterin Lungenkrebs hat und Ihr HTS für sie die letzte Hoffnung ist, wird das nichts Neues für Sie sein. Ich rufe Sie an, Doktor, weil ich deutscher Journalist bin. Nicht ein Journalist, der bedenkenlos hurra schreibt und im nächsten Artikel ›Kreuzige ihn‹, sondern der die Wahrheit schreiben will, wo so viel Unwahres gedruckt wird.«

»Das hört sich gut an«, sagte die Stimme Dr. Zeijnilagics. »Was wollen Sie wissen?«

»Alles, Doktor.«

»Alles ist sehr viel. Es umfaßt fast 16 Jahre.«

»Heilt Ihr Mittel HTS?«

»Das ist eine Frage, wie etwa: Können Sie Ebbe und Flut regulieren? – Ich weiß es nicht. Mein HTS ist kein anti-tumoröses Mittel; es beeinflußt lediglich den Krankheitsverlauf günstig. Kommt es dabei zu völligen Ausheilungen, so haben wir Gott zu danken.«

»Das ist eine weite Deutung«, sagte Hellberg.

»Ich weiß.« Die Stimme Dr. Zeijnilagics war ganz ruhig. »Kommen Sie zu mir und sehen Sie sich alles an.«

»Sehr gern! Wann paßt es Ihnen?«

»Wenn Sie wollen... sofort.«

»Es ist schon spät.«

»Für die Wahrheit ist es nie zu spät.«

»Sie werden müde sein, Doktor.«

»Ich schlafe seit Jahren wenig. Werden Sie die Kranke mitbringen?«

»Nein. Ich komme allein. Ich habe von dem Verbot gehört.«

»Sehen Sie sich alles an. Ich heiße Sie willkommen.«

Ein Klicken in der Leitung. Dr. Zeijnilagic hatte aufgelegt. Frank Hellberg wischte sich über das Gesicht. Kalter Schweiß stand ihm auf der Stirn. Er sah auf seine Uhr. Das Glas war verkratzt, ob im Omnibus oder bei der Zugfahrt, er wußte es nicht.

In zehn Minuten sitze ich dem Mann gegenüber, der vielleicht die Möglichkeit entdeckt hat, die Geißel der Menschheit, den Krebs, ernsthaft zu bekämpfen. Ohne Operation, ohne starke Strahlungen, nur mit ein paar Kapseln eines stark nach Kampfer riechenden Pulvers.

Vielleicht...

Oder ist auch er ein Scharlatan wie dieser Dr. Tezza? Nur noch raffinierter, kälter, skrupelloser?

»Das Taxi wartet, Sir«, sagte der Portier, als Hellberg die Telefonkabine verließ. Dabei lächelte er breit, begleitete Hellberg auf die Straße und nahm mit einer schnellen, gekonnten Handbewegung die 1000 Dinare an, die Hellberg in der hohlen Hand verborgen hielt. Trinkgelder sind im sozialistischen Land verpönt, aber welcher Mohammedaner lehnt ein Bakschisch ab?

Die Fahrt von der Princip-Straße bis zum Hause Dr. Zeijnilagics war nur kurz. Ein paar Ecken herum, ein paar enge Gassen, dann rollten sie an dem Flüßchen Miljacka entlang über die Obala-Straße, und Hellberg sah, daß der Taxichauffeur in echter orientalischer Art mit ihm ein paar Straßen und Häuserblocks zuviel umfahren hatte, um den Taxenpreis zu erhöhen.

Diese Gegend kenne ich von historischen Bildern her, dachte Hellberg und sah hinaus auf die Brücken über die Miljacka. Hier ganz in der Nähe fielen die Schüsse des Attentäters Princip auf den Erzherzog Franz Ferdinand. Hier begann der 1. Weltkrieg, der rund neun Millionen Tote kostete. Hier war am 28. Juli 1914 der Teufel los. Ein blutgetränkter Boden.

Mit einem quietschenden Ruck hielt die Taxe.

Das Haus Dr. Zeijnilagics. Dreistöckig. Ein alter Bau mit abblätterndem, braunem Putz. Im Parterre eine Apotheke, um die Ecke herum ein kleiner Friseursalon. Ein Eckhaus mit drei halbrunden Balkonen, Eisengittern und Blumenkästen. Gegenüber eine Bar. Folklore-Musik drang auf die stille Straße. Hinter dem Haus griffen die Minaretts der Moscheen in den Nachthimmel. Hier begann das alte Sarajewo. Das

Eingeborenenviertel mit den engen Gassen, den Goldschmiedewerkstätten, Teppichknüpfern und Tondrehern.

»Zweites Etages...« sagte der Taxichauffeur und grinste. »Deutsch?«

»Ja«, sagte Hellberg und starrte das Haus an. Hier wurde vielleicht eine Entdeckung geboren, die eine Welt verändert, dachte er. In einem ungepflegten dreistöckigen Haus, auf der zweiten Etage in einer kleinbürgerlichen Wohnung.

Hellberg dachte an den weißen Palast Dr. Tezzas in Capistrello, und plötzlich hatte er Vertrauen zu Dr. Zeijnilagic, ohne ihn vorher gesehen zu haben. Hier arbeitet ein Mann nicht um des Geldes willen, empfand er. Hier hat ein Arzt ernsthaft geforscht und nur an den kranken Menschen, nicht an seinen eigenen kranken Geldbeutel gedacht.

Er stieg aus, bezahlte den Chauffeur und blickte zurück zur Princip-Brücke, wo der Mondschein bleich über die Stelle glitt, die zum Schicksal der ganzen Welt geworden war.

»Warten?« fragte der Chauffeur.

»Nein.«

»Nachher Tanz? Schönes Mädchen? Weiß Wohnung...«

»Danke.« Hellberg steckte die Hände in die Jackentaschen. Hinter den Gardinen der Wohnung im 2. Stock schimmerte Licht.

Langsam betrat Hellberg das Haus. Die Tür war offen. Als er eintrat, schlug ihm der Geruch von Medizin und Kampfer entgegen. Dazwischen hing der Duft gekochten, gesäuerten Kohles. Im Treppenhaus brannten zwei kleine Lampen. Die Dielen der Stufen waren verwahrlost, vor Jahren einmal gestrichen, vom sommerlichen Straßenstaub wie mit Mehl überzogen.

Wohnt hier ein Genie?

Hellberg dachte an Professor Hahn. Die erste Kernspaltung gelang auf einer Art Küchentisch. Und als er starb, lebte er in einer Dachkammer. Wirkliche Genies leben nicht in Palästen, denn weil sie genial sind, verachtet sie die Welt.

Schritt für Schritt stieg Hellberg langsam die Treppen hinauf. 2. Stock.

Ein Namensschild. ›Professor Zeijnilagic Fahrudin.‹

Eine elektrische Klingel.

Hellberg hob die Hand. In wenigen Sekunden stand er ihm gegenüber... dem Retter der unheilbar Kranken... oder dem Schwindler, der mit menschlichem Leid jongliert.

War es auch Rettung für Claudia?

Frank Hellberg drückte auf die Klingel. Er schrak zusammen, als er den schnarrenden Laut hörte.

Die Tür öffnete sich. Ein schlankes, schwarzhaariges Mädchen von etwa 13 Jahren mit großen, dunkelbraunen Augen stand in der weiten, düsteren Diele, an deren Wänden eine Reihe alter Stühle standen. Das notdürftige Wartezimmer eines Retters der Menschheit...

»Guten Abend«, sagte das schlanke, glutäugige Mädchen auf englisch und machte einen Knicks. »Ich heiße Meliha. Mein Vater erwartet Sie.«

Mit Lord Rockpourth war nicht zu reden. Nachdem ihm die Transfusionen und Infusionen so gutgetan hatten, die Herzspritzen anschlugen und die Kreislaufmittel ihn ungeheuer tatenlustig werden ließen, kam der alte Ärger über seinen Greisenkörper zurück, der ihm den Dienst versagte. Außerdem traf gegen Morgen Neffe Robert mit Marion Gronau ein, während der Chauffeur in Sarajewo im Hotel Europa blieb und mit der Werkstatt in Belgrad telefonierte, die ihrerseits Verbindung mit der Rolls-Vertretung in Wien aufnahm.

»Was ist das?« schrie Lord Rockpourth, kaum daß Robert ins Zimmer kam. Professor Kraicic, der neben dem Bett saß, hob seufzend die Augen und starrte an die Decke. Er hatte schon viele Kranke erlebt, Skurrile und echte Verrückte, Psychopathen und Simulanten, still und gefaßt Sterbende und Tobende, die sich gegen den Tod stemmten. Lord Rockpourth war eine völlig neue Art von Patient: Medizinisch war er längst tot, aber er tyrannisierte seine ganze Umgebung. Wieso er noch lebte, war Professor Kraicic ein Rätsel. Darin teilte er die Ansicht der anderen Ärzte, die Rockpourth im Laufe der Jahre verschlissen hatte. Nur die Krebsdiagnose, die hielt Kraicic für falsch. Rockpourth war schon von der Erscheinungsform her gar kein Magenkrebstyp, im Gegenteil. Er hatte sich Bilder des Lords zeigen lassen, die Rockpourth mit sich herumschleppte, um zu demonstrieren, welch ein stattlicher Kerl er einmal gewesen war; auf diesen Bildern war der Lord als dicker, schwerer Mann zu sehen, eine Kraftnatur voll Saft und Energie. Wer heute die Mumie sah, glaubte nicht daran, daß dies Lord Rockpourth sein könnte. Der Gegensatz war zu groß.

»Was ist das, Bob!« schrie Rockpourth und klopfte auf die Bettdecke. »Du warst in Sarajewo!«

»Ja, Onkel James.«

»Die erste Pille her!«

»Verzeih, aber ich habe sie nicht. Erstens hatten wir noch keine Zeit, mit Dr. Zeijnilagic zu sprechen, weil wir sofort zurück nach Mostar gefahren sind, als wir erfuhren, daß du hier bist, und zweitens...«

»Viele Worte, verdammt noch mal! Faul ward ihr alle!«

»...und zweitens gibt es kein HTS mehr.«

»Was?« Lord Rockpourth starrte seinen Neffen und dann Professor Kraicic an. »Das ist doch eine Lüge, eine ganz infame Erbschleicherlüge! Man will mich verrecken lassen, Professor, jetzt hören und sehen Sie es! Keine Pillen mehr! Haha!«

Professor Kraicic nickte. »Es stimmt, Mylord. Man hat das HTS staatlich verboten. Vor zwei Tagen.«

»Ist man in Belgrad verrückt?«

»Vorsichtig, Mylord. Es gibt da Unklarheiten...«

»O diese Worte! Nur Worte! Nur Gestammel! Hat das HTS bisher geholfen? Ja oder nein?«

»Ja und nein! Aber Erfolge sind keine Beweise für die Unschädlichkeit des Mittels. Es fehlen Versuchsreihen, es fehlen Überwachungen von Nachwirkungen...«

»Diese Wissenschaftler!« schrie Lord Rockpourth und klopfte mit der knochigen Faust wieder auf die Bettdecke. »Wie gut, daß man weiß, aus welchen chemischen Bestandteilen ein Furz besteht, man müßte sonst heimlich, hinter dem Haus, in die hohle Hand...«

»Onkel James!« sagte Robert warnend.

»Wer hat das HTS verboten?«

»Die Gesundheitsinspektion von Bosnien«, antwortete Professor Kraicic.

»Ärzte?«

»Natürlich.«

»Aha! Der Futterneid! Einer entdeckt was, und die anderen sehen ein, daß sie Rindviecher sind, und wehren sich dagegen! Bei Koch war es so, bei Semmelweis, bei Pasteur, überall. Man müßte eine Liga der Arztgeschädigten gründen, Robert!«

»Onkel James?« fragte Neffe Robert voll dunkler Ahnungen.

»Besorg einen Wagen! Wir fahren nach Sarajewo weiter.«

»Sie sind nicht transportfähig, Mylord«, rief Professor Kraicic entsetzt. »Sie müssen weiterbehandelt werden!«

»Ich muß nach Sarajewo!« schrie Rockpourth zurück.

»Was wollen Sie denn da?«

»Das HTS, verdammt! Ich kaufe den ganzen Dr. Zeijnilagic. Ich kaufe ihn für eine Million und nehme ihn mit nach England. Ich richte ihm ein Labor ein, ich baue ihm eine Fabrik. Wenn Ihre Regierung zu dumm ist, Größe zu erkennen: Wir Briten können es! Wir haben einen sechsten Sinn für Größe. Und dieser Dr. Zeijnilagic *ist* ein Genie.«

»Wenn Sie wüßten, woraus dieses HTS besteht. Aus welchen einfachen, bekannten pharmazeutischen Nichtigkeiten...«

»Und wenn er gemahlenen Eulendreck verarbeitet – falls es hilft, baue ich ihm eine Fabrik.« Rockpourth winkte mit beiden Händen zu Robert. »Einen Wagen! Bob, du Faulpelz. Einen Wagen nach Sarajewo!«

Professor Kraicic beugte sich über das Mumiengesicht Rockpourth'. »Ich will Ihnen einmal etwas sagen, Mylord«, sagte er betont und langsam. »Sie sind eine alte, hysterische männliche Jungfer! Ich habe Sie geröntgt, während Sie in Ihrer Tetanie lagen.«

»Ich weiß«, sagte Rockpourth erstaunlich leise. »Ich habe ja alles gesehen.«

»Ich habe mir Ihren Magen angeguckt! Vertrocknet ist er, aber Krebs haben Sie nicht!«

»So spricht ein Verrückter, Professor«, sagte Rockpourth schwach. »Bisher haben genau dreiundvierzig Ärzte, von New York bis Tokio, Krebs festgestellt. Einwandfrei.«

»Und ich sage Ihnen als vierundvierzigster Arzt, daß Sie keinen Krebs haben! Sie haben eine chronische Stoffwechselstörung, und zwar eine solch radikale, daß es bestimmt über ein Jahr dauert, bis man Ihren Körper umgestellt hat. Für Sie wäre das HTS nichts anderes, als wenn Sie Brausepulver schluckten.«

»Und meine Starrheit, he?« schrie Rockpourth.

»Sie wird nicht wiederkommen. Noch drei Enzym-Infusionen, und Sie sollen sehen, wie wohl Sie sich fühlen.«

Lord Rockpourth schloß die Augen. Einen Augenblick lang dachten alle, er sei vor Schreck gestorben. Aber dann atmete er wieder und schlug die Augen auf.

»Hast du das gewußt, Bob?« fragte er. Neffe Robert bekam einen roten Kopf.

»Aber nein, Onkel James. Wäre ich sonst...«

»Du lügst! Du wußtest es!«

»Onkel!« Robert straffte sich. »Wozu soll ich alle die Monate gelitten haben...«

»*Er* hat gelitten! Ha! Gelitten! *Er!*« Rockpourth brüllte wieder. »Man hat mich zur lebenden Mumie gemacht. Wenn es kein Krebs ist – Professor, Sie sind mein letzter Strohhalm! Wenn es wirklich keiner ist, zum Teufel auch –, ich werde die dreiundvierzig Ärzte verklagen. Wegen Dummheit! Wegen Gemeingefährlichkeit gegenüber der Menschheit.«

»Das werden Sie nicht«, sagte Professor Kraicic ruhig. »Ich nehme an, daß meine dreiundvierzig Kollegen nur mit Schrecken an Sie denken.«

Neffe Robert hielt den Atem an. Zwei Dinge gab es nur, die jetzt möglich waren – entweder Lord Rockpourth tobte wie ein Irrer, oder er fiel wieder in seine Starrheit, wie es so oft geschehen war, wenn ein Schock ihn traf.

Doch nichts dergleichen geschah. An eine dritte Möglichkeit hatte niemand gedacht: Rockpourth lächelte und legte die Mumienhände brav auf die Decke.

»Da haben Sie recht, Professor«, sagte er sanft. »Ich nannte sie alle Idioten! Wie alt sind Sie?«

»52 Jahre, Mylord.«

»Noch jung genug, um berühmt zu werden. Ich nehme Sie mit nach England. Ich baue Ihnen eine Privatklinik.«

Professor Kraicic lächelte milde. »Ich bin staatlich angestellt«, sagte er. »Mir gefällt es in Sarajewo. Ich kenne England; mir ist es dort zu kalt und nebelig. Aber nun werden Sie eine neue Infusion bekommen, und ich ordne an, daß Sie sofort still sind und sich meinen Worten fügen!«

Lord Rockpourth winkte seinem Neffen. »Hinaus, du Flegel!« sagte er, aber sein faltiger Mund lächelte. »Siehst du, wie man mit deinem armen Onkel umgeht?«

Auf dem Flur hielt Professor Kraicic den jungen Lord an. Seine frohe, optimistische Miene war verschwunden.

»Sie leben bei Ihrem Onkel, Sir?« fragte er.

Robert sah den Professor verblüfft an. »Nein. Ich studiere... und ich mußte unterbrechen, als mein Onkel mich rief, um ihn zu pflegen.«

»Ich habe gehört, Sie haben Verwandte in Amerika?«

»Ja. Zwei Tanten. Warum fragen Sie?«

Professor Kraicic drückte das Kinn an. Seine gütigen Augen waren plötzlich hart. »Wenn Sie genügend Mittel haben, fliegen Sie in die USA, Sir. Von Belgrad können Sie nach Rom fliegen, von dort nach Frankfurt und weiter nach Montreal–New York.«

»Aber warum denn?« Roberts Augen bekamen einen flimmernden Glanz. Über seine linke Wange zuckte es nervös. »Was soll das, Professor?«

»Muß ich es Ihnen deutlicher sagen?« Kraicis Mund wurde hart. »Wir haben eine Magenaushebung gemacht, eine große Blutuntersuchung und eine Zellanalyse. Die Präparate sind noch im Labor, es liegt nur ein Zwischenbericht vor, aber er genügt. Wir haben im Körper Lord Rockpourths deutlich Thallium gefunden.«

Das Gesicht Roberts versteinerte sich. Nur seine Augen brannten. »Was wollen Sie damit andeuten, Professor?« fragte er rauh.

»Genau das, was Sie jetzt denken, Sir! Ihr Onkel hatte ein chronisches Magenleiden mit Stoffwechselstörungen. Weil er glaubte, er habe Krebs, rief er Sie, seinen einzigen Neffen und Erben. Sie sahen eine einmalige Chance und griffen zum Thallium. Sie mixten es unter jede Medizin. Ein Wunder, daß Ihr Onkel noch lebt!«

»Sie sind verrückt!« sagte Robert steif. »Sie sind komplett verrückt!«

Professor Kraicic hob die Schulter, wandte sich ab und ließ Robert wortlos stehen.

Zwei Stunden später war Robert auf dem Weg nach Belgrad, mit einem Mietwagen.

Greifen wir weit vor: Drei Monate später schrieb er aus Kansas City, es gehe ihm gut und er habe eine Anstellung als stellvertretender Leiter eines Reitstalles. Von da an hörte man nichts mehr von Robert Rockpourth. Und keiner vermißte ihn.

Erika Haußmann hatte die Operation gut überstanden. Sie war noch sehr schwach und unendlich müde, als Karl ins Zimmer geführt wurde, aber sie konnte schon wieder lächeln und die Hand nach ihm ausstrecken.

»Karli...« sagte sie matt und schloß die Augen, als er sich

über sie beugte und ganz vorsichtig auf die Stirn küßte. »Daß ich dir solche Unannehmlichkeiten machen muß...«

In Haußmanns Kehle würgte es. Hatte er sich bei Professor Kraicic maßlos geschämt, so überkam ihn jetzt eine Reue, die er nicht mehr in Worte fassen konnte.

»Du wirst gesund«, stammelte er. »Rika, der Professor hat es mir gesagt. Du wirst wieder ganz gesund. Du hast keinen Krebs. Nur ein Myom ist es gewesen, ganz ungefährlich... Wir... wir werden in ein paar Wochen eine neue, glückliche Zeit beginnen. Wir werden alles ganz anders machen als bisher. Ich verspreche es dir: Reisen werden wir, zusammen einkaufen, in unserem Garten liegen...«

»Und deine Fabrik?«

»Ich habe einen guten Prokuristen. Verdammt noch mal, soll ich mich kaputtarbeiten? Soll es immer so weitergehen: du zu Hause allein und ich hinterm Schreibtisch? Und dann kommt man kaputt nach Hause, schlingt sein Essen runter und ist mürrisch und ungerecht. Nein, Rika. Jetzt wollen wir leben; jetzt, wo ich endlich gelernt habe, wie schön es ist, mit dir zusammenzusein.«

Erika hob die Hand und legte sie auf den Kopf ihres Mannes. Sie war so leicht, diese Hand, aber für Haußmann war es, als laste ein Zentnerblock auf seinem Nacken.

»Weißt du noch, was du zu mir gesagt hast, als wir heirateten?«

»Ja.« Haußmann schluckte. Dieser Kloß im Hals! »Unsere Hochzeitsreise machen wir nach Venedig. So, wie es alle verliebten Paare erträumen. – Aber wir hatten nie Zeit dazu.«

»Nun haben wir Zeit...«

»Ja, Rika. Nun haben wir sie. Wann wollen wir nach Venedig fahren?«

»Gleich von hier aus, Karl. Wenn ich entlassen werde.«

»Ich verspreche es dir, Rika.« Haußmann nickte und streichelte ihr eingefallenes, von den langen Schmerzen fahles Gesicht. »Ich bin so glücklich, daß alles so gekommen ist. Es ist mir, als seien sechsundzwanzig Jahre nicht vergangen und wir hätten eben erst geheiratet und schmiedeten Pläne für die Zukunft.«

»So müßte es immer sein, Karli«, sagte Erika. Sie schloß wieder die Augen. Eine wohlige Müdigkeit glitt über sie. Sie spürte die streichelnden Finger ihres Mannes, und unter diesem seligen Gefühl schlief sie ein.

Auf Zehenspitzen verließ Haußmann das Krankenzimmer und zog hinter sich ganz leise und langsam die Tür zu.

»Wie geht es ihr?« fragte eine helle Stimme. Haußmann fuhr wie nach einem Boxhieb in den Rücken herum. Marion Gronau saß in einem Flechtsessel in einer Ausbuchtung des Ganges und ließ ihr goldblondes Haar in der Sonne leuchten. Sie sah berückend aus. Braungebrannt, in einem engen Kleid, die Lippen grellrot geschminkt, die Augenbrauen dunkel nachgezogen. Ein Bild aus einem Männer-Magazin.

»Wo kommst du denn her?« fragte Haußmann rauh.

»Aus Sarajewo, Bärchen.«

»Seit wann bist du hier?«

»Seit zwei Stunden. Der junge Lord Robert hat mich mitgenommen, aber dann geschahen anscheinend wunderliche Dinge, denn Robert verabschiedete sich vor einer halben Stunde von mir, sagte: ›Leben Sie wohl, Marion. Es ist schade, daß die Zeit zu kurz war, um uns näher kennenzulernen...‹ und ging davon, als käme er nicht mehr zurück. Nun sitze ich hier wie das verlaufene Rotkäppchen und hoffe, daß mein Bärchen nicht wie der Wolf ist, der es frißt.«

»Laß diesen Blödsinn! Benimm dich doch nicht wie ein Kind! Was willst du hier?«

»Welche Frage!« Das Puppengesicht Marions veränderte sich. Es wurde ›dienstlich‹. »Ich hocke hier in dieser heißen, alten, nach Ziegen stinkenden Stadt, statt in Rimini am Strand und in deinen Armen zu liegen, wie du es mir versprochen hast. Und da fragst du noch...«

In Karl Haußmann war nichts mehr, was ihn an Marion Gronau band. Er sah zwar ihre golden leuchtenden Haare, er sah ihre in dem engen, tief ausgeschnittenen Kleid kaum verhüllten, straffen Brüste, er sah ihre langen, schlanken Beine, aber sie hatten auf ihn keine Wirkung mehr. Er wurde nicht unruhig, sein Herz begann nicht zu zucken, seine Gedanken kreisten nicht mehr wollüstig in Vorsünden. Kühl betrachtete er sie und schob die Unterlippe etwas vor.

»Du sollst haben, was du willst«, sagte er geschäftsmäßig. Er griff in die Tasche und holte einige Geldscheine heraus. »Das wird reichen für eine Überfahrt nach Italien, für zwei Wochen Rimini und die Rückkehr nach Gelsenkirchen. Und wenn du mehr Kapital brauchst: Es wird dir nicht schwerfallen, gewisse Dinge in Münze umzusetzen.«

»Du bist ein ganz gemeiner, mieser Bursche«, sagte Marion gefährlich leise.

»Ich wünsche dir eine gute Fahrt«, erwiderte Haußmann steif.

»Du schiebst mich also ab?«

»Ich ziehe einen Strich.«

»Aus also?«

»Ja.«

»Aber dann für immer!«

»Natürlich.«

»Wenn du in Gelsenkirchen mich wieder in dein Büro rufen läßt... ich schlage dir ins Gesicht.«

»Dazu wird es nie kommen.« Haußmann legte die Geldscheine vor Marion auf den kleinen, runden Blumentisch. »Wenn du nach dem Urlaub in den Betrieb kommst, wirst du deine Kündigung vorfinden.«

»Ich habe einen Dreijahresvertrag als Chefsekretärin!«

»Man wird dich auszahlen.«

»Wie nobel! Also endgültig Schluß?«

»Ja.«

Marion raffte das Geld zusammen und schob es in ihre Handtasche. »So schiebt man eine alternde Hure ab«, sagte sie laut.

»Zwinge mich bitte nicht dazu, dir darauf eine Antwort zu geben.« Haußmann sah sie noch einmal an. Ganz kurz leuchtete die Erinnerung auf, der lächerliche Bocktanz eines alternden Mannes. Da wurde sein Gesicht hart, und Marion wußte, daß zwischen ihnen jetzt eine unüberbrückbare Kluft war. Es hatte keinen Sinn mehr, zu reden und zu vermitteln.

»Leb wohl«, sagte sie gepreßt.

»Gute Fahrt.«

»Bärchen...«

»Bitte?« Haußmann drehte sich noch einmal um. Seine Augen waren fremd.

»Ich habe dich wirklich geliebt...«

Stumm wandte sich Haußmann ab und ging den langen weißen Gang entlang zum Fahrstuhl. Er fuhr hinunter ins Parterre, zu Zimmer 2a, wo Lord Rockpourth auf ihn wartete, um ihm zu erzählen, daß er gar keinen Krebs habe und daß alle Ärzte Dummköpfe seien.

Meliha, das schlanke, kindhafte Mädchen, führte Frank Hellberg in das geräumige Wohnzimmer. Durch ein hohes, großes Fenster, vor das tagsüber eine Sonnenblende aus hellgrünem Plastik hängt, fiel der Blick auf die Straße und den Fluß Miljaca. Ein ovaler Eßtisch stand in der Mitte des Zimmers, bedeckt mit einer Samtdecke. Darüber hatte man zum Schutz gegen Flecken eine durchsichtige Plastikdecke gezogen. Sechs Stühle standen um den Tisch, eine Deckenlampe gab warmes, aber nicht das ganze Zimmer ausfüllendes Licht. Rechts neben der Tür stand ein Tischchen mit einem modernen Radiogerät. Hellberg mußte unwillkürlich lächeln. Ein deutsches Gerät. Grundig. Die Wände des Zimmers waren blaugetüncht. Eine Couch stand an der Längswand, eine zweite Couch unter dem Fenster. Über beiden lagen dunkelrote, orientalische Decken und viele Kissen mit Samtbezügen. Sie waren mit leuchtenden Farben reich bestickt. Eine goldene Schrift fiel Hellberg sofort auf. ›Souvenir of Lybia‹ stand auf einem der Kissen. Der Fußboden war mit Linoleum in Parkettmuster ausgelegt. Darauf lag ein maschinengewebter Orientteppich. An den Wänden hingen Bilder. Gerahmte Koransprüche in arabischer Sprache, Bilder aus Mekka, Surentexte, arabische religiöse Darstellungen. Über der Couch an der blauen Wand mit den stilisierten Blütenmustern hing ein gewebter Wandbehang: ein orientalischer Palast im Mondschein, den zwei Reiter flüchtend verlassen. Der eine Reiter preßte eine geraubte Frau in seine Arme, der andere, der Verfolger, jagte ihnen nach mit einem Vorderlader in der Hand, bereit, den Frauenräuber niederzuschießen.

Über den Tisch verstreut standen kristallene Aschenbecher und Vasen mit künstlichen Blumen. Nelken aus Plastik. Ein Kamel marschierte über den Tisch, so sah es aus – aber es war nur ein Feuerzeug. Drückte man auf den einen Höcker, sprang der zweite auf und gab die Flamme frei. Ein Kamel, aus Silber geschmiedet.

Frank Hellberg hatte dies alles mit wenigen Blicken erfaßt. So wohnt ein Genie, dachte er, und war über diese Bürgerlichkeit sehr enttäuscht. Hier soll ein Mittel entdeckt worden sein, das man ein Wunder nennt?

An dem ovalen Tisch saß die ganze Familie. Dr. Fahrudin Zeijnilagic hatte sich sofort erhoben, als seine Tochter Meliha den Besucher ins Zimmer führte. Er war ein großer, stattlicher Mann mit markantem Gesichtsschnitt, der beherrscht wurde von einer starken, spitzen Nase. Über einer hohen Stirn wellte sich volles, schwarzbraunes Haar. Eine leichte Schläfenglatze war geschickt von einer großen Locke bedeckt. Als er Hellberg die Hand gab, war der Druck kräftig und selbstbewußt. Die dunklen Augen blickten Hellberg ruhig und doch forschend an.

»Ich freue mich«, sagte Dr. Zeijnilagic mit sympathischer Stimme auf englisch, »daß ich Sie heute allein sprechen kann. Sonst ist es unmöglich, da drängen sich in der Diele die Kranken, stehen auf der Treppe bis hinaus auf die Straße. Es gab Tage, da war das Haus umlagert wie eine Festung. Die Miliz mußte den Verkehr von der Obala umleiten. Aber seit zwei Tagen ist es ruhiger.«

»Das Verbot des HTS.« Hellberg verbeugte sich vor den anderen, die um den ovalen Tisch saßen. Dr. Zeijnilagic stellte sie vor.

»Meine Frau Emina. Sie ist Chemikerin und Lehrerin. Meliha, meine älteste Tochter, kennen Sie schon. Das ist Virdana, die jüngere. Und das ist meine Mutter Naifa. Sie ist nach Mekka gepilgert.« Hellberg hörte, mit welcher Hochachtung er das sagte. Eine Mekkapilgerin in der Familie, eine Mutter, die am Grabe des Propheten gebetet hatte – das ist eine Gnade Allahs für die ganze Familie.

Hellberg verbeugte sich, dann wurde ihm ein Stuhl hingeschoben, er saß am ovalen Tisch, und es war ihm, als sei er damit in den Kreis der Familie aufgenommen. So selbstverständlich war das alles, als lebe er schon Jahre hier und sei eben von einem Spaziergang zurückgekommen. Meliha, die älteste der Töchter, ging hinaus und kam mit einer Kanne Tee zurück.

»Trinken Sie Rum dazu?« fragte Dr. Zeijnilagic. »Oder Kognak? Wir nehmen keinen Alkohol, wir sind strenge Moslems.«

»Danke«, sagte Hellberg ein wenig unsicher. Er war beeindruckt von der Einfachheit dieses Lebens, von der Freundlichkeit und der familiären Atmosphäre.

»Sie sagten, Sie wollten alles wissen«, fing Dr. Zeijnilagic die Unterhaltung an. Er bot Hellberg goldgelbe orientalische Zigaretten an. Er selbst rauchte nicht. »Das ist eine weite Frage.«

»Darf ich ganz hart sein, Doktor?« Hellberg tat es fast leid, dies zu fragen. Dr. Zeijnilagic nickte.

»Bitte.«

»Glauben Sie selbst an Ihr HTS?«

»Ich habe sechzehn Jahre damit zugebracht, mich an den Glauben zu gewöhnen, daß mir eine große Entdeckung gelungen ist«, antwortete Zeijnilagic. »Es begann mit einem Patienten, der einen Tumor in der Mundhöhle hatte. Ich bin Zahnarzt und Mundhöhlenspezialist. Damals, vor 16 Jahren, konnte ich meinen Patienten nicht heilen, nur belügen, es sei ungefährlich. Aber diese Lüge war in mir wie ein Motor: Du mußt helfen! Ich hatte ein kleines Labor, primitiv eingerichtet. Was kann sich ein junger Zahnarzt schon leisten! Aber ich stieß bei einer Reihe Blutuntersuchungen auf interessante Dinge, die jetzt zu erklären zu umfangreich sind. Kurzum: Ich spezialisierte mich auf Blutsedimente und entdeckte einen Weg zur Frühdiagnose bestimmter Ca-Formen. Aus dem Blutbild heraus. Ein paar Jahre später bekam ich den ehrenvollen Ruf, Lehrer an einer Dentistenschule zu werden. Ich wurde Professor, Chef eines Kliniklabors in Sarajewo... und ich hatte endlich Möglichkeiten, meine Blutsedimente in großem Stil zu erforschen. Ich fuhr nach Belgrad und nach Köln, zu Professor Gohr. In Belgrad wurde ich ausgelacht, in Köln überprüfte Professor Gohr meine Forschungen und ermunterte mich weiterzumachen. Es ist wie überall auf der Welt, Herr Hellberg: In Sarajewo nannte man mich einen Phantasten, in Belgrad hörte ich unverbindliche Reden; die anderen Ärzte, vor allem die Kliniker, schnitten mich. Aber ich gab nicht auf. Ich stellte eines Tages mein Ur-HTS her und verabreichte es Krebskranken. In den Augen der Wissenschaft ein Verbrechen, weil vorher nicht hundert Kaninchen, tausend Meerschweinchen, zweitausend Ratten und zehn Affen behandelt worden waren!«

Dr. Zeijnilagic nippte an dem heißen Tee. Seine alte Mutter, Naifa, nickte ihm zu, obwohl sie kein Wort verstanden hatte. Seine Frau Emina, die ebenso gut englisch sprach wie er, hatte ernste Augen.

»Rückschläge schienen meinen Gegnern recht zu geben: Es gab Sekundärschäden durch das HTS. Aber das lag nicht am Präparat selbst, sondern an der chemischen Zusammensetzung, an der Dosierung der einzelnen Stoffe zueinander. Ich arbeitete weiter, und dann kam der Tag, vor vier Jahren, als die Ärztin Dr. Zlata Babic zu mir kam. Ich werde Ihnen ihre Krankengeschichte zeigen, es ist kein Trick dabei. Durch eine Kommission, zu der verschiedene Ärzte gehörten, war

Dr. Zlata Babic als hoffnungsloser Fall aufgegeben worden. Sie war zum Sterben verurteilt. Diagnose: Bereits inoperabler Ca mammae golidum mit Metastasen unter dem linken Arm. Über die Lymphe also eine weitere Streuung im ganzen Körper... An Dr. Babic versuchte ich mein neues HTS... sie ist heute völlig geheilt, praktiziert wieder, wohnt hier in Sarajewo und ist bereit, sich mit Ihnen zu unterhalten. Es ist röntgenologisch und pathologisch festgestellt, daß Dr. Zlata Babic keine Ca-Zellen mehr im Körper hat. Das war mein erster Fall von Heilung. Es war ein Kuß Allahs auf meine Stirn.«

»Und heute...« sagte Hellberg seltsam ergriffen von diesem Bericht.

»Gehen Sie auf die Straße«, sagte Dr. Zeijnilagic ruhig. »Fragen Sie die Menschen. Jeder dritte wird Sie zu einem HTS-Geheilten führen. Dreitausend Kranken konnte ich helfen. Über tausend sind geheilt, den anderen habe ich ein sanftes, schmerzfreies, nicht von Morphium umdunkeltes Lebensende verschafft.«

»Tausend vollkommene Heilungen...« sagte Hellberg leise. Es war ihm, als stocke ihm der Atem. »Und trotzdem verbietet man jetzt das HTS?«

Dr. Zeijnilagic griff zu den Zigaretten und steckte sich eine an. Jetzt, wo er rauchte, sah Hellberg, wie nervös und aufgewühlt er innerlich war. Seine gepflegten Finger zitterten leicht.

»Es ist einfach, einem Mann sein Lebenswerk zu zerstören«, sagte Dr. Zeijnilagic ohne Bitterkeit in der Stimme. »Ein Gremium von fünfzehn Ärzten, das das Gesundheitsministerium in Belgrad eingesetzt hat, kam zu negativen Ergebnissen. Ein harmloses Mittel, sagten die einen. Gefährlich in den Nebenwirkungen, die anderen. Die fünfzehn wurden sich nicht einig... aber Belgrad verbot vorgestern das HTS mit der Begründung, die unkontrollierte Herstellung und Abgabe solle damit verhindert werden. Aber kein Wort gegen HTS selbst! Der Neid meiner Kollegen ist eben stärker.«

»Und die Kranken?«

»Sie saßen noch gestern auf meiner Treppe und weinten und bettelten, und ich konnte ihnen kein HTS geben! Ich habe mit ihnen geweint.«

Das klang nicht dramatisch. Es klang einfach wahr. Hellberg sah auf seine Hände.

»Ich werde Ihnen helfen, Dr. Zeijnilagic«, sagte er fest. »Ich glaube an Sie und Ihr HTS!«

Dr. Zeijnilagic sprang auf. Mit großen Schritten ging er um den ovalen Tisch herum. Seine Familie verfolgte ihn mit den Blicken.

»Man soll mich doch nicht a priori verdammen!« sagte er laut. »Man soll prüfen, prüfen, prüfen! Ich kann sagen, was ich will: Entweder glaubt man mir, oder man verdammt mich. Aber keiner geht wissenschaftlich an die Sache heran. Nichts wünsche ich mehr als die klinische Erprobung auf breiter, wissenschaftlicher Basis. In Ialien fangen ein paar Kliniken damit an – aber sonst? Man schweigt einfach! Warum? Geht es nicht um Millionen hoffnungsloser Krebskranker? Warum prüft man nicht in aller Welt mein HTS? Dem Resultat einer solchen weltweiten Untersuchung werde ich mich beugen.«

Frank Hellberg nickte. Er war versucht, aufzuspringen und den Arzt zu umarmen.

»Ich werde diesen Aufruf in die Welt hinaustrommeln!« rief er. »Ich werde so lange rufen, bis man es hört... hören muß! Und wenn die Kranken Sturm laufen gegen die Borniertheit der Schulmedizin!«

Dr. Zeijnilagic lächelte nachsichtig, gerührt vom Enthusiasmus Hellbergs. »Ich habe eine hohe Achtung vor den Deutschen«, sagte er. »*Ich hoffe sehr, daß auch in Deutschland einmal klinische Versuche mit HTS gemacht werden. Ich kenne die Deutschen als ernsthafte, ehrliche und unvoreingenommene Forscher.*« (Anmerkung des Verfassers: Wörtliches Zitat aus einem Interview mit Dr. Z. in Sarajewo.)

»Es wird eines Tages soweit kommen«, sagte Hellberg und erhob sich gleichfalls. »Man kann daran nicht vorübergehen, wenn man ein ärztliches Gewissen hat! Man kann Wunder nicht ignorieren.«

Dr. Zeijnilagic schüttelte den Kopf. »Es ist gar kein Wunder, mein junger Freund. Es ist kein Geheimnis, woraus HTS besteht. Lauter bekannte Drogen: Chinin, Natriumtiosulfat, Kampfer, Prokain und Koffein-Natrium Benzoat. In minimalen, aber genau zueinander ausgewogenen Quantitäten. Hier liegt allein das ganze Geheimnis! Es ist wie das Salz in der Suppe – richtig dosiert, gibt es der Suppe Würze, falsch dosiert, versalzt es alles oder geht geschmacklos unter. Ich brauchte sechzehn Jahre, um die richtige Dosierung zu finden... es wäre ein Unglück für die hoffenden Krebskranken, wenn nochmals sechzehn Jahre vergehen müßten, ehe man diese Dosierung als richtig bestätigt. Ich sage es erneut: Ich wäre glücklich, wenn Deutschland sich in die große Überprüfung einschalten würde. Ich bin bereit, deutschen Arzneimittelfabriken mein HTS zu überlassen. Aber man soll mich nicht verdammen, einen Scharlatan nennen. Es ist mir nur gelungen, eigene und fremde Erfahrungen auszusieben und zu kombinieren. Und ich habe nie behauptet, Krebs heilen zu können, sondern ich habe immer gesagt: Ich kann helfen, die Leiden zu lindern. Ich kann den Krankheitsverlauf beeinflussen, ich kann mit HTS in Verbindung mit einer Polyvitamin-Therapie erreichen, daß die Schmerzen schnell nachlassen, die Darmfunktion verbessert wird, der Appetit wiederkommt, die Krankheit an sich zurückgeht, der Kranke neuen Lebensmut schöpft und eigene Abwehrstoffe aktiviert... und gibt es dann eine Heilung, so sollte man Gott danken und nicht von Betrug reden!«

Hellberg nickte zustimmend. Dieser Mann ist ein Geschenk Gottes, dachte er. Er wird Claudia heilen und Frau Haußmann, Lord Rockpourth und viele andere Hoffnungslose. Und es war gut, daß Hellberg in dieser Minute nicht wußte, was sich in Wahrheit ereignet hatte.

»Man hat das HTS verboten«, sagte er, »aber das Volk

wird auf die Barrikaden gehen. Glauben Sie es mir, Doktor. Und ich gehe mit.«

Dr. Zeijnilagic hob ein wenig müde die Hände. »Morgen wird eine Abordnung von Krebskranken und deren Angehörigen von Marschall Tito empfangen. Sie werden ihn um Wiederzulassung des HTS bitten und eine weitere Überprüfung des Präparates. Und vor meinem Haus wird man Unterschriften sammeln für einen großen Protest...«

»Das wird helfen!« rief Hellberg. »Das wird die Augen in aller Welt öffnen!«

»Nein.« Dr. Zeijnilagic setzte sich wieder und legte seine Hand auf den Arm seiner alten Mutter Naifa, der Pilgerin nach Mekka zum Grabe des Propheten. »Im Gegenteil... man wird es mir übelnehmen und mich einen Marktschreier nennen. Warten wir den Morgen ab...«

Wie benommen ging Frank Hellberg später zu Fuß in sein Hotel zurück.

Morgen, dachte er. O nein... in ein paar Wochen. Wenn er Claudia heilen kann, wird es meine Lebensaufgabe sein, der Welt zu verkünden, daß der Krebs, die Geißel unserer Menschheit, seinen Schrecken verloren hat, wenn die Menschheit es nur will.

An Claudia Torgiano sollte es bewiesen werden, wie vor vier Jahren an der jugoslawischen Ärztin Dr. Zlata Babic. Wie ein Sieger betrat Hellberg die Halle des Hotels Beograd. Der Nachtportier wartete schon auf ihn. Ein Anruf aus Mostar war notiert worden. Karl Haußmann hatte alle Hotels Sarajewos angerufen, bis er Hellbergs Quartier fand.

»Please...« sagte der Nachtportier.

»Kommen Sie zurück nach Mostar«, las Hellberg mit immer ratloseren Augen. »Erika ist operiert worden. Es war kein Krebs. Auch der Lord soll keinen haben. Lassen Sie Claudia hier untersuchen. Das HTS ist vielleicht ganz falsch für uns.«

Langsam, wie gelähmt, ließ sich Hellberg in einen der Sessel der Hotelhalle gleiten. Der Zettel flatterte auf den schönen, roten Teppich.

»Das durfte nicht kommen«, sagte er leise. »Das hebt eine ganze Welt der Hoffnung aus den Angeln.«

Und er beschloß, in Sarajewo zu bleiben. Gerade weil es um Claudia ging und er blindes Vertrauen zu Dr. Zeijnilagic hatte.

Mit einem schweinsledernen Koffer und einer Umhängetasche stand Marion Gronau in der großen Hotelhalle des neuen Bahnhofes in Sarajewo und wartete auf den Schnellzug nach Zagreb. Er wurde in Sarajewo eingesetzt und fuhr über Ljubljana nach Villach und von dort durch Österreich nach München.

Marions Ferienabenteuer war beendet, und mit ihm auch ein Lebensabschnitt. In Gelsenkirchen erwartete sie die Kündigung, und sie hatte nicht die Absicht, dagegen Protest zu erheben oder vor dem Arbeitsgericht zu klagen. Zuviel schmutzige Wäsche würde dann gewaschen werden; niemandem nützte es, bei allen bliebe höchstens ein dunkler Fleck auf der Weste zurück.

Wie sie jetzt auf dem Bahnsteig stand und mit Hunderten Jugoslawen, meistens Moslems, auf den Zug wartete, kam sie sich elend und ungerecht behandelt vor. Wie eine Ausgestoßene war sie. Haußmann hatte sie von Mostar weggehen lassen, ohne ein weiteres Wort zu sagen. Dreimal hatte sie noch versucht, ihn zu sprechen, aber er verkroch sich in das Krankenzimmer Erikas, das ihm jetzt wie eine Festung war. Auch auf einem Zettel, den sie einer Schwester mitgab, reagierte er nicht: Abfahrt nach Sarajewo 12.42 Uhr.

Karl Haußmann kam nicht zum Bahnhof. Bis zum Abfahrtspfiff hatte Marion gewartet und immer wieder auf die Eingänge gestarrt, und auch als der Zug nach Sarajewo schon fuhr, stand sie am offenen Fenster und suchte nach Haußmann.

In Sarajewo erkundigte sie sich sofort nach Frank Hellberg. Da nur wenige Hotels in Frage kamen, fand sie ihn schnell im

Hotel Beograd. Aber auch Frank Hellberg war nicht auf seinem Zimmer. »Er ist bei Dr. Zeijnilagic«, sagte der Portier und musterte die auffällige Blondine. Portiers in Hotels haben ein gutes Auge, sind Psychologen und haben einen sechsten Sinn. Hier ist eine Komplikation zu befürchten, dachte der Portier und dachte an die zarte, blasse Claudia Torgiano. »Soviel ich weiß, will sich Herr Hellberg mit Signorina Claudia in eine Privatklinik begeben.« Das war gelogen, denn in Sarajewo gab es gar keine Privatklinik, die unter Leitung Dr. Zeijnilagics stand. So etwas gibt es in ganz Jugoslawien nicht, denn die Gesundheit ist staatlich. Aber wer weiß das?

»Wann kommt Herr Hellberg wieder?« fragte Marion. Sie war müde von der Fahrt durch den heißen Sommertag.

»Ganz unbestimmt«, sagte der Hotelportier.

»Wenn er zurückkommt, geben Sie ihm bitte einen Brief.«

Marion setzte sich in die Halle an einen der kleinen Tische und schrieb ein paar Zeilen. Dann ging sie zum Hotel Europa, wo Lord Rockpourth Zimmer bestellt hatte, und wartete. Sie blieb auf ihrem Zimmer, ließ sich das Essen hinaufbringen und kam sich ausgesprochen elend vor.

Als es Abend wurde und Frank Hellberg immer noch nicht gekommen war und auch nicht angerufen hatte, begann sie zu weinen. Gegen 22 Uhr telefonierte sie mit dem Hotel Beograd. Hellberg kam nicht ans Telefon. Er ließ sagen, daß er ihr eine gute Reise wünsche. Eine Brüskierung, die Marion wie einen Schlag ins Gesicht empfand.

Nun wußte sie, daß sie allein war. Völlig allein. Dieser Zustand würde zwar nicht lange andauern, denn dazu wirkte sie zu sehr auf Männer, aber es war beschämend, nun dazustehen wie ein Hund, den man vor der Tür getreten hat.

Kurz vor der Abfahrt des Zuges nach Villach sah Marion die große Gestalt Hellbergs durch die Menschenmenge drängen. Seine blonden Haare schimmerten in der Sonne. »Hier!« schrie Marion aus dem Fenster. »Hier! Frank, Frank!« Sie winkte mit beiden Armen. Ein Schimmer Hoffnung glomm in ihr auf. Er kommt doch! Er läßt mich nicht wegfahren wie eine Aussätzige.

»Marion...« Hellberg stand unter dem Abteilfenster und reichte ihr die Hand hinauf. Sie ergriff sie mit beiden Händen und hielt sie fest.

»Das ist schön, daß du gekommen bist«, sagte sie mit Tränen in der Stimme. »Du läßt mich nicht einfach verschwinden...«

»Würde es dich gewundert haben, wenn ich es getan hätte?« fragte er ernst.

»Nein...« Marion senkte den Kopf. »Ich habe vieles falsch gemacht, Frank.«

»Alles!«

»Ja. Ich habe einen Traum vom goldenen Glück geträumt.«

»Auf Kosten anderer. Das war gemein.«

»Ich weiß es, Frank.«

»Was wirst du nun tun?«

»Ich fahre so schnell wie möglich zurück nach Gelsenkirchen, packe meine Sachen und verschwinde. Eine Stellung ist leicht zu finden... ja, und das Leben geht dann weiter...« Sie hielt noch immer seine Hand umklammert und sah ihn jetzt aus ihren großen, blauen Augen traurig an. Augen, die ihn noch vor zwei Wochen fasziniert und jünglingshaft verliebt gemacht hatten.

»Und du, Frank?«

»Ich fahre mit Claudia nächste Woche auch zurück nach Deutschland.«

»Du liebst sie?«

»Ja«, sagte Hellberg schlicht.

»Und dieser Dr.... Dr. Znei...«

»Zeijnilagic...«

»Ja. Er kann Claudia helfen?«

»Ich glaube nicht. Er hat sie heute untersucht, wir sind zum Krankenhaus gefahren und haben sie durchleuchtet und Röntgenaufnahmen gemacht.«

»Und sie hat Krebs?«

»Ja.« Hellbergs Gesicht wurde wie aus Stein. »Es ist einwandfrei Lungenkrebs. Sie sollte operiert werden... auch Dr. Zeijnilagic rät dazu. Er hat uns 20 Kapseln HTS gegeben. Nicht zur Heilung, sondern zur Vorbeugung gegen Metastasen. Heute hat Claudia die erste Kapsel genommen.«

»Dann wünsche ich dir... euch... viel Glück«, sagte Marion Gronau leise.

Die Bahnbeamten schrien den Zug entlang, die Türen klappten, vorne pfiff die Lokomotive.

»Und wenn Claudia sterben sollte...« sagte Marion.

»Daran denke ich gar nicht.« Hellberg drückte ihre Hände.

»Mach's gut, Marion! Und viel Glück im Leben.«

»Danke, Frank!«

Der Zug ruckte an. Marion Gronau winkte noch ein paarmal, dann trat sie zurück vom Fenster und schloß es mit einem Ruck. Es war ein Schlußstrich unter die Vergangenheit. Nun begann die Zukunft wieder. Aber es war nicht mehr so trostlos wie vor ein paar Minuten. Der Abschied von Frank Hellberg hatte ihr neuen Mut gegeben. Ihre Niedergeschlagenheit war verflogen. Ich bin noch jung, dachte sie. Himmel, 23 Jahre – da beginnt doch erst das Leben!

Hellberg sah dem Zug nach, bis er zwischen den Bergen verschwand. Dann ging er zurück zur Straße und zu der dort wartenden Taxe. Claudia stieß die Tür auf, als sie ihn kommen sah.

»War's schlimm, Liebster?« fragte sie und lächelte, als brauche er Trost.

»Gar nicht.« Hellberg ließ sich neben Claudia auf die zerschlissenen und verblichenen Polster fallen. »Ein bißchen peinlich ist so ein Abschied fürs ganze Leben, aber Gott sei Dank ging es schnell.«

»Nun sind wir allein.« Claudia legte den Kopf an seine Schulter, und er legte den Arm um sie. »Nun gehören wir nur noch uns.«

»Uns ganz allein, Claudia.«

»Und ich werde gesund, nicht wahr?«

»Ja. Du wirst wieder ganz gesund.«
»Das haben die Ärzte im Krankenhaus gesagt?«
»Ja, mein Liebes.«
»Und auch Zeijnilagic?«
»Hätte er dir sonst die Kapseln HTS gegeben?«
»Und wenn ich wieder ganz gesund bin...«
»Ja, wir heiraten!« Hellberg beugte sich über ihr blasses Gesichtchen und küßte sie auf die großen, braunen Augen. »Wer könnte dich so lieben wie ich!«

Die Taxe fuhr an. Ohne zu fragen, fuhr der Chauffeur aus Sarajewo hinaus zum Bergmassiv des Trebevic, zu den schattigen Wäldern und stillen Schluchten und den Berghütten Dobra Voda, Brus, Celina und Ravne... den Wäldern der Verliebten, wie man in Sarajewo sagt.

Um die gleiche Zeit wanderte Marion Gronau durch den Zug zum Speisewagen. Alle Plätze waren besetzt, bis auf einen Doppelsitz, auf dem ein älterer Herr mit gelockten, melierten Haaren und einer goldenen Brille saß. Als er die suchend sich umsehende Marion bemerkte, sprang er auf und zeigte auf den freien Platz an seiner Seite:

»Madame... wenn Sie mit der Gesellschaft eines alten Mannes vorliebnehmen wollen?«

Marion lächelte dankbar. Der gepflegte ältere Herr sprach französisch, aber er schien kein Franzose zu sein.

»Danke«, sagte Marion auf deutsch. Der Herr rückte noch mehr zur Seite. »Eine Landsmännin!« rief er. »Das ist doppeltes Glück. Sie gestatten: Bronneck. Helmar von Bronneck aus Wiesbaden. Nun sind die kahlen, heißen Felsen da draußen nicht mehr so trostlos.«

Am Abend, hinter Villach, tranken sie schon zusammen Wein und waren sehr fröhlich. Das Leben geht weiter... und es war für Marion Gronau immer angenehm...

In Mostar gingen vierzehn Tage wie im Fluge herum.

Erika erholte sich von der Operation erstaunlich schnell,

vor allem, weil Professor Kraicic mehrmals eine Bluttransfusion gab und Erikas Widerstandskraft mit Injektionen von Hormonen und Vitaminen stärkte.

»Wie sind Ihre weiteren Pläne?« fragte er nach zehn Tagen Karl Haußmann.

»Wie Sie mir geraten haben: Ab nach Venedig, und vier Wochen Nichtstun und nur glücklich sein.«

»Und sonst...?« Professor Kraicic sah Haußmann fragend an, ein Blick von Mann zu Mann. »Auch alles in Ordnung?«

»Ja...« antwortete Haußmann.

Er kam sich mickrig vor diesem Arzt gegenüber, der ihn mit seinen gütigen und doch zwingenden Augen sofort durchschaut hatte. »Alles...«

»Ihre Sekretärin?«

»Ist bereits seit Tagen in Deutschland.«

»In Ihrem Betrieb?«

»Nein. In Wiesbaden. Sie hat gekündigt und tritt eine Stelle in einer Sektkellerei an, Baron von Bronneck.«

Professor Kraicic nickte. »Dann werden Sie das Wunder erleben, wie schnell ein Mensch heilen kann. Nicht nur die Operationswunde verheilt... auch der seelische Schmerz.«

»Welch ein Glück, daß wir nicht allein dem HTS ausgeliefert waren«, sagte Karl Haußmann.

»Es hätte in diesem Fall wenig geholfen, nein, gar nichts. Aber es scheint doch, als wenn man dem Kollegen Zeijnilagic Unrecht getan hätte. Die staatliche Gesundheitsbehörde hat nach vielen Protesten, vor allem aus dem Ausland, die Herstellung der HTS-Kapseln wieder freigegeben. Aber nun unter ständiger Kontrolle. Die chemische Fabrik Bosna-Lijek in Sarajewo, Blagoja Parovica, stellt sie jetzt her und gibt sie zu Forschungszwecken, aber auch an Patienten und Ärzte kostenlos ab.«

»Sie helfen also wirklich?« fragte Haußmann.

»Das müssen wir abwarten.« Professor Kraicic sah aus dem Fenster hinaus in den etwas staubigen, sonnendurchglühten Klinikgarten. »Ich habe auch einige hundert Kapseln kommen lassen. Ich habe neun inoperable Krebsfälle auf Station I. Eine wichtige Veränderung im Allgemeinbefinden haben wir festgestellt, und sie sind wertvoll für einen Krebskranken, dessen psychologische Betreuung mit am Anfang jeder Therapie steht: Das HTS regt den Appetit des Kranken an, fördert die Verdauung, hebt sein allgemeines körperliches Befinden und gibt ihm durch diese Kleinigkeiten neuen Lebensmut. Außerdem wirkt HTS schmerzlindernd und befreit den Kranken von starken Schmerzen ohne das Gift des Morphiums. Interessant ist, daß HTS auch hilft bei Ulcus, Gastritis chronica und rheumatischem Ischias. Natürlich müssen eingehende Kontrollen durchgeführt werden, deshalb ist es leichtsinnig, einem Kranken das Mittel ohne ärztliche Betreuung zu geben. Kommt erneut Fieber auf, zeigt sich Durchfall, läßt der Kranke innerhalb von vierundzwanzig Stunden weniger als einen halben Liter Urin, dann muß man unterbrechen. Außerdem soll man das HTS mit einer Hormon-Polyvitamintherapie unterstützen... es ist nicht damit getan, daß man HTS nimmt wie ein Bonbon... Auch bei Wundermitteln braucht man den Arzt.«

»Und wenn der Arzt das Mittel ablehnt?«

»Dann ist er ein kurzsichtiger Arzt. Revolutionen in der Medizin beginnen nicht immer mit Großlabor. Und Borniertheit hat noch keinem Patienten geholfen. Ich weiß...« Professor Kraicic hob die Hand, als Haußmann etwas entgegnen wollte. »Ich kenne die Trägheit der meisten Ärzte. Da hat man eine große Praxis mit täglich sechzig bis hundert Patienten, die man gar nicht individuell untersuchen kann. Und da legt man sich zehn Stammrezepte zu, die man verteilt. Ein bißchen Theater vorweg... Zunge zeigen, hier und dort drücken, Blutdruck messen, wenn's hoch kommt, Abhören mit dem Stethoskop... und dann Rezept Nr. 7! – Ich weiß das alles, Herr Haußmann! Aber viel schuld ist Ihr System mit den Krankenscheinen. Das verleitet zur Gleichgültigkeit gegenüber dem Individuum. Bei uns ist das anders. Wir sind Staatsbeamte. Das Gesundheitswesen ist staatlich. Die Behandlung der Kranken ist frei. Wir bekommen ein Gehalt. Die Jagd nach dem Krankenschein ist vorbei. Und wir haben Zeit und vor allem Interesse für den Menschen; wir brauchen nicht um eine volle Kartei zu ringen. Bei uns ist der Kranke nicht Inhaber eines Krankenscheins, der ein Vierteljahr Sicherheit für den Arzt bedeutet, sondern ein Teil unseres Volkes, den man gesundhalten muß. Damit das ganze Volk, unser Staat gesund bleibt.«

»Erzählen Sie das mal in Deutschland.« Haußmann lächelte sauer. »Die Ärzte würden sich zusammenfinden, Sie für irr erklären und in einer Heilanstalt verschwinden lassen.«

Professor Kraicic nickte wieder. »Ich weiß. Das unterscheidet uns von der kapitalistischen Welt. Darum geben wir auch das HTS kostenlos ab. Als es verboten wurde, wurde eine Kapsel HTS mit zwei Gramm purem Gold auf dem Schwarzmarkt gehandelt. So etwas ekelt uns an. Diese Geschäftemacher mit der Todesangst sollte man aufknüpfen.«

Haußmann schwieg. Er sah Kraicic in die ernsten Augen. Jetzt ist er wieder Orientale, dachte er. Aufknüpfen. Das sagt er, der große Chirurg von Mostar. Welches Rätsel ist doch der Mensch! Ein Rätsel und ein Wunder geschah aber wirklich in diesen Tagen: Rockpourth stand aus dem Bett auf und bewegte sich auf seinen eigenen Beinen.

Er ging.

Zwar noch am Arm von zwei Pflegern, aber er bewegte die Beine, trat auf und stieß bei jedem Schritt, den er tat und bei dem er die Dielen unter seinen Fußsohlen spürte, einen schnaufenden Laut aus.

»Sehen Sie sich das an, Sir!« sagte er, als Haußmann ihm auf dem Flur begegnete. »Die Mohammedaner kriegen hin, was Christen und Mongolen nicht fertigbrachten: Ich gehe wieder! Ihre ehrliche Meinung, Sir: Was halten Sie davon, wenn ich zum islamischen Glauben übertrete und mich Ali Achmed Ben Jussuf nenne?«

Haußmann lachte schallend. Lord Rockpourth verzog das Gesicht und humpelte am Arm seiner Pfleger weiter.

Er war ein Paradepatient geworden. Jeder Kommission, die aus Belgrad, Sarajewo oder Zagreb kam, und sie kamen laufend, um die HTS-Erkenntnisse auszutauschen, zeigte Professor Kraicic den ›unheilbar Krebskranken‹ Lord Rockpourth.

»Ich komme mir vor wie ein Pavian, der statt eines roten Hinterns einen blauen hat!« sagte Rockpourth einmal zu Haußmann. Es war am vierzehnten Tag. Sie saßen auf einer schattigen Bank im Garten und fütterten große, unbekannte, rotschillernde Vögel mit Brotkrumen. Erika ging langsam mit einer Schwester im Rosengarten spazieren. Sie war noch schwach, aber ihr Gesicht hatte alles Leid verloren, selbst die Fältchen an den Augen und im Mundwinkel waren wie weggestrichen. Wie jung sie wieder aussieht, dachte Haußmann, als er zu ihr hinüberblickte. Wer traut ihr zwei erwachsene Kinder zu? Verdammt, gegen sie bin ich ja ein alter Mann.

»Ich lade Sie ein nach Old England«, sagte Rockpourth. »Mein Schloß ist Ihr Schloß, Sir. Ohne Sie wäre ich noch immer eine Mumie oder vielleicht schon vertrocknet! Daß wir uns auf dem ›Schiff der Hoffnung‹ kennenlernten, war wirklich eine Schicksalsfügung! Wo ist eigentlich Marion?«

»Fort«, sagte Haußmann kurz.

»Oha! Krach?«

»Es gehörte zur Therapie«, sagte Haußmann dunkel.

»Verstehe.« Lord Rockpourth zupfte Haußmann am Hemd. »War ein herrliches Körperchen, mein Lieber. Aber im Hirn war Ebbe. Alles hatte sich eine Etage tiefer etabliert! Wir sind für solche architektonischen Extravaganzen zu alt, Sir. Ich bewundere Sie ehrlich, daß Ihre Frau mit Ihnen noch zufrieden sein kann. Ihre Frau ist wie eine voll erblühte Rose. Sie sollten Angst haben, daß nicht auch andere an dem Duft schnuppern!«

»Bei Erika...« Haußmann lächelte und sah hinüber zu seiner Frau. Sie stand in der Sonne, und ihr Haar funkelte kupfern. »Sie ist die treueste Frau, die es gibt.«

»Man soll nie so sicher sein! Man sollte sich immer bemühen, nie als überflüssig zu gelten.«

Haußmann verstand und erhob sich von der Bank. »Wie lange bleiben Sie noch in Mostar, Mylord?«

»Der Professor sagte was von einem halben Jahr. Und dann gehe ich an die Küste. Wenn ich an das winterliche, nebelige London denke... nicht auszumalen! Aber Sie besuchen mich im nächsten Jahr?«

»Ganz sicher, Mylord.«

»Schön! Und nun kümmern Sie sich um Ihre Frau.« Lord Rockpourth hielt Haußmann wieder am Hemd fest und zog ihn zu sich herab, als könne jemand anderes seine Worte hören. »Übrigens – Ihre Frau ist viel hübscher als diese Marion!«

»Das weiß ich, Mylord.«

»Dann waren Sie bisher ein Rindvieh. Gehen Sie, ich habe kein Mitleid mit Ihnen!«

Beschwingt ging Haußmann in den Rosengarten und faßte seine Frau unter.

»Der Professor meint, in vier Tagen könnten wir fahren«, sagte er und führte sie den geharkten Weg entlang. »Das Hotelzimmer in Venedig ist schon bestellt.«

»Ist das nicht alles wie ein Wunder, Karl? Ich fühle mich wie ein ganz anderer Mensch. Ich fühle mich so jung.«

Sie umarmte Karl und gab ihm einen Kuß. Wie ein junges Mädchen benahm sie sich. Haußmann atmete tief auf.

»Wenn das so weitergeht, bekomme ich Komplexe«, sagte er. »Was muß ich tun, um mit deiner neuen Jugend mitzuhalten?«

»Ganz lieb zu mir sein!«

Es wurde ein besonderer Tag.

Professor Kraicic hatte angeordnet, daß nach dem Abendessen niemand mehr das Zimmer Erika Haußmanns betreten dürfe. Die Stationsschwester beherzigte diesen Befehl, aber gegen 22 Uhr rief sie doch sorgenvoll den Klinikchef an.

»Herr Professor«, sagte sie, »Herr Haußmann überzieht die Besuchszeit sehr. Er ist noch immer im Zimmer. Wenn ich ihm aber Bescheid sage, muß ich es betreten...«

»Sagen Sie ihm keinen Bescheid«, meinte Kraicic.

»Aber wenn er die ganze Nacht bleibt?«

»Dann bleibt er eben.«

»Herr Professor...«

»Vergessen Sie's, Schwester. Gute Nacht!«

Und Karl Haußmann blieb auf dem Zimmer.

Bei der Visite am nächsten Morgen sah Kraicic lange auf Erika herunter, die – so war die Anordnung – bei der Visite noch zu Bett lag.

»Wie fühlen Sie sich, Erika?« fragte der Professor vertraulich.

»Sehr gut.« Erika wurde etwas rot und sah zur Seite. Kraicic lächelte.

»Ab heute haben Sie alle Rechte einer Gesunden«, sagte er laut. »Die Heilung ist vollendet...«

Die Proteste gegen das Verbot des HTS hatten vollen Erfolg. Die Abordnung der Kranken, die Tito persönlich vorließ, hinterließ einen großen Eindruck. Die Ärzteschaft, so schwer es ihr fiel, mußte zugeben, daß an dem Mittel des Dr. Zejnilagic etwas Gutes dran sei. Man könne zwar von keinem ›Krebs-Wundermittel‹ reden, denn so etwas würde es nie geben, aber das HTS wäre eine gute Hilfe bei der symptomatischen Behandlung des Krebses. Das war zwar eine Abwertung und hieß soviel wie: Es nutzt nichts, aber es schadet auch nicht, aber die Fabrik Bosna-Lijek durfte produzieren; der Makel des Scharlatans war von Dr. Zejnilagic genommen; die Krankenhäuser in vielen Staaten begannen mit Versuchsreihen; die Wissenschaft, die sonst alle Außenseiter ignoriert, nahm sich des HTS an und machte Experimente... aber von da an wurde es stiller um Dr. Zejnilagic; das ›Schiff der Hoffnung‹ wurde wieder ein normales Fährschiff zwischen Bari und Dubrovnik, die Hotels in Sarajewo hatten wieder Zimmer zu jeder Zeit frei, und die Journalisten reisten ab, um in anderen Teilen der Welt nach Sensationen zu suchen.

Die große Schau war vorbei. Das Geschäft mit den Kranken ging rapide zurück. Der Reiz der Neuheit verblaßte. Das Ungewöhnliche verblühte. Übrig blieb ein Heilmittel, das ein Chemiekonzern herstellte wie andere Pyramidon oder Calcium; das man in die Hand bekam, ohne dafür ein Abenteuer zu erleben. Das ›Wunder‹ wurde Alltag. Und der Name Dr. Zeijnilagic wurde vergessen.

Wenn man heute einen Arzt fragt, in Bonn oder Hamburg, München oder Offenburg, London oder Kopenhagen: Kennen Sie Dr. Zeijnilagic, dann wird er einen nachdenklich ansehen, in der Erinnerung suchen und dann den Kopf schütteln.

Strohfeuer einer Tagessensation oder Tragik eines Genies?
Wer kann das beurteilen?
Wir wissen nur eins: In aller Welt warten Millionen Krebskranke auf ihre Rettung.
Millionen hoffen.
Millionen sterben.
Jeder fünfte von uns stirbt an Krebs.
Warum ist die Menschheit nur so gleichgültig...?

Dr. Zeijnilagic trug diese Entwicklung mit der Ruhe des echten Moslems, dem alles Schicksal von Allah gesandt ist, eine göttliche Fügung, gegen die man sich nicht auflehnen kann. Er forschte weiter, er behandelte seine Zahnkranken, hielt Vorlesungen in der zahnärztlichen Fakultät, gab das HTS den wenigen Bittenden, die noch immer an seine Tür in der Obala-Straße 40, nahe der Princip-Brücke, klopften und sagten: »Bitte, bitte, helfen Sie mir. Mein Vater... meine Mutter... meine Schwester... mein Kind... Erbarmen Sie sich, Doktor...«

Aber es waren nicht mehr viele. Die Nachricht über das Verbot war stärker haftengeblieben als die Meldung der Wiederfreigabe. Das Verbot brachten die Zeitungen in zwei-, drei-, oder gar vierspaltigen Artikeln... die Freigabe war eine kleine Meldung irgendwo am Rande, wo man drüber wegliest.

»Was wollen Sie?« sagte Dr. Zeijnilagic, als sich Hellberg über diese Ungerechtigkeit aufregte. »Es steht dort veröffentlicht. Wenn mein HTS statt langsamer Heilungen plötzlich hundert Vergiftungstote gebracht hätte, dann stünde es wieder auf der Titelseite. Das Normale, mein Lieber, ist uninteressant.«

Er sagte es mit einem traurigen Lächeln, rauchte seine Zigarette und trank Tee.

Hellberg und Claudia verabschiedeten sich von ihm. Zwei Tage vorher hatte es ein Zusammentreffen zwischen Haußmann und Hellberg in Sarajewo gegeben. Da Frank nicht nach Mostar gekommen war, reiste Haußmann nach Sarajewo.

Sie trafen sich in der Bar des Hotels Europa. Nur sie allein... Erika war in Mostar geblieben und hörte sich die Komplimente von Lord Rockpourth an; Claudia blieb im Hotel Beograd und saß auf dem Balkon unter einem Sonnenschirm.

»Guten Tag, Frank«, sagte Haußmann und gab Hellberg die Hand.

»Guten Tag, Herr Haußmann.«

Sie sahen sich in die Augen und wußten, daß dies ihre letzte Begegnung war.

»Ich glaube, ich habe Ihnen einige Erklärungen abzugeben«, sagte Haußmann stockend und sah in sein Cocktailglas.

»Wegen Marion? Nein!«

»Ich will versuchen, Ihnen klarzumachen, warum das alles...«

»Wozu, Herr Haußmann?« Hellberg winkte ab. »Ich liebe Claudia, und wenn es vielleicht auch eine unglückliche, eine todgeweihte Liebe ist – von Marion wollen wir nicht mehr sprechen.«

»Ich danke Ihnen, Frank.« Haußmann legte seine Hand auf Franks Arm. »Sie nehmen einen großen Druck von mir.«

»Das Geld, das Sie mir in Bari gaben...«

»Kein Wort mehr davon!« sagte Haußmann laut.

»Doch! Ich zahle es Ihnen ab.« Hellberg zog ein Telegramm aus der Tasche. »Bitte, betrachten Sie das als eine Art Schuldschein oder Sicherheit. Die Redaktion der in unserem Verlag erscheinenden Illustrierten hat die HTS-Story für eine große Serie aufgekauft. Die erste Folge habe ich schon geschrieben. Ich werde Ihnen das Geld in acht bis zehn Wochen zurückgezahlt haben.«

Haußmann nahm das Telegramm, überflog es und zerriß es. »Ich bin beleidigt, wenn Sie auch nur einen Pfennig schicken, Frank. Was wird mit Claudia?«

»Wir fahren nach Heidelberg. Dort soll sie operiert werden.«

»Schwerer Fall?« Haußmanns Stimme wurde leise. Hellberg atmete tief auf.

»Sicherlich kein leichter. Aber die Heilungschancen sind da, wenn keine Metastasen-Ausstreuung vorhanden ist. Das will Dr. Zeijnilagic mit dem HTS verhindern. Ich glaube daran, daß es ihm gelingt.«

»Und Heidelberg, das ist klar?«

»Ich hoffe.«

»Sie haben noch keine Zusage, kein Bett, keinen Termin?«

»Nein.«

»Und die Kosten? Es wird ein paar tausend Mark verschlingen.«

»Ich habe das Honorar der Artikelserie.«

»Und wovon wollen Sie heiraten? Frank, Sie sind ein sturer Hund. Ich übernehme alles! Fahrtkosten, Operationskosten, ein Zimmer 1. Klasse, eine sechswöchige Erholungsreise...«

»Nein!«

»Verdammt noch mal! Doch! Keine Widerrede! Ohne Sie,

ohne alle die Verwicklungen in unserem Leben wären wir nie nach Mostar gekommen, hätte ich nie wieder eine gesunde Frau bekommen. Das Schicksal geht oft komische und krumme Wege, aber man soll ihm immer dankbar sein.« Haußmann trank sein Glas aus und gab Hellberg beide Hände. »Frank, kümmern Sie sich nur noch um Ihre Claudia. Alles andere überlassen Sie mir! Wir werden uns, so nehme ich an, nicht mehr sehen, aber wir werden immer voneinander hören. Leben Sie wohl, Frank, und viel, viel Glück mit Ihrer Claudia, so wie ich es mit meiner Erika habe.«

»Herr Haußmann...« Hellberg wollte hinter Karl herlaufen, der aus der Bar hinausging. Dann besann er sich, blieb sitzen, trank noch einen doppelten Kognak und fuhr dann zurück zum Hotel Beograd.

Karl Haußmann hielt Wort. Nach drei Tagen traf aus Heidelberg, von der I. Chirurgischen Klinik, die Nachricht ein, daß ein Bett I. Klasse am 2. September frei sei. Operationsbeginn sei völlig unbestimmt, da man ja erst die Kranke genau untersuchen und diagnostizieren müsse.

»Am 2. September«, sagte Hellberg und sah auf seinen Kalender. »Hast du Angst, Claudia?«

Sie schüttelte den schmalen Kopf mit den langen, schwarzen Haaren. Ihre Rehaugen glänzten. »Du bist ja da, Liebster.«

»Dr. Zejnilagic hat versprochen, daß du nach den HTS-Kapseln so stark sein wirst, die Operation ohne weiteres zu überstehen.«

»Ich habe gar keine Angst.« Claudia schüttelte den Kopf. »Ich *muß* ja gesund werden, um deine Frau zu werden. Dieses Müssen ist stärker als jede Medizin.«

Und dann kam der Tag heran, an dem Hellberg und Claudia aus Sarajewo abreisen mußten. Der 2. September war nicht mehr weit; sie mußten einen Umweg über Belgrad machen, um bei der italienischen Botschaft vorzusprechen, der sie ihre abenteuerliche Reise nach Sarajewo genau geschildert hatten. Fast vierzehn Tage lang hörten sie nichts aus Belgrad, dann kam ein Brief der Botschaft, nach dessen Lesen Claudia im Kreise herumzutanzen begann.

»... Wir haben Ihre Angaben in Bari überprüfen lassen und können Ihnen zu unserer Freude mitteilen, daß Ihr Paß bei dem inzwischen gefaßten Mörder gefunden wurde. Wir haben um die Zusendung des Passes nach Belgrad gebeten, und Sie können ihn in den nächsten Tagen in der Italienischen Botschaft, Konsularabteilung, Zimmer 19, abholen...«

»Ich habe meinen Paß wieder! Ich habe ihn! Ich habe ihn!« jubelte Claudia. »Nun gibt es keine Schwierigkeiten mehr, nach Deutschland zu kommen.«

Der Abschied von Dr. Zeijnilagic war herzlich.

»Gott segne Sie«, sagte Dr. Zeijnilagic und legte die Hände auf Claudias Kopf. »Und glauben Sie ganz fest daran, daß Sie gesund werden.«

Dabei sah er Frank Hellberg an, und Frank erkannte die Sorge in seinen Augen.

»Es ist schon viel besser geworden, Doktor«, sagte er. »Wenn Claudia hustet, hat sie nicht mehr diese stechenden Schmerzen. Sie ißt mit Appetit – und sehen Sie nur ihr Gesicht! Sie hat sogar leicht rote Backen. Sie fühlt sich viel wohler als zuvor; so wohl, wie seit zwei Jahren nicht mehr!«

»Das ist ein gutes Zeichen.« Dr. Zeijnilagic sah Claudia lange stumm an. Er fühlte ihr den Puls, maß den Blutdruck, kontrollierte die Durchblutung der Schleimhäute und bat sie, sich noch einmal auszuziehen. Zum letztenmal hörte er sie mit dem Membranstethoskop ab. Ein zartes, zerbrechliches Körperchen von porzellanhafter Schönheit. »Sie haben Monate wieder aufgeholt«, sagte er, als Claudia wieder angezogen war. »Ich bin ehrlich glücklich. Ich hätte es selbst nicht erwartet.«

»Ihr HTS, Doktor«, sagte Hellberg heiser vor Ergriffenheit.

»Oder die Liebe.« Dr. Zeijnilagic lächelte und reichte beiden die Hand. »Man hat die therapeutischen Möglichkeiten der Liebe noch nicht gründlich erforscht. Aber es wird noch kommen! Ich behaupte, daß die Liebe wichtiger ist als mancher Berg verschluckter Tabletten.«

Er brachte Claudia und Frank bis auf die Obala-Straße und winkte ihnen nach, bis sie in die Straße zum Hotel Beograd einbogen.

Ein großer, einfach gekleideter Mann, dem niemand ansah, was er für die Menschheit bedeuten könnte.

Dann trat er zurück in sein Haus Nr. 40, stieg die schmuddelige Treppe hinauf zum zweiten Stockwerk und betrat wieder seine bescheidene Wohnung. Großmutter Naifa kochte, Meliha, die älteste Tochter, deckte den Tisch. Emina, seine Frau, ordnete die Post.

Dreiundzwanzig Briefe aus allen Ländern.

Bitte, schicken Sie uns HTS.

Doktor, helfen Sie...

Der Tag ging weiter.

2300 v. Chr. Geburt, im Neolithikum, wohnten schon Menschen an der Miljacka und an der Zeljeznica. Butmir nannten sie ihr erstes Dorf.

Seitdem waren 4265 Jahre vergangen. Und 5000 würden noch kommen.

Was bedeutet da dieser Tag im Leben Dr. Zeijnilagics, ein Tag, an dem er sah und hörte, daß sein Mittel HTS wieder einen Erfolg hatte...

Auch Karl und Erika Haußmann verließen in diesen Tagen Mostar. Sie flogen nach Triest und wollten von dort übersetzen nach Venedig. Ihren Wagen würde ein Chauffeur abholen.

Professor Kraicic verabschiedete Erika wie eine eigene Tochter; Karl Haußmann nahm er noch einmal zur Seite.

»Noch eins«, sagte er mit allem Ernst. »Ihre Frau wird nach dieser Operation – wir mußten ja eine Totalexstirpation machen – zunehmen. Sie wird fülliger werden. Das ist kein Anlaß, nach Schlanken zu sehen! Es ist das Opfer, das Ihre Frau bringt, um für Sie völlig gesund zu sein.«

»Ich weiß, Herr Professor.« Haußmann spürte wieder Scham in sich aufsteigen. »Unsere Ehe wird mustergültig sein.«

Kraicic gab Haußmann die Hand. Es war wie ein Eid zwischen den Männern.

Lord Rockpourth ließ es sich nicht nehmen, die Haußmanns in seinem inzwischen reparierten Rolls zum kleinen Flugplatz zu fahren. Der Chauffeur und Haußmann führten Rockpourth zum Wagen, dort setzte er sich, klopfte gegen die Tür und begann wieder zu kommandieren.

»Los! Immer diese langen Abschiede. Das ist zum Kotzen! Fahr, du Träne!« Er stieß den Chauffeur in den Rücken und schimpfte die ganze Fahrt über auf das Personal, insbesondere auf die Chauffeure, die alle Gauner seien und Benzin verkauften, das sie aus dem Tank der Herrschaftswagen zögen.

Und dann blieb auch Lord Rockpourth zurück und wurde Erinnerung. Auf dem Flugplatz stand er, noch immer eine Mumie, aber er konnte wenigstens wieder aufrecht gehen, stützte sich auf seinen Chauffeur und winkte mit seinen Mumienfingern dem kleinen, sechssitzigen Flugzeug nach, das schnurrend in die Luft stieg. Hinter den Fenstern winkten Karl und Erika Haußmann zurück.

»Ob wir ihn wiedersehen?« fragte sie, als sie in einiger Entfernung noch einmal an ihm vorbeiflogen.

»Wir sollen nächstes Jahr nach England kommen.«
»Willst du das?«
»Ich weiß nicht. Wer kann sagen, was nächstes Jahr ist.«
»Ob er dann noch lebt?«
»Es scheint, er gehört zu den Unsterblichen.«

Das kleine Flugzeug hob vom Boden ab, schwenkte in den blauen Himmel, stieg den wenigen, weißen, geballten Wolken entgegen.

Erika lehnte den Kopf an Karls Schulter und sah hinaus in das endlose Blau, in das sie hineinschwebten.

»Venedig...« sagte sie. »Morgen sind wir in Venedig. Der Lido... der Markusplatz...«

»...der Campanile... der Canale Grande... Santa Maria della Salute... der Markt in Chioggia... die Glasbläser von Murano... der Dogenpalast...«

»Ich komme mir vor, als sei ich zwanzig«, sagte Erika leise und tastete nach Karls Hand. »Wir machen unsere Hochzeitsreise.«

»Und wir fangen unsere Ehe wieder ganz von vorn an.«

»Ja, Karl.«

Sie küßten sich und kümmerten sich nicht um die anderen Fluggäste.

Hochzeitsreisende dürfen das. Sie haben die Freiheit der Glücklichen.

Am 12. September rollte ein fahrbares Bett lautlos auf Gummirädern über den Flur zum Aufzug und hinunter zum OP II der I. Chirurgischen Klinik in Heidelberg.

Im Vorraum warteten die Ärzte und Schwestern. Der Anästhesist hatte Claudia Torgiano schon auf dem Zimmer eine Beruhigungsinjektion gegeben. Im Halbschlaf merkte sie kaum, daß sie weggefahren wurde, daß Frank Hellberg bis zum Aufzug neben ihr herging und ihre schlaffe Hand hielt.

Die elektrische Uhr über dem OP zeigte 9.30 Uhr.

Das Operationsteam wartete auf Professor Dr. Seidler. Er nahm den Eingriff selbst vor, zusammen mit Dozent Dr. Battenberg.

Zehn Tage lang hatte man Claudia nach allen Regeln ärztlicher Kunst untersucht, beobachtet und auf die schwere Operation vorbereitet. Professor Dr. Seidler hatte etwas Erstaunliches zu Frank Hellberg gesagt:

»Ich bin ehrlich... von dem HTS halte ich gar nichts! Man kann mit einem solchen Mittel nicht einen manifesten Tumor auflösen! Das ist Quatsch! Aber ich gebe zu, daß sich, entgegen unseren Befürchtungen, keine sichtbaren Metastasen gebildet haben. Das ist bei Lungenkrebs verblüffend.«

»Das HTS, Herr Professor«, sagte Hellberg fest.

»Man muß sich einmal damit beschäftigen.« Professor Seidler sah Hellberg hinter blitzenden Brillengläsern an. »Sie haben mit diesem serbischen Arzt gesprochen. Wenn wir einmal länger Zeit haben, wäre es nett, wenn Sie mir von ihm erzählen könnten. Man soll an gewissen Zeichen nicht vorbeigehen... vielleicht weisen sie wirklich einen noch unbekannten Weg...«

Nun war es soweit. Claudia lag im Vorbereitungsraum. Noch einmal wurden Herz und Blutdruck kontrolliert, zwei Schwestern entkleideten sie und hüllten sie in angewärmte, sterile Tücher. Im OP machte der Anästhesist den komplizierten Narkoseapparat einsatzfertig. Die OP-Oberschwester überblickte noch einmal das ausgelegte chirurgische Besteck auf dem Nebentisch.

9.37 Uhr. Professor Dr. Seidler betrat den OP-Trakt. Er hatte auf dem Flur kurz Hellberg die Hand gedrückt. »Kopf hoch!« hatte er gesagt. »Und stehen Sie nicht hier rum. Gehen Sie gegenüber ins Café. Ich lasse Sie rufen, wenn alles vorbei ist. Es kann drei Stunden dauern...«

»Alles klar?« fragte Seidler. Der II. Oberarzt nickte. Im OP I wurde der Boden geschrubbt. Dort war eine Gallenoperation schon beendet. Auf der schwarzen Tafel für OP I stand als nächstes eine eingeklemmte Hernie. Routine-Arbeit.

Professor Seidler betrat den Vorbereitungsraum von OP II. Claudia lag auf dem OP-Tisch, in Seitenlage, und wurde narkotisiert.

»Befinden?« fragte Seidler kurz und zog den Rock aus. Er trug ein Hemd mit kurzen Ärmeln. Eine Schwester kam von hinten, band ihm den sterilen OP-Kittel um, eine andere hielt die Gummischürze bereit. Seidler trat an sein Waschbecken und begann mit dem Abschrubben seiner Hände und Unterarme. Dabei sah er durch das breite Fenster hinein in den OP.

»Befinden gut.« Dozent Dr. Battenberg war schon operationsbereit. Mit Kappe und Handschuhen, die Hände von sich gestreckt, stand er da. Den Mundschutz hatte er noch am Kinn baumeln.

»Machen Sie schon auf, Battenberg«, sagte Seidler. »Ich komme, wenn wir am Rippenfell sind.«

Dr. Battenberg betrat den OP. Der Anästhesist nickte zufrieden. Alles normal.

Von den Wänden traten die Assistenten heran, die OP-Schwestern nahmen die Plätze ein.

Lobektomie stand draußen auf der schwarzen Tafel.

Im OP II keine Sensation. Nur für den Laien eine mystische Handlung, etwas Gottbegnadetes.

Dr. Battenberg sah auf den eingezeichneten Operationsraum auf dem Rücken Claudias. Er streckte die Hand aus. Das Skalpell wurde zwischen seine Finger geschoben.

Der erste Schnitt in die Haut.

Ein weiterer Bogenschnitt.

Der Kampf um das Leben Claudias begann. Die nächsten Stunden entschieden ihr Schicksal.

Die Operation dauerte bis gegen Mittag.

Frank Hellberg durchlebte in diesen Stunden alle Qualen der Hölle; wenigstens sagte er sich, daß sie nicht schlimmer sein könnten als diese langsam wegtropfenden Minuten, die unendlich waren, bis sie sich zu einer Stunde sammelten.

Im OP-Trakt rührte sich nichts. OP I war längst verlassen und stand leer, über den luftdicht schließenden Türen des OP II brannte die rote Lampe, die ›Eintritt verboten‹ verkündete.

Hellberg hielt es nicht mehr in dem Warteraum. Er lief hinaus, fuhr mit dem Fahrstuhl herunter und wanderte unruhig durch den Klinikgarten. Wieviel Zigaretten er rauchte – er wußte es später nicht mehr. Halb geraucht, warf er sie weg und steckte sich die neue an. Mit zitternden Fingern wie ein Alkoholiker. Um 12 Uhr rannte er wieder hinauf zum OP-Trakt.

Stille.

Die rote Lampe brannte.

»Mein Gott!« sagte Hellberg und wischte sich über das schweißnasse Gesicht. »So lange kann das doch gar nicht dauern! Was machen sie bloß mit Claudia?«

Gegen 12.30 Uhr erlosch plötzlich die rote Lampe. Hellberg, der nach eingehenden Verhandlungen mit einem Assistenzarzt im kleinen Büro neben dem Verbandsraum I innerhalb des abgesperrten Flures warten durfte, von wo er die rotglimmende Lampe beobachten konnte, sprang auf.

Vorbei, durchzuckte es ihn. Vorbei die Operation... oder vorbei mit dem jungen Leben Claudias? Sein Herz verkrampfte sich, er mußte sich gegen die Wand lehnen und bekam keine Luft mehr.

So traf ihn Professor Seidler an, der als erster aus dem OP II kam, in einem sauberen, weißen Kittel, der noch die Knickfalten der Bügelmaschine hatte. Seidler sah etwas abgespannt aus, aber durchaus nicht erregt oder gar innerlich erschüttert.

»Sie sehen aus, als fielen Sie gleich um!« sagte er zu Frank Hellberg und schloß die Tür zum Flur. »Wer hat Sie überhaupt in den OP-Flur gelassen?«

»Ein junger Arzt.« Hellberg nagte an der Unterlippe. »Ich habe ihn angefleht, und ich glaube, er hat mich hier hereingelassen, nur um endlich Ruhe vor mir zu haben.«

»Setzen Sie sich hin. Ich gebe Ihnen ein Beruhigungsmittel.«

»Nein! Bitte, nein!« Hellberg hob beide Hände. »Wie geht es Claudia? Wie... wie war die Operation? Haben Sie Hoffnung? Wird sie weiterleben können?«

»Dr. Battenberg näht gerade die oberen Schichten. In fünfzehn Minuten ist Ihre Braut auf dem Zimmer.« Professor Seidler trat an das Fenster des kleinen Zimmers und sah hinaus in den Klinikgarten. »Wir mußten einen ganzen Lungenflügel entfernen...«

»Und Claudia wird leben?«

»Wir sollten Gott darum bitten...«

»So schlimm ist es?«

»Das nicht! Was wir Chirurgen tun konnten, haben wir getan. Aber wissen wir, wie sich der Krebs im Körper verhält? Wissen wir, ob nicht noch irgendwo winzige Metastasen sich angesiedelt haben, die eines Tages erschreckend schnell wachsen und inoperable Tumore bilden? Können wir Rezidive vorhersehen? Hier muß die innere Medizin etwas tun. Und die innere Medizin ist arm an prophylaktischen Medikamenten.«

»Das HTS...« sagte Hellberg leise.

»Wenn Sie daran glauben...« Professor Seidler sah noch immer in den Garten. So konnte man seinen Gesichtsausdruck nicht studieren. »Vielleicht hilft es, vielleicht ist es eine Illusion. Ich weiß es nicht. Ich bin Chirurg. Ich sehe einen Krebs und schneide ihn weg. Und ich lasse bestrahlen, weil ich glaube, daß diese Bestrahlungen zellwachstumshemmend sind. Unsere Erfolge geben uns recht. Aber mehr können wir nicht, wir sind keine Hellseher.«

»Was raten Sie mir, Herr Professor?« Hellberg kam langsam durch den Raum und stellte sich neben Professor Seidler. »Sollen wir nach Sarajewo zurückfahren, wenn Claudia wieder stark genug dazu ist?«

»Ich kann Ihnen diese Frage nicht beantworten.«

»Was können Sie hier für Claudia tun?«

»Sie beobachten.«

»Und weiter?«

»Weiter nichts. Abwarten, bis fünf Jahre vergangen sind.«

»Die berühmte Fünf-Jahres-Grenze, ich weiß.« Hellberg nickte mehrmals. »Und medikamentös?«

»Ich sagte es Ihnen schon... wenig. Bestimmte Diäten, einige Antizytostatika...«

»Dann fahren wir wieder zu Dr. Zeijnilagic nach Sarajewo. Ich glaube an das HTS!«

»Das muß man Ihnen überlassen, Herr Hellberg.«

»Was man hier für Claudia tun kann, ist auch in Sarajewo möglich.« Hellberg atmete tief auf. »Claudia wird gesund werden, Herr Professor.«

»Wollen Sie fünf Jahre in Sarajewo bleiben?«

»Nein, ein paar Wochen. Dr. Zeijnilagic braucht für die Behandlung vielleicht zwanzig Kapseln.«

Professor Seidler drehte sich um. Sein Blick war nachdenklich, fragend und doch voller Abwehr.

»Wenn so etwas möglich wäre...« Dann schwieg er und schüttelte den Kopf. »Ich wünsche Ihnen und Ihrer Braut viel Glück«, sagte er.

»Ich sehe es Ihnen an: Sie denken, das HTS sei ein Betrug.«

»Wenn man mit zwanzig Kapseln einen Krebs heilen oder Rezidive verhindern kann, wäre das eine völlige Revolution der Medizin!«

»Und wenn es das ist?« rief Hellberg.

»Dann wüßte man mehr davon, mein Bester.«

»Wie kann man etwas wissen, wenn sich die Schulmediziner vor diesen Forschungen verschließen? Wenn sie sich zumauern? Wenn sie mit einer Handbewegung, mit einem milden Lächeln, mit Spott oder sogar Verachtung diese kühnen Experimente auf ein totes Gleis schieben?«

»Das verstehen Sie nicht, Herr Hellberg.« Professor Seidler hob lauschend den Kopf. Aus dem OP II wurde das fahrbare Bett mit der Operierten gerollt. Die Tür des breiten Aufzuges klappte zu. Claudia war auf dem Weg in die Intensivstation, den gläsernen Krankenzimmern der Frischoperierten, die von einem Schwesternzimmer aus mit einem Blick übersehen werden konnten. »Es geht hier nicht um ein Mittel wie das HTS. Es geht um eine gesamte Wissenschaft. Denken Sie an Galilei: Daß sich die Erde um die Sonne dreht und nicht umgekehrt, war so ungeheuerlich, daß man ihn als Ketzer verbrennen wollte. Auch, wenn er recht hatte, was wir heute wissen, war es damals eine Zerstörung eines jahrhundertealten Weltbildes. Nicht anders ist es bei der Medizin. Ein Außenseiter ist immer ein Ketzer! Auch Ihr Dr. Zeijnilagic! In spätestens einem halben Jahr wird es still um ihn, um seine

Forschungen sein, weil niemand sie zur Kenntnis nehmen wird.«

»Und wenn ich Ihnen in ein oder zwei Jahren Claudia wieder vorführe und Ihnen beweise, daß sie gesund ist?«

»Dann wird es ein Triumph der modernen Chirurgie sein«, sagte Professor Seidler hart. »Denn ich habe sie operiert...«

Bedrückt blieb Hellberg zurück, nachdem Seidler gegangen war. Erst, als Dozent Dr. Battenberg in den Raum kam, erwachte er wie aus einer Erstarrung. Battenberg hatte ein offenes, ja fast fröhliches Gesicht.

»Ihre Braut ist jetzt auf Station W I/5. Sie können sie vom Schwesternstand aus sehen.«

»Danke, danke.« Hellberg wischte sich mit den beiden Händen über das zuckende Gesicht. »Haben Sie Hoffnungen, Doktor?«

»Aber ja! Auch mit *einem* Lungenflügel kann ein Mensch glücklich sein. Und die Narbe auf dem Rücken... na ja, nur Sie sehen sie ja.«

»Sie ist also gerettet?«

»Nach menschlichem Ermessen, ja! Eine gute, glatte Operation. Ich würde an Ihrer Stelle keinerlei Sorgen mehr haben.«

Hellberg nickte und reichte Dr. Battenberg die Hand. »Ich danke Ihnen«, sagte er heiser. »Ich danke Ihnen herzlich. Ich wünschte, ich könnte so optimistisch sein wie Sie.«

Später saß er neben der Wachschwester in dem gläsernen, runden Zimmer, von dem aus man die Frischoperierten übersehen konnte.

Claudia lag in Zimmer 5, ein schmaler, bleicher Kopf mit schwarzen, nun kurzgeschnittenen Haaren, der fast in dem Kissen verschwand. Sie lag noch in der Narkose, und eine OP-Schwester saß neben dem Bett und wartete auf ihr Erwachen.

»Sie ist gleich da«, sagte die junge Schwester neben Hellberg. Sie wunderte sich im stillen, wieso der sonst so strenge Chef es erlaubt hatte, daß ein Angehöriger in der Intensivstation sitzen durfte. »Sie bewegt schon die Hände.«

Hellberg nickte stumm. Er starrte auf Claudia. Ihre Finger tasteten über das Bettuch, ihre Beine zuckten, der Kopf drehte sich langsam.

Sie kam ins Leben zurück.

Und Frank Hellberg schwor sich in diesem Augenblick, alles vorzubereiten: Wenn Claudia aus der Klinik entlassen wurde, würden sie nicht wegfahren aus Heidelberg, sondern von der Tür der Klinik aus würde ein Wagen sie zum Standesamt fahren, und er würde sein Leben für immer mit dem Claudias verbinden.

Ich liebe dich, dachte Hellberg stumm und faltete die Hände, als Claudia die Augen aufschlug und die OP-Schwester – das sah er, aber hörte er nicht – mit ihr sprach. O Gott, ich liebe dich...

Und ich weiß, daß du gesund bist, daß wir den Tod in dir besiegt haben.

Ob es Professor Seidler war oder Dr. Zeijnilagic – das ist im Augenblick nicht wichtig.

Du lebst.

Und ich danke Gott dafür.

Durch den Sand des Lido von Venedig liefen zwei glückliche Menschen um die Wette, balgten sich wie übermütige Kinder, jagten sich gegenseitig in das aufspritzende Meer, warfen sich einen großen Luftball zu und spielten Federball.

Die Sonne und das Wasser bräunten ihre Haut. Und manchmal setzte sich der Mann in den Sand, hob die Arme hoch empor und rief: »Ich kapituliere! Ich ergebe mich! Rika, hab Mitleid; ich bin ein alter Mann!«

Dann lachte sie, bewarf ihn mit Sand, kugelte ihn zum Ufer und stieß ihn ins Wasser, und dann prustete er wie ein Seehund und lachte und hätte schreien können vor Glück.

Alle, die zuschauten, freuten sich mit ihnen. Sie ahnten

nicht, was sechs Wochen vor diesen übermütigen Tagen noch geschehen war, und sie sahen auch nicht die hellrote Narbe auf dem Leib der jungen, schönen Frau; der Badeanzug verbarg sie allen Blicken. Sie beneideten nur den Mann um diese temperamentvolle, schlanke Frau mit den kastanienfarbenen Haaren, die in der Sonne leuchten konnten wie rotglühendes Gold.

Wenn Karl Haußmann fortging, Eis holen oder eine Limonade, umlagerten Papagalli den Liegestuhl Rikas und riefen Komplimente. Betraten sie den Saal des Hotels zum Abendessen, bekam Haußmann ein steifes Kreuz vor Stolz, denn er sah die Blicke der anderen Männer, die seiner Frau folgten. Wie ein Pfau ging er neben ihr, und um zu zeigen, wie sinnlos alle anderen Männergedanken waren, legte er beim Gehen seinen Arm um ihre Hüften und sie spielte mit, bog sich zurück und lachte schallend.

In der Nacht lagen sie jetzt wach und sahen in den mondhellen Himmel.

Vor dem Fenster plätscherte das Meer. Aus der Bar klang leise Tanzmusik zu ihnen herauf. Irgendwo, vielleicht in dem Café auf der Piazza St. Giulio, sang eine helle Männerstimme von Amore. Es war heiß im Zimmer, und sie lagen auf den Bettdecken, bekleidet mit dem Mondschein.

»Du...« sagte Erika leise und legte ihre Hand auf Haußmanns Brust.

»Ja, Rikchen?«

»Wann ist das Paradies zu Ende?«

»Nie!«

»Wie lange bleiben wir noch in Venedig?«

»Noch eine Woche.« Haußmann drehte sich auf die Seite. Der nackte, braune Körper seiner Frau glänzte im Mondlicht. Unterhalb des Nabels war die lange, rote Narbe... eine Straße, die aus der Todesangst herausgeführt hatte.

Karl Haußmann beugte sich vor, legte seinen Kopf auf Erikas Leib und küßte die Narbe. Mit beiden Händen umgriff sie seinen Kopf und drückte ihn an sich.

»Wenn du willst... ich bleibe so lange hier, bis du sagst: Nun laß uns fahren«, sagte Haußmann.

»Wir haben noch zwei Kinder, Karl.«

»Die sind erwachsen! Wir sollten endlich unser eigenes, unser ganz alleiniges Leben genießen.«

»Deine Fabrik...«

»Ich habe einen guten Prokuristen!« Haußmann umarmte den Leib Erikas. »Überhaupt das Geldverdienen... der Satan ist da drin. Was hat die Jagd nach dem Geld aus uns gemacht, Rika!«

»Zwei moderne Menschen, Karl.«

»Ich möchte lieber unmodern sein, aber glücklich mit dir!«

»Dann laß uns fahren, Karl.«

»Fahren?« Haußmann richtete sich auf und legte seine Hände auf ihre Brüste. Er spürte, wie sie zitterte. »Wann?«

»Morgen schon...«

»Wohin denn, Rika?«

»Zurück nach Gelsenkirchen. In unser Haus... in meine Heimat... zu uns... Karl...«

»Weg von Venedig, Rika?«

Sie nickte und lächelte. Und plötzlich sah er, wie sie weinte, wie lautlos die Tränen aus ihren großen, schönen Augen rollten.

»Wir haben ein so schönes Haus, Karl.«

»Aber die Gegend ist staubig, rußig, es regnet immer, und die Sonne schwimmt hinter den Rauchwolken der Fabriken.«

»Trotzdem.« Sie ergriff seine Hände und zog sie an ihre Lippen. »Laß uns morgen schon fahren, Karl. Ich... ich habe Sehnsucht nach den Kindern... nach unserer Terrasse, nach dem Wohnzimmer mit dem indischen Teppich – weißt du noch, zum 40. Geburtstag hast du ihn mir gekauft –, nach dem Blick aus meinem Schlafzimmer, der auf die Blutbuche im Garten fällt... ich habe Sehnsucht nach unserer kleinen, eigenen Welt, die wir beide uns gemeinsam geschaffen haben.«

Karl Haußmann nickte und zog sie an sich.

Er war so glücklich, daß er tief atmen mußte, denn großes Glück macht das Herz schwer, wie mit Blei gefüllt.

Am nächsten Morgen fuhren sie ab. Zurück nach Deutschland.

Das ›Schiff der Hoffnung‹ fuhr auch weiterhin.

Von Bari nach Dubrovnik.

Von Dubrovnik nach Bari.

Täglich hin und her, mit einem Leib voller Autos, mit fröhlichen, urlaubsübermütigen Menschen auf den Decks.

Die Kranken waren verschwunden. Nur wenige, die von Bekannten oder aus alten Zeitungen von dem HTS hörten, begaben sich auf die weite Reise nach Sarajewo. Aber nichts Sensationelles war mehr an ihnen, keiner beachtete sie mehr, kein Reporter schrieb über sie, kein Fotograf schickte ihre Bilder in alle Welt.

Das Neue, das Außergewöhnliche, der große ›Knüller‹, wie es die Presse nannte, war vorüber. Auch vor dem Haus des Dr. Zeijnilagic standen sie nicht mehr Schlange, bettelten die Kranken nicht um die helfenden Kapseln, entfalteten sich keine Tragödien auf den Stufen der abgetretenen Treppe des Hauses Obala-Straße 40. Das alles war vorbei.

Die Kapseln wurden fabrikmäßig hergestellt und unentgeltlich verteilt. Der jugoslawische Staat wollte nicht daran verdienen, Dr. Zeijnilagic hatte nie daran verdient, sondern nur sein eigenes Vermögen dafür geopfert. Wie Drops wurden sie ausgegeben, und wie saure Drops werden die Kapseln HTS seitdem auch von der schnell beleidigten Schulmedizin betrachtet.

Wer prüft heute das HTS? Wo finden Versuchsreihen statt? Wo entwickelt man Statistiken des Heilens oder auch nur Helfens? Welche Kliniken setzen sich heute dafür ein? Wer hält den Namen Dr. Zeijnilagic im Gespräch?

Denn es geht doch um den Krebs!

Die Geißel der modernen Menschheit.

Jeder fünfte stirbt heute an einem Karzinom.

Millionen hoffen auf ein Heilmittel. Millionen Kranke hoffen auf die Kunst der Ärzte, auf die Entdeckungsgabe der Wissenschaften, auf den Genieblitz eines Außenseiters.

Oder dürfen diese Blitze nicht sein?

Ein häßlicher Verdacht taucht auf: Noch ist der Krebs ein großes Geschäft. Solange Menschen sterben, leben ganze Industrien von ihrem Tod.

Und die Berechnungen der Anthropologen und Bevölkerungsbiologen liegen auch schon vor: Durch den Fortschritt der Medizin leben die Menschen heute zwanzig Jahre länger. Gelingt es, den Krebs zu besiegen und noch einige andere infektiöse Krankheiten, gelingt es, die Menschheit zu Hundertjährigen zu machen, dann wird im Jahre 2200 nach Christi Geburt die Erde auseinanderplatzen, und wir werden untergehen wie Saurier, weil die Erde für die wimmelnden Menschen keinen Platz und keine Nahrung mehr hat.

Ist Krebs, die Geißel der Menschheit, bloß eine natürliche Bremse für die Überbevölkerung?

Müssen wir in einem vernünftigen Alter sterben, um den nachfolgenden Generationen Lebensraum zu geben?

Muß es heißen: Medizin stopp!

Die Welt der Hundertjährigen ist das Ende der Menschheit, schlimmer als jetzt der Krebs?!

Wer gibt darauf eine Antwort? Wer wagt das überhaupt...

In Sarajewo entdeckte ein kleiner, unbekannter Arzt das HTS.

Wer kennt ihn noch!

Irgendwo wird vielleicht auch etwas gegen den Krebs entdeckt... wer weiß es?

Aber die ›Schiffe der Hoffnung‹ werden immer fahren, ob zwischen Bari und Dubrovnik oder einmal zwischen Erde und Mars – kein Weg wird zu weit sein, keine Anstrengung zu groß.

Denn was wären wir Menschen ohne die Hoffnung...

HEINZ G. KONSALIK

*Dramatik,
Leidenschaften,
menschliche
Größe im Werk
des
Erfolgsschrift-
stellers.*

01/8217

01/7848

01/7913

01/7917

01/7981

01/8055

01/8182

01/8254

HEINZ G. KONSALIK

Dramatik, Leidenschaften, menschliche Größe im Werk des Erfolgsschriftstellers.

01/6503

01/6798

01/6903

01/6946

01/7676

01/7775

01/7848

01/7917

KONSALIK
DAS BERNSTEIN ZIMMER

Roman, 464 Seiten, Ln.,
DM 39,80

Ende des 2. Weltkrieges verschwand es spurlos: das berühmte Bernsteinzimmer von Leningrad. Seitdem hat die russische Regierung nichts unversucht gelassen, diese barocke Kostbarkeit, deren Wert heute auf mindestens 240 Millionen Mark geschätzt wird, zu finden und nach Rußland zurückzubringen. Aber auch die Geheimdienste aller Länder machten sich auf die Suche, von privaten Abenteurern und »Schatzgräbern« gar nicht zu reden. Diese Fahndungen spielten sich überwiegend im Untergrund ab, unbemerkt von der Öffentlichkeit. Sie brachten bis heute nicht einen einzigen konkreten Hinweis, wo sich das Bernsteinzimmer befinden könnte – doch sie hinterließen eine breite Blutspur...

ERSCHIENEN BEI HESTIA